Illustration de couverture :
© Jimjag - Fotolia.com

LES DAMES
DE PONTIGNAC

DU MÊME AUTEUR

Editions Lucien Souny
Les Chantalaude ou les sillons de la haine
La Nuit des louves (Souny Poche)
Les Sanglots du pardon
Le Maître de l'eau
Marie des landes
Les Dames de Pontignac
Le Silence des terres noires
La Gerbaude ou les temps oubliés
Le Vent de neige
La Mémoire des chênes
Les Dernières moissons
Les Herbes sauvages
Les Amants de Gargilesse
L'Or des genêts
Les Terres oubliées
Marie des landes (Souny Poche)
La Gerbaude (Souny Poche)
Les Dernières moissons (Souny Poche)
Chantelouve ou le tonnerre de dieu
Les Herbes sauvages (Souny Poche)
Le Refuge de la terre
Le Maître des chaumes
La Femme de l'autre rive

Pierre Rétier

LES DAMES
DE PONTIGNAC

Lucien Souny

Editions Lucien Souny, 2000-2014
Les Allois • 87400 La Geneytouse

À ma tante Jacqueline,
à ma cousine Odette,
et à Christine, la petite bourgeoise de Caluire.

Peu de temps auparavant, on avait fêté la Saint-Jean. On avait chanté, bu, et les touristes s'étaient mêlés aux autochtones dans une ronde infernale.

En ce mois de juillet 1967, la petite ville de Pontignac ronronnait agréablement. Rien ne paraissait être en mesure de venir troubler la quiétude des gens. Le soleil brillait de mille feux et la rivière était toujours aussi chatoyante avec ses rives bordées de pacages, de jardins et de vergers épars qui rendaient les lieux bucoliques, pleins de charme.

Dans ce pays au relief tourmenté, cabossé, on vivait au rythme des quatre saisons. Suivant une philosophie toute paysanne, on ne croyait guère que certains bouleversements viendraient modifier l'ordre des choses, moins encore la course du temps.

On était bien loin des vibrations de la grande ville. Ici, on appartenait à un autre monde avec autour de soi une nature étrange, belle, pourtant ingrate, qui rappelait à chacun l'éphémère, mais aussi la vie, sans cesse renouvelée.

Alors, ce jour-là ressemblait à un autre jour. Les gens se croisaient, se saluaient, parfois s'arrêtaient afin d'échanger quelques banalités. On profitait de la douceur matinale pour flâner, bavarder, aller et venir tout au long de la grande rue commerçante.

Au milieu de cette ruche bigarrée, un homme jeune, grand, observait tout ce petit monde avec un plaisir qui se lisait dans le regard attendri qu'il posait sur ces lieux qui semblaient lui être chers.

Il resta ainsi longtemps, comme s'il désirait retrouver des sensations, des visages connus, des odeurs, tout un passé qui se serait incrusté dans les rues, sur cette place et au milieu de cet univers paysan dans lequel plongeaient ses racines.

À pas lents, Louis Galichon longea l'église Saint-Étienne et vint s'asseoir sur le petit mur qui surplombait la rivière. La veille, il avait quitté Stuttgart pour rejoindre Paris. Enfin, il y a moins d'une heure, il avait emprunté le vieil autocar du père Loriol qui venait tout juste de le débarquer sur la petite place de Pontignac.

Il semblait un brin perdu. Au cours des dix-huit mois passés sous les drapeaux, il n'était venu qu'une fois en permission. La distance, mais surtout le besoin de vivre, de connaître autre chose, l'avait longtemps tenu éloigné de sa famille et de cette petite ville blottie au cœur de la vallée de la Gartempe.

Le petit paysan creusois avait bien changé. Le garçon introverti au regard timide s'était mué en un jeune homme à l'assurance insolente. Par le formidable brassage d'individus qu'elle opère, l'armée l'avait transformé. Instinctivement, il avait su choisir des camarades dont l'éducation et les origines étaient à l'opposé des siennes.

Au cours des longs mois passés dans le Jura Souabe, il avait été à l'écoute de quelques jeunes gens de bonne famille. À travers leurs propos, il avait découvert un monde qui lui était, jusqu'alors, totalement étranger. Il n'avait cessé de se nourrir de leurs longues discussions de citadins qui refaisaient le monde.

Bien entendu, tout ce savoir ressemblait à un bouillonnement dans lequel se mêlaient le pire et le meilleur. Il avait écouté et retenu sans se soucier, le moins du monde, de la véracité des propos tenus. Il avait été invité à la table de la connaissance et s'était gavé des affirmations et des contradictions des uns et des autres.

Aujourd'hui, il ressemblait à un terrain en friche où poussaient allègrement l'ivraie et le bon grain. Il avait tout emmagasiné avec une jubilation jamais prise en défaut. Ah ! quelle chance il avait eue de croiser le chemin de Jean Digbeu dont le père était un gros industriel de la région de Rouen ! Et puis, il y avait eu Daniel Rousseau qui faisait profession de journaliste dans le quotidien régional que dirigeait sa famille. Enfin, il devait beaucoup à ce diable de Michel Libermann, le petit juif de la rue du Sentier.

Cette poignée de trublions l'avaient accueilli au sein de leur communauté de penseurs en herbe, comme s'ils avaient voulu se donner bonne conscience. Ils l'avaient associé à leurs lectures, à leurs réflexions, comme on invite un mendiant affamé à la table de Noël.

Maintenant, il se sentait repu d'un repas trop riche qu'il avait bien du mal à digérer. Louis était trop intelligent pour ne pas se rendre compte combien il allait lui être difficile de faire fructifier son savoir. Alors, avec une lucidité étonnante, il était désireux de donner du temps au temps. Il ne voulait en aucun cas se brûler les ailes aux mirages de la grande ville. Pragmatique, il avait la certitude que son destin devait s'inscrire ici-même, dans la petite ville de Pontignac.

Il voulait sa revanche. Il ne pouvait se résoudre à partager à nouveau la triste vie du clan familial. Déjà, il sentait son estomac se nouer à la seule pensée qu'il allait devoir rejoindre la vieille ferme du Puy-Barraud. Même si cette anxiété était tout de même atténuée par le désir qu'il avait de revoir cette sauvageonne de Laure Piquenbois.

Ils se connaissaient depuis toujours. De deux ans sa cadette, Laure habitait à dix minutes de marche du Puy-Barraud, au lieu-dit « Les Barnèges ». Dès leur plus tendre enfance, ils avaient partagé les mêmes jeux. Élevés l'un et l'autre à la dure, ils s'entraînaient mutuellement alors dans de longues escapades qui les conduisaient souvent dans les coins les plus reculés du pays.

Elle était indomptable, infatigable. Une sorte de louve dominante qui n'en faisait qu'à sa tête. La Léontine, sa pauvre mère, en avait pris son parti et laissait sa fille aller et venir à sa guise.

Elle n'avait pas le choix. Laure était un démon en jupon qui se complaisait dans la violence et les sensations fortes. En dehors de Louis, ses fréquentations étaient rares. Pas un garçon n'aurait osé l'aborder sans son autorisation. Quant aux filles de son âge, elles évitaient de croiser le regard de cette chipie qui, pour un oui ou pour un non, pouvait entrer dans des colères explosives.

Elle était d'une beauté étrange. Petite, menue, toujours vêtue de guenilles, ses longs cheveux noirs et ses yeux de braise la faisaient ressembler à une romanichelle.

Tout naturellement, Louis était devenu son premier amant. Pour eux, cela s'inscrivait dans l'ordre des choses. Par la suite, ils avaient butiné chacun de leur côté mais se retrouvaient toujours, liés qu'ils étaient par tant de souvenirs qui n'appartenaient qu'à eux.

Durant son service, ils s'étaient écrit quelques lettres. Sans plus. Ainsi, Louis avait appris qu'elle travaillait dorénavant dans l'entreprise de salaisons Mongivray. Sur le coup, il avait été étonné. Il avait bien du mal à imaginer Laure en train de préparer les terrines de pâté et autres saucissons secs ! La surprise passée, il avait bien dû se rendre à l'évidence : la petite Laure avait changé.

Louis se leva, prit sa petite valise et se dirigea vers le centre ville. Il s'arrêta un court instant à hauteur de l'hôtel-restaurant Cruchot. La façade de l'immeuble avait été rénovée et de grands bacs à fleurs ornaient maintenant la large terrasse.

Ces derniers temps, la petite bourgade s'était offert une jolie cure de rajeunissement. À l'initiative du maire, de petits commerces avaient ouvert et d'autres s'étaient agrandis. Il faut dire que le docteur Gabette se dépensait sans compter pour sa commune. C'était un homme de consensus qui se disait gaulliste de gauche. Ainsi, sa profession de foi lui permettait de récupérer des voix des deux bords. Il était considéré comme un homme honnête, proche de ses administrés.

Malgré tout, Pontignac présentait deux parties distinctes. D'une part, la rue Mauve, grande artère qui traversait la cité jusqu'au pont qui enjambait la Gartempe. C'était le quartier des commerces, des hôtels, des demeures de caractère qu'habitaient les familles bourgeoises. D'autre part, de l'autre côté de la rivière, le long de la route sinueuse qui menait à Marsac, de petites maisons basses, modestes, constituaient le quartier des Chabrauds. La plupart étaient occupées par des employés de l'entreprise Mongivray. C'était un petit peuple de prolétaires, de retraités, qui formait le gros des troupes des partis de gauche.

Les divergences politiques n'altéraient en rien la convivialité, voire l'amitié qui unissaient les habitants de Pontignac. Tout le monde se connaissait, se saluait, s'entraidait en oubliant pour un temps les échéances électorales. Beaucoup étaient cousins de près ou de loin. Ainsi, Henry Dumazurier, le pharmacien, qui avait longtemps milité pour l'Algérie française, était cousin avec Jojo Leroy qui tenait un bistrot minable au coin de la rue Haute Saint-Pierre. Ce dernier était un rouge pur et dur, ce qui ne l'empêchait nullement de chasser le faisan et le lièvre avec celui qu'il surnommait « le facho ».

En fait, ce qui soulevait le plus de conflits, c'étaient les écoles. L'une, l'école Saint-Pierre, était dirigée par les frères des écoles chrétiennes et jouxtait l'église du même nom. L'autre, l'école communale, était adossée à la mairie, dans le bas de la ville.

C'était une rivalité de tous les instants. Les notables envoyaient leurs enfants à Saint-Pierre, et les petites gens mettaient les leurs à l'école laïque. Il ne se passait pas un mois sans que quelque bagarre opposât les élèves des deux institutions. C'étaient des jours sombres pour Lucien Gabette qui, en qualité de premier magistrat de la ville, devait faire preuve d'une grande diplomatie.

En général, tout se concluait par un apaisement des esprits. Les punitions infligées aux galopins étaient toujours les mêmes : un acte de contrition et trois Pater pour ceux de Saint-Pierre et un coup de trique pour ceux de la communale. Sur le sujet, on disait que Louis Galichon et Laure Piquenbois détenaient une sorte de record personnel qui n'était pas près d'être égalé.

C'est peut-être à ces souvenirs d'autrefois que pensait Louis en remontant la rue Mauve. En cette matinée de juillet, la foule emplissait les trottoirs et en particulier la petite place de la mairie. Dans un désordre apparent, les marchands avaient dressé leurs étals et proposaient une prolifération de vert, de rouge, de jaune, avec ces montagnes de fruits et de légumes d'été habillées de toutes les couleurs de l'arc-en-ciel.

Une débauche de senteurs emplissait l'air et venait se perdre dans les ruelles environnantes.

Il était arrivé à hauteur de la rue du Château. Quelques personnes le saluaient et papotaient à voix basse. D'autres le dévisageaient et ne pipaient mot, surpris de le voir revenu au pays.

Il avait chaud. Il s'arrêta et s'épongea le visage. Devant lui, les principaux commerces de Pontignac occupaient tout un côté de la rue. Du chemin des Sagnes à l'église Saint-Étienne, s'étirait une suite interminable de magasins : il y avait des épiceries, une mercerie, une librairie et nombre de petites boutiques qui paraissaient écrasées par les trois étages des Galeries Modernes.

En haut de la rue Mauve, une foule bruyante entrait et sortait du restaurant Glénissou. C'était un peuple de paysans, de maquignons qui descendait du foirail. À les entendre crier, s'apostropher, Louis ne put s'empêcher de sourire. Soudain, il retrouvait une ambiance qui lui était chère.

Il tourna la tête. Devant lui, le café Leroy grouillait de monde. Le patron avait ouvert en grand les deux battants de la porte d'entrée. Fatigué, Louis se laissa tenter et pénétra dans le vieil estaminet qui avait des allures de coupe-gorge.

Il trouva une place tout près du comptoir, enleva sa veste et alluma une cigarette. Il eut la désagréable impression que la plupart des regards convergeaient sur lui. Il entendait des murmures, des soupirs, des ricanements et les gloussements de quelques pochardes qui occupaient une table, tout au fond du café.

Il leva la tête. Le Jojo Leroy se tenait devant lui : toujours aussi sanguin et animé maintenant d'un léger tremblement des lèvres et des mains. Il faut dire qu'il était, et de loin, le meilleur client de son café. Ce qu'il ingurgitait comme vin blanc rognait une grande partie du bénéfice de la maison. Plusieurs fois, il avait fait des crises de delirium. Mais solide comme un roc, il poursuivait son existence dans des beuveries innommables sous le regard attendri de sa femme, la Lucile, qui elle se saoulait au Martini.

— T'es t'y pas le fils Galichon ? demanda-t-il en se penchant vers Louis.

Il puait la vinasse. Comme par miracle, les clients s'étaient tus. Au brouhaha avait succédé un silence pesant.

— Bien sûr ! J'ai terminé mon service et je rentre à la maison, répondit Louis.

Le Jojo se redressa et passa une main sur ses moustaches poivre et sel.

— T'as changé, mon grand ! Ah ! Bon d'la ! Tu vas en faire des ravages avec toutes les femelles qui traînent ! s'exclama-t-il.

Tout le monde rit de bon cœur. Ces gens simples s'amusaient d'un rien. Ils étaient réunis là pour s'humecter les amygdales, mais aussi pour écouter les derniers ragots du pays. Oh ! ils n'y allaient pas avec le dos de la cuillère. Leurs propos étaient souvent directs, et ils ne se souciaient guère de choquer les oreilles prudes.

Ces hommes rustres, âpres au labeur, ressemblaient à cette nature qui les avait endurcis, pareils à cette terre de granit. Leur peau s'était cuivrée, tannée, ridée sous le terrible soleil des moissons et le froid glacial qui vous gelait jusqu'aux os, lors des grandes coupes de bois qui occupaient leurs hivers.

À quelques pas de Louis, quatre hommes étaient attablés devant plusieurs chopines de vin gris. Le fils Galichon les connaissait depuis toujours. Il y avait là le Titou Bachelade, le

René Pujol, mais aussi Paul Gaucher, chef de la cellule communiste de Pontignac, et Momo Roussy, délégué syndical dans l'entreprise Mongivray.

Ce dernier était un petit bonhomme large comme une armoire à glace et qui n'avait pas la langue dans sa poche. Il se leva et vint s'asseoir auprès de Louis.

— Si je comprends bien, tu n'as pas encore été au Puy-Barraud ? demanda-t-il.

— J'arrive à l'instant de Saint-Sulpice. Mais je vais peut-être rencontrer un de mes frères à Pontignac, répondit Louis.

Momo Roussy approcha sa chaise et se pencha vers le fils Galichon.

— Tu ne risques pas de rencontrer le René ou le Fernand. Avant-hier, ils étaient saouls comme des bourriques et ils se sont battus avec une bande qui venait des Chabannes. Ah ! je te dis pas ! Ils ont saccagé une partie du café du père Glénissou.

Soudain, il se tourna en direction de la table où se tenaient ses trois compères.

— Eh ! Titou ! Dis-lui un peu au Louis ce qu'on pense de sa famille ! hurla-t-il.

Titou Bachelade était un petit homme à l'aspect malingre. Il travaillait comme cantonnier et passait une grande partie de son temps appuyé sur le manche de sa pelle. C'était un feignant-né et une vraie pipelette qui était au courant de tout.

— Ta famille, elle file un mauvais coton. Tes frères, on ne veut plus les voir ici. Quant à ton père, il est totalement fêlé, répondit-il.

D'un trait, il avala son verre de rouge et poursuivit :

— Les gendarmes les ont à l'œil. Si je peux te donner un conseil, dis-leur de se calmer. Sinon…

Louis ne s'était pas attardé plus longtemps. Il était déjà arrivé sur la route de Saint-Priest. Les propos entendus au café Leroy l'avaient choqué et avaient semé le trouble dans son esprit. Soudain, ses origines le rattrapaient avec cette famille exécrable qui lui était devenue étrangère.

Il est vrai qu'il en avait toujours été ainsi. Aussi loin qu'il pouvait se souvenir, le clan Galichon s'était souvent fait remarquer par ses violences, son goût pour la provocation. Au Puy-Barraud, on vivait en marge de la société. La haine était entretenue par le père qui restait, malgré son âge, encore capable de faire le coup de poing.

Il allait d'un pas lent, comme s'il redoutait de revoir ces visages qui le dégoûtaient. Même s'il avait beaucoup de choses à se reprocher, il s'était toujours comporté différemment des autres hommes de sa famille. D'abord, il ne buvait pas et avait une sainte horreur des bagarres presque quotidiennes de René et de Fernand. Oh ! rien ne lui avait été épargné. On le traitait souvent de mauviette, de poltron et seules ses qualités de braconnier et de coureur de jupons entretenaient une sorte d'équilibre entre ses frères et lui.

Souvent, il s'arrêtait et restait de longues minutes à contempler la campagne. Le soleil déjà haut dans le ciel écrasait les ombres. Sur la droite, en contrebas, il pouvait deviner les doux méandres de la rivière Gartempe. Ici et là, des troupeaux de bovins s'étaient allongés sous les chênes.

Il connaissait la vallée comme personne. Des bois de la Côte à l'étang de Chabanais, pas une parcelle de terre ne lui était inconnue. C'est qu'il avait dû en parcourir des sentiers, des chemins creux, des bois et des kilomètres le long des berges de la rivière ! Chez les Galichon, voler, braconner, étaient une seconde nature. Dès sa plus tendre enfance, Louis avait appris à poser les collets pour le gibier et à jeter l'épervier dans la Gartempe. Pour faire bouillir la marmite, son père n'hésitait jamais à l'envoyer fureter dans quelque cour de ferme, histoire de récupérer un poulet ou un canard.

Arrivé au croisement des chemins du Puy-Barraud et des Barnèges, il s'arrêta, posa sa valise et se débarrassa de sa veste qu'il plia sur son avant-bras.

Au loin, il pouvait deviner la ferme de ses parents dont le toit en ardoises scintillait sous les rayons du soleil. Au-delà, la ferme de la famille Gauchu, perchée sur un petit éperon rocheux, surplombait le hameau. Instinctivement, il tourna la tête sur la gauche et porta une main au-dessus de ses yeux, afin de se protéger d'une luminosité aveuglante.

Le hameau des Barnèges s'étirait le long de la rivière. Il reconnut le vieux moulin abandonné, l'écluse, la ferme des Chézaud et, au bout d'un chemin qui se terminait en cul-de-sac, la vieille bicoque de la mère Piquenbois.

Il hésitait. Personne ici n'était au courant de la date exacte de son retour. Cela faisait bien longtemps qu'il n'avait reçu des nouvelles de sa famille. D'ailleurs, durant les longs mois passés loin des siens, Claire, sa plus jeune sœur, avait été la seule à lui écrire quelques missives. Quant à Laure, dernièrement, elle lui avait adressé, pour son anniversaire, une petite carte à laquelle il n'avait même pas répondu.

Elle devait le maudire. Il la connaissait et savait combien elle attachait d'importance à un geste, un mot, un signe qui aurait rappelé qu'elle occupait une place particulière dans son cœur. Cette tigresse était parfois habitée par des sentiments de midinette. Bien sûr, il y avait les autres, ses amants d'une nuit à qui elle se donnait, car telle était sa nature. Mais le seul pour qui elle ressentait un amour vrai, profond, c'était Louis.

Le chemin s'enfonçait au milieu des pacages. Défoncé, strié d'ornières, il ne pouvait être emprunté qu'à pied. Rares étaient ceux qui l'utilisaient. On préférait passer par le Puy-Barraud et redescendre ensuite en longeant la rivière.

Louis avait choisi : une visite à Laure s'imposait. Il ressentait un besoin viscéral de la voir, de la serrer tout contre lui. Au début, elle allait peut-être faire quelques caprices. Mais il savait qu'elle ne pourrait résister longtemps et que, tout naturellement, elle lui offrirait ses lèvres et beaucoup plus encore.

Sur ce chemin creusé dans la terre, la chaleur était suffocante. Pas le moindre ombrage ne venait le protéger d'un soleil arrivé à son zénith. Il avançait avec prudence, lentement, sautant de pierre en pierre afin d'éviter les innombrables petites rigoles.

En cet endroit désertique, des images s'emmêlaient, s'effaçaient. Son enfance, son adolescence lui revenaient soudain comme autant de souvenirs griffés par le temps. Il ressentit tout à coup une angoisse profonde. Les lieux qu'il traversait, Laure, sa famille avaient été les témoins de sa vie misérable. Alors, bizarrement, il eut le sentiment que ses racines allaient être un handicap quant à l'avenir qu'il espérait.

Ces derniers temps, son existence s'était accélérée avec la découverte d'horizons nouveaux, séduisants. Mais il pressentit alors que son destin allait se jouer là, dans ce pays où, jusqu'à ce jour, rien ne lui avait laissé miroiter une vie meilleure.

Il s'arrêta et posa une main sur ses yeux. Il réfléchit, se concentra, essaya de mettre de l'ordre dans ses pensées, comme s'il avait voulu mieux appréhender son futur proche. Il respira profondément et essuya les quelques gouttes de sueur qui perlaient sur ses paupières.

Maintenant, le chemin avait laissé place à un sentier qui longeait la rivière. Le hameau des Barnèges était devant lui. Il semblait désert. Il accéléra le pas et le traversa sans jeter le moindre regard alentour, comme s'il avait redouté d'être reconnu par quelque autochtone.

La maison de Léontine Piquenbois était des plus modestes et le seul bien qu'elle possédât. La vieille bicoque était là depuis des lustres. On disait même qu'elle datait du siècle dernier et qu'elle avait été construite par l'arrière-grand-père de son défunt mari.

L'intérieur révélait une grande pauvreté. La salle commune était habillée de larges pierres cimentées et de quatre murs blanchis à la chaux. L'ensemble était sombre, bas de plafond avec de petites ouvertures par lesquelles pénétrait une lumière blafarde.

Léontine vivotait. Elle faisait des tricots, du repassage et, malgré une santé précaire, prêtait main-forte à des travaux des champs occasionnels.

Elle s'était mariée la trentaine passée, et par voie de conséquence avait eu Laure sur le tard. Les relations entre les deux femmes étaient souvent tendues : des chamailleries à n'en plus finir. L'esprit d'indépendance de sa fille irritait la mère Piquenbois. Elle ne pouvait admettre qu'elle traîne et se compromette avec des garçons. Mais elle avait beau la sermonner, Laure ne s'en souciait guère et poursuivait ses frasques.

Louis était le seul homme admis dans la maison des Barnèges. Léontine n'avait pas assez de mots pour dire combien elle l'estimait, le trouvait bien comme il faut. Pourtant, ses activités n'en faisaient pas un modèle du genre. Peu importe. Elle avait un penchant pour ce garçon qui, disait-elle, lui rappelait son pauvre mari.

C'était une idée fixe qui faisait bien l'affaire de Louis. Que Laure soit là ou qu'elle soit partie courir le guilledou, il aimait venir aux Barnèges. Ici, l'atmosphère était bien différente de celle qui régnait au Puy-Barraud. Des heures durant, Léontine adorait se raconter tout en offrant au fils Galichon un morceau de tarte, de clafoutis et son éternel cidre bouché dont il raffolait.

La mère Piquenbois était percluse de rhumatismes, mais gardait encore l'oreille fine. Alors, elle avait subitement quitté la table, certaine qu'elle était d'avoir entendu des pas qui se rapprochaient de la maison.

Elle était là, plantée devant le seuil de la porte. Elle avait terriblement changé et son visage paraissait un peu plus fripé. Elle plissait les yeux et fixait intensément le grand jeune homme qui marchait vers elle.

Louis s'arrêta à quelques mètres seulement. Il la détailla comme s'il avait voulu faire l'inventaire de ces rides, de ce dos voûté qui la faisait ressembler à une vieille femme au bord de la tombe.

En peu de temps, son corps s'était recroquevillé et ses mains étaient agitées par un tremblement incessant. Il en fut bouleversé.

— Louis, c'est donc toi ! Quelle surprise !

Elle avait dit ça d'une petite voix chevrotante. Son visage était maintenant éclairé par un beau sourire. Il avança vers elle, l'enlaça et l'embrassa tendrement.

— C'est moi, Léontine. Ai-je tant changé pour que vous hésitiez avant de me reconnaître ? lui murmura-t-il à l'oreille.

Elle s'écarta de lui et passa une main sur son visage.

— C'est sûr que tu as changé ! Que tu es beau ! Ah ! j'en connais une qui va être surprise ! s'exclama-t-elle.

Sans plus attendre, elle invita Louis à entrer dans la maison. Une fois arrivée dans la salle commune, elle se débarrassa de son tablier et arrangea son chignon.

— Laure est en train de donner à manger à la volaille. Quelle tête elle va faire quand elle va te voir ! dit-elle à voix basse.

Elle était tout excitée. Elle allait et venait, marmonnait entre ses dents, jetait une bûche dans la cuisinière, essayait de mettre un peu d'ordre dans la pièce où régnait un laisser-aller incroyable.

Soudain, elle se dirigea vers un petit couloir et, se retournant vers Louis :

— J'vais la chercher ! Oh ! Quelle chance de te revoir ! s'écria-t-elle tout en levant les bras au ciel.

Laure arriva en courant comme une folle. Dans son regard qui détaillait Louis avec un petit air coquin, on devinait un grand bonheur. Comme à son habitude, elle était vêtue de frusques qu'elle avait dû dénicher dans les antiquités de sa mère.

— Louis, Louis ! murmura-t-elle.

Elle se jeta à son cou. Ils se couvrirent de baisers sans se soucier de la présence de la Léontine qui les regardait avec un petit sourire attendri.

Puis Laure s'écarta et, tendrement, passa une main dans les cheveux de son jeune amant.

— Je croyais que tu m'avais oubliée ! Cela fait des semaines que j'attends de tes nouvelles ! s'exclama-t-elle.

Elle fronçait les sourcils en signe de reproche. Mais il était là, devant elle, et cela suffisait à présent.

— Allez, asseyez-vous ! Il est midi passé et il est grand temps de se mettre à table, intervint la mère Piquenbois.

Louis était aux anges. Léontine, toujours à ses petits soins, lui servait un civet de lapin au vin rouge. Pour bien marquer ce jour de fête, elle avait même ouvert un bocal de cèpes qui parfumaient toute la salle commune.

Ils vivaient un moment privilégié. Pour un temps, ils en auraient presque oublié leurs petites misères. Louis n'arrêtait pas de raconter mille anecdotes sur son séjour en Allemagne. Laure était curieuse de tout, posait des tas de questions et insistait en particulier sur les conquêtes féminines qu'il aurait pu faire.

Ces deux jeunes gens vivaient un amour étrange. Leur largesse d'esprit les mettait à l'abri de toute jalousie. Attitude inhabituelle qui surprenait et choquait profondément la mère Piquenbois.

Elle n'en disait rien cependant, trop heureuse qu'elle était de voir les deux tourtereaux ensemble. Et puis, elle savait que Laure était irritée quand on abordait le sujet et lui avait répété cent fois qu'elle était « libre de son corps ». Alors, elle s'était fait une raison, mais priait tout de même le bon Dieu afin qu'il extirpe le Diable qui était en elle.

Une fois le repas terminé, ils trouvèrent refuge dans le petit pré qui jouxtait la maison. L'attente avait été trop longue pour contenir plus encore le désir qui était en eux. Elle se donna à lui dans la plus totale nudité, sans la moindre pudeur. Ils étaient dans leur élément. Il y avait dans leurs ébats une certaine violence. Ils se vautraient dans l'herbe haute de juillet, ignorant le terrible soleil qui les éclaboussait, les brûlait, les caressait, comme si l'astre avait voulu partager avec eux ces instants de folie. Elle se donnait, le possédait, retrouvait l'amant de toujours, l'irremplaçable partenaire qui savait lui offrir un plaisir à nul autre pareil.

Leur bonheur occultait le temps. Comme autrefois, ils avaient ensuite rejoint la petite cabane dans laquelle la mère Piquenbois stockait ses outils de jardin. Ils s'y nichaient volontiers. Laure avait posé sa tête contre la poitrine de Louis. Elle lui narrait les dernières journées passées dans l'entreprise Mongivray. Ah ! elle en voyait passer de ces saucissons, de ces jambons, de ces pâtés en tous genres !

Malgré tout, elle semblait être satisfaite. Pour la première fois de son existence, elle gagnait de l'argent et pouvait ainsi aider sa pauvre mère à boucler les fins de mois.

Louis l'écoutait mais paraissait être ailleurs. Elle avait beau lui vanter la belle ambiance qui régnait sur les lieux de travail, lui faire miroiter les deux cent cinquante-huit francs qu'elle percevait chaque quinzaine, il savait que son avenir, ce besoin de réussir qui lui tenaillait le ventre, passait obligatoirement par un métier plus noble.

Laure releva la tête et s'aperçut qu'il avait le regard dans le vague, comme s'il avait été perdu dans un rêve lointain.

— Et toi, que vas-tu faire maintenant que tu es de retour ? demanda-t-elle.

— Je ne sais pas encore. Mais une chose est certaine, je ne resterai pas au Puy-Barraud, répondit Louis.

Elle s'était assise auprès de lui et avait passé un bras sur ses épaules.

— Tu sais, on embauche chez Mongivray.

Elle avait dit ça comme elle aurait dit autre chose. En effet, elle avait du mal à imaginer Louis enfermé entre quatre murs. Soudain, elle se rendit compte de l'énormité de sa proposition et éclata de rire :

— Ce travail n'est pas fait pour toi. Par contre, j'ai entendu dire que Mme Mauve cherchait un commis.

— Mme Mauve des Galeries Modernes ? demanda Louis.

Elle tourna la tête et remarqua qu'il avait un air réjoui, comme si tout à coup une petite lueur d'espoir avait habillé ses yeux.

— Bien sûr ! Le fils Gallois a quitté les Galeries pour un emploi à Limoges. Alors, elle cherche un vendeur.

Louis s'était levé et mettait de l'ordre dans ses vêtements. Laure l'imitait et l'observait du coin de l'œil.

— Je dis ça histoire de parler. Tu sais, pour entrer aux Galeries, il faut faire des pieds et des mains, ajouta-t-elle.

— C'est à voir ! Je pense que ce travail devrait me convenir, répondit Louis avec un petit sourire malicieux.

*
* *

Le Puy-Barraud était en ébullition. Depuis des heures, la ferme des Galichon résonnait de cris, de hurlements qui se répercutaient aux quatre coins du hameau.

Le père Côme avait appris la nouvelle de la bouche de l'Arsène Taillefer. Ce dernier revenait tout juste du marché de Pontignac. Comme à son habitude, il avait traîné sur le foirail, puis avait été boire un coup au café Leroy.

Là-bas, on ne parlait que de ça. C'était du Galichon par-ci, du Galichon par-là. Ah ! c'est qu'ils avaient eu bien du mal à reconnaître Louis ! Alors, ils n'avaient cessé de jacasser sur sa métamorphose que certains trouvaient presque inconvenante.

Ils l'avaient dit à Taillefer : « Le fils Galichon n'est plus un paysan. » Ils avaient vu ça à de multiples détails. D'abord, le peu de paroles qu'il avait prononcées montrait bien qu'il avait reçu une éducation, une instruction. Et puis, il avait pris un Martini-gin en lieu et place du sempiternel verre de vin rouge. Ce comportement les surprenait et ils imaginaient la tête du père Côme quand il allait voir arriver son fiston avec ses nouvelles manières !

Le vieux Galichon ne décolérait pas. C'était un homme violent, qui joignait souvent le geste à la parole. Quand on lui avait rapporté que Louis était rentré et qu'on l'avait vu prendre le chemin des Barnèges, il en avait tout de suite déduit qu'il était allé rejoindre la fille Piquenbois.

Il détestait Laure. Il la traitait de catin, de putain et affirmait même qu'elle passait sa vie à regarder la feuille à l'envers. À l'écouter, elle n'était qu'une sorcière, une malfaisante qui avait sur Louis une influence des plus néfastes. Encore un peu, et il l'aurait bien vue sur un bûcher dévorée par les flammes.

Il faut dire que le clan Galichon ne faisait pas dans la dentelle. Cela ne datait pas d'hier. Quand on se penchait un peu sur la famille, on constatait que les ancêtres avaient laissé, eux aussi, nombre de traces indélébiles.

Il y en avait pour tous les goûts : on trouvait des voleurs, des violeurs, une fille couche-toi-là et même un assassin qui avait terminé son existence à Cayenne.

Depuis ces années mémorables, les Galichon avaient mis de l'eau dans leur vin. Mais à doses homéopathiques. Le passé de la famille ne les gênait guère, ils en tiraient même une certaine fierté.

Côme, le patriarche, était le plus redouté. Ce vieux paysan alcoolique avait des réactions totalement imprévisibles. Intelligent, futé comme un renard, il était d'un premier abord presque agréable. En fait, il n'avait pas son pareil pour prêcher le faux afin de savoir le vrai.

Tout le monde dans le pays en avait peur. Cet être fuyant, sournois, avait toujours un fer au feu. Il ne se passait pas un mois sans qu'éclate une affaire dans laquelle un membre de la famille soit impliqué.

Il régentait tout et était obéi au doigt et à l'œil. Germaine, sa femme, était un personnage falot à l'esprit tordu qui n'aurait osé contester la plus petite initiative de son Côme adoré. Il lui avait fait cinq enfants, sans compter un nombre incalculable de fausses couches.

Elle était née Lachaussade et avait vu le jour à quelques kilomètres de Pontignac, dans le hameau du Chiroux, sur la route de Laurière. Côme l'avait engrossée rapidement, ce qui, bien sûr, avait précipité le mariage.

Avec ce diable de Galichon, elle allait en voir de toutes les couleurs, et connaître bien des déconvenues. Il ne se passait pas une semaine sans que ce dernier réclame à ses beaux-parents quelque argent, un cochon par-ci, un veau par-là. Au fil des ans, il avait en partie pillé la ferme du Chiroux. Quand les

Lachaussade osaient émettre une objection, il leur répondait, avec aplomb, qu'il ne faisait que récupérer la dot qui lui était due.

Les Lachaussade disparurent à peu de mois d'intervalle. Sans perdre de temps, Côme vendit la ferme du Chiroux, récupéra le bétail et acheta quelques arpents de bonne terre, ce qui porta sa propriété à une superficie d'une dizaine d'hectares.

Ce n'était pas la fortune, mais ça ressemblait tout de même à une embellie. En quinze ans, la famille du Puy-Barraud s'était enrichie d'une nombreuse progéniture : trois garçons et deux filles. Aujourd'hui, la plupart avaient quitté la demeure familiale, à l'exception de Louis et de Claire. Alors, le vieux Galichon l'avait décidé depuis belle lurette : c'est à son fils cadet que reviendrait le droit de prendre sa succession. D'autant qu'il avait pour Louis, on ne savait trop pourquoi, comme une tendresse particulière.

De tous les rejetons, René, l'aîné, était le plus proche du père. Petit, râblé, méchant comme une teigne, il travaillait dans la maçonnerie chez un petit entrepreneur de Pontignac.

Il buvait comme il n'est pas possible. Chaque jour, il lui fallait sa dose. Cet homme de 35 ans avait déjà le visage marqué par l'alcool. Le vieux Chalandon, son patron, se désespérait de voir un aussi bon ouvrier se détruire à grands coups de litres de vin blanc.

Il avait fait plusieurs crises de delirium. Cela faisait des années que son médecin le disait condamné. Mais sa condition robuste l'avait, jusqu'à ce jour, préservé du naufrage.

Il vivait seul. Il s'était trouvé une vieille bicoque à la sortie de Pontignac, sur la route de Paulhac. Parfois, au cours de ses beuveries, il ramenait une femme rencontrée par hasard. Mais cela ne durait pas, incapable qu'il était de supporter une présence féminine dans ce taudis où il avait ses habitudes.

Son frère, le Fernand, était plus sage mais aussi plus bête. Il avait tout juste passé la trentaine et fricotait avec la Pélagie, une grande idiote au postérieur aussi large que le cul d'une vache.

Ensemble, ils formaient une paire redoutable. Ils se louaient de ferme en ferme. Ils étaient durs à la peine et nombre de paysans les recherchaient quand arrivaient les grands travaux des champs.

Aussi grand que son frère était trapu, Fernand n'avait pas le moindre sou de méchanceté. Malgré tout, cette force de la nature ne supportait pas qu'on s'attaquât à un membre de la famille. Alors, pour un oui ou pour un non, René venait le chercher tous les quatre matins, histoire de régler un conflit avec quelques hommes du cru.

Les deux sœurs de Louis étaient fort différentes. Suzanne, l'aînée, était un joli brin de fille de 28 ans. Elle travaillait chez les demoiselles Lacour, des couturières de Pontignac. Elle était mariée avec Pierre Lavaugelade, un ouvrier charcutier, et ils habitaient un petit appartement en bas de la rue Mauve, à deux pas de l'église Saint-Étienne.

Elle avait coupé tous liens avec sa famille. Louis était le seul qui avait trouvé grâce à ses yeux. Plusieurs fois, elle l'avait reçu, l'avait convié à sa table et depuis fort longtemps lui conseillait de quitter le clan du Puy-Barraud.

Le père Côme ne la détestait pas. Il la haïssait. À la ferme, personne n'aurait osé parler de Suzanne de peur de voir éclater une colère dont le patriarche était coutumier.

Tout de même, de temps à autre, la mère Galichon questionnait Louis sur la santé de sa fille aînée. Mais tout ça se passait loin des oreilles indiscrètes. C'était en quelque sorte un secret entre Germaine et son fils cadet.

Enfin, il y avait la petite dernière. Claire avait 18 ans et aidait sa mère aux multiples travaux de la maison et de la basse-cour.

C'était une fille à la beauté et au comportement étranges. Elle était petite, frêle, avec de longs cheveux roux qu'elle laissait la plupart du temps courir sur ses épaules. Sa peau était d'une blancheur laiteuse. Des yeux verts, immenses, habillaient un visage où l'on devinait une forte personnalité et une intelligence qui ne demandaient qu'à éclore.

Elle était intouchable. C'était la seule que le vieux Côme épargnait de ses sarcasmes. Elle allait et venait à sa guise, toujours prête à rapporter les ragots qu'elle picorait ici ou là.

Avec elle, les Galichon connaissaient tout sur tous. Une commère redoutable. Si bien que la plupart du temps elle était à l'origine des querelles avec le voisinage, car elle avait, de plus, le fond mauvais. Cette petite garce ressentait une véritable jouissance à chaque règlement de compte qui opposait ses frères à quelque famille des environs.

Elle ne paraissait pas son âge. À 18 ans, elle avait encore un visage d'enfant espiègle et pourtant cette sauvageonne attirait déjà le regard des hommes. Mais même les plus hardis n'auraient osé l'aborder, craignant quelque violence de la part du père Galichon.

Elle avait un esprit tourmenté avec des réactions bizarres. Sa sœur le disait souvent : « Cette fille n'est habitée par aucun sentiment. » Suzanne avait en partie raison, mais en partie seulement.

En effet, Claire éprouvait pour Louis un amour fraternel sans partage. Qu'il ait tort ou raison, elle prenait toujours sa défense. Oh ! elle lui avait bien joué quelques tours pendables. Mais elle lui revenait inchangée : enjouée, câline, parfois jusqu'à l'ambiguïté.

Sur le chemin qui menait au Puy-Barraud, Louis pensait à tous ces personnages qu'il allait devoir affronter. Bien entendu, cela faisait pas mal de temps qu'il avait rangé sa peur aux vestiaires. Même le René ne l'impressionnait plus. Malgré tout, il se sentait envahi par une vague d'angoisse à la seule pensée de se retrouver dans un milieu qui ne lui inspirait, dorénavant, que du mépris.

Il ne pouvait en douter : à l'exception de Suzanne, ils devaient être tous là à l'attendre. Il les connaissait et pouvait imaginer combien la réception allait être animée, voire orageuse. Il s'apprêtait à essuyer les injures du père et les quolibets de ses frères. Et puis, il y aurait la vieille Germaine qui, comme à son habitude, resterait dans son coin, hochant la tête de temps à autre pour approuver les remontrances de son cher mari.

En cette fin d'après-midi, le soleil commençait à décliner. Une légère brise s'était levée et venait caresser les innombrables chênes qui bordaient les pacages. Devant lui, il pouvait entrevoir les premières maisons du Puy-Barraud. Sur la droite, c'était la ferme des Janicou et, légèrement en retrait du chemin, un long bâtiment en pierre de granit qui cachait en partie la maison d'habitation des Bordelas, les plus grands propriétaires du pays de Pontignac.

Depuis des décennies, ces derniers étaient en guerre larvée avec les Galichon. Une fois de plus, pour une histoire absurde, un malheureux bout de chemin en mitoyenneté et que le père Côme revendiquait pour lui tout seul.

Cette querelle était représentative des relations exécrables qui existaient entre les Galichon et leurs voisins du Puy-Barraud. Louis était las de tout ça. Les dix-huit mois passés loin des siens lui avaient révélé l'anachronisme de cette micro société qui persistait à vivre dans un monde pétri de haine et de rancune.

Claire l'attendait sur le pas de la porte. Elle avait dû travailler dans les champs car elle était crottée jusqu'aux chevilles. Louis avançait avec précaution, enjambant les flaques de boue et de purin qui constellaient la cour.

Elle se précipita vers lui, s'accrocha à son cou et lui déposa un doux baiser à la commissure des lèvres.

— Ils sont dans une colère folle. Ils savent que tu es passé aux Barnèges, murmura-t-elle.

La salle commune était noyée dans une semi-pénombre. Quand Louis franchit le pas de la porte, il eut la désagréable impression que toute l'assemblée le dévisageait, le détaillait, le déshabillait jusqu'à l'âme.

Rien n'avait changé. L'intérieur était toujours aussi répugnant, immonde : les meubles encombrés de toutes sortes de choses inutiles qui croupissaient là depuis des lustres, de la poussière partout, jusque sur de longues toiles d'araignée qui s'étaient accrochées aux poutres du plafond.

L'odeur qui régnait était exécrable. C'était un mélange de vinasse, de sueur et de moisi qui avait imprégné les murs, les objets et qui allait et venait au gré des courants d'air qui traversaient la pièce.

Ils ressemblaient à des personnages d'un autre temps. Rien chez eux ne laissait entrevoir la moindre bribe d'humanité. Ils formaient un clan soudé qui s'apparentait à une meute de loups prête à bondir sur quelque proie de passage.

Louis avait du mal à croire qu'il avait pu vivre au sein d'une telle famille dont l'âme était aussi noire que les murs de la salle commune. Tous à mettre dans le même sac. Ici, nulle personnalité n'était en mesure de s'exprimer en dehors du père. Dans cette société patriarcale poussée à l'extrême, chaque membre agissait suivant les ordres donnés par le vieux Côme. En dehors de cette règle inamovible, point de salut.

Il hésita à s'avancer. Il fit tout de même quelques pas et s'arrêta devant la grande table autour de laquelle ils étaient tous assis.

Il ne savait trop que dire. Il les observait et avait une folle envie de fuir. Soudain, comme propulsé par un ressort, le père Galichon s'extirpa de sa chaise, et, debout, frappa la table d'un coup de poing, un peu comme s'il avait voulu annoncer l'ouverture de la séance.

— Fumier ! Tu es de retour depuis ce matin, et tu trouves le moyen d'arriver seulement en fin de journée ! hurla-t-il.

Il devait bien avoir trois ou quatre litres dans le ventre. Son visage était violacé et il bavait de rage.

— Je suis passé voir Laure. D'ailleurs, vous devez le savoir, vous qui êtes au courant de tout, répondit Louis.

— Vous entendez, vous autres ! Il a été rendre visite à cette putain au lieu de venir voir son père et sa mère. Ah ! on peut dire que j'ai gagné à la loterie, le jour où tu es né !

Le vieux manifestait un état d'énervement extrême. Il gesticulait dans tous les sens. Maintenant, tout le monde gueulait des insultes au visage de Louis. Le plus odieux était le René. Il puait la vinasse et déversait des kilos d'injures.

Ils en arrivèrent à une cacophonie incroyable. Même la Germaine y allait de son couplet. Ils buvaient, postillonnaient, hurlaient devant le visage épanoui de Claire qui, visiblement, paraissait apprécier ce déluge de mots orduriers.

Louis ne disait rien, retranché dans d'autres pensées. Au milieu de ce brouhaha indescriptible, il réussissait tout de même à s'évader du côté des Barnèges. L'atmosphère qui emplissait la pièce était tout bonnement insupportable.

Tout à coup, il revint à la réalité. Le silence s'était fait dans la pièce. Son père était debout, mais visiblement ivre, il tanguait, incapable de se stabiliser sur ses jambes. Il passa plusieurs fois la langue sur ses lèvres et plaqua ses deux mains sur la table, le cou tendu à l'extrême.

— Tes vacances sont terminées. On a encore des charrettes de blé à rentrer, sans compter tout le travail qui t'attend dans les terres. Alors, monte dans ta chambre et redescends vite en bleu de travail, dit-il en s'adressant à Louis.

— Et surtout n'oublie pas tes bottes ! ajouta le René en ricanant.

Louis avait l'impression qu'ils s'adressaient à quelqu'un d'autre. Il les regardait et les trouvait ridicules. Ils ressemblaient à certaines caricatures qu'il avait vues dans des bandes dessinées.

Sa mère s'était levée. Elle traversa la salle commune et alla touiller une sauce qui mijotait sur le bord de la cuisinière.

— Y a du boulot, Louis. Ton père a raison, on a du retard dans la moisson. Alors, le temps de faire le beau est terminé, murmura-t-elle entre ses dents.

Elle se retourna avec sa spatule à la main.

— Et puis, la terre nous a rongé les os. Maintenant, c'est à toi de prendre la relève, ajouta-t-elle.

On eût dit une vieille femme usée jusqu'à la corde. Elle était déjà toute voûtée et son visage était froissé d'une multitude de rides profondes. Sa vie n'avait été qu'un long chemin de labeur. Avec le Côme, elle n'avait connu que misère et humiliation. Jamais pour ses enfants les gestes, les mots qu'ils auraient pu attendre de leur mère. Elle ne savait pas. L'existence misérable qui était la sienne avait sclérosé tout sentiment maternel.

Louis la regardait avec une sorte de pitié. Elle mit de côté sa spatule et vint s'asseoir auprès de lui.

— Qu'as-tu à me regarder ainsi ? Depuis qu't'es là, t'as pas prononcé un seul mot, dit-elle à voix basse.

— Je ne resterai pas avec vous. Je ne veux plus entendre parler de vos magouilles et de votre violence. Ma vie est ailleurs, répondit Louis.

Tous les regards se tournèrent vers le père. Ils s'attendaient au pire. Le vieux restait silencieux, comme abasourdi par ce qu'il venait d'entendre. On aurait pu entendre une mouche voler. Subitement, le vieux Galichon se redressa et, comme un fou, se précipita en direction de son fils cadet.

Il paraissait avoir perdu la tête. Il empoigna Louis par le revers de la veste et hurla des mots totalement incompréhensibles. D'un geste vif, Louis réussit à se dégager et le repoussa brutalement, jusqu'à ce qu'il vînt choir sur les genoux de Fernand.

C'était bien la première fois qu'ils voyaient le vieux dans une telle situation. On ressentait une tension qui pouvait à tout moment éclater en pugilat. René fixait intensément son jeune frère avec dans les yeux une telle haine qu'il ressemblait à un animal féroce.

Avec une maîtrise étonnante, Louis regardait tout ce beau monde, un demi-sourire de satisfaction au coin des lèvres. Lentement, il s'écarta de la table, prit sa valise et se dirigea vers la porte.

— Où vas-tu comme ça ? demanda la mère Galichon.

Il se retourna et jeta un dernier coup d'œil vers l'assemblée.

— Si je restais, le vieux fou serait capable de me tuer. Je n'ai plus rien à faire ici, répondit-il.

Le père Côme avait réussi à se lever. Tout en titubant, il fit quelques pas et se planta devant Louis.

— Fous le camp ! Va rejoindre ta putain, et que je ne te voie plus traîner dans le secteur, grogna-t-il, la voix pâteuse.

Une page importante de son existence venait de se tourner. Planté au milieu de la cour, il parcourut du regard les lieux où il avait vécu durant plus de vingt ans. L'endroit était misérable, laid, sale, à l'image de cette famille qu'il vomissait.

Tout était laissé à l'abandon. Dans un coin de la cour, le vieux tracteur poussif était en partie démonté et semblait être abandonné dans une longue agonie. Çà et là, des machines agricoles ressemblaient à de véritables tas de ferraille envahis par la volaille de la basse-cour.

Spectacle affligeant. On eût dit qu'un cataclysme était passé sur le Puy-Barraud. La ferme des Galichon n'avait plus rien de commun avec ce qu'elle avait été naguère. Louis regardait tout ça avec un petit pincement au cœur, comme s'il n'avait pu encore se débarrasser de certains sentiments qui l'attachaient encore à cette terre.

En l'instant, beaucoup de souvenirs lui revenaient en mémoire. Son enfance, son adolescence n'avaient été qu'une suite interminable de longues années durant lesquelles il n'avait connu que haine, violence et bêtise.

Il avait beau faire, rien n'était en mesure de lui rappeler une minute de tendresse, un petit sourire de sa mère, ou plus simplement une soirée passée dans le calme et la convivialité. Non. L'esprit tourmenté des Galichon les conduisait toujours à innover dans des histoires troubles, des vengeances, des querelles de toutes sortes qu'ils laissaient longuement mijoter au coin du feu.

Aujourd'hui, il prenait soudain conscience de la folie qui l'avait, lui aussi, envahi. Il avait toujours répondu présent aux ordres du père ou du René. Oh ! bien entendu, au début, on ne l'utilisait que pour de petits larcins. Mais au fil des ans, il avait de plus en plus souvent participé aux vols importants, aux altercations, voire aux bagarres avec le voisinage.

Alors, il se sentit libre, en paix avec lui-même. Il leva la tête en direction des collines qui barraient l'horizon, de l'autre côté de Pontignac. La campagne entière était sur le point de s'assoupir. On était encore entre chien et loup. C'était son heure préférée, celle durant laquelle la nature entière entre dans le crépuscule. Lentement, mais d'un pas assuré, il s'engagea sur le chemin qui traversait le Puy-Barraud et débouchait sur la route de Saint-Priest.

Tout en allant, il se surprit à sourire, comme s'il avait eu la certitude que son destin ne pouvait le conduire que dans ce rêve qui l'habitait et auquel il voulait donner forme, quitte à bousculer les convenances et à se faire montrer du doigt.

*
* *

Il était fatigué et la faim commençait à lui tenailler le ventre. Un moment, il avait hésité entre aller rejoindre Laure ou demander l'hospitalité à Suzanne. Mais en homme pragmatique qu'il était devenu, il avait tranché en faveur de sa sœur. Nul doute, elle allait être surprise et en même temps follement heureuse de l'accueillir. Ah ! il l'imaginait quand il allait lui raconter sa visite éclair au Puy-Barraud. Dans un premier temps, elle allait éclater de rire. Et puis, s'ensuivrait une interminable litanie sur la famille.

Sur les Galichon, elle pouvait parler des heures entières. Elle avait été la première à se révolter contre l'autoritarisme du père. Le vieux, il la maudissait. C'est qu'elle était la pestiférée, celle qui avait lézardé la belle harmonie du clan.

Les années avaient passé mais le dédain qu'elle ressentait pour ceux qu'elle appelait « les fadas » n'avait pas changé. Alors, l'initiative de Louis allait la combler d'aise, la ravir. Enfin, le petit frère avait compris qu'il n'avait rien à espérer de ces gens dont le seul plaisir résidait dans le malheur des autres.

Il avait atteint les premières maisons de Pontignac. La petite ville s'assoupissait lentement. Çà et là, quelques groupes de jeunes gens allaient et venaient, tout heureux de profiter pleinement de cette belle soirée d'été. En direction de la rivière, on entendait les cris aigus des jeunes filles qui devaient jouer aux beautés aquatiques.

Il y avait dans l'air un parfum bizarre, indéfinissable. On aurait dit que toutes les senteurs de la campagne s'étaient réunies soudain dans une sorte de mariage heureux. Cela tenait du miracle, comme ces choses inexplicables qui arrivent parfois, furtives, et que certains considèrent comme un signe du Dieu créateur, pendant que d'autres mettent cette harmonie sur le compte du pur hasard.

Il était arrivé en bas de la rue Mauve. Il leva les yeux et vit que les lumières brillaient encore entre les interstices des volets. Il traversa la chaussée, ouvrit la porte de l'immeuble et emprunta le long couloir qui donnait accès aux étages.

Pierre Lavaugelade ouvrit la porte et resta sans voix. La visite de Louis était si inattendue qu'elle le laissait coi. Tout à coup, il se retourna, tout en faisant signe à son beau-frère de le suivre.

— Suzanne, devine qui est là ! Devine qui est là ! hurla-t-il.

Ce grand gaillard était la bonté même. Toujours le sourire aux lèvres avec une bonne parole par-ci, une bonne parole par-là. À l'exception des Galichon, il ne comptait que des amis. Quand on parlait de lui, on louait sa conscience professionnelle et sa gentillesse avec les gens.

Il adorait sa femme. Il avait pour elle une attention de tous les instants. Ils formaient un couple heureux, sans histoire, que la venue du petit Jean avait encore renforcé.

Elle était plantée au beau milieu du vestibule, une main posée sur sa hanche.

— Mon Dieu ! Louis, que je suis heureuse ! s'exclama-t-elle.

Elle se précipita et l'enlaça dans ses bras. À les voir, on aurait pu penser qu'ils ne s'étaient pas vus depuis des décennies.

Mais chaque fois c'était la même chose. Suzanne était une femme excessive dans ses réactions comme dans la manière qu'elle avait de s'exprimer, de faire partager ses émotions.

Ils passèrent dans le petit salon qu'ils avaient aménagé, peu de temps auparavant. Il est vrai qu'ils ne roulaient pas sur l'or. Pierre travaillait durement et faisait même quelques extras pour des baptêmes et des communions. Il savait tout faire de ses dix doigts. Bien entendu, il excellait dans la charcuterie mais aussi dans la cuisine et même dans la pâtisserie où il démontrait un réel talent de créateur.

Il confectionnait des mets simples mais toujours avec des produits de qualité. Et puis, tout ça aidait à faire bouillir la marmite. De son côté, Suzanne travaillait chez les demoiselles Lacour. Ces dernières dirigeaient un petit atelier de couture attenant à la mairie de Pontignac. Au début, elles avaient accueilli la fille Galichon avec une certaine méfiance. En effet, cette grande paysanne paraissait un peu gauche, malhabile, pour avoir davantage plongé ses mains dans la terre que caressé de fines étoffes.

Malgré tout, avec le temps, elles n'eurent pas à regretter de l'avoir prise à leur service. Il faut bien reconnaître que, sans avoir un grand talent, Suzanne débordait d'une volonté à toute épreuve. Rien ne la rebutait. Elle ne comptait pas ses heures et se montrait toujours disponible, ce qui satisfaisait ses patronnes qui louaient son courage et sa ténacité.

Le petit appartement de la rue Mauve était à l'image de ses locataires. On y respirait le bonheur, la simplicité avec çà et là quelques petites touches de modernité. Ainsi, outre le réfrigérateur et la machine à laver, Pierre avait demandé un crédit afin d'acquérir un beau téléviseur. Depuis, Suzanne était ravie et ne cessait de raconter aux demoiselles Lacour les soirées de rêve qu'elle passait devant le petit écran.

Cela faisait de longues minutes que Louis leur narrait sa visite au Puy-Barraud. Sans piper mot, ils buvaient ses paroles, ne perdant rien des moindres détails de l'entrevue orageuse. À présent, ils se sentaient moins seuls. Avec la décision de son frère, Suzanne était persuadée que la famille allait, dorénavant, connaître quelques temps difficiles.

Quand il eut terminé son récit, elle éclata de rire, se leva et l'embrassa fougueusement. Elle était dans un état euphorique extrême. Pour sa part, Pierre n'arrêtait pas de marmonner : « Eh bien, mon gars ! Eh bien, mon gars ! »

Déjà, il se levait et proposait un quinquina ou une Suze cassis. Ils retrouvaient une âme d'enfants. Suzanne allait et venait sans but précis, comme si elle avait voulu calmer ce grand bonheur qui lui faisait tourner la tête.

— Ah ! Les salauds ! Les salauds ! Quand je pense à mes années de jeunesse passées auprès d'eux ! s'exclama-t-elle.

Pierre servait l'apéritif. Soudain, il tourna la tête en direction de sa femme.

— Je ne veux plus que tu parles de ce passé. Aujourd'hui, nous sommes heureux et le reste n'a pas grande importance.

Suzanne fit un petit signe de la tête pour bien montrer qu'il avait raison. Malgré tout, elle avait du mal à faire abstraction de ces longues années partagées avec la famille. De tous les enfants, elle avait été la plus malheureuse, la plus maltraitée. Pour un rien, le père Côme n'hésitait pas à la punir à coups de trique. Elle était le souffre-douleur du vieux. Le peu de réconfort venait de Louis qui, en cachette, lui donnait quelque nourriture le jour où le patriarche avait décidé qu'elle serait privée de repas.

Pierre avait beau répéter qu'il fallait oublier, elle conservait en elle des plaies qu'elle savait impossibles à cicatriser. Ah ! elle avait dû faire preuve d'un grand courage pour quitter la ferme et rejoindre l'homme qu'elle aimait !

Le père Galichon avait bien tenté de la faire rentrer au bercail. Futé, il alternait le chaud et le froid. Peine perdue. De son côté, René avait bien essayé d'intimider Pierre Lavaugelade en lui promettant quelque correction si sa sœur ne revenait pas au Puy-Barraud. Mais le charcutier n'était pas manchot. Ce colosse au cœur tendre était impressionnant. Alors, un jour, afin de montrer une fois pour toutes aux Galichon qu'ils ne pouvaient rien espérer de Suzanne, il s'était coltiné avec René et Fernand et leur avait administré une correction qui allait marquer à jamais les esprits.

Depuis, en dehors de quelques accrochages, c'était le calme plat. Au Puy-Barraud, on parlait de Suzanne seulement les soirs de grandes beuveries. Comme le sujet attisait leur colère, ils s'en servaient comme d'un excitant. Ainsi, ils déversaient leur bile et terminaient la nuit épuisés d'avoir trop gueulé leur hargne pour celle qui, disaient-ils, les avait déshonorés.

Afin de fêter l'événement, la maîtresse de maison ouvrit un bocal de confit de cochon. Avec une entrée de charcuterie somptueuse, le repas était pour le moins copieux. Le trio faisait plaisir à voir. Pierre avait un appétit féroce et Louis était loin de laisser sa part.

La discussion était totalement débridée, on sautait facilement du coq à l'âne. Bien entendu, le fils Galichon racontait tout ce qu'il avait vécu, tout ce qu'il avait retenu de son séjour dans le Jura souabe. Pierre et Suzanne l'écoutaient, curieux, avides, eux qui n'avaient jamais quitté le sol de France. Ah ! c'est que ça les faisait rêver ces montagnes, cette neige et cette vallée du Danube que Louis décrivait avec des élans poétiques dans la voix !

Ils étaient tout de même étonnés de la manière dont il s'exprimait. Ils avaient bien du mal à reconnaître le petit paysan d'autrefois. Les mots qu'il utilisait, la décontraction qu'il affichait, cette faconde qui le faisait ressembler à un jeune homme de bonne famille les surprenaient.

Mais ils n'osaient intervenir. Ils étaient sous le charme de son verbe, de ses gestes. On eût dit qu'ils écoutaient quelque personnage important leur narrer une épopée lointaine.

Le repas terminé, sans demander quoi que ce soit, Suzanne prépara un lit pour son frère dans une chambre qui jouxtait celle où d'ordinaire dormait le petit Jean. Le gamin était absent. En effet, de temps à autre, la mère Lavaugelade prenait son petit-fils pour les vacances. Celui-ci était toujours follement heureux de se retrouver dans la vieille maison de Chamborand. Là-bas, il s'en donnait à cœur joie, courait la campagne avec les autres galopins du village et pouvait faire mille bêtises, sans trop craindre d'être réprimandé par sa grand-mère.

Ils étaient repus. Histoire d'accélérer la digestion, Pierre servit une petite goutte de calvados. Suzanne était tout sourire, épanouie. On la sentait follement enjouée de recevoir son frère. Soudain, elle qui ne prenait jamais la moindre goutte d'alcool trempa un sucre dans le verre de son mari et se tourna vers Louis :

— Je suppose que tu vas te présenter chez Mongivray. J'ai entendu dire qu'il embauchait.

— Laure m'a dit qu'il y avait du travail. Mais cela ne m'intéresse pas, répondit Louis.

— Mon grand, je te trouve bien difficile. Tu sais, ici les emplois ne courent pas les rues, fit remarquer Pierre.

— Et puis, tu n'as pas de métier. En dehors de la terre, que sais-tu faire ? demanda Suzanne.

— J'ai entendu dire que Mme Mauve embauchait. Laure m'a dit qu'elle cherchait un commis.

Ils se regardèrent, tombant des nues à entendre parler de la maison Mauve. À leur mine, on voyait bien qu'ils ne prenaient pas les propos de Louis au sérieux.

— J'espère que tu ne t'es pas mis une telle idée en tête ? demanda Suzanne.

Son frère lui adressa un petit sourire un brin ironique. Où était donc le jeune homme timide et falot de naguère ? Aujourd'hui, il semblait sûr, tout en lui exprimait sa détermination.

— Suis-je trop sot pour faire un commis ?

Elle hocha négativement la tête pour bien montrer que le problème était ailleurs.

— Ton intelligence n'est pas en cause. Mais tu es le fils Galichon, et je vois mal Hélène Mauve te prendre à son service, répliqua Suzanne.

— Eh bien, on verra ! Mais dès demain j'ai la ferme intention de la rencontrer, répondit Louis, catégorique.

Il se cala au fond du canapé et ferma les yeux, comme s'il désirait rêver un instant à cette étape qu'il voyait pleine de promesses.

— Tenez, je vais lui faire du charme, à la belle Hélène ! Je suis persuadé qu'elle ne pourra résister ! ajouta-t-il en éclatant de rire.

C'était une belle matinée d'été avec un grand soleil qui, déjà, montait haut dans le ciel. La chaleur s'annonçait étouffante. Les touristes étaient nombreux. Depuis le début du mois, ils avaient pris possession des deux hôtels de Pontignac. Chez Camille Cruchot, on affichait complet. Les clients, pour la plupart des habitués, venaient de Paris et de la région lyonnaise. On retrouvait des industriels, un banquier, des chefs d'entreprise qui trouvaient dans ce havre de verdure la tranquillité et la quiétude qu'ils recherchaient.

Louis avait toujours été étonné de voir ces nantis venir passer leurs vacances en un tel lieu. C'était une habitude, presque une tradition qui datait de plus de vingt ans. En effet, dans la période d'après-guerre, l'un d'entre eux avait découvert ce petit coin perdu de Creuse. Il avait trouvé l'endroit charmant et la table excellente. Aussitôt, le bouche à oreille avait fonctionné et, de fil en aiguille, une dizaine de familles s'étaient laissé séduire par la beauté du site et la gentillesse des Cruchot.

Depuis, des liens s'étaient noués. L'hôtel-restaurant ressemblait un peu à une pension de famille. Tout le monde se connaissait, s'appréciait, d'autant que tous ces gens appartenaient au même milieu aisé.

Rien à voir avec l'hôtel-restaurant Glénissou. L'établissement, vieillot, n'attirait qu'une population de paysans, de maquignons qui venaient déguster les andouillettes du père Joseph. Le foirail étant à deux pas de là, les jours de marché voyaient une foule bigarrée se précipiter dans les salles immenses et sombres où on cassait une croûte après avoir conclu une affaire.

Parfois, un orchestre venait faire danser jusqu'à une heure avancée de la nuit. Ah ! il s'en passait des belles dans les chambres du premier étage ! Combien de fois avaient-elles été les témoins d'amours furtives et de serments prononcés par quelques amants de passage ?

Louis se mit sur son trente-et-un. Suzanne lui avait repassé un costume qui commençait à crier misère. Malgré tout, il portait beau. Grand, élancé, son visage s'était aminci et ses joues légèrement creusées avec deux petites fossettes lui donnaient un charme fou.

Il y avait en lui un je-ne-sais-quoi d'étrange. En moins de deux années, il était sorti de son cocon. La métamorphose avait donné naissance à un jeune homme qui se différenciait des autres. Il eût été difficile de discerner avec exactitude ce qui faisait de lui un être à part. En fait, il réalisait le curieux mariage entre le petit paysan de naguère et le citadin qui perçait en lui. Comme par miracle, il avait conservé les vertus de son adolescence et s'était paré des certitudes acquises au contact de ses amitiés nouées en Allemagne. Osmose encore imparfaite qui ne laissait pas d'étonner, même sa propre sœur.

Il parlait peu, mais juste. Il connaissait ses limites et savait que le combat allait être long et difficile avant de maîtriser le verbe. Il était certain que tout le savoir qu'il avait ingurgité avait besoin d'un temps de répit avant que son cerveau parvienne à faire le tri entre l'indispensable et le superflu.

Aujourd'hui, tout ça était encore un peu brouillon. Il était l'enfant de ses lectures. Il digérait lentement cette culture qui avait été semée sur un terrain empli d'ornières. La mémoire hors du commun dont il était doté avait emmagasiné tant de choses, qu'il en avait parfois le tournis.

Une dernière fois, il se regarda dans la glace, enleva quelques poussières sur le revers de son col et se tourna vers sa sœur.

— Tu me trouves comment ? demanda-t-il.

Elle ne sut d'abord que répondre. Elle le trouvait terriblement romantique, mais avait bien du mal à imaginer que ce grand et beau jeune homme était son frère.

— Il est certain que les filles vont se retourner sur ton passage. Mais avec Mme Mauve, je te conseille de faire attention à ce que tu vas dire.

— Le souvenir que je conserve d'elle reste flou. En fait, comment est-elle ? demanda Louis.

Suzanne s'approcha de lui et arrangea sa cravate dont le nœud laissait à désirer.

— Tu verras, c'est une maîtresse femme que tout le monde loue pour son humanité. D'ailleurs, quand on entre aux Galeries Modernes, c'est souvent pour la vie, répondit-elle.

La rue Mauve était déjà bruyante. Les voitures se croisaient dans un brouhaha indescriptible. Louis s'arrêta sur le trottoir et respira profondément. Il sortit une cigarette, l'alluma et adressa une belle volute de fumée en direction d'un ciel uniformément bleu.

Plus qu'une centaine de mètres à parcourir avant d'arriver devant le magasin. Il marchait lentement, s'arrêtait, flânait, essayait de reconnaître des visages familiers. Il prenait son temps, semblait hésiter, comme s'il avait redouté l'entrevue.

Soudain, il se sentit fragile. Il avait la sensation que toute volonté s'était extirpée de lui. Sa bouche était devenue pâteuse. Arrivé à quelques mètres des Galeries, il s'engouffra dans une petite impasse et resta longuement le dos appuyé contre un mur, incapable de prendre la moindre initiative, de faire le moindre pas.

Tout d'un coup, il se rendait compte combien sa démarche était insensée. Allait-elle seulement le recevoir ? Et dans la meilleure des hypothèses, quelle allait être son attitude quand il allait lui annoncer qu'il était le fils de Côme Galichon ?

Lentement, il reprit ses esprits et arrangea sa veste. Réalisant ces instants de faiblesse, il se les reprocha, se ravisa. Aucun doute n'était permis. Tout pouvait se jouer, là, dans ces quelques instants où il allait devoir affronter les mille et une questions de Mme Mauve.

C'était la première fois qu'il pénétrait en ces lieux. Les bruits étaient feutrés. Les larges allées étaient envahies par des gens qui papotaient, qui se saluaient avec une grande courtoisie.

Le rez-de-chaussée était réservé à la parfumerie et aux dessous féminins. Trois vendeuses et un chef de secteur s'affairaient auprès des clientes. C'était un va-et-vient incessant de femmes qui passaient du rayon Chanel au grand comptoir sur lequel étaient exposés les bas Dim.

Louis avançait au hasard. Il se laissait porter par cette foule qui le bousculait involontairement, trop occupée qu'elle était à contempler des montagnes de jupons, de soutiens-gorge, et d'innombrables étagères déformées sous le poids des marchandises.

Au beau milieu de tout cela, couraient dans l'air les senteurs mêlées des parfums et des étoffes. Tout au fond du rez-de-chaussée, un large escalier donnait accès au premier étage. C'était le lieu préféré des dames qui trouvaient là des robes, des jupes, des manteaux et quantité de tissus avec lesquels elles allaient pouvoir se faire confectionner quelque vêtement sur mesure.

Le dernier niveau était plus modeste. Construit sous les combles, on y trouvait nombre de costumes, de chemises, de pulls, de sous-vêtements réservés aux hommes.

Tout ce qui était proposé ici était de qualité. Les Galeries Modernes étaient, depuis des décennies, reconnues comme une maison sérieuse. C'est dans ce magasin et nulle part ailleurs que la petite bourgeoisie locale venait faire ses emplettes.

Louis était arrivé au pied du grand escalier. Il était un brin perdu et ne savait trop à qui s'adresser. Du regard, il parcourait la foule, espérant voir une vendeuse disponible qui serait alors susceptible de le renseigner.

Soudain, dans un recoin du magasin, il aperçut quelques dames qui conversaient avec une femme vêtue d'un petit ensemble sombre. À vrai dire, il n'avait aucune souvenir précis de Mme Mauve. Il n'avait dû la croiser que quelques fois. Et encore ! Cela devait dater de plusieurs années. En vérité, il aurait pu la rencontrer dans les rues de Pontignac sans pour cela imaginer un seul instant qu'elle était la patronne des Galeries Modernes.

Malgré tout, il était convaincu de son intuition. À sa façon de saluer alentour et de s'adresser aux vendeuses, tout laissait à penser qu'elle était celle qu'il désirait rencontrer.

Il s'avança de quelques pas et s'arrêta auprès d'une large colonne. Il ne pouvait intervenir. Il devait attendre le moment opportun. Tôt ou tard, elle allait bien devoir traverser le magasin afin d'aller à la rencontre d'autres clientes.

Il était terriblement fébrile. Il regardait dans tous les sens comme s'il avait redouté de rencontrer quelque personne de sa connaissance. Il se sentait déplacé dans ce milieu réservé aux femmes. Oh ! il y avait bien quelques hommes, mais la plupart étaient venus accompagner leur épouse.

Il tourna la tête et vit avec effroi qu'elle se dirigeait vers lui. Il aurait donné tout l'or du monde pour être ailleurs. Elle paraissait souriante, détendue. Petite, mince, elle avait un beau visage et des cheveux châtains, bouclés, qui lui donnaient un petit air juvénile qui contrastait avec la manière dont elle était vêtue.

Elle était à présent devant lui et le détaillait de la tête aux pieds. Il remarqua qu'elle était peu maquillée et ne portait aucun bijou à l'exception d'une alliance. Elle semblait follement s'amuser de sa pauvre mine de chien battu.

— Que vous arrive-t-il, jeune homme ? Cherchez-vous quelqu'un ? demanda-t-elle.

Il aurait voulu répondre, mais les mots s'étranglaient dans sa gorge. Elle s'effaça pour laisser passer un groupe de clientes. Maintenant, elle était à ses côtés et parcourait du regard chaque point de vente, toujours préoccupée de la bonne marche du magasin.

— J'ai entendu dire qu'on cherchait un commis, balbutia timidement Louis.

Elle le fixa, à nouveau.

— Jeune homme, on vous a bien renseigné. Seriez-vous candidat à ce poste ?

— Oui. Enfin, je ne sais pas trop de quoi il s'agit, murmura le fils Galichon.

Elle fit quelques pas, serra une demi-douzaine de mains et se retourna brusquement vers Louis.

— Venez, nous serons plus tranquilles dans mon bureau, répondit-elle.

Hélène Mauve était une femme qui sortait de l'ordinaire. Elle était née Desfougères et avait vu le jour au lieu-dit « Le Bourneix », à mi-chemin entre Pontignac et Marsac. Son père dirigeait alors un beau domaine d'environ cent cinquante hectares. Sa mère, mal remise de ses couches, décéda quelques semaines après sa naissance. Élevée par une demoiselle Lefressigne que le père Desfougères avait prise immédiatement à son service, la pauvre petite connut une enfance bien triste, avec pour seul horizon le manoir du Bourneix et l'école Saint-Pierre qui l'accueillit dès la maternelle.

Entre un père toujours à courir par monts et par vaux et une vieille fille acariâtre, Hélène se recroquevilla sur elle-même. Elle fit tout de même de bonnes études. Après l'école de Pontignac, son père décida de la mettre en pension à Limoges, dans un lycée dirigé par les sœurs de la Visitation. Là-bas, la discipline était de fer, la congrégation ne badinant pas avec la pratique religieuse qui ponctuait chaque heure des interminables journées.

À cette dure épreuve, la jeune fille se forgea un caractère bien trempé. Elle était une élève brillante et réussit son baccalauréat sans problème. Quand elle revint au manoir, elle se trouva alors confrontée à la vie dissolue que menait son père. Ce gentleman-farmer collectionnait les jolies femmes et se vautrait maintenant dans une débauche quasi permanente. En quelques années, le domaine avait fondu comme neige au soleil. Près de cinquante hectares avaient été vendus et beaucoup de terres avaient été mises en jachère.

Le père Desfougères décéda subitement alors que sa fille allait fêter ses vingt printemps. Du jour au lendemain, elle se retrouvait avec des responsabilités écrasantes. Elle était devenue une jolie jeune femme pleine de charme. Mais son regard était noyé par une tristesse infinie, comme si des images lui rappelaient sans cesse toute une jeunesse et une adolescence brisées.

Malgré tout, elle fit face. Patiemment, elle stoppa l'hémorragie qui était en train de saigner la propriété. Intelligente, dotée d'un courage à toute épreuve, elle se fit rapidement apprécier par ses métayers. Ces derniers n'avaient de cesse que de louer sa gentillesse, et surtout sa compétence.

Elle sortait peu. Toutes ses pensées étaient axées sur ce patrimoine qu'elle désirait à tout prix sauver. Oh ! bien entendu, elle descendait de temps à autre à Pontignac, histoire de faire quelques emplettes. Parfois, elle en profitait pour rendre visite à des familles qui avaient bien connu sa mère. En agissant ainsi, elle nouait des liens étroits avec la petite bourgeoisie locale.

Au fil du temps, elle était inévitablement devenue une jeune femme à qui il convenait de trouver un bon parti. Autour d'une tasse de thé ou d'un chocolat chaud, ces dames se réunissaient et papotaient des heures entières. C'était devenu un sujet d'actualité qui occupait une grande partie de leur quotidien.

Il y avait là un petit quarteron de femmes, toutes épouses des principaux notables de Pontignac. On y retrouvait toujours Mme Gabette, la femme du maire, Marie-Louise Cruchot, la femme du restaurateur, Reine Dumazurier, épouse du pharmacien, et Lucienne Defaye qui partageait sa vie avec Armand Defaye, le notaire de la petite ville.

Hélène n'était pas dupe. Elle voyait bien qu'on voulait à tout prix la marier. C'étaient des sous-entendus, des silences ou des petits rires qui en disaient long. Avec l'air de ne pas y toucher, ces dames parlaient d'un tel, puis faisaient allusion au long célibat d'un autre. Malgré tout, les éventuels prétendants n'étaient pas pléthore. Cependant, un nom revenait souvent.

Cela dura des années, au cours desquelles Hélène entendit parler cent fois de Gaston Mauve. Ce dernier n'était plus tout jeune. Il frisait la quarantaine et avait succédé à ses parents à la tête des Galeries Modernes.

C'était un homme ni beau, ni laid. Grand, sec, le teint légèrement jaunâtre, ce grand timide était fort estimé tant pour sa politesse que pour sa bonne âme. Catholique pratiquant, il appartenait à nombre d'associations caritatives.

La première fois qu'Hélène se trouva en présence du fils Mauve, elle se retint pour ne pas éclater de rire. Il est vrai qu'il paraissait légèrement coincé. Sa timidité avec les femmes était presque maladive. Il les abordait toujours avec un regard fuyant, l'œil de côté, comme s'il avait redouté quelque pensée inavouable.

Malgré cela, on reconnaissait plein de charme à ce vieux garçon aux principes d'un autre temps. Il était calme et d'une courtoisie presque précieuse, avec une petite voix douce, légèrement chantante. Il pouvait rester des heures à écouter jacasser ces dames, sans mot dire.

Sans être amoureuse, Hélène se sentait attirée par cet homme qui représentait la sécurité et une vie paisible, sans histoire. En lui, elle devinait un homme prévenant qui saurait lui faire oublier les années passées au Bourneix. Dans sa candeur, elle occultait totalement l'aspect sexuel d'une éventuelle alliance. Elle n'avait jamais eu de rapports charnels et ses fantasmes s'étaient éteints lentement, comme si son corps et son esprit, à force d'abstinence, avaient peu à peu effacé le désir.

Leur union en fit jaser plus d'un. La différence d'âge alimentait toutes les conversations. Les mauvaises langues ironisaient sur ce couple qui n'entrait pas dans la norme. Toujours est-il qu'ils semblaient parfaitement heureux. Hélène avait loué ses terres et se consacrait dorénavant aux Galeries

Modernes. Le grand magasin de Pontignac regorgeait maintenant de marchandises. Rapidement, la jeune Mme Mauve avait su s'imposer. Elle était toujours auprès de ses vendeuses, Gaston se consacrant davantage à la correspondance et à la comptabilité.

Ce dernier était à l'image de son père. Comme lui, il était d'un aspect austère, se contentant de peu, comme si l'existence avait dû être pour lui une longue pénitence.

Cette vieille famille de Pontignac s'était toujours distinguée. Aussi loin qu'on pouvait consulter les archives, on retrouvait des Mauve. Dans un passé ancien, ils avaient été commerçants, artisans. Mais celui qui avait marqué à jamais la famille, c'était Augustin Mauve, l'arrière-grand-père de Gaston.

Fondateur des Galeries Modernes, il avait été de surcroît maire de Pontignac durant près de trente ans. Ce petit homme bedonnant avait durant ces longs mandats révolutionné la cité. C'est lui qui avait fait de la petite ville un lieu touristique. Il s'était dépensé sans compter afin de faire revivre le commerce, et surtout avait œuvré et combattu longuement avant que ne sorte de terre la belle école communale.

C'était sa plus belle réussite. Et il en était fier ! Bien entendu, cela n'avait pas été du goût du diocèse. En effet, jusque-là, les enfants des riches et ceux des classes moyennes allaient à l'école Saint-Pierre, les plus pauvres se contentant de garder les oies ou les cochons.

À sa mort, provocation suprême, on avait donné son nom à la grande rue qui traversait Pontignac. Cette initiative avait, dans un premier temps, révolté le clergé et les partis conservateurs. Et puis, au fil des ans, on avait gommé les querelles politiques, chacun s'accordant à dire que le brave homme méritait amplement un tel honneur.

Par la suite, la famille Mauve avait rejoint le petit microcosme bourgeois. Le souvenir de ce vieux radical d'Augustin était bien loin. L'argent, les unions avaient changé la donne. Du temps passé, ne restait qu'une plaque apposée aux deux extrémités de la grande rue commerçante qui traversait Pontignac. Chaque année, le jour anniversaire de sa mort, par tradition, on déposait toujours un bouquet de roses rouges sur le caveau du cher disparu.

Le bureau de Mme Mauve était triste et poussiéreux. L'endroit était minuscule, sombre, et seule une fenêtre grillagée laissait passer une pâle lumière qui avait bien du mal à égayer les lieux.

Derrière le vieux bureau en bois où elle s'assit, elle paraissait petite, fragile. Louis remarqua l'éclat de ses yeux verts et la finesse de ses mains qu'il trouva très expressives.

Il était plus détendu. Elle cherchait quelques papiers et ramenait constamment une mèche de cheveux qui venait barrer son visage. Elle avait des gestes rapides, saccadés. Visiblement, le fils Galichon se trouvait face à une femme aux nerfs à fleur de peau.

Lentement, elle releva la tête, posa un coude sur le bureau tout en portant un stylo à ses lèvres.

— Je ne connais ni votre nom, ni votre prénom. Êtes-vous de la région de Pontignac ?

Il savait qu'il fallait en passer par là. Soudain, ses tempes lui firent mal et ses mains devinrent mal assurées.

— Ma famille habite le Puy-Barraud. Je m'appelle Louis Galichon, murmura-t-il.

Elle ne pipa mot. Le silence était total. Elle caressa son front et écrivit quelques mots sur une feuille blanche qu'elle avait posée devant elle.

— Seriez-vous le fils de Côme Galichon ?

On y était ! Louis eut une folle envie de se révolter, de crier qu'il n'était en rien responsable de ses origines. Cependant, il respira profondément et essaya de retrouver son calme.

— Oui, je suis le fils de Côme Galichon. Je viens de terminer mon service militaire, et je ne veux plus travailler la terre, répondit-il.

Elle se redressa et un joli sourire éclaira son visage.

— Tiens donc ! En voilà une idée de ne plus vouloir travailler la terre !

— Je veux quitter la terre et ma famille. Ils forment un tout. Mais je pense que vous avez du mal à comprendre, répliqua-t-il assez sèchement.

La réponse de Louis paraissait l'avoir ébranlée. Elle était visiblement surprise du ton qui avait ponctué chaque mot prononcé par le fils Galichon.

— Je connais votre famille et je me garderai de tout propos à son sujet, répondit-elle.

Elle se leva et invita son interlocuteur à en faire de même.

— Monsieur Galichon, le travail dans ce magasin est fort différent du travail de la terre. Supposons que j'accepte de vous prendre à mon service, n'auriez-vous pas en vous la peur d'un échec ?

— Non. Je n'ai pas le droit à l'échec, répondit Louis.

Elle se dirigea vers la fenêtre, la referma et engagea Louis à la suivre.

— Je vous raccompagne. J'ai besoin d'un temps de réflexion. Je vous propose un rendez-vous demain, à la même heure, conclut-elle.

*
* *

Le grand magasin se vidait de ses dernières clientes. Certaines d'entre elles s'attardaient encore dans les étages. Les employés rangeaient les énormes coupons de tissu, les costumes, les tailleurs et toute une lingerie féminine qui encombraient les comptoirs.

Hélène Mauve jetait encore un coup d'œil, remarquant un détail, donnant un ordre par-ci, un ordre par-là. Rien ne paraissait en mesure de lui échapper. Elle allait et venait, toujours avenante, furtive comme un poisson dans l'eau, avec souvent un mot aimable ou un signe de la main à une cliente qui s'apprêtait à quitter les Galeries Modernes.

Cela faisait déjà cinq années que son mari était décédé et qu'elle dirigeait seule le magasin. La mort de Gaston avait été si brutale qu'elle avait cru ne jamais s'en remettre.

Rien n'avait pu laisser présager l'issue fatale. Il est certain qu'il avait eu souvent de petits maux qui avaient gâché son existence. Un jour, c'était une migraine qui le mettait dans des états épouvantables. Un autre jour, il se plaignait du foie, des reins, et disait même entendre ses os craquer. Il ne se passait pas une journée sans qu'il ressentît une douleur différente.

Son air souffreteux inquiétait Hélène. À plusieurs reprises, elle avait fait venir le docteur Gabette. Ce dernier n'avait rien décelé de particulier. Bien sûr, Gaston était fragile, comme l'avait été sa mère. La pauvre femme, déjà percluse d'arthrose à quarante ans, avait souffert le martyre avant de succomber d'un cancer qui l'avait rongée jusqu'à la moelle.

Gaston était parti subitement d'une hémorragie cérébrale. Il s'était effondré au beau milieu du magasin, sans un mot, sans un cri, un peu comme il avait vécu.

Depuis le drame, Hélène Mauve s'était réfugiée dans la prière, la dévotion. La religion était devenue pour elle une thérapie au malheur qui venait de la frapper. Il ne se passait pas un jour sans qu'elle prenne le chemin de l'église Saint-Étienne. Parfois, quand l'occasion lui était donnée de rendre visite aux Gabette, elle s'arrêtait aussi à l'église Saint-Pierre. Ainsi, elle honorait les deux saints de Pontignac et par là même faisait taire les commères qui épiaient ses moindres faits et gestes.

La visite du fils Galichon l'avait fragilisée. Elle connaissait bien sa famille et se trouvait soudain confrontée à des sentiments contrastés.

La réputation du père Côme et du clan tout entier l'engageait à la prudence. On racontait tellement de choses ignobles sur le comportement des Galichon qu'elle avait du mal à imaginer Louis au milieu de ces gens-là.

Elle l'avait plutôt trouvé bien comme il faut. Il lui avait paru poli, assez distingué, s'exprimant correctement. Et puis, elle avait de suite été séduite par son désir avoué de sortir de sa condition.

Les candidats ne manquaient point qui exprimaient l'envie de travailler aux Galeries Modernes. Hélène en recevait chaque semaine. Ces derniers temps, ils avaient été nombreux à venir taper à sa porte. La plupart étaient des jeunes garçons et des jeunes filles de la région de Pontignac.

Jusqu'à ce jour, aucun ne lui avait donné satisfaction. Elle les avait trouvés empruntés, peu motivés. À ses yeux, ils ne possédaient pas cette petite chose indéfinissable qu'elle venait de ressentir avec celui-ci, après seulement quelques minutes d'entretien.

Malgré elle, la visite de Louis ne cessait d'occuper son esprit. Elle avait beau faire, l'image du fils Galichon revenait comme une obsession. Sensation étrange qu'elle n'avait jamais éprouvée jusqu'alors.

Elle habitait une belle maison de caractère contiguë aux Galeries, immense, avec pas moins de trois étages. La plupart des pièces étaient inoccupées. Depuis le décès de son mari, l'appartement du troisième dont une porte donnait directement accès au magasin lui suffisait.

L'intérieur était bourgeois, fade, avec des meubles anciens qui dataient du début du siècle. Du vivant de Gaston, elle avait bien tenté d'y apporter une petite touche de modernité. Mais tout ça s'était fait à petite dose tellement elle sentait son mari hostile à tout changement.

En général, ses soirées se passaient à quelque lecture ou devant le poste de télévision. Mais en cette période estivale, elle avait pris l'habitude d'aller rendre visite à Reine Dumazurier. En effet, l'épouse du pharmacien n'habitait qu'à quelques mètres de là, juste devant le café Leroy. Là-bas, elle retrouvait souvent ces dames qui, naguère, lui avaient fait rencontrer Gaston. Cela faisait plus dix années qu'elle entretenait des relations suivies avec elles. Ces dernières étaient toujours de bon conseil et l'aidaient à vaincre la terrible solitude de son veuvage.

Françoise Gabette faisait figure de dominante. Elle était née Charbonnier et avait vu le jour à Aixe-sur-Vienne. D'origine modeste, elle avait rencontré son futur époux sur les bancs du lycée Gay-Lussac, à Limoges.

Depuis, ils ne s'étaient jamais quittés. Elle n'avait pas à le regretter. Lucien Gabette était un brave homme, fort estimé dans la région. Que ce soit dans ses fonctions de médecin ou dans celles que lui conférait sa charge de maire, il était toujours à l'écoute des plus humbles et n'hésitait jamais à payer de sa personne.

Sa femme était à son image. Petite, boulotte, elle respirait la joie de vivre. Cette fille de paysan n'avait en rien oublié ses racines et se démenait du matin au soir au sein de plusieurs associations de bienfaisance.

Ce n'était pas le cas de Marie-Louise Cruchot. À 38 ans, l'épouse du restaurateur ne vivait que pour son commerce. Elle était née Delavaud ; sa famille était originaire de Compreignac où ses parents tenaient une petite auberge fort sympathique, mais sans prétention.

Marie-Louise était une petite femme sèche, au regard sévère. Avide de respectabilité, elle vouait un véritable culte à l'argent. Elle était reçue chez les notables de Pontignac moins pour ce qu'elle représentait que pour Camille Cruchot, dont chacun reconnaissait les talents culinaires.

Reine Dumazurier n'était pas sa meilleure amie. Cette grande bourgeoise la toisait de haut et ne manquait jamais de faire allusion à ses origines. Il est vrai que l'épouse du pharmacien appartenait à une famille de porcelainiers de Limoges. Souvent, elle aimait rappeler sa lignée, comme si elle avait désiré mettre un frein aux familiarités excessives de Marie-Louise et, surtout, de Lucienne Defaye.

Cette dernière était une énigme pour certains et un cauchemar pour d'autres. Mariée depuis une quinzaine d'années avec Me Armand Defaye, on murmurait beaucoup de choses à son sujet.

Quelques-unes de ces dames disaient savoir, mais n'en parlaient jamais. Les autres, comme Hélène Mauve, essayaient de récolter quelques bribes de sous-entendus, de silences révélateurs, de chuchotements à demi-mot qui auraient pu leur faire espérer comprendre cette sorte d'omerta qui s'était posée sur le passé de Lucienne.

Armand Defaye l'avait ramenée de Bordeaux. On savait seulement qu'elle était née Malinroux. Le notaire avait beau répéter qu'elle possédait un joli vignoble de grande qualité dans le Bas-Médoc, personne n'était dupe de ce mensonge qui paraissait cacher une terrible vérité.

Par principe, elle était acceptée, même si son allure, sa tenue, sa manière de s'exprimer laissaient transpirer un manque évident d'éducation difficile à supporter pour ceux et celles qui la fréquentaient.

Grande, belle, pulpeuse, il émanait d'elle comme un feu intérieur. Armand Defaye en était fou. Ils avaient une petite fille de 12 ans, Marie. Cette dernière avait pris le charme de sa mère et l'intelligence de son père, un peu comme si le bon Dieu avait voulu lui offrir le meilleur de ses parents.

Ces dames, si différentes les unes des autres, avaient un point commun qui les réunissait, les soudait. Par leurs origines ou leur mariage, elles appartenaient à une classe sociale qui, loin d'étaler sa fortune, sa qualité de vie, savait se protéger du regard des envieux. Peut-être les dernières survivantes de la petite bourgeoisie provinciale. Bien loin des nouveaux riches, cette population de notables vivait à l'écart de la populace, derrière les volets mi-clos des grandes maisons à l'aspect austère, d'où rien ne s'échappait.

La demeure de Reine Dumazurier ne dérogeait pas à la règle. Elle était à deux pas de la rue Mauve, dans une petite ruelle qui se terminait en cul-de-sac.

Elle avait été construite par le grand-père du pharmacien, au début du siècle. À première vue, elle paraissait assez froide, même étrange, avec des murs de granit, des fenêtres immenses jamais ouvertes, et des volets en bois rongés par le temps.

Légèrement en retrait de la ruelle, sa façade était en partie cachée par de hautes grilles et quelques acacias sans ordre apparent.

L'arrière de la maison laissait place à l'enchantement. Un parc immense descendait en paliers jusqu'à venir mourir sur une large courbe de la rivière. L'endroit était féerique avec une multitude de feuillus, de petits sentiers ombragés qui zigzaguaient, se croisaient, donnant ainsi l'impression d'un espace infini.

C'était la fierté de Reine. Non seulement elle entretenait les lieux, mais chaque année elle apportait une petite modification au tracé des pelouses et aux plantations des innombrables rosiers nains.

La période estivale offrait au regard des visiteurs une palette de couleurs extravagantes. Le parc entier était empli de senteurs subtiles qui se répandaient quand la brise capricieuse venait le caresser par moments.

Sur la somptueuse terrasse qui surplombait ce coin de paradis, Mme Dumazurier recevait ses amies. À la bonne saison, les rencontres étaient pratiquement journalières. L'habitude étant prise, on se rendait chez Reine tout naturellement, histoire de terminer la soirée dans un long babillage qui faisait comme une jolie petite musique au cœur de la nuit tombante.

Hélène Mauve était allée faire quelques pas sur les bords de la Gartempe. Quel que soit le temps, elle adorait se rendre de l'autre côté du pont et remonter la rivière jusqu'au vieux moulin des Mazauds. C'était devenu un rite immuable qui lui permettait d'évacuer toute la tension qu'elle avait dû subir dans la journée.

En cela, elle perpétuait une habitude prise avec son mari. Au début, elle avait pensé qu'elle ne pourrait jamais revenir en ces lieux. Tant de souvenirs la rattachaient au cher disparu. Et puis, à force de courage, de volonté, elle s'était fait violence et après un long combat intérieur avait réussi à exorciser les mille et une images de bonheur que lui rappelait cet endroit si bucolique, si plein de charme.

Après sa longue balade et quelques rencontres avec des personnes de connaissance, elle avait rejoint la maison de Reine. Ce soir-là, il n'y avait que Françoise Gabette qui avait pu se libérer. En effet, en cette période de l'année, Marie-louise Cruchot était trop occupée au restaurant et à l'hôtel qui affichaient complet.

De son côté, Lucienne Defaye était partie en compagnie de son mari et de sa petite fille à Royan. Ils s'y rendaient régulièrement, parce qu'ils y possédaient un bel appartement, tout au bout de la ville, à deux pas de Saint-Georges-de-Didonne.

Cette absence permettait à Reine de se libérer. Sans aucune retenue, elle en profitait pour critiquer ouvertement celle qu'elle appelait « le Diable au corps ». Elle n'avait pas son pareil pour vilipender sa manière d'être et en particulier cette façon qu'elle avait de se vêtir.

Pour dire la vérité, Lucienne avait une attitude qui souvent pouvait être considérée comme aguicheuse. Sans se soucier le moins du monde du qu'en-dira-t-on, elle s'habillait d'ensembles moulants, de robes largement fendues sur le côté qui ne pouvaient qu'attirer le regard des hommes. Sans compter son langage cru, ses petits ricanements et ses gloussements hystériques qui ponctuaient les soirées au cours desquelles ces dames avaient eu l'imprudence d'aborder quelque sujet d'alcôve.

Dans la semi-pénombre qui commençait à les envelopper, elles s'en donnaient à cœur joie. Reine avait servi un thé à Françoise Gabette et un jus de fruit à Hélène. Comme à son habitude, Maurice Dumazurier était resté dans le salon à décortiquer les dernières nouvelles dans son *Figaro* quotidien.

Elles parlaient de tout et de rien. Depuis une bonne heure, Hélène Mauve participait à la conversation, mais son esprit était ailleurs. Elle hésitait. Pourtant, elle avait bien besoin des conseils de Françoise et de Reine. Oh ! non point qu'elle portât un grand crédit à ces petites commères qui n'avaient jamais rien fait de leurs dix doigts. En fait, c'était bien la première fois qu'elle éprouvait le besoin de se confier à elles, au sujet de son magasin.

Comme toujours, avec le tact qui la caractérisait, elle fit d'abord allusion aux demoiselles Lacour qui travaillaient parfois pour les Galeries. Bien entendu, tout ça ne pouvait aboutir qu'à Suzanne Lavaugelade. Il est certain que cette dernière avait acquis une expérience professionnelle qui en faisait, dorénavant, une des meilleures ouvrières de l'atelier.

Alors, Hélène comblait de louanges cette femme qui, affirmait-elle, avait des doigts de fée. Bien sûr, elle exagérait un peu, omettant de préciser que la fille Galichon était davantage une besogneuse qu'une maîtresse ouvrière pleine de talent.

Françoise Gabette et Reine Dumazurier opinaient du chef, pour bien monter qu'elles reconnaissaient les qualités de la couturière. Estimant probablement que le moment était propice, Mme Mauve se rapprocha de ses deux amies, comme si les paroles qu'elle s'apprêtait à prononcer devaient absolument rester confidentielles.

— Si je vous disais que, pas plus tard que cet après-midi, j'ai eu la visite de son frère, murmura-t-elle.

Françoise et Reine la regardèrent avec un petit air étonné. Il était clair que la présence d'un Galichon dans les Galeries Modernes les stupéfiait.

— Lequel ? Si je compte bien, ils doivent être trois garçons ! fit remarquer l'épouse du pharmacien.

— Je connais très peu cette famille. Mais je pense que c'est le plus jeune, précisa Hélène.

Elle se redressa, but une petite gorgée et ajouta :

— Il se prénomme Louis. J'ai cru comprendre qu'il revenait du service militaire.

— Mais que voulait-il, ce bandit ? Ah ! je le connais, c'est un trousseur de filles ! En cela, c'est le digne fils de son père ! s'exclama Mme Gabette.

— Ma chère Hélène, tout ce que je peux dire, c'est que ces gens sont bien peu fréquentables, ajouta Reine.

— Il souhaiterait travailler aux Galeries, murmura Mme Mauve.

Elles étaient sans voix. Elles connaissaient trop bien Hélène pour savoir combien elle était pointilleuse quant au choix de ses employés. Et voilà que tout à coup elle parlait de Louis Galichon. De toute évidence, cela dépassait l'entendement et elles étaient bien décidées à le faire savoir.

— Chère amie, je n'irai pas par quatre chemins. Et mon mari pourrait t'en parler mieux que moi. Vous pensez ! En qualité de maire, il connaît toutes les familles du canton. Eh bien ! Il ne se passe pas une semaine sans qu'il me parle des Galichon. Ah ! c'est qu'ils sont coriaces, ces gens-là ! intervint Mme Gabette.

Elle se pencha vers Hélène et poursuivit :

— Tiens, pas plus tard que cette semaine, René Galichon s'est battu avec des paysans du hameau du Bouletex. Il paraît qu'il les a à moitié assommés !

Reine Dumazurier, qui ne voulait en aucun cas être en reste, posa une main sur le bras d'Hélène, comme si elle voulait la protéger d'une mauvaise décision.

— J'espère que tu ne l'as pas embauché ? demanda-t-elle sur un ton qui se voulait inquiet.

C'était la première fois que Mme Mauve ressentait combien ses amies étaient loin des réalités de la vie. En dehors de Marie-Louise Cruchot, aucune d'entre elles n'était aux prises avec le monde du travail. Elles vivaient dans une sorte de cocon protecteur qui les mettait à l'abri de bien des aléas de l'existence. Il était clair que ces petites bourgeoises se trouvaient dans l'incapacité de comprendre ses interrogations au sujet de Louis Galichon.

— Je ne sais pas encore. Il m'a fait bonne impression. Après tout, je ne vois pas en quoi il serait responsable de sa famille, répondit-elle.

— Je me permets de te dire que tu vas prendre un grand risque. Allons, Hélène ! Fais taire ton cœur d'artichaut et choisis un jeune homme bien comme il faut, au lieu de ce petit paysan qui va faire fuir une partie de la clientèle, intervint la femme du maire.

— Ma chère Françoise, tu as tout à fait raison ! Mais en prime, c'est un coureur de jupons ! Alors, avec toutes tes petites vendeuses ! Je te dis pas ! ajouta Reine avec un petit air pincé.

La soirée se poursuivit à parler de la famille Galichon. Sur le sujet, la petite mère Gabette était intarissable. Vous pensez ! Avec son mari, elle savait tout ce qui se tramait à Pontignac et dans les environs. Et puis, elle connaissait tout le passé de la tribu. Alors, elle narrait des histoires terribles qui remontaient à l'avant-guerre.

Hélène en profitait pour lui poser des tas de questions, un peu comme si elle avait désiré mieux connaître les racines de Louis. Au fil des multiples renseignements que lui fournissait Françoise, elle se sentait partagée, hésitante devant la décision à prendre.

Un combat se déroulait en elle, comme quelque chose de nouveau qui la fragilisait, contrariant sa nature. En effet, pour la première fois, ses certitudes sur le bon choix qu'elle allait être amenée à faire étaient ébranlées. En aucun cas, elle ne voulait prendre le moindre risque qui pourrait venir perturber la belle harmonie du magasin. Les Galeries Modernes avaient une image de sérieux, de compétence qui était reconnue dans toute la région. Jusqu'à ce jour, toutes les personnes qui travaillaient chez Mme Mauve avaient été triées sur le volet.

Depuis plusieurs générations, il en avait toujours été ainsi. Quand on travaillait dans le grand magasin de Pontignac, on était fier et on le faisait savoir. C'était une sorte de grande famille dans laquelle chacun trouvait sa place, suivant ses capacités, ses ambitions. À l'image de son mari, Hélène veillait avec un soin particulier aux bonnes relations entre le personnel. Ici, il était exclu de parler politique, syndicalisme et nul n'aurait osé revendiquer la plus petite augmentation de salaire.

Sans être spécialement généreuse, Hélène versait des quinzaines qui étaient parmi les plus confortables de la région. Elle avait pour principe de récompenser ceux et celles qui faisaient preuve d'initiative, qui innovaient, qui lui proposaient d'améliorer ceci, de modifier cela. Peu lui importait les diplômes ou l'expérience. Il faut bien reconnaître que la grande majorité des vendeurs et des vendeuses arrivait sans la moindre qualification, et était formée sur le tas.

Ici, on était assuré que la maison ne ferait pas faillite. Aux yeux de tous les habitants de Pontignac, elle représentait une institution. Encore mieux, un véritable patrimoine local.

Hélène avait rejoint la maison à onze heures passées. La mise en garde de ses deux amies l'avait, peu à peu, conduite à une longue réflexion intérieure.

Elle avait bien des difficultés à s'endormir. Elle était dans l'incapacité de trouver le sommeil avant d'avoir réglé quelque problème en suspens. C'était dans son caractère. Avant de tomber dans les bras de Morphée, il fallait toujours qu'elle ait trouvé une réponse immédiate à ses interrogations.

L'image du fils Galichon revenait inexorablement. Elle avait senti chez le jeune homme une force, une volonté peu commune. Elle qui se targuait de ne jamais se tromper sur les gens avait la certitude qu'il possédait en lui des qualités qui ne demandaient qu'à s'épanouir.

Et puis, elle ne pouvait oublier qu'elle était une bonne chrétienne pratiquante. Oh ! bien entendu, elle ne faisait pas partie de ces bigotes qui se lavaient à l'eau bénite et qui s'acoquinaient avec le Diable. Si elle fréquentait les églises, elle restait souvent en conflit avec le père Rougier, le curé de Pontignac.

Avant de se coucher, elle essaya de trouver la paix et la sérénité dans la prière. Comme souvent quand elle était en proie au doute, elle se recueillit longuement devant le petit crucifix qui était accroché dans un coin de la chambre.

Cela faisait partie de son jardin secret. Personne dans son entourage ne se doutait à quel point elle avait besoin de ces instants de solitude durant lesquels elle s'adressait, en particulier, à la Vierge Marie.

La plupart du temps, ses dévotions se justifiaient par des prétextes futiles. En fait, cette femme de tête était beaucoup plus vulnérable que son attitude le laissait penser. Sans le montrer, elle pouvait douter d'elle-même devant un problème mineur où elle s'empêtrait.

Là se situait sa faiblesse. Femme pragmatique, elle en était parfaitement consciente. En se réfugiant dans la méditation, elle ressentait un soulagement moral et physique, comme une sorte de grâce qui serait venue l'habiter, et qui lui aurait offert les clés de ses multiples petits tracas quotidiens.

Quand elle se réveilla aux premières lueurs de l'aube, la nuit lui avait porté conseil. Elle se trouva un brin ridicule. Son esprit étant reposé, elle analysa la situation avec une plus grande sérénité.

Dieu merci, ce n'était pas la première fois qu'elle recevait une personne qui désirait entrer à son service. Les candidatures étaient nombreuses et, de ce fait, les élus étaient rares.

Cette fois-ci, ce qui la gênait, la perturbait, c'est que tout se conjuguait pour qu'elle refusât d'embaucher le fils Galichon. Sa famille avait une telle renommée que toute personne sensée aurait trouvé mille prétextes pour rejeter sa demande. Tout Pontignac aurait compris et applaudi des deux mains.

Mais Hélène avait une âme compliquée. Pieuse, dévote, elle n'en était pas moins en conflit permanent avec un Dieu qui lui paraissait bien loin des misères de ce bas monde. Elle passait par des crises épouvantables durant lesquelles elle boudait les prières et tous les saints de la bonne Église catholique et apostolique.

Quand elle se trouvait ainsi, elle essayait de se soustraire au spirituel et se réfugiait dans mille projets pour le magasin. C'était alors une débauche d'énergie qui la conduisait à des excès de fatigue qui la laissaient exsangue.

Le combat permanent entre ses convictions religieuses et son état de femme avait toujours marqué sa vie. Que ce soit au cours de son adolescence ou lors de son union avec Gaston Mauve, elle n'avait jamais pu concilier une foi qui envahissait son être et le désir charnel qu'elle ressentait comme une démarche bestiale.

Les relations intimes qu'elle avait entretenues avec son mari ne l'avaient pas perturbée puisque celles-ci avaient été pratiquement inexistantes. Gaston était un malade chronique, un impuissant qui avait pris femme davantage pour briser sa solitude que pour assouvir quelque pulsion sexuelle.

Ils ne s'en étaient jamais entretenus. C'était une sorte d'accord tacite. Il était tendre, prévenant, avec toujours un mot ou un geste pour lui rappeler combien il l'aimait. En réalité, leurs secrets d'alcôve se résumaient à quelques caresses pudiques qui paraissaient pleinement les satisfaire.

Au fil du temps, tout désir avait abandonné le corps d'Hélène. Quand ses amies abordaient le sujet, elle faisait « comme si », histoire de sauver les apparences. Afin de donner le change, elle n'était pas la dernière à plaisanter sur un tel ou une telle qui s'était commis en quelque histoire grivoise.

Son seul plaisir résidait dans la direction des Galeries Modernes. C'était un peu comme un enfant qu'elle aurait adopté et qu'elle regardait grandir dans une sorte de félicité qui la comblait d'aise. Ce transfert sentimental pouvait, peut-être, expliquer l'importance démesurée qu'elle donnait à la candidature de Louis Galichon.

Elle avait revêtu un petit ensemble bleu foncé qui lui seyait à merveille. Elle était élégante mais ne faisait pas de folie quant au choix de sa garde-robe. Elle s'habillait d'un rien. Souvent, elle cédait à un coup de cœur pour une petite chose pas chère, mais de bonne coupe. Sa prédilection allait aux chemisiers blancs, avec parfois un discret jabot de dentelle.

Les chaussures étaient le seul luxe qu'elle s'autorisait. Comme elle était difficile et pointilleuse, elle n'hésitait pas à prendre sa voiture afin d'aller à Limoges. Là-bas, elle était connue de tous les principaux chausseurs de la capitale limousine. Elle en possédait une telle quantité de paires qu'elle en offrait de temps à autre, à quelques femmes nécessiteuses de Pontignac.

Au moment de quitter l'appartement, elle revint sur ses pas et appela Maria, la jeune bonne qui s'occupait du ménage, du repassage et qui préparait les repas de midi et, en certaines occasions, du soir.

— Connais-tu Louis Galichon ? demanda Hélène.

— Si je le connais ! J'étais à l'école avec lui ! répondit Maria.

— Comment était-il ? insista Mme Mauve.

La petite Maria Sabourin parut visiblement surprise de la question que lui posait sa patronne. En effet, cette dernière ne lui parlait jamais de son travail, de ses employés et encore moins des gens de Pontignac ou de ses environs. En fait, les conversations entre les deux femmes portaient sur les repas du lendemain et se résumaient à quelques banalités sans importance.

— Il était gentil, charmant même. Il ne réagissait pas comme les autres. Par la suite, quand il a quitté l'école, les choses se sont gâtées, répondit Maria.

Hélène s'était rapprochée et la regardait avec un petit air inquisiteur.

— Je t'aime beaucoup, Maria. Tu es une fille sérieuse et je n'ai rien à te reprocher concernant ton travail. Par contre, tu ne réponds jamais directement aux questions que je te pose.

Maria regardait sa patronne avec un petit air ingénu. Elle semblait ne pas comprendre les reproches de Mme Mauve.

— Que voulez-vous que je vous dise ? Je ne l'ai pas revu depuis près de deux ans, répondit-elle.

— Ta grand-mère maternelle habite bien le Puy-Barraud ?

Maria fit un petit signe affirmatif et lentement baissa la tête, comme si soudain elle avait redouté quelque chose.

— J'ai entendu dire que ce don Juan avait couché avec pas mal de petites paysannes du coin. Tu en fais peut-être partie ? demanda Hélène Mauve.

Maria pleura en cachant son visage entre ses mains. Devant la tristesse de sa petite bonne, Hélène s'en voulait. L'idée lui était venue, le matin même. Elle avait pensé à Maria, comme ça. Et puis, elle avait fait le rapprochement entre sa grand-mère et les Galichon qui habitaient le même hameau.

— Tu n'es pas obligée de me répondre, ajouta-t-elle.

Maria releva la tête. Ses beaux yeux noirs étaient emplis de larmes.

— Il n'y a jamais rien eu entre Louis et moi. D'ailleurs, c'est pour cela qu'il m'a laissée pour cette traînée de Laure Piquenbois, confia-t-elle avec des sanglots dans la voix.

— Tu lui en veux ?

— Non. Tout ça est du passé. Mais je n'aime pas me rappeler cette époque. Je l'aimais tellement, murmura Maria.

Mme Mauve s'éloigna vers la porte du vestibule. En passant devant la grande glace accrochée au mur, elle arrangea ses cheveux et se retourna brusquement en direction de Maria.

— Tu sais, je me demande parfois si je ne suis pas un peu folle ! s'exclama-t-elle.

Devant le regard interrogateur de la jeune fille, elle ajouta :

— Je vais peut-être prendre ce diable de Louis Galichon à mon service.

*
* *

Peu à peu, les Galeries Modernes se réveillaient après une longue nuit de sommeil. En ce mois de juillet, les gens se pressaient, se bousculaient, les yeux éblouis par toutes les nouveautés qui s'étalaient dans les vitrines.

C'était une foule de femmes qui venait des quatre coins du département. Le magasin avait acquis une telle réputation qu'on n'hésitait pas à se déplacer afin de profiter des derniers articles à la mode en provenance de Paris. On savait trouver ici des tissus de qualité, des étoffes aux coloris originaux, le tout-venant n'ayant pas sa place sur les étagères.

Bien entendu, la clientèle appartenait à une certaine classe sociale. En effet, il était assez rare de voir des femmes d'ouvriers, de paysans, franchir le seuil du magasin. Il y avait bien certaines exceptions. C'était alors pour un achat unique, comme une belle friandise qu'on désirait offrir pour marquer un anniversaire ou les étrennes de fin d'année.

Néanmoins, depuis peu, Mme Mauve proposait quelques dessous féminins davantage accessibles aux familles les plus modestes. Cette initiative avait été mûrement réfléchie. En quelques mois, on avait drainé une nouvelle clientèle. Sur le sujet, les avis étaient partagés. Certains trouvaient que le magasin était en train de perdre son âme, pendant que d'autres se félicitaient de voir enfin les Galeries s'ouvrir à un plus large public.

Hélène ne pipait mot, certaine de son bon choix. Avec l'instinct commercial qui était le sien, elle avait senti que les mentalités étaient sur le point d'évoluer. Sans renier ce qui avait fait le renom de la maison, elle attirait vers cette dernière des hommes et des femmes qui, jusqu'à ce jour, voyaient son établissement comme un lieu exclusivement réservé aux personnes fortunées.

Comme à son habitude, elle commençait la journée par une visite de politesse à chacun de ses employés. Elle ne dérogeait jamais à la règle. Elle parcourait les trois étages des Galeries en s'attardant longuement devant chaque comptoir. C'était l'heure durant laquelle se réglaient les petits problèmes quotidiens.

Les responsables l'attendaient toujours avec une impatience non dissimulée. En effet, il ne se passait pas une journée sans avoir à déplorer une erreur à la réception, des articles dépareillés ou le mécontentement d'une cliente acariâtre.

Hélène écoutait avec patience, puis donnait ses ordres. Elle avait une sainte horreur des réunions interminables durant lesquelles les discussions tournaient en rond. Son esprit vif lui permettait d'appréhender une situation et de trancher rapidement, dans le sens qui lui semblait le meilleur.

À l'arrière du magasin, des camions déballaient leurs marchandises. Quatre hommes étaient occupés à les stocker dans l'entresol. Tout était vérifié, contrôlé, étiqueté avec minutie. Le père Lebrène dirigeait la manœuvre avec une poigne de fer. Il était dans la maison depuis plus de trente ans. Avec lui, rien ne se perdait, ne s'égarait. Il avait un regard sur tout et était capable de vous retrouver un tissu écossais ou un chemisier en satin clair en quelques secondes.

C'était la mémoire vivante des Galeries. Souvent, Hélène lui demandait conseil sur telle ou telle initiative qu'elle s'apprêtait à prendre. Le vieux sage adorait sa patronne et ne manquait jamais de lui donner un avis pertinent.

Les matinées de Mme Mauve se passaient à courir à travers les étages, l'entresol, et à recevoir les représentants de ses fournisseurs. Elle n'avait pas une seconde de répit. Elle était là quand on la croyait ailleurs. Méticuleuse, elle s'occupait des plus petits détails et trouvait le moyen de conserver son inimitable sourire en toutes circonstances.

Elle s'était réfugiée dans son bureau et attendait Louis. Entre les conseils de ses amies, les propos de la petite Maria et ses prières à la Vierge Marie, elle avait trouvé de quoi se faire une opinion sur le fils Galichon.

Quand il se présenta, il lui parut plus grand, plus svelte que la veille. Il avait abandonné son vieux costume et s'était habillé d'un pantalon de saison et d'un blouson qui lui donnaient une allure sportive.

Il ne paraissait pas particulièrement inquiet. Hélène l'observait du coin de l'œil et était surprise de l'assurance qu'il manifestait. De son côté, afin de se donner une contenance, elle rangeait quelques papiers qui encombraient son bureau.

— Quel est le rayon pour lequel vous ressentiriez le plus d'intérêt ? demanda-t-elle brusquement.

— Aucun en particulier, et tous en général. Ici, tout m'intéresse.

Elle fut un brin interloquée, agacée même par la réponse que venait de lui faire le fils Galichon. Jamais encore elle n'avait eu l'occasion de rencontrer un jeune homme habité par un tel aplomb, et dont la force du regard la mettait mal à l'aise.

— Monsieur Galichon, j'accepte de vous prendre à l'essai durant un mois. Comme vous ne manifestez pas de préférence particulière, je vais vous mettre à la disposition de Mlle Chamandon qui dirige le premier étage, et de Mme Bonelle qui a la responsabilité du rez-de-chaussée, répondit-elle d'un ton sec.

Elle se leva, fit le tour de son bureau et invita Louis à la suivre.

— Dans un premier temps, je vais demander à M. Billandoux de vous faire visiter et de vous expliquer le fonctionnement du magasin, ajouta-t-elle en se dirigeant vers la porte.

Après quelques pas, elle se tourna à nouveau vers lui :

— Ce matin je suis pressée. Mais dès ce soir, nous serons amenés à nous revoir afin de régler quelques détails pratiques.

C'était un univers qu'il n'aurait jamais pu imaginer. Sous la conduite du père Billandoux, il découvrait un autre monde. Les choses allaient si vite qu'il avait du mal à réaliser. Il avait la sensation de vivre un rêve.

Marcel Billandoux était un des plus anciens employés de la maison. Il avait travaillé dans tous les étages et connaissait les moindres secrets des Galeries Modernes. À soixante ans passés, il ne s'occupait plus guère que de l'entretien et de quelques petits travaux subalternes.

Louis peinait pour enregistrer tout le savoir que le vieil homme lui offrait avec un plaisir évident, dans un débit de paroles étonnant, et un accent rocailleux difficile à suivre. Les coins les plus obscurs du magasin lui étaient présentés et faisaient l'objet de commentaires plus détaillés les uns que les autres.

Leur visite avait débuté par le rez-de-chaussée, réservé exclusivement aux dessous féminins, à la petite lingerie et aux articles pour enfants. Sous la houlette de Mme Bonelle, les chefs de rayon s'activaient au milieu des étoffes et des dentelles en tous genres.

Les étagères disparaissaient sous une montagne de soutiens-gorge, de bustiers, de chemises de nuit et de déshabillés. Près de la vitrine, le long comptoir en angle droit contenait un stock impressionnant de culottes, de collants, de bas mousse et de bas couture. Partout, c'était un foisonnement de guêpières, de corsets que les clientes touchaient, caressaient, humaient au milieu d'un tohu-bohu indescriptible.

De chaque côté de l'escalier, on avait aménagé un espace réservé à la lingerie pour enfants. L'endroit était gai, ludique, avec des peintures tendres et un éclairage discret qui contrastait avec le reste du magasin.

Ici, tout invitait les mères au bonheur de faire quelques emplettes. C'était une débauche de couleurs avec les barboteuses, les brassières croisées, les ensembles à volants. Et pour les plus grands, les salopettes, les polos et tout un alignement de jupes rayées.

Le premier étage était le cœur vivant du magasin. Plus vaste, il était exclusivement consacré aux vêtements féminins. Mlle Chamandon était le chef d'orchestre de cette organisation bien huilée où tout était prévu pour satisfaire les chères clientes.

L'endroit ressemblait à une véritable caverne d'Ali Baba. Les habits haut de gamme côtoyaient de petits ensembles au prix plus modeste. Les cintres étaient encombrés de tailleurs, de robes portefeuilles, de jupes imprimées. Sur une étagère immense, le regard était attiré par une quantité de pulls en jersey. Vers les hautes fenêtres qui donnaient sur la rue, étaient alignés des tailleurs de toutes teintes et de toutes formes. Il y en avait pour tous les goûts et pour presque toutes les bourses : des tailleurs raffinés, des tailleurs cintrés, des tailleurs pied-de-poule, entièrement doublés. Enfin, un bataillon d'imperméables, de manteaux et de ponchos occupait toute la partie arrière de ce vaste espace qui émerveillait.

Enfin, restait le troisième étage. C'était le domaine réservé aux hommes avec, dans une seconde pièce mansardée, divers articles de literie.

Maurice Lavalette en avait la responsabilité. Cela faisait près de vingt ans qu'il régnait en maître sur cet univers envahi par les costumes croisés, les cravates, les pantalons et les ceintures en croûte de cuir. Afin d'être aidé dans sa tâche, il s'était adjoint un jeune vendeur, René Forgeac, qui s'occupait plus particulièrement de la literie et du linge de maison.

Chaque étage du magasin avait une âme, une atmosphère particulière. C'étaient autant de lieux clos avec les règles, les habitudes, et surtout la personnalité des petits chefs qui déteignait sur tout l'environnement dont ils avaient la charge.

Les conflits entre les personnes étaient rares aux Galeries Modernes. Hélène Mauve portait une attention particulière aux bonnes relations entre les employés. Bien sûr, il y avait une hiérarchie, l'ancienneté, et des postes plus convoités les uns que les autres. Mais la patronne veillait sur tout et savait récompenser les plus méritants.

En une journée, Louis avait tout parcouru et s'était abreuvé d'un flot de recommandations. Le père Marcel n'avait rien négligé et s'était même fait un devoir de lui montrer l'entresol, le sous-sol, sans oublier l'immense chaufferie dont il était le principal responsable.

La mémoire du fils Galichon avait été mise à contribution. Il faut dire qu'elle était rarement prise en défaut. Il l'avait reçue de la nature, comme un don du bon Dieu. Aucune autre explication. Déjà, dans sa jeunesse, ses proches avaient remarqué avec quelle justesse il retenait les plus petits événements ou des propos qui dataient, et que tous avaient depuis longtemps oubliés.

À l'école, il en était de même. Élève indiscipliné, il faisait le désespoir de ses instituteurs. Il avait décidé d'apprendre uniquement les matières qui lui paraissaient indispensables. Alors, au diable les sciences physiques et les leçons de morale ! Par contre, il était capable de retenir des pages entières de littérature et de calculer de tête les opérations les plus ardues.

Le directeur de l'école de Pontignac l'avait dit et redit au père Galichon : « Votre fils a une mémoire d'éléphant. C'est un as du calcul mental. » Le vieil alcoolique avait bien ri, s'était même tapé sur les cuisses et avait répondu que lui aussi savait compter, vu que son rejeton lui coûtait la peau des fesses avec cette putain d'école obligatoire.

En attendant de trouver un petit meublé, Louis logeait toujours chez sa sœur. Quand il lui avait annoncé qu'il était embauché chez Mme Mauve, elle avait fondu en larmes, de joie ! Dans l'attente de trouver mieux, elle lui avait aménagé une petite pièce qui servait de débarras. Le confort était des plus sommaires : un petit lit en fer, une table de chevet et une vieille armoire brinquebalante.

Ses premières journées se déroulèrent le mieux du monde. Du matin au soir, il courait du rez-de-chaussée au premier étage. Et *vice versa*. Une fois, c'était Mme Bonelle qui avait besoin d'un carton de collants. Une autre fois, c'était au tour de Mlle Chamandon de réclamer sa présence, pour un oui ou pour un non.

Le labeur était harassant. Louis se pliait aux exigences de sa charge, sans dire un mot. Il sentait bien qu'on le jaugeait, que Mme Mauve désirait se rendre compte jusqu'où sa volonté pouvait le conduire. Parfois, il se sentait humilié. Les deux chipies ne lui laissaient aucune minute de répit. Ah ! il en rangeait des cartons de soutiens-gorge, de petites culottes ! Et puis, quand il pensait qu'il allait pouvoir souffler un peu, c'est Mlle Chamandon qu'il entendait crier de sa petite voix nasillarde : « Louis, j'ai besoin de vous ! Venez vite, s'il vous plaît ! »

Malgré son caractère, cette vieille fille avait du bon. Souvent, Louis assistait aux essayages et était émerveillé par le savoir-faire de cette grande professionnelle. Il ne perdait rien de ses mots, de ses gestes, de la manière dont elle s'y prenait pour trouver la bonne robe, le coloris que souhaitait une cliente. Elle était prévenante sans toutefois se plier entièrement aux caprices des dames qu'elle recevait dans son premier étage.

Huit fois sur dix, ces dernières suivaient ses conseils. Elles n'avaient rien à redouter, et ne prenaient aucun risque.

Antoinette Chamandon avait un tel goût qu'elles n'hésitaient jamais à s'en remettre à elle.

Louis était étonné par tant de compétence. La vente d'un vêtement ressemblait à une mise en scène bien orchestrée avec tout de même une pointe d'improvisation. C'est dans ce domaine que Mlle Chamandon excellait. Cela ressemblait à un ballet avec un va-et-vient incessant, des courbettes, des bras qui montaient, qui descendaient et cette démarche rapide, vive, qui la faisait ressembler à une marionnette.

Le temps passait à une vitesse folle, sans lui fournir l'occasion de s'ennuyer. Il avait le sentiment d'être là depuis toujours. En peu de temps, il avait fait l'unanimité sur sa personne, parce que toujours d'humeur égale, souriant, avec souvent un petit mot pour faire plaisir.

Ceux qui l'avaient connu naguère n'en revenaient pas. Pour certains, cela ressemblait à une transformation qui tenait du miracle. On avait beau chercher, on ne retrouvait rien en lui qui aurait pu faire penser qu'il était un Galichon.

Rares étaient les fois où il croisait Mme Mauve. Il l'avait bien aperçue un matin qui discutait avec des clientes. Malgré tout, il sentait sa présence. C'était une sensation indéfinissable qui l'angoissait, un peu comme s'il avait été observé dans ses moindres faits et gestes.

Quand il rentrait le soir chez Suzanne, il était éreinté. Curieuse, sa sœur voulait tout connaître, tout savoir sur ce qui se passait au magasin. Histoire de lui faire plaisir, il racontait alors toujours la même chose, ajoutant, çà et là, quelques traits sur les têtes nouvelles qu'il avait entrevues.

Il ne veillait jamais très tard, impatient qu'il était de retrouver son lit. Il était pris dans un tel tourbillon qu'il en avait presque oublié la petite Laure. Cela faisait plus d'une semaine qu'il ne l'avait revue. Un soir, l'idée lui vint de descendre aux Barnèges. Mais d'avoir longuement hésité, trop longuement, le sommeil l'avait gagné, le transportant probablement en quelque rêve peuplé de jeunes filles en fleurs, et d'une Mme Mauve qui l'observait avec un petit air chargé de reproches.

Ce jour-là, rien ne laissait présager ce qui allait arriver. Près de quinze jours s'étaient écoulés depuis son embauche. Il n'avait eu ni un mot, ni un geste de sa patronne, ce qui lui laissait à penser qu'il donnait pleine satisfaction dans son travail.

Il se trouvait au premier étage et rangeait quelques pulls qui encombraient le comptoir. De temps à autre, il jetait un œil en direction de Mlle Chamandon. Cette dernière s'échinait depuis près d'une heure avec une grande femme au visage austère. C'étaient des discussions sans fin qui tournaient autour d'un tailleur avec des découpes légèrement cintrées, et d'un tailleur pied-de-poule, entièrement doublé.

Vingt fois, cette grande godiche s'était regardée dans la glace, de face et de profil. Elle minaudait, s'esclaffait, restait de longues minutes sans mot dire. On voyait bien que Mlle Chamandon était au bord de l'épuisement. Malgré son calme et son expérience, il était clair qu'elle se retenait pour ne pas exploser.

Soudain, derrière les cintres, une petite tête joufflue apparut. La femme avança de quelques pas, toucha du bout des doigts quelques manteaux, des imperméables. Elle semblait indécise, et même un peu perdue. Visiblement agacée de ne rien trouver à son goût, elle se tourna brusquement en direction d'Antoinette Chamandon.

— Mademoiselle, quelqu'un peut-il s'occuper de moi ? demanda-t-elle d'une petite voix acidulée.

Mlle Chamandon se retourna et prit immédiatement un air qui en disait long. Nul doute qu'elle connaissait la cliente et qu'elle s'attendait au pire.

Elle ne répondit pas tout de suite. Le silence dura quelques secondes, le temps de trouver la parade à une situation qu'elle paraissait vouloir éviter à tout prix.

Très contrariée, elle saisit sans précaution un tailleur de demi-saison que la grande femme trouvait exquis, et se tourna vers le fils Galichon :

— Louis, veuillez vous occuper de Mme Gandois.

Il eut la certitude que Chamandon était en train de lui jouer une mauvaise farce. Un court instant, il pensa qu'il vivait un cauchemar, qu'il était passé dans une seconde vie. Son corps tout entier se dérobait.

— Dépêchez-vous, Louis ! Vous rangerez vos affaires plus tard, insista Chamandon avec un petit sourire moqueur au bord des lèvres.

Il ne pouvait plus reculer. Il fit les quelques pas qui le séparaient de Mme Gandois, sans trop savoir ce qu'il allait faire et ce qu'il allait dire.

La grosse femme le regardait, étonnée. C'était une habituée des Galeries Modernes. Elle faisait partie des clientes redoutables qui pouvaient rester des heures à essayer quantité de vêtements avant de se décider.

— Madame, nous allons trouver. Je suis certain que vous repartirez satisfaite, murmura Louis, avec des trémolos dans la voix.

Il pressentit que se jouait, en ces quelques minutes, une partie de son avenir. Alors, il oublia ses craintes et ses angoisses. Se jetant à l'eau, il proposa à Mme Gandois des manteaux droits, d'autres cintrés et décrocha même plusieurs imperméables.

Mais elle était tellement grasse, cubique, qu'elle semblait engoncée dans n'importe quel vêtement. Les manteaux la boudinaient de toutes parts et les imperméables cintrés faisaient ressortir des formes qui ne demandaient qu'à être dissimulées.

De temps à autre, il jetait un œil explicite en direction de Mlle Chamandon. Cette dernière ne perdait rien du combat qu'il était en train de livrer. Elle connaissait mieux que personne la petite mère Gandois. Cela faisait de longues années qu'elle la subissait. La pauvre femme avait un corps si difforme qu'il fallait faire preuve d'une grande imagination avant de lui trouver un vêtement acceptable.

Louis l'apprenait à ses dépens. Sa cliente avait déjà essayé une demi-douzaine de manteaux et presque autant d'imperméables de toutes les formes et de tous les coloris. Soudain, en désespoir de cause, il se tourna vers un petit renfoncement où étaient accrochés des ponchos.

Un beau sourire illumina son visage. Il savait qu'il avait trouvé la solution à un problème quasi inextricable. Déjà, il imaginait Mme Gandois gracieuse comme un papillon, enfilant ce large vêtement conique.

Il se précipita et revint les bras chargés de ponchos. Il y avait un gris, un bleu, un vert pomme et un noir. La mère Gandois le regardait droit dans les yeux. Tout à coup, elle éclata d'un petit rire strident :

— Mon Dieu, qu'ils sont beaux ! Jeune homme, j'ai presque envie de vous embrasser ! s'exclama-t-elle.

Elle les essaya tous. Plantée devant la glace, elle se regardait, s'admirait sous toutes les coutures. Louis, comme un vrai spécialiste, lui vantait l'avantage du poncho. On eût dit qu'il avait fait ça toute sa vie. Il vérifiait la longueur, ajustait les épaules et l'invitait à lever les bras, à les croiser, pour estimer l'ampleur du vêtement dans diverses positions.

Elle roucoulait de plaisir. Encore un peu, et elle se serait bien vue défiler chez Dior. Après avoir un instant réfléchi, elle se tourna tout épanouie vers le fils Galichon :

— Mon cher ami, je choisis le vert. La couleur me plaît et la coupe est parfaite. Ah ! un qui va être surpris, c'est mon mari !

Aussitôt, elle enleva le poncho et, les cheveux tout ébouriffés, interpella Mlle Chamandon.

— Ah ! ce jeune homme est un ange ! Un ange ! s'exclama-t-elle tout en se trémoussant comme une grosse chatte en chaleur.

Louis avait passé le reste de l'après-midi, porté par un petit nuage. Antoinette Chamandon ne lui avait rien dit de particulier. Plusieurs fois, leurs regards s'étaient croisés. Il avait alors senti chez la vieille fille comme une immense satisfaction qu'elle essayait, avec peine, de dissimuler.

À la fermeture du magasin, il était encore tout à la joie d'avoir réussi sa première vente. Il imaginait la tête de sa sœur et de son beau-frère quand il allait leur annoncer la bonne nouvelle.

Il avait dit au revoir à Mlle Chamandon et descendait les escaliers. Les derniers retardataires flânaient encore afin de réaliser la bonne affaire. Il avait l'impression que tout le monde le regardait, comme s'il avait été l'objet de toutes les conversations.

— Monsieur Galichon, s'il vous plaît !

Il aurait reconnu cette voix entre toutes. Il s'arrêta, se retourna et aperçut Mme Mauve qui descendait à sa rencontre. Elle venait probablement de rentrer à l'instant de quelque course, car elle tenait sous un bras un gros sac à main de couleur fauve.

Ainsi apprêtée, elle faisait vraiment grande bourgeoise. Son léger maquillage gommait les quelques petites rides qui bordaient ses yeux.

— Je viens de voir Mlle Chamandon. Elle m'a dit que vous aviez réussi à vendre un poncho à cette brave Mme Gandois, murmura-t-elle, comme si elle avait désiré à tout prix que cela reste confidentiel.

— J'ai fait de mon mieux. À un moment donné, j'ai cru qu'elle repartirait sans rien acheter, répondit Louis.

— Vendre un article à Mme Gandois n'est pas une mince affaire. Je vous félicite, Louis, répondit-elle.

D'un geste de la main, elle salua quelques dames qui quittaient le magasin. Son parfum, que Louis avait déjà remarqué au cours de leurs entretiens, était doux, subtil. Elle ouvrit son sac à main et sortit un paquet de cigarettes blondes.

— Je fume trop. D'ailleurs ici c'est interdit. D'une manière ou d'une autre, il va bien falloir que je freine ma consommation.

Elle tapota le paquet avec ses doigts et ajouta :

— Demain, si vous le voulez bien, nous signerons votre contrat définitif. Et puis, il faudra que nous parlions de votre hébergement. J'ai quelque chose à vous proposer.

Elle descendit quelques marches, et, arrivée en bas de l'escalier, se retourna brusquement.

— Vous avez la vente dans le sang. Maintenant, je le sais ! conclut-elle.

*
* *

La vie de Louis Galichon s'accélérait. En peu de temps, il était passé du statut de petit paysan à celui de vendeur à part entière des Galeries Modernes. Maintenant, il secondait Mlle Chamandon en qui il avait trouvé une femme désireuse de lui faire partager son savoir, son expérience.

À les voir travailler ensemble, on était à se demander ce qui pouvait rapprocher ces deux êtres si dissemblables. En effet, Antoinette portait ses cinquante ans comme on porte une croix. Petite, maigre comme un sac de clous, son visage osseux était déjà marqué par d'innombrables rides. Son teint pâlot et ses yeux globuleux accentuaient encore son aspect maladif, souffreteux.

Beaucoup ne la voyaient pas changer. Il faut dire qu'elle avait vieilli avant l'âge et s'était stabilisée autour de la trentaine. Elle vivait seule dans une belle maison que lui avaient léguée ses parents, à deux pas de l'église Saint-Pierre. Pieuse, mais pas du tout cul-bénit, elle participait activement à diverses missions du Secours catholique.

En fait, cette bonne âme était desservie par un physique qui la faisait ressembler à une vieille bigote. Elle en souffrait, mais acceptait ce qu'elle considérait comme une volonté de Dieu.

Toujours est-il que Louis avait fait sa conquête, et très vite s'instaura entre eux une sorte de complicité. Ils se comprenaient d'un geste, d'un regard, devant les deux autres vendeuses du premier étage qui observaient, en ricanant, le mariage de la carpe et du lapin.

Il est certain que Marie-Louise Taillandier et Lucie Moreil n'avaient pas le cerveau encombré par leurs initiatives.

C'étaient de simples exécutantes à qui Antoinette ne confiait que des tâches secondaires. Sans ambition, elles s'en satisfaisaient, heureuses qu'elles étaient de faire partie des Galeries Modernes.

Cela faisait près de quinze jours que Louis avait aménagé dans un petit deux-pièces, à deux pas du magasin. La maison appartenait à Mme Mauve. Depuis plusieurs années, elle en avait fait une résidence pour quelques-uns de ses employés célibataires. Ils payaient un loyer presque dérisoire. En outre, les appartements refaits à neuf possédaient, luxe suprême, toutes les commodités.

Celui de Louis était situé au second étage. Les lieux étaient meublés sommairement mais avec goût, Mme Mauve ayant récupéré, ici ou là, nombre de tables, de chaises, de lits et même quelques canapés très confortables.

Le fils Galichon avait du mal à réaliser. Du jour au lendemain, il avait vu son existence prendre une telle dimension qu'il lui arrivait de douter de cet accomplissement. Bien sûr, il avait tout fait pour cela. Et puis, surtout, il ne devait rien à qui que ce soit, pas même une recommandation à Mme Mauve.

Malgré tout, il ressentait parfois une angoisse : et si tout cela n'était que provisoire ? Il passait par des hauts et des bas. Souvent, il restait de longues heures à réfléchir sur son passé et sur sa conversion qui l'avait conduit jusqu'au grand magasin de Pontignac.

Cependant, les images qui défilaient le réconfortaient à nouveau. Jusqu'à ce jour, il n'avait pas commis la moindre erreur. Souvent, il se rappelait les conseils que lui avait donnés Michel Libermann. Ce dernier avait connu le dur apprentissage de la rue, et savait combien il fallait être opportuniste quand la belle occasion se présentait.

Il parlait en connaissance de cause. Dans la rue du Sentier, les faibles avaient bien peu de chance de ramasser le pactole. Lui, il avait su s'imposer, défendre son pré carré dans le commerce florissant que dirigeait son père.

Il l'avait répété cent fois à Louis : « Dans la vie, il y a ceux qui se cultivent, prennent des initiatives et n'ont pas peur de travailler vingt-cinq heures par jour. Les autres, ce sont des moutons de Panurge. »

Le fils Galichon n'avait pas oublié. Alors, il s'était décidé à parfaire son éducation, son instruction. Il avait la certitude de n'être qu'au tout début d'un long cheminement qui devait le conduire aux plus hautes marches de l'échelle sociale.

Pour ce faire, il se procura plusieurs romans et des livres de mathématiques, d'instruction civique, d'histoire, de géographie, de français, sans oublier l'incontournable Bescherelle. Comme si cela ne suffisait pas, il emprunta à Mlle Chamandon une imposante collection de revues de mode.

Il ressentait une sorte de boulimie du savoir. Horriblement inculte, il avait un besoin viscéral de dévorer ces revues, ces livres dans lesquels se cachaient tant de secrets à découvrir.

Avec méthode et soutenu par sa mémoire qu'il savait fidèle, il enregistrait des mots nouveaux. Il allait à la découverte d'un univers qui le fascinait, l'émerveillait. Seul, il se forgeait sa propre culture, ignorant les plaisirs que lui autorisait sa jeunesse.

Laure était bien loin de ses préoccupations. Il vivait dans une sorte de cocon qui l'isolait de tout ce qui était étranger au magasin. Il était animé par une telle volonté de réussir, de s'élever intellectuellement, qu'il se sentait détaché de ce petit peuple dont il était issu.

Infatigable, ses soirées et ses jours de repos étaient la belle aubaine pour voyager dans les textes de ses livres. Il touchait à tout. Il avait la faculté de digérer quelques problèmes mathématiques, puis, sur-le-champ, d'aller à la rencontre du Moyen Âge, avant de se laisser séduire par la plume gigantesque de Victor Hugo.

Il sortait peu en dehors des visites qu'il rendait à sa sœur. Cette dernière le regardait maintenant avec des yeux chargés d'admiration. Vous pensez ! Chez les demoiselles Lacour, on ne parlait que du fils Galichon. C'était du Louis par-ci, du

Louis par-là, assorti de qualificatifs plus élogieux les uns que les autres.

Il était au centre de toutes les conversations, de toutes les rumeurs. Beaucoup étaient étonnés d'apprendre que le rejeton du père Côme était entré aux Galeries Modernes, et qu'il secondait maintenant Antoinette Chamandon.

Une promotion aussi rapide intriguait les gens. Tous ceux et celles qui le connaissaient avaient bien du mal à l'imaginer au beau milieu des étoffes. Malgré son long séjour en Allemagne, l'image du petit paysan voleur de poules était toujours présente dans la mémoire de toute une population.

Tout ça ressemblait à un mystère pas très catholique. Ils avaient beau tourner le problème dans tous les sens, ils n'arrivaient pas à croire que Louis ait pu être embauché sans quelque magouillage.

Ils nageaient en pleine contradiction. En effet, Hélène Mauve était trop appréciée, trop droite, pour s'être laissé influencer au sujet du fils Galichon. Ce n'était pas du tout son genre. Et puis, ceux et celles qu'elle acceptait de prendre à son service étaient toutes des personnes irréprochables, en qui elle avait entière confiance.

Alors, en ce mois d'août, à Pontignac et dans les hameaux environnants, on soulevait des hypothèses, même les plus invraisemblables. À défaut de fournir une réponse à leurs questions, cette histoire meublait les soirées et faisait l'immense bonheur des commères.

Chez les Galichon, l'ambiance était devenue exécrable. Depuis le départ de Louis, le père Côme entrait dans des colères démentielles. L'absence de son fils cadet avait déclenché chez lui une fureur qui, pour une fois, avait sérieusement inquiété son entourage. Sans Louis, tout ce qu'il avait prévu s'écroulait. C'était le dernier garçon sur qui il pouvait compter pour reprendre la ferme. Il avait déjà tiré des plans sur la comète et avait longtemps rêvé de mener tout ce petit monde à la baguette.

Mais le pire était à venir. En effet, quand il avait appris que le garnement travaillait dorénavant aux Galeries, il avait frôlé la crise de folie.

Ce soir-là, tout le monde eut peur. Il n'était plus lui-même et paraissait habité par quelque démon. Coup sur coup, il avait bu trois litres de vin rouge et la moitié d'une bouteille de rhum.

Devant la tournure que prenaient les événements, la mère Galichon avait demandé à Claire d'aller chercher ses frères. Elle comptait surtout sur le René pour calmer le vieux. C'était le seul qui lui tenait tête et qui n'hésitait pas à faire le coup de poing avec le vieil ivrogne.

Le climat fut monstrueux. Malgré tout ce qu'il avait ingurgité, Côme avait encore assez de lucidité pour hurler sa rage contre Louis. Ce fut une débauche d'injures que toute l'assemblée reprenait en chœur.

À l'exception de Claire, tout le monde buvait à s'en faire péter les entrailles. Ils ne savaient plus pourquoi ils étaient là et tenaient des propos totalement incohérents. Le vieux Galichon tomba à plusieurs reprises, en se vautrant dans son vomi.

C'était un spectacle surréaliste. Ils se conduisaient pareils à des bêtes. De temps à autre, René arrivait à s'extirper de sa chaise et levait les bras vers le plafond en maudissant ce frère qui les avait abandonnés.

Au petit jour, ils étaient tous à cuver leur vin. Quand Claire redescendit de sa chambre, elle porta une main sur sa bouche, tellement l'odeur qui régnait dans la pièce était pestilentielle.

Tout le monde était affalé sur la table, sauf le père qui la fixait d'un regard mort, horrible, injecté de sang. Elle s'approcha de lui et le secoua comme un prunier, afin de s'assurer qu'il était bien encore en vie. Soudain, le vieux Côme cligna des paupières et, brusquement, jeta ses dernières forces en l'agrippant jusqu'à ce que son visage vienne frôler le sien.

— L'fumier ! J'vais l'déshériter, j'vais l'déshériter ! grommela-t-il avant de sombrer dans un sommeil profond.

Les Galeries Modernes se trouvaient en effervescence. Depuis peu, les collections d'automne étaient arrivées et une foule immense se précipitait afin de profiter des tout derniers modèles.

Du matin au soir, le magasin ne désemplissait pas. De partout, les gens accouraient, certains de trouver ici la qualité d'un pull ou le chic d'un imperméable.

Pour la première fois, et sur les conseils de Louis, Hélène Mauve s'était offert une belle publicité dans les journaux locaux et à travers d'innombrables prospectus qui avaient été distribués dans toutes les boîtes aux lettres.

Au début, elle n'y avait pas cru, puis avait longtemps hésité. Dans un premier temps, le fils Galichon en avait touché deux mots à Mlle Chamandon. Contre toute attente, cette dernière l'avait écouté avec attention. Pourtant, elle était peu bercée par la publicité, le magasin ne s'étant jamais intéressé à ce moyen pour se faire connaître.

À toutes les questions qu'elle posait, Louis répondait avec un aplomb qui l'impressionnait. Il fonctionnait à l'instinct, mais aussi avec une logique et un bon sens qui ne pouvaient que convaincre la vieille fille.

Aussitôt, elle en avait touché deux mots à Hélène, un soir, comme ça, histoire de voir sa réaction. Elle n'avait pas été déçue. En effet, Mme Mauve avait éclaté de rire en rappelant à Antoinette que les Galeries n'avaient jamais eu besoin de réclame pour attirer la clientèle.

Les choses auraient pu en rester là. Mais Hélène était une femme à qui il fallait du temps pour analyser une proposition. Souvent, elle s'emportait, balayant en quelques mots ce qu'elle considérait comme néfaste pour l'image de son magasin. À priori, on aurait pu croire qu'elle s'enfermait dans une attitude conservatrice et qu'elle refusait en bloc toute modernité.

En vérité, elle ne laissait rien au hasard. Quand on lui proposait de modifier un étalage ou telle présentation dans une vitrine, jamais elle ne donnait une réponse nette. Pour la plus petite transformation, elle avait besoin d'une longue réflexion, comme si elle redoutait un coup de cœur inopportun.

Quand Mlle Chamandon avait rapporté à Louis les réactions de la patronne, il avait été terriblement blessé dans son amour-propre. C'était son premier échec. Il ressentit ce refus comme une injustice, un peu comme si Mme Mauve avait décidé de le remettre à sa place, à un niveau qu'il n'aurait jamais dû quitter. En un mot comme en mille, elle lui rappelait qu'elle était la seule à décider de ce qui était bon pour les Galeries Modernes.

Durant plusieurs jours, ils s'étaient croisés en se saluant et en échangeant quelques propos anodins. Le travail au second étage était pénible. Depuis peu, on avait reçu des coupons de tissu en provenance de Roanne et de Roubaix. Il fallait tout ranger, tout étiqueter en prenant grand soin de ces petites merveilles.

Antoinette et Louis ne savaient trop où donner de la tête. Souvent, ils restaient une fois le magasin fermé. C'était la seule solution qu'ils avaient trouvée s'ils voulaient que tout soit prêt dans les quinze jours à venir.

Hélène Mauve avait commandé une série d'ensembles chics, tout à fait remarquables. Merveilleusement coupés et entièrement doublés, ils avaient des découpes mode qui faisaient pousser de petits gloussements d'admiration à Mlle Chamandon. De son côté, Louis mettait en rayon quantité de pulls Jacquard, de chemisiers en satin et de magnifiques petits gilets rouges et marine, ornés de boutons fantaisie.

Il ne se passait pas un jour sans qu'arrivent de nouveaux articles. C'était un renouvellement qui semblait ne pas avoir de fin. Peu à peu, les vêtements d'été étaient stockés au fond du magasin, avant d'être soldés. En lieu et place, on mettait en évidence les vestes croisées à carreaux, les robes en panne de velours et les manteaux en popeline, tout à fait exquis.

Louis en aurait oublié le boire et le manger. Ces monticules de cartons qui envahissaient le magasin, ces odeurs de tissus mêlés le mettaient dans un état euphorique. À les toucher, il ressentait une sorte de jouissance, une sérénité étrange, nouvelle pour lui, comme un enchantement de couleurs, de parfums, dans cette ambiance douce et calme qui ajoutait encore au charme de l'endroit.

Un soir, alors que le magasin avait déjà fermé ses portes, il eut la surprise de voir arriver Mme Mauve. Elle semblait fatiguée. Ces derniers temps, elle ne cessait de faire des allées et venues chez les différents fournisseurs.

Contrairement à son habitude, elle n'était pas tirée à quatre épingles. Elle était vêtue d'une petite robe toute simple et d'un chemisier blanc passablement froissé. Ses cheveux d'ordinaire toujours soignés partaient un peu dans tous les sens : on aurait pu penser qu'elle était passée sous une soufflerie.

Louis se retint pour ne pas éclater de rire. Avec sa chevelure ébouriffée et ses vêtements un brin désordonnés, elle avait des allures d'étudiante. Elle dut se rendre compte de l'effet qu'elle produisait, car elle parut gênée comme une jeune fille prise en faute.

Le fils Galichon eut le sentiment de découvrir une autre femme. Il la regardait et la trouvait fort séduisante, ainsi débarrassée de son enveloppe rigide de petite bourgeoise.

Il rangeait nombre de robes et tout un lot de vestes croisées. Elle tournait en rond, allait et venait, caressait longuement quelques pulls à maille côtelée. À son manège, Louis était persuadé qu'elle désirait l'entretenir de quelque problème. À un moment donné, elle jeta un regard circulaire, comme si elle voulait s'assurer qu'ils étaient seuls. Puis, ayant constaté que Mlle Chamandon était descendue à l'entresol, elle se dirigea prestement en direction du comptoir sur lequel travaillait Galichon.

— Louis, croyez-vous vraiment qu'une publicité serait, éventuellement, la bienvenue pour les Galeries ?

À diverses reprises, il s'était rendu compte combien elle pouvait être imprévisible. Elle posait souvent des questions auxquelles on n'était pas préparé. Alors, il ne savait trop quoi répondre et cherchait les mots qui allaient pouvoir la convaincre.

— Je suis persuadé qu'avec un peu de publicité vous toucheriez une clientèle beaucoup plus large, répondit-il.

Elle s'assit sur une chaise qui traînait auprès du comptoir et le regarda avec un air détendu.

— Expliquez-moi ça ! Vous savez bien que je suis curieuse de tout, répliqua-t-elle.

Il ne sut par où commencer. Alors, il balbutia quelques mots sans grande importance. Et puis, lentement, il trouva ses marques, encouragé par l'intérêt qu'elle semblait porter à sa démonstration.

Rien ni personne n'aurait pu l'arrêter. Comme s'il avait été du métier, il griffonna sur un papier les articles qui devraient figurer sur la publicité des prospectus, et ceux qu'il fallait prévoir pour un bel encadré dans les journaux locaux. Il se voulait convaincant et, chiffres à l'appui, lui laissa entrevoir toute une population qui allait être touchée dans un rayon de plus de cinquante kilomètres.

Elle l'écoutait sans oser l'interrompre, subjuguée par ses propos. Il était pris dans le tourbillon de son imaginaire et parlait d'une voix sûre, avançant des arguments incontestables.

Quand il eut fini, il paraissait épuisé. C'était la première fois qu'il s'exprimait ainsi. Soudain, son visage devint serein. Du coin de l'œil, il observait Mme Mauve, espérant deviner qu'elle était en phase avec ce qu'il venait de dire.

Au lieu de cela, elle se leva, fit le tour du comptoir et resta un long moment à réfléchir, tout en parcourant les allées du premier étage.

Au bout de quelques minutes, elle revint en direction de Louis, un léger sourire accroché à ses lèvres.

— Demain matin, je vous attends dans mon bureau. Nous verrons ensemble ce qu'il convient de faire, dit-elle, tout en arrangeant son chemisier dont un pan était sorti de sa jupe.

On n'avait jamais vu ça. Durant plus d'une semaine, une publicité de la maison Mauve parut dans les journaux de la région. En sus, des milliers de prospectus furent distribués dans les boîtes aux lettres des villages, des plus petits hameaux de la région.

On avait du mal à y croire. C'était bien la première fois que les Galeries Modernes employaient un tel procédé. Jusqu'à ce jour, jamais la famille Mauve n'avait eu recours à quelque réclame pour vanter ses marchandises. Sur le sujet, les avis étaient partagés. Il y avait les partisans et les détracteurs. Cela ressemblait à un face à face entre modernistes et conservateurs. Les réactions furent épidermiques et ne tinrent aucun compte des classes sociales.

Pontignac fut divisé. Dans chaque camp, on s'affrontait et un clivage étrange apparaissait entre les nostalgiques d'un passé révolu et les tenants d'un progrès qui ne pouvait engendrer que satisfaction auprès des consommateurs.

Tout cela était irrationnel. Les gens réagissaient en fonction de critères pour le moins discutables. On sentait que tout ça venait de loin. En fait, c'était un peu comme si on avait touché à une institution qui aurait appartenu à toute une communauté.

Aux Galeries Modernes, on n'en était plus là. La publicité, le bouche à oreille avaient drainé une foule de nouveaux clients vers le magasin de Pontignac. Le phénomène était si fort, tellement incontrôlable et imprévisible que toute logique commerciale se trouvait tout à coup lézardée.

On était à un tournant. La petite réclame de papa avait déjà un pied dans la tombe. Oh ! il y avait bien des rétrogrades qui résistaient encore aux sirènes alléchantes du nouveau commerce. Mais à de multiples indices, on voyait bien que quelque chose était sur le point de changer.

Sans le savoir, Hélène Mauve et Louis avaient déclenché le début d'un processus qui allait bientôt faire nombre d'adeptes dans la région. Dans l'immédiat, restait encore une majorité de petites boutiques dont les propriétaires ne semblaient pas voir arriver le vent du boulet. Ils ne pouvaient imaginer que de grandes surfaces puissent s'implanter en milieu rural. Pourtant fleurissaient déjà quelques supérettes, des regroupements de commerces dans les principales villes du département.

La mutation était encore diffuse, donc difficile à appréhender. Et si, inexorablement, la campagne se dépeuplait, la plupart de hameaux voyaient encore les fermes occupées par des paysans qui travaillaient la terre. Le grand exode n'en était qu'à son début. Bien entendu, des enfants d'agriculteurs poursuivaient leurs études, et d'autres avaient déjà rejoint la ville. Mais on ne pouvait prévoir la formidable désertification qui se préparait et qui allait saigner tout le tissu économique de la Creuse.

En ces premiers jours d'automne, on conjuguait la vie au présent. Le quotidien occultait le drame qui se tramait dans l'ombre. Comme souvent, la société changeait par petites touches imperceptibles, comme un cancer sournois dont les ravages allaient entraîner des conséquences désastreuses.

Les Galeries Modernes lançaient un défi à l'attraction que représentaient les grandes villes de la région. Il semblait presque anachronique de voir une telle entreprise familiale perdurer dans une petite agglomération comme Pontignac. Au premier abord, cette situation était presque inexplicable. Pourtant, à y regarder de plus près, cette vieille maison était devenue un symbole auquel beaucoup de Creusois restaient attachés.

Et puis, il y avait la qualité des produits proposés. Cela faisait des lustres que l'établissement faisait dans le haut de gamme. Bien entendu, avec le temps et le changement des mentalités, il s'était ouvert peu à peu à une clientèle plus modeste. Malgré tout, Hélène Mauve s'attachait à ce que les articles présentés ne puissent porter à la moindre critique. Il en allait de la réputation donc de l'avenir des Galeries.

Le présent lui donnait raison. La publicité aidant, c'était un nombre impressionnant d'hommes, de femmes qui venaient découvrir les récents arrivages qu'on annonçait comme sublimes.

Tout le magasin s'enflait d'une marée humaine qui se mouvait dans un brouhaha incroyable. Au premier étage s'était installée une véritable cohue. C'est là qu'on pouvait trouver les toutes dernières collections du prêt-à-porter.

Les élégantes ne savaient plus fixer leur préférence. Devant elles s'étalait tout ce dont elles avaient rêvé : des chemisiers gris argenté, des pulls à manches raglan, des gilets en dentelle et de merveilleuses chemises en satin fluide.

Plus loin, dans le secteur dont s'occupait Louis, les cintres pliaient sous une invraisemblable quantité de robes à bretelles, de minijupes, de vestes beige chiné et de coupés cardigan. Enfin, dans un recoin de l'étage, les regards ne pouvaient rester insensibles à cet alignement de manteaux en cachemire, de manteaux en laine vierge et de splendides ponchos de couleur olive, gris et multicolores imprimés.

Mlle Chamandon n'avait jamais connu une telle affluence. Elle avait beau puiser dans ses plus lointains souvenirs, elle ne se rappelait pas avoir vécu des journées pareilles.

Elle était au bord de l'épuisement. Cela faisait des jours qu'elle vendait sans même prendre le temps de faire l'article. Elle était un peu effrayée de voir ces dames bien comme il faut se jeter telles des affamées sur un pull en mohair ou en maille chenillée.

Cette envie d'acquérir à tout prix, de s'offrir un vêtement qui parfois représentait une dépense non négligeable, dépassait l'entendement. On aurait dit que les gens éprouvaient soudain le besoin de rêver, de sortir de la monotonie de leur vie quotidienne.

Pour la première fois, aux femmes de notables ou de petits bourgeois, se mêlaient quelques-unes des classes moyennes. Louis avait vu juste. Le phénomène de la publicité avait joué à plein et de nouvelles clientes avaient franchi le Rubicon.

C'était un brassage convivial où les gens parlaient, riaient, se découvraient sous le regard étonné d'Hélène Mauve. Cette dernière ne savait trop quoi penser de cette petite révolution qui paraissait la dépasser. Souvent, elle observait ce diable de Louis Galichon et n'en croyait pas ses yeux.

Il était partout à la fois. Il passait d'une cliente à l'autre avec une jovialité égale, et une faconde qui attirait la gent féminine, fascinée.

Depuis son embauche aux Galeries Modernes, il avait beaucoup changé. Conscient de son talent, et satisfait de sa personne, suivant les conseils de Mlle Chamandon, il s'était acheté un costume croisé bleu marine, toute une panoplie de chemises et une demi-douzaine de cravates que la vieille fille avait choisies elle-même.

Il devenait d'une élégance rare. Il se dégageait de sa personne un charme particulier qui se traduisait par une aisance, un naturel qu'agrémentait une voix douce, légèrement cassée.

Il savait en tirer profit. En jeune homme avisé, il utilisait son pouvoir de séduction avec parcimonie. Il avait une manière bien à lui de distiller les sourires, les petits mots agréables, ou de croiser furtivement un regard de ses yeux noirs, profonds, qui auraient fait fondre la plus vertueuse des femmes.

Pour Hélène, Louis restait une énigme. Jamais encore elle n'avait rencontré une personne aussi déconcertante. Pourtant, elle en avait connu de ces jeunes arrivistes qui auraient vendu leur âme au nom de la sacro-sainte réussite professionnelle !

Ceux-là, ils ne faisaient jamais long feu : souvent, trop fragiles, ils manquaient de volonté, de persévérance.

À ses yeux, il était clair que Louis appartenait à cette race d'hommes capables du meilleur comme du pire. Il paraissait tellement avide de réussir qu'on le sentait habité par une force bien difficile à canaliser.

C'est là que le bât blessait. Ce jeune homme serait-il capable un jour d'assumer un échec ? Quand Hélène l'observait, elle s'interrogeait quant à ses possibilités de se remettre en cause. Alors qu'elle aurait dû être pleine d'espoir sur le devenir de son vendeur, elle ressentait un malaise, comme si les bouleversements qui s'opéraient devant elle avaient semé le doute dans son esprit.

La ruée s'était poursuivie durant quinze jours. Le personnel était exténué. Alors, on soufflait un peu. Maintenant, le magasin avait retrouvé son rythme normal. Mais comme on n'était qu'à quelques mois des fêtes de fin d'année, Mme Mauve avait pris ses précautions et passé commande afin de renouveler ses stocks.

On était revenu au train-train quotidien. Au premier étage, Louis restait égal à lui-même. De temps à autre, après avoir consulté Mlle Chamandon, il apportait une petite modification par-ci, une petite modification par-là.

En réalité, tout l'espace réservé aux vêtements pour dames avait été bouleversé par ses soins. Cela s'était fait petit à petit, insidieusement, sans que la pauvre Antoinette se rende compte un seul instant qu'elle se faisait rouler dans la farine.

Bien entendu, Hélène s'en était aperçue, mais n'avait pas relevé. Cela l'amusait beaucoup d'autant que les changements opérés par Louis allaient dans le bon sens. Au fil des semaines, elle remarquait quel ascendant prenait ce dernier sur cette pauvre vieille fille qui n'y voyait que du feu.

À quelques jours de la fête de la Toussaint, elle décida d'intervenir. Depuis peu, une idée lui trottait dans la tête. Comme à son habitude, elle avait sondé les uns et les autres, sans trop dévoiler ses intentions.

Elle agissait toujours ainsi : elle posait des questions au personnel, comme ça, avec l'air de ne pas y toucher. Tous ceux et celles qui étaient à son service n'étaient pas dupes de sa tactique. Mais elle était tellement conviviale, gentille à souhait, qu'ils se laissaient prendre à son jeu.

Ainsi, en peu de temps, elle connaissait les avis des vendeurs, des vendeuses, du personnel qui travaillait au secrétariat ou dans la gestion des stocks.

Avec un esprit de synthèse étonnant, elle prenait alors une décision qui se voulait toujours irrévocable. Cette femme d'action avait le talent de reconnaître toujours celui des autres. Elle avait su s'entourer de gens compétents qu'elle avait placés aux postes clés de son entreprise.

Avec Louis, tout devenait plus compliqué. Il était hors norme. Le travail qui lui était actuellement dévolu ne pouvait être que provisoire. Le laisser sous la coupe d'Antoinette était un risque qu'elle ne pouvait se permettre de prolonger.

Tôt ou tard, il allait s'imposer et ronger l'autorité d'une femme qui était tombée sous son charme. Inévitablement, si elle laissait les choses en l'état, un conflit pouvait se déclarer, devenant alors un élément déstabilisateur, voire destructeur de la belle harmonie des Galeries Modernes.

Certaine qu'il fallait agir, elle demanda à Louis de passer à son bureau, dès la fermeture des portes. Sans être inquiet, ce dernier avait été tout de même surpris par cette convocation. En effet, d'ordinaire, lorsqu'elle avait quelque chose à lui dire, elle passait tout bonnement le voir sur son lieu de travail.

Comme souvent, son bureau était encombré de piles de papiers, de catalogues, avec çà et là de nombreux échantillons de tissus. Elle l'accueillit de façon fort aimable et d'un geste de la main l'invita à s'asseoir.

Elle s'était refait une beauté. Son visage légèrement bronzé faisait ressortir ses beaux yeux verts. Elle était habillée sobrement, classique. Il est vrai que sa morphologie lui permettait de porter des vêtements qui soulignaient admirablement sa taille de guêpe.

— Monsieur Galichon, cela fait trois mois que vous travaillez aux Galeries Modernes. Êtes-vous satisfait de votre poste de travail ? demanda-t-elle sans préambule.

— Madame, mon travail me plaît beaucoup. Je ne saurais me plaindre.

D'un bel étui doré, elle sortit une cigarette qu'elle caressa entre ses doigts. Il la regardait et la trouvait fort séduisante. Parfois, elle prenait de petits airs qui la faisaient ressembler à Danielle Darrieux.

— Monsieur Galichon, vous le savez, je suis souvent par monts et par vaux. Ainsi, je n'ai plus guère le temps de régler les mille et un détails du magasin. J'ai donc besoin de quelqu'un qui ait toute ma confiance.

Elle alluma sa cigarette et envoya un petit nuage en direction du plafonnier.

— J'ai pensé à vous, ajouta-t-elle.

De toute évidence, il fut troublé. Il aurait bien voulu répondre, mais comme dans un cauchemar, ses mots se dérobaient. Tout en tirant joyeusement sur sa cigarette, Hélène le regardait avec, visiblement, un petit sourire jubilatoire.

— Mais je ne saurai pas. Et puis, que va penser le personnel ? demanda-t-il timidement.

— Ne vous occupez pas des autres. L'important, c'est ce que je décide pour le bien des Galeries.

Il se rendait parfaitement compte de l'importance de la proposition que lui faisait Mme Mauve. Il en était tout excité et en même temps anxieux quant à ses capacités pour mener à bien une telle tâche.

— Alors, Louis, que pensez-vous de cette nouvelle fonction ? insista Hélène.

Elle faisait comme s'il avait déjà accepté. Il était clair qu'un refus de sa part le conduirait à croupir dans un coin, dans quelque tâche subalterne. Soudain, il se redressa et sentit un long frisson de plaisir lui parcourir le corps.

— C'est oui, madame. Vous pouvez compter sur moi. Je ferai le maximum afin de ne pas vous décevoir, répondit-il d'une petite voix étranglée.

*

* *

La promotion de Louis se passa le mieux du monde. Bon gré, mal gré, tout le personnel accepta la décision de Mme Mauve. Oh ! il y eut bien quelques murmures, quelques conciliabules à voix basse, certains se questionnant sur ce Galichon qui brûlait les étapes.

On était en pleine période creuse. Le magasin tournait au ralenti, avec toujours quelques clientes fidèles qui venaient renouveler leur garde-robe, en prévision de l'hiver.

Et l'important était ailleurs. En effet, les gens se précipitaient chez les fleuristes de Pontignac et revenaient chez eux les bras chargés de chrysanthèmes. En quelques jours, les cimetières s'étaient transformés, embellis, et ressemblaient à de merveilleux jardins habillés de mille couleurs, plus jolies les unes que les autres.

Louis mettait à profit cette accalmie passagère pour organiser son nouveau travail. Avec doigté, il demandait conseil aux responsables des différents secteurs. Il avait le profil bas, conscient qu'il était de la nécessité de créer la confiance entre lui et les autres employés des Galeries.

Il passait des journées entières à sillonner les étages et l'entresol du magasin. Il choisissait avec soin, un mot pour l'un, un mot pour l'autre, dans le souci permanent de ne rien brusquer.

Il enregistrait, classait tout ce qui lui paraissait indispensable. Les plus anciens rechignaient bien un peu devant ce blanc-bec qui jouait les petits chefs. Mais rapidement ils avaient été obligés d'admettre que le garçon avait du talent, et aussi du cœur au ventre.

Après trois mois aux Galeries, Louis en connaissait autant qu'eux quant au fonctionnement du magasin. Ils restaient pantois quand il leur parlait des tissus, des satins ou des derniers imprimés. De temps à autre, histoire de leur clouer le bec, il leur récitait la liste entière des fournisseurs et leur adresse respective. Comme si cela ne suffisait pas, et afin de bien montrer qu'il n'avait pas volé sa place, il prenait un malin plaisir à les inonder de chiffres, de taux, de pourcentages.

En fait, il faisait l'unanimité. Avec son beau visage et son sourire charmeur, il obtenait tout ce qu'il demandait, sans effort, comme si son statut allait de soi et ne pouvait être contesté. Plus rapidement qu'il ne l'avait espéré, la quasi-totalité du personnel s'était ralliée à sa personne.

Depuis son arrivée chez Mme Mauve, les sorties de Louis avaient été rares. Ses rencontres avec Laure étaient épisodiques et de courte durée. Souvent, cette dernière tournait autour du magasin, espérant l'apercevoir à la sortie de son travail.

Un soir, elle l'avait relancé alors qu'il flânait les long des rives de la Gartempe. Il avait éprouvé un grand plaisir de la revoir, avec tout de même des sentiments partagés. Il est vrai qu'elle était toujours la même : tempérament explosif et tenue provocante, elle aurait fait damner un saint. Avec son corps de reine et son aspect sauvage, le plus chaste des hommes avait bien peu de chance d'éviter les griffes de cette lionne toujours à la recherche du mâle.

Elle collectionnait les amants par jeu, comme si la chose avait été naturelle. Cette boulimique du sexe était une garce immature qui ne pensait qu'au plaisir immédiat. Peu lui importait ce que murmuraient les gens quand elle passait, fière et belle, dans les rues de Pontignac.

Où était donc le péché ? Comme le bon Dieu lui avait modelé un corps désirable, il était de son devoir de s'en servir. D'ailleurs, elle ne se donnait pas aux hommes, elle les chipait, les empruntait pour un temps, sans l'intention de nuire à quiconque.

La jalousie était pour elle un sentiment qui n'avait pas sa raison d'être. Il y avait tout de même une exception à la règle. En effet, elle considérait un peu Louis Galichon comme sa chose, sa propriété. Elle n'aurait supporté qu'il la trompât avec la première fille venue. Oh ! elle savait bien qu'il avait eu quelques aventures, ici ou là. Mais dans ce cas-là, ils en parlaient ensemble, comme s'ils avaient été seulement des amis d'enfance.

Leurs relations étaient pleines d'ambiguïté. On ne savait trop lequel mentait le plus. L'union charnelle qui les rapprochait avait la faculté de gommer leurs innombrables querelles.

Au fond d'eux-mêmes, ils savaient très bien qu'ils ne pourraient jamais vivre ensemble. Ils étaient trop indépendants et surtout trop attachés à leur ego. L'un et l'autre avaient décidé de sortir de leur milieu familial en choisissant des voies fort différentes.

Laure rêvait de séduire un fils de bonne famille. Son plan était net et précis : elle se ferait engrosser et obligerait ainsi son amoureux à lui mettre la bague au doigt.

C'était un sujet de querelle. Louis n'avait de cesse que de lui rappeler qu'il tiendrait du miracle si jamais elle rencontrait un tel pigeon. Bien entendu, elle se révoltait et affirmait que son cul était fort capable de piéger les hommes les mieux avertis.

Louis avait choisi une autre voie. Non qu'il ait eu davantage de scrupules que Laure. Mais lui, c'était un cérébral. Il rêvait les yeux grands ouverts.

En un sens, ils se ressemblaient par leurs racines, mais demeuraient très différents dans la conduite qu'ils avaient choisie. Ils en avaient parfaitement conscience et évitaient d'aborder un sujet qui les divisait. Laure avait déniché un travail dans l'entreprise de salaisons et en était toujours réduite à espérer une rencontre qui bouleverserait son existence. De son côté, Louis se trouvait entraîné dans une spirale ascensionnelle, mais gardait les pieds sur terre, comme s'il avait été habité par une lucidité qui lui faisait craindre l'éphémère de sa situation.

En cette saison plus calme, il décida de sortir de son cocon. Cela faisait plus de trois mois qu'il vivait reclus, partageant son temps entre le magasin et son appartement. De temps à autre, il avait bien rencontré Laure et surtout répondu aux nombreuses invitations de sa sœur. Malgré tout, il ressentait le besoin de côtoyer quelques camarades et ce milieu populaire dans lequel son adolescence avait été bercée.

Ils se retrouvèrent devant l'église Saint-Étienne. Pour une fois, Laure était habillée avec élégance, ce qui était assez rare pour surprendre Louis.

Ses cheveux étaient ramenés en arrière et peignés en chignon. En outre, elle s'était parée d'un léger maquillage discret. Comme ça, oui, elle faisait femme ! même si elle était trahie par ce regard noir, brillant, dans lequel on devinait comme une inquiétude d'adolescente.

Ces enfants de la terre formaient un couple qui ne passait pas inaperçu. Ils étaient si étranges, si beaux, si différents des autres ! On eût dit qu'un ange s'était penché sur leur berceau pour les venger de l'injustice de leur naissance.

Ils remontaient la rue Mauve. Depuis longtemps, la nuit était tombée sur la petite ville. Novembre débutait sous les plus mauvais auspices. En quelques jours, le beau soleil d'arrière-saison avait laissé place à une petite pluie fine, glacée, qui ne présageait rien de bon pour les mois à venir.

Loin de la saison estivale, Pontignac s'était vidé de ses touristes et replongeait dans une sorte de léthargie qu'accentuait, un peu plus, un ciel chargé de gros nuages gris qui se renouvelaient sans cesse.

La Gartempe n'attirait plus de promeneurs ni de pêcheurs en quête de bon air et de solitude. Ces derniers temps, elle s'était révoltée et dégueulait ses eaux dans d'innombrables tourbillons qui venaient s'écraser contre les piles du pont qui enjambait la rivière.

Laure se blottit tout contre lui. La rue était quasi déserte et résonnait de leurs pas. De temps à autre, des volets se fermaient. La lumière des lampadaires éclairait la pluie qui tombait tantôt oblique, tantôt droite, en fonction des bourrasques de vent.

Ce temps d'automne n'avait pas l'air de les chagriner vraiment. Ils avançaient tête baissée sous le parapluie que Laure avait dû chiper à sa mère. Il ne devait pas dater d'hier, pour preuve son gris délavé et le pommeau de la canne dont il ne restait que le moignon.

Elle avait mis un temps fou avant de le décider à monter chez Glénissou. L'hôtel du quartier Saint-Pierre renouait avec une tradition qui faisait le bonheur de Laure. En effet, deux fois par mois, la grande salle qui jouxtait le restaurant vibrait des musiques d'un orchestre qui venait faire danser toute la jeunesse de Pontignac.

La fille Piquenbois adorait ça. Quant à Louis, il s'était fait un peu tirer l'oreille, prétextant que les musiciens étaient incapables de jouer trois notes correctement. Mais redoutant de la voir entrer dans une de ces colères dont elle était coutumière, il n'avait trop osé lui résister.

Sur le chemin qui les menait chez Glénissou, elle riait sous cape. Cette adorable chipie n'avait pas son pareil pour prendre quelque initiative douteuse. Avec elle, il fallait s'attendre à tout. C'est à dire au pire.

Sans qu'elle eût fait la moindre réflexion sur le sujet, la réussite de Louis l'agaçait profondément. Elle avait beau s'interroger, elle ne trouvait pas de réponses aux questions qui lui brûlaient les lèvres. Elle avait beau réfléchir, se marteler la caboche, il y avait dans cette promotion sociale quelque chose de trouble.

Pour elle, tout ça était trop beau et surtout trop rapide pour qu'il n'y ait pas quelque mystérieuse affaire, probablement inavouable. Non point qu'elle ait douté un seul instant des capacités du fils Galichon. Qui pouvait se vanter de le connaître mieux qu'elle ?

Il l'avait toujours étonnée. Quand ils étaient enfants, elle était déjà séduite par son intelligence, cette manière d'être qui le différenciait des autres. Il avait beau être le fils de cette crapule de Côme, il y avait en lui un charme, une finesse qui aurait pu faire penser qu'il était le rejeton de quelque famille aisée de la région.

Malgré tout, il restait Louis Galichon du hameau du Puy-Barraud. C'était une étiquette dont on se défaisait difficilement. Alors, il était multiple. Tantôt ange et tantôt démon. C'est cette double personnalité qui l'avait toujours séduite et qui faisait qu'il restait sa chose, son ami, son amant préféré.

Mais depuis son retour d'Allemagne, il lui échappait. Il était resté des mois sans même s'enquérir de ce qu'elle devenait. Bien des fois, elle avait été à deux doigts de pénétrer dans le magasin. Elle avait fait les cent pas devant l'entrée et avait collé son visage contre l'immense vitrine, curieuse de savoir ce qui se passait à l'intérieur.

Mais elle n'avait osé franchir le seuil des Galeries Modernes. Pour elle, ce lieu était réservé aux dames de Pontignac et des environs.

Les jeunes filles de sa condition s'habillaient ailleurs que chez Mme Mauve. Elles faisaient leurs emplettes le jour du marché, chez quelques marchands ambulants qui proposaient des vêtements à des prix raisonnables. Oh ! bien entendu, de temps en temps, il y avait bien une ouvrière ou une paysanne qui se payait le luxe de franchir la grande porte à double battant du grand magasin. Mais c'était toujours pour quelque grande occasion à marquer d'une croix blanche.

En vérité, Laure était profondément blessée du comportement de Louis. Le peu de fois où ils s'étaient rencontrés, elle l'avait trouvé changé, distant, pensif. Elle avait eu le sentiment de n'être qu'un passe-temps agréable. Sans plus. Elle avait ressenti combien il désirait couper le cordon ombilical avec son passé de paysan.

À travers mille petits détails ou quelques propos échangés, comme ça, entre deux baisers, elle avait réalisé qu'il était résolu à bousculer, voire écraser, tout ce qui pourrait gêner son ambition professionnelle. Il était passé de l'autre côté de la barrière. Il ne parlait que de responsabilités nouvelles, d'avancement, d'argent et de ces gens d'un autre milieu qu'il ne cessait de combler de louanges.

Elle se sentait aigrie et avait dû faire un gros effort pour ne pas exploser de colère. Elle, si impulsive, s'était soudain transformée en une fille réfléchie qui, longuement, avait mûri sa revanche.

Les abords de l'hôtel étaient noirs de monde. D'innombrables voitures s'étaient garées le long des trottoirs et sur la petite place qui ceinturait l'église Saint-Pierre. Les gens entraient et sortaient bruyamment : des garçons et des filles venus de la campagne, mais aussi des habitués originaires des petits bourgs environnants.

Le dancing occupait une grande salle à l'arrière du bâtiment. Passé l'entrée, on devinait le restaurant derrière une large porte aux carreaux teintés. L'ensemble était un peu banal et vieillot. Mais de délicieuses odeurs montaient des cuisines que dirigeait avec rigueur et compétence Joseph Glénissou.

Ici, on était bien loin des mets sophistiqués du restaurant Cruchot. Joseph était un chef qui cuisinait à l'ancienne. D'abord, il se faisait un devoir de se ravitailler auprès des producteurs locaux. Chez lui, pas question de proposer autre chose que de la viande limousine. Que ce soit du bœuf, de l'agneau, du veau ou du cochon, il savait toujours d'où provenaient les viandes qui entraient dans sa chambre froide. Les poulets et les lapins étaient achetés chez le volailler de Pontignac, et la grande majorité des légumes provenait d'un magnifique jardin potager qui s'étalait au-delà du restaurant.

Chez Glénissou, si la table était excellente, l'accueil était particulier et pouvait surprendre. Joseph était un vieil homme au caractère irascible, au franc-parler pittoresque. Son épouse n'était pas en reste. La mère Victoire recevait ses clients en jurant comme un charretier. Pour un oui ou pour un non, elle pouvait refuser de vous servir ou de vous louer une chambre. En fait, les Glénissou formaient un couple parfaitement assorti qui avait toujours su sélectionner sa clientèle.

Chez eux, les nouveaux riches, les notables avaient porte close. En fait, pas un bourgeois de Pontignac ne serait venu se perdre au milieu de la populace, et de quelques nantis de passage qui venaient s'encanailler pour pas cher.

Glénissou servait des ortolans dans des assiettes en faïence ébréchée. Ce maître saucier adorait le mélange des genres. Dans ses jours de grande création, il n'hésitait pas à présenter une carte où se côtoyaient le tripoux et le tournedos Rossini.

Son restaurant était le rendez-vous de tout le petit peuple de Pontignac. Se retrouvaient chez lui des ouvriers, des paysans et tous les rouges que comptait le pays. Joseph était des leurs et ne le cachait point. Alors, c'est dans une petite salle à l'arrière de la cuisine que se réunissaient les membres du PC, les syndicalistes, chaque fois qu'ils éprouvaient le besoin de se rencontrer.

C'était le lieu où tout se déballait, où les querelles intestines donnaient lieu à quelques règlements de compte. On s'engueulait, s'apostrophait, se querellait sans pour cela oublier qu'on était du même bord. Et puis, il y avait aussi ces instants privilégiés durant lesquels on communiait ensemble en rêvant au grand soir.

L'orchestre était minable, mais les couples tournaient, enlacés, sans se soucier des fausses notes ni des contretemps. Des tables avaient été dressées autour desquelles s'agglutinaient des groupes de filles et de garçons.

Laure et Louis se faufilèrent entre les danseurs. De temps à autre, elle se retournait afin de s'assurer qu'il n'était pas à la traîne. Ici elle se sentait chez elle. Un air d'accordéon suffisait pour lui tourner la tête et lui secouer les sangs. Elle dansait à ravir avec une préférence pour le paso, qu'elle maîtrisait comme une vraie Andalouse.

Elle avait tout prévu. Il y avait six gaillards qui les attendaient, serrés devant une table envahie par des canettes de bière. Ils étaient tous là : le René Pujol et le Titou Bachelade, des purs et durs qui animaient le parti ; Paul Gaucher, le chef de la cellule communiste qui s'était fait une tête à la Léo Ferré. Dans la pénombre d'un recoin, Louis devina les visages de deux jeunes employés des établissements Mongivray qu'il ne connaissait que de vue. Enfin, trônant comme un seigneur, Maurice Roussy, le délégué syndical de l'entreprise de salaisons, regardait le fils Galichon, avec un sourire crispé au coin des lèvres.

Cette petite garce de Laure l'avait piégé. Il se trouvait là en présence de personnages qu'il n'aimait guère. En dehors de Paul Gaucher dont les idées bien arrêtées ne nuisaient nullement à une certaine ouverture d'esprit, les autres appartenaient à un monde militant qui lui était tout à fait hermétique.

Il ne s'était jamais intéressé à la politique et encore moins au syndicalisme. Chez les Galichon, on votait à gauche moins par conviction que pour les petits ballons de bordeaux qu'on partageait avec les camarades. Les jours d'élections, le père Côme montait à Pontignac dès l'ouverture des bureaux de vote, et ne rentrait qu'après le dépouillement des résultats, toujours saoul comme un cochon.

Avant de partir au service, Louis était trop attaché à sa liberté pour s'intéresser à une idéologie. Il avait trop à faire avec la ferme, et les innombrables larcins que lui programmait son père, pour porter une oreille attentive aux défenseurs de la classe prolétarienne.

Il faisait partie de cette dernière mais n'avait cure des balivernes clamées sous les préaux d'école. Pour lui, l'important était d'assurer le quotidien. Au Puy-Barraud, tout le monde devait mettre la main à la pâte si on voulait avoir droit à la soupe et à la tranche de lard. Alors, on était bien loin des revendications syndicales et des théories juteuses des membres du parti.

Le clan Galichon avait toujours fait bande à part. Ces marginaux étaient peu prisés par la classe ouvrière qui les considérait comme de pauvres hères irrécupérables. On se disait bonjour, on trinquait même. Mais sans plus.

Pour tout ce microcosme d'agités, Louis était celui dont il fallait absolument se méfier. Avec le vieux Côme et ses deux autres fils, on savait au moins où on allait. C'étaient de grandes brutes qui n'avaient qu'une religion : la chopine.

Avec le fils cadet, l'analyse du comportement avait été toujours plus délicate. Il n'avait jamais eu d'amis attitrés. Un jour, il sortait avec l'un pour le laisser au bout de quelques semaines afin de choisir une compagnie qui lui paraissait plus attractive. Sûr de son charme, de son charisme, il papillonnait, ne laissant que des regrets à ceux et celles qui s'étaient laissé prendre au mirage de sa séduction.

Aujourd'hui, la place qu'il occupait au sein des Galeries Modernes en intriguait plus d'un. Une fois leur journée terminée, les employés de chez Mongivray se retrouvaient souvent chez Glénissou, histoire de s'humecter les papilles et de discuter des toutes dernières nouvelles de Pontignac. Depuis peu, le sujet abordé était toujours le même : mais qu'a donc fait Louis Galichon pour obtenir la confiance de la veuve Mauve ?

La question qu'ils se posaient n'était pas gratuite. En effet, depuis quelque temps, plusieurs arrêts de travail avaient eu lieu chez Mongivray. Cela faisait belle lurette que le conflit couvait. Il faut dire que le Léon Mongivray n'était pas, à proprement parler, un homme de dialogue. Cet homme rustre s'était fait lui-même et n'avait cure des revendications de ses salariés. Or, chez lui, le travail était rude et les salaires versés, chaque quinzaine, suffisaient tout juste à joindre les deux bouts.

Ces derniers temps, les choses évoluaient. Le conflit s'était durci et les arrêts de travail s'étaient multipliés. Peu à peu, le père Mongivray avait dû lâcher un peu de lest. Mais à dose infinitésimale. Vous pensez ! C'était la première fois que ses employés osaient se rebiffer et contester son autorité. Ah ! il en avait poussé des colères et proféré des injures à l'adresse de ces manants ! Il n'en dormait plus la nuit, occupé qu'il était à faire ses comptes. C'est que, pour cet Arpagon, l'argent était un véritable culte qui confinait à l'obsession.

Ce qui se passait dans l'entreprise de salaisons avait donné des idées aux syndicats. Rapidement, ils avaient pris contact avec des salariés de Guéret, de Bourganeuf et de Boussac. Ils revendiquaient le salaire minimum à 600 francs, ce qui faisait hurler les patrons qui parlaient d'augmentation inconsidérée.

Il y avait dans l'air une pesanteur particulière, comme un petit vent de révolte dont on ne pouvait prédire encore quelle en serait l'issue. Tout ça était perceptible dans tout le département, mais couvé et bien loin de faire la une des quotidiens régionaux.

Malgré tout, il restait un bastion dans lequel nul syndicat n'aurait osé s'aventurer. Ah ! ils en rêvaient de pouvoir un jour s'infiltrer dans l'univers douillet des Galeries Modernes ! Cela faisait des décennies qu'ils tentaient de placer un des leurs chez Mme Mauve. Peine perdue. Hélène s'était toujours préservée d'une grève ou d'un quelconque mécontentement de ses employés. Il faut bien reconnaître que ces derniers n'avaient pas à se plaindre de leur situation. L'ambiance sur les lieux de travail était excellente, la patronne toujours proche de leurs préoccupations et les salaires légèrement au-dessus de la moyenne du département.

Pour Maurice Roussy et ses camarades, la présence de Louis pouvait être la belle aubaine. Avec lui, ils allaient savoir exactement ce qui se passait aux Galeries. Il faut dire que, jusqu'à ce jour, ils s'étaient toujours heurtés à un mur de silence quand ils avaient voulu connaître la grille des salaires et le nombre d'heures supplémentaires. Ils demeuraient persuadés que Mme Mauve n'était pas exempte de tous reproches. Pour eux, cette bourgeoise était une femme futée qui avait su s'entourer de personnes toutes dévouées à ses intérêts. Avec le fils Galichon, ils espéraient mettre au jour un système qui, par nature, ne pouvait être que pourri.

La soirée se présentait pour le mieux. Ils s'étaient installés avec le Titou Bachelade et sa femme Madeleine, une petite maigrichonne au visage fade et aux yeux larmoyants. On ne l'avait jamais vue sourire ou plaisanter, comme si elle portait en elle toutes les misères du monde. On parlait de tout et de pas grand-chose. De temps à autre, Laure entraînait Louis sur la piste de danse. C'étaient alors des séries de slows, de tangos, de paso ou de quelques rocks dans lesquels le fils Galichon excellait.

Ils étaient beaux. Ils tournaient, virevoltaient, glissaient sur la piste dans un accord parfait qui faisait visiblement l'admiration des connaisseurs.

Elle ! D'une grâce et d'une sensualité infinies ! Il y avait entre eux une harmonie magique, tant dans les gestes que dans les mouvements du corps. Parfois, elle paraissait s'offrir au désir de son partenaire avant de se muer soudain en femelle dominante.

Louis se prêtait volontiers à ce qu'il savait être la passion de Laure. La soirée s'écoulait entre danses et conversations, totalement informelles et entrecoupées de gros éclats de rire. Il faut dire qu'il y avait là quelques bons vivants qui ne se faisaient pas prier pour raconter la toute petite dernière.

Titou Bachelade et René Pujol étaient cantonniers à Pontignac et membres du Parti communiste. C'étaient de braves garçons qui, bien entendu, n'avaient pas inventé l'eau chaude. Mais ils étaient estimés car toujours prêts à rendre service. Et puis, ils étaient au courant de tout. Rien ne leur échappait de ce qui se passait dans la petite ville.

Les écouter était un véritable plaisir. Grands narrateurs, ils avaient un talent fou pour raconter quelque histoire d'alcôve dont ils étaient friands. Bien entendu, ils n'hésitaient jamais à enjoliver ou à exagérer, pour le seul plaisir de faire rire l'assistance.

S'ils étaient venus au bal, c'était moins pour danser que pour jacasser comme deux compères. Louis les écoutait et participait, bien timidement, à l'hilarité générale. C'étaient de pauvres gars qui à présent l'indifféraient. Il les trouvait d'une bêtise affligeante. Un rien les amusait, comme si leurs gauloiseries n'avaient été que le prolongement de leur pauvre existence de prolétaires.

Ces gens simples, sans complication, se satisfaisaient de leur condition. Ils savaient fort bien qu'ils seraient toujours au service des autres. Alors, dans leur engagement politique et syndical, ils trouvaient matière à entretenir un espoir quant au devenir de la société.

Ces utopistes avaient en eux quelque chose de poignant. Le fils Galichon les observait avec effroi en imaginant qu'il aurait pu être des leurs. Soudain, il mesurait sa chance d'être enfin sorti du triste lot de ces pauvres braillards.

Il n'était plus là. Son esprit vagabondait dans les allées des Galeries Modernes. Le film de ces trois derniers mois passait avec des images fortes. Des visages se mêlaient et des situations lui revenaient en mémoire.

Quand il revint de ses pensées, il se rendit compte que tout le monde le regardait en silence, comme si on avait hésité à interrompre son absence.

— Louis, que se passe-t-il ? Tu n'as donc pas entendu la question que te posait Titou ?

Laure avait posé un bras sur ses épaules et le regardait avec un petit air canaille.

— Non. Je pensais à autre chose, balbutia-t-il.

— Sacré toi ! Je te demandais si la belle Mme Mauve n'avait pas un amoureux pour agrémenter ses soirées, intervint Titou Bachelade.

— La vie privée de Mme Mauve ne me regarde pas, répliqua le fils Galichon.

— C'était histoire de parler. Nous, ce qui nous intéresse, c'est surtout la patronne des Galeries.

Maurice Roussy avait parlé, et plus personne n'avait envie de rire. Soudain, tout devenait clair, limpide comme une eau de roche. À leurs petits airs interrogateurs, Louis comprit tout à coup dans quel traquenard il était tombé.

— C'est votre problème. Pour ce qui me concerne, je n'ai rien à reprocher à Mme Mauve, répondit-il d'une voix ferme.

Maurice Roussy se leva et demanda au Titou Bachelade de lui céder sa place. Lentement, il tourna sa chaise en direction de Louis et posa ses deux grosses mains calleuses sur ses épaules.

— Je comprends que tu n'aies rien à reprocher à la belle Hélène ! Il se dit que tu es presque devenu son bras droit ! s'exclama-t-il.

Visiblement agacé, Louis écarta Maurice et se leva soudainement.

— Que voulez-vous ? Je suis venu ici pour me distraire et non pour parler de mon travail ! hurla-t-il.

Laure s'était levée à son tour et avait passé un bras autour de son cou.

— Assieds-toi. Ils veulent te parler. Y a des choses que tu dois savoir, murmura-t-elle.

C'est Paul Gaucher qui prit la parole. Ce communo-anarchiste était un orateur redoutable. Intelligent, cet autodidacte était un idéologue respecté qui savait convaincre son auditoire.

Il connaissait tout de la famille Mauve. Il aurait pu citer toutes les dates de naissance, et même celles des baptêmes, des mariages et des enterrements. Il détestait Hélène, et ne s'en cachait point. À l'écouter, elle était une intrigante qui avait toujours divisé pour régner. Il l'affirmait haut et fort : elle avait construit sa fortune sur le dos de ses salariés.

Et il avait des arguments, le bougre ! Avec force détails, il rappelait à Louis tous les biens que détenait sa patronne. Il est vrai que la liste était impressionnante. En effet, outre le magasin et les deux maisons qu'elle possédait à Pontignac, Hélène était toujours propriétaire de ses terres et du manoir du Bourneix. Et puis, il y avait plusieurs immeubles de rapport, à Limoges et à Guéret, qu'elle détenait de son défunt mari. En cherchant bien, on trouvait encore une maison par-ci, une maison par-là, sans oublier la belle villa que le grand-père de Gaston Mauve avait fait construire à Arcachon, dans le quartier résidentiel des Abatilles.

Gaucher n'arrêtait pas. Dans son flot de paroles, on se demandait à quel moment il arrivait à reprendre son souffle. Victime de son envolée, ce petit bonhomme grassouillet dégoulinait de sueur. Bien qu'il fût desservi par son physique ingrat, il ne laissait personne indifférent, on l'écouta jusqu'au bout.

Quand il eut enfin terminé, il s'essuya le visage avec un grand mouchoir un brin douteux, et s'approcha de Louis.

— Faut pas te tromper de camp, Galichon. N'oublie pas que tu n'es qu'un employé de la veuve. Aux Galeries Modernes, y en a qui commencent à se plaindre de leur salaire, lui murmura-t-il à l'oreille.

Il jeta un œil autour de lui afin de s'assurer que personne ne pouvait entendre ce qu'il avait à dire.

— Galichon, un jour ou l'autre, ça va péter. Ceux qui seront les alliés des patrons auront à souffrir. Je te dis ça, histoire de te rendre service, conclut-il.

Ils avaient gâché sa soirée. Après Gaucher, tous avaient pris la parole. Durant près d'une heure, Louis s'était efforcé d'écouter l'histoire de la lutte des classes, revue et corrigée par le Momo Roussy et le Titou Bachelade.

Saturé, fatigué d'entendre parler de la grande révolution prolétarienne, il les avait laissés à leur dialectique et avait planté tout ce beau monde, y compris Laure qui, complètement pompette, l'avait couvert d'injures.

*
* *

Au magasin, on réapprovisionnait les rayonnages en prévision des fêtes de fin d'année. Mme Mauve avait passé commande d'une série de pulls très chics, de manteaux en laine vierge ainsi que de magnifiques chemises aux poignets mousquetaires, estampillées de la maison Boussac.

Louis assumait ses nouvelles fonctions avec une diplomatie et une gentillesse qui faisaient l'admiration de tous. En un temps record, il avait acquis une réputation et rallié à ses méthodes de travail la totalité des employés des Galeries Modernes.

On eût dit un vieux briscard de la confection et de la chemiserie. En effet, non seulement il avait mémorisé tous les tissus, les étoffes et les différents modèles, mais il avait en sus un sens inné des rapports humains.

En aucun cas il ne voulait qu'on le considérât comme le second d'Hélène Mauve. Il naviguait entre les étages, mais d'une manière discrète. D'un seul coup d'œil, il détectait une erreur de rangement ou l'absence des tout derniers modèles.

Il intervenait calmement avec toujours un petit mot gentil ou une plaisanterie qui cachait une autorité qui se voulait bienveillante. Il était estimé, mais respecté. Les employés le regardaient un peu comme un phénomène dont les connaissances commerciales restaient tout de même un mystère. Ceux qui l'avaient côtoyé auparavant se demandaient si une telle transformation ne venait pas d'une grâce subite dont il serait dorénavant habité. Mais ils avaient beau réfléchir sur le sujet, nulle réponse satisfaisante ne venait couper court à leurs longues réflexions.

Peu à peu, Louis était devenu le confident de ce petit royaume. En fait, il passait la plupart de son temps à écouter les petits malheurs des uns et les petites joies des autres. Il était nullement surpris, Mme Mauve l'ayant prévenu qu'il allait probablement en découvrir des vertes et des pas mûres.

Elle ne s'était pas trompée. Au début, rien ne s'était produit, comme s'ils avaient désiré attendre, afin de mieux connaître les réactions du fils Galichon. Et puis, lentement, par petites bribes, quelques-uns s'étaient dévoilés.

Les confidences venaient souvent des femmes. Louis avait su gagner leur confiance. Avec sa mine enjôleuse, il leur paraissait inoffensif, presque innocent.

Contrairement à ce qu'il avait imaginé, le magasin cachait en son sein d'innombrables histoires secrètes. Bien entendu, rien ne transpirait devant la clientèle. Les choses se murmuraient seulement entre le personnel, suivant le clan auquel on appartenait.

C'étaient souvent de vieilles romances qui ne dataient pas de la veille. Louis écoutait et découvrait peu à peu le jardin caché de certains. Ainsi, il avait appris que Mlle Chamandon avait été naguère la maîtresse d'un notable de Pontignac, dont on taisait encore le nom.

La plus grande surprise était venue de Mme Bonelle, la responsable du rez-de-chaussée. Mariée, mère de famille, chacun ici savait qu'elle coulait le parfait amour avec Maurice Lavalette, le chef du secteur « confection homme ».

Toutes ces petites indiscrétions, et bien d'autres, il les tenait de la bouche de Louise Gajac. Jeune, plantureuse, cette grande paysanne était une pipelette invétérée. Elle travaillait à la caisse centrale, ce qui lui donnait une sorte d'indépendance dont elle profitait joyeusement.

Avec elle, Louis était informé. Elle minaudait, lui lançait des œillades en battant des paupières, et lui chuchotait les tout derniers ragots.

Le fils Galichon n'était pas dupe et s'amusait follement de ces échos de coucheries, dont beaucoup étaient nées dans l'esprit tordu de Louise. En parcourant le magasin, il entendait tout et son contraire, et de ce fait avait bien du mal à dévider l'écheveau d'où il espérait voir enfin sortir la vérité.

Chaque soir, il remettait à Mme Mauve un rapport détaillé sur tous les petits problèmes relatifs aux stocks, sur les défauts constatés lors des arrivages, ou sur d'infinis détails qui avaient pu perturber le bon fonctionnement du magasin.

C'était une sorte de rite auquel elle tenait. Louis n'y coupait pas. Il trouvait grand plaisir à s'entretenir avec sa patronne. Cette dernière le questionnait, lui demandait quantité de renseignements supplémentaires, et aimait le mettre dans la confidence des nouvelles collections.

Les voir discuter ensemble avait de quoi surprendre. D'un côté, il y avait une femme exigeante, qui ne vivait que pour son entreprise. Ses questions étaient toujours pertinentes, mais elle adorait mettre Louis en difficulté. Ainsi, elle prenait un malin plaisir à lui demander quels coloris de pulls ils avaient reçus deux semaines auparavant, ou bien la quantité exacte des vestes chinées qui avaient été écoulées dans la précédente quinzaine. Souvent, ce petit jeu se terminait à l'avantage du fils Galichon.

Il demeurait d'un calme impressionnant. Malgré sa réussite, il avait conservé une sorte de retenue apparente. Elle le croyait toujours fragile, comme s'il avait encore douté de ses capacités. Il ne se livrait jamais totalement et réfléchissait longuement avant de répondre, hésitant sur le mot à choisir, dans un souci d'efficacité et de pertinence.

En cette fin novembre, le temps gris, chargé de pluie, avait laissé place aux premiers frimas. En quelques jours, tout le pays de Pontignac s'était habillé d'une petite gelée blanche. Par mille petits indices, on sentait que l'hiver allait être précoce et rude.

Le vent avait tourné au nord. Il descendait la rue Mauve dans un long sifflement qui se faufilait jusqu'aux rives de la

Gartempe. Déjà, on annonçait quelques flocons de neige sur les sommets des monts d'Ambazac. Dans la vallée, les pacages étaient désertés. Les troupeaux de bovins avaient rejoint les étables, et la nature entière paraissait s'être recroquevillée sur elle-même.

On était entre deux saisons. L'automne se mourait lentement et commençait à dépouiller les chênes qui bordaient les prés. Déjà, on entendait le bruit de la cognée qui claquait dans les forêts environnantes.

La vie s'écoulait avec lenteur. Une fois les labours terminés, les paysans vaquaient à quelques occupations secondaires. Ici ou là, on préparait la vidange des étangs qui peuplaient tout ce coin de Creuse.

On touchait à cette période de l'année où la plupart des familles s'offraient leurs premières carpes farcies, une tradition dont personne ne connaissait les origines. Toujours est-il que la vente des poissons, sur les berges des étangs, faisait bien des heureux et permettait aux hommes de se retrouver devant un vin chaud, ou, pour les plus braves, devant un vin gris qui leur glaçait l'estomac.

Au Puy-Barraud, les Galichon se terraient, pareils à des marmottes. Avec un homme en moins, ils avaient dû s'organiser. Ces derniers jours, le René leur avait appris la promotion de Louis. À l'annonce de la nouvelle, le vieux Côme avait haussé les épaules. Il faut dire que pour lui rien n'avait de réelle valeur en dehors du travail de la terre.

L'absence de son fils cadet l'avait terriblement amoindri. Ces dernières années, il avait tout misé sur lui, espérant qu'un jour il lui succéderait à la tête de la petite propriété. Alors, il se sentait un brin perdu, d'autant que sa santé donnait de sérieux signes d'inquiétude.

Il s'était enfermé dans un mutisme qui inquiétait la famille. Il pouvait rester des heures sans mot dire, le regard dans le vague, totalement étranger à ce qui se passait autour de lui.

Certains jours, il ingurgitait une quantité impressionnante de vin rouge. Du matin au soir, il buvait cloué sur sa chaise. Une sorte de momie. Claire était la seule qui arrivait encore à le dérider. Elle venait auprès de lui et le nourrissait comme un enfant.

L'état du vieux tracassait la tribu. René et Fernand descendaient tous les quatre matins afin de prendre de ses nouvelles. Comme les choses empiraient, ils avaient décidé de prendre le taureau par les cornes, inquiets qu'ils étaient de voir leur mère et leur jeune sœur à la merci de quelque crise du vieil ivrogne.

Ils s'étaient réunis un soir, alors que leur père se reposait dans sa chambre. Cela faisait deux jours qu'il restait prostré dans son lit. La vieille Galichon hésitait encore à appeler le médecin. En effet, le père Côme détestait le docteur Gabette qu'il traitait de charlatan.

Cet antagonisme datait d'une dizaine d'années. Un jour, le vieux avait été à deux doigts de passer l'arme à gauche. Lucien Gabette était accouru et n'avait pu que constater le début d'une crise de delirium. Il lui avait palpé le foie, les reins, le pancréas, et en avait conclu que tout ça baignait dans un véritable alambic. Le Côme, solide comme un bœuf, s'en était sorti mais avait dû se plier aux ordres du brave docteur.

Durant un mois, pas la moindre goutte d'alcool n'avait franchi le seuil de la ferme. On avait vidé le cellier de toutes les barriques et des nombreuses bouteilles qui y étaient stockées. Côme tournait en rond et gueulait du matin au soir, n'hésitant pas à passer ses nerfs sur l'échine de sa femme et de ses enfants.

Un instant, il crut qu'il allait devenir complètement cinglé. Il maudissait ce docteur de malheur qui le privait de ce doux nectar qui lui caressait les boyaux. N'en pouvant plus, et malgré son état de grande fatigue, il quitta la ferme en pleine nuit et alla taper à la porte du Gégène Bourrillot, du hameau des Roussanges.

Ils étaient copains comme cochons. Ensemble, ils avaient pris des cuites mémorables. Devant l'état de manque dans lequel se trouvait Côme, Gégène le conduisit, illico, jusqu'à sa cave.

Le père Galichon ne prit même pas le temps de tirer une bouteille. Il enleva sa veste, sa casquette, et s'allongea, la bouche collée contre le robinet de la barrique. Bizarrement, la chose lui fit du bien, le requinqua. Quand il revint à la ferme du Puy-Barraud, il était tout guilleret, comme si soudain il avait retrouvé la potion magique.

Ils étaient réunis autour de l'âtre. La mère Galichon avait préparé un lait chaud aux châtaignes qu'ils buvaient à grandes lampées. La salle commune n'était éclairée que par une mauvaise ampoule poussiéreuse. Celle-ci était fixée au bout d'un long fil électrique qui passait dans une poulie, et qu'on pouvait monter ou descendre à sa guise.

L'atmosphère était étrange. Une partie des visages profitait de la pâle lumière pendant que l'autre était plongée dans une profonde obscurité.

Ainsi, ils ressemblaient à des paysans de jadis. La maladie qui attaquait le corps et l'esprit du père les laissait perplexes. La chose était si inattendue ! Il y a encore quelques semaines, il allait et venait, parcourait ses champs, s'occupait des cochons et participait même à la traite des vaches.

Bien sûr, il avait souvent eu des absences. À diverses reprises, Germaine l'avait surpris alors qu'il parlait tout seul. Il s'adressait à Louis et le traitait d'ingrat et de petit salaud. Il était clair que le départ de son fils lui avait déglingué le cerveau.

De l'avis de tous, ce qui était le plus inquiétant, c'est que depuis quelques jours il ne buvait plus. On avait beau lui proposer du vin blanc, du vin rouge ou quelque armagnac dont il était gourmand, il prenait un air dégoûté et, d'un petit geste imperceptible de la main, faisait signe qu'on le laissât tranquille.

Le plus touché, c'était le René, vu qu'il picolait tout autant, sinon plus que son père. Et puis, comme il était l'aîné, il se sentait investi d'une responsabilité nouvelle quant à l'avenir de la propriété. Aussi, tout le monde attendait qu'il prenne la parole, même si on savait bien que son pauvre cerveau d'alcoolique ne fonctionnait que par intermittence.

Il s'était calé dans le fauteuil du vieux et tirait sur une vieille bouffarde d'où s'échappait une fumée légère qui puait le tabac gris.

— Tout ça, c'est la faute à Louis ! S'il était resté à la ferme, le père serait encore à boire son pinard ! gueula-t-il, histoire de briser un peu le silence.

— Ce que tu dis est bien vrai ! Le vieux comptait sur lui pour les grands travaux, surenchérit le Fernand.

Tout le monde acquiesça de la tête. Dans son coin, la mère Galichon pleurnichait pendant que Claire croisait, décroisait les jambes, n'arrêtait pas de se dandiner sur sa chaise. De son côté, la Pélagie du Fernand semblait ailleurs, le regard éteint. C'était une pauvre idiote qui ne s'exprimait pratiquement jamais, vu qu'elle n'avait rien à dire.

René Galichon se redressa et tapa sa pipe sur les chenets de la cheminée.

— Faut appeler le docteur, dit-il. On peut pas laisser le père crever comme un chien.

Il se tourna vers sa mère.

— T'en penses quoi ? Faut-y ou faut-y pas ? demanda-t-il.

La vieille reniflait, se mouchait et s'essuyait les yeux. Dans la pénombre, elle paraissait encore plus maigre, plus osseuse. Sous la lumière des flammes, son visage était d'une pâleur extrême, presque transparent.

— J'pense que ça va coûter des sous. Et puis, votre père ne voudra jamais que Gabette franchisse le seuil de la maison. Ah ! Quand je pense qu'il y en a un qui fait le beau à Pontignac ! Il sera puni ! Puni ! S'il y a un bon Dieu ! s'exclama-t-elle en éclatant en sanglots.

René les avait un instant abandonnés afin d'aller chercher une bouteille de vin, en digne fils de son père. Chaque jour, qu'il pleuve, qu'il vente ou qu'il fasse soleil, il lui fallait ses quatre litres de vin rouge ou de vin gris.

Au retour, il fit de suite sauter le bouchon et, coup sur coup, avala deux grands verres sans prendre seulement le temps de s'humecter le palais. Avec lui, le liquide passait directement des lèvres à l'estomac. La vieille Germaine le disait souvent : « Le René, c'est une vraie chasse d'eau ! »

— J'ai appris des choses sur le Louis, dit-il, tout en reprenant place autour de l'âtre.

— Qu'a-t-il fait, ce petit salaud ? demanda le Fernand qui somnolait à demi.

René avala un troisième verre d'un trait, fit claquer sa langue sur son palais et se pencha en direction de sa mère.

— L'autre jour, j'ai rencontré Titou Bachelade. Oh ! c'est pas que j'aime beaucoup les cosaques ! Mais c'est tout de même un brave type qui tient bien la chopine et qui dit toujours ce qu'il a sur le cœur.

Il marqua un temps d'arrêt et poursuivit :

— Il y a eu une altercation entre Louis et des gars de chez Mongivray. C'était chez le Joseph Glénissou. Il paraît que le frère est maintenant du côté des patrons. Titou m'a dit qu'il y avait eu du grabuge et qu'ils l'avaient à l'œil. En plus, la Piquenbois a piqué sa crise devant tout le monde.

La vieille Germaine se leva brusquement, comme si tout à coup on avait parlé du Diable.

— Ah ! celle-là ! Quand je pense que Louis trempe son biscuit dans une ordure pareille ! Bordel de merde ! Faut-y qu'il ait faim ! hurla-t-elle, le visage décomposé.

Maintenant, tout le monde y allait de son couplet sur Louis, Laure, les communistes, les syndicalistes, sans oublier la veuve Mauve à qui ils prêtaient les pires intentions. Même la Pélagie donnait son avis sur Hélène qu'elle traitait de grande salope.

À les entendre, on eût pu croire qu'ils en voulaient à la terre entière. Ces gens rustres étaient habités par une haine farouche envers ceux qu'ils cataloguaient comme des privilégiés. Leur condition, leur bêtise, les confinaient dans un isolement misérable qui ne leur laissait rien espérer de la vie. Ils s'enivraient de mots vulgaires, violents, dérisoire remède à leur désespoir.

Cela faisait des années qu'ils ne parlaient plus de Suzanne. En abandonnant la famille, cette dernière s'était en quelque sorte exclue de leurs pensées. Oh ! ils essayaient bien encore de lui chercher querelle lorsqu'ils la croisaient dans les rues de Pontignac. Mais depuis la raclée que leur avait infligée Pierre Lavaugelade, ils restaient sur leurs gardes.

Une fois, René s'était tout de même hasardé à insulter son beau-frère. Il ne doutait de rien. En effet, Pierre était une force de la nature dont la stature imposait le respect. René l'avait de suite appris à ses dépens. Tout penaud, il était rentré au Puy-Barraud avec les deux yeux au beurre noir et les lèvres tuméfiées.

Non. Aujourd'hui, ce qui les préoccupait, c'était Louis. Ils sentaient combien son absence pesait dans la pauvre tête malade du vieux Côme. Ce dernier avait toujours considéré son fils cadet comme le seul capable de lui succéder. Bien qu'il fût le plus jeune des fils, il avait toujours eu l'oreille de son père. Il faut dire que, pour le patriarche, René et Fernand étaient de pauvres idiots avec un pois chiche dans la tête.

Aujourd'hui, il était certain que le père Galichon se laissait mourir. La Germaine lui avait bien posé des ventouses, des cataplasmes, et fait boire quelque breuvage qu'elle tenait de sa grand-mère. Mais le mal était plus profond, sournois. Le vieux brigand laissait soudain apparaître une faille dans sa cuirasse de paysan. Alors, le seul remède capable de le sauver résidait dans la venue de Louis.

Ils étaient recroquevillés sur leur chaise. Si la chose était entendue, il restait à désigner celui ou celle qui irait taper à la porte du petit meublé de la rue Mauve.

Personne ne pipait mot. On les sentait angoissés à la seule pensée de rencontrer Louis. En quelques mois, ce dernier était devenu un personnage qui les intimidait. Tout à coup, René releva la tête et se tourna vers sa mère.

— C'est à toi d'y aller, dit-il, sur un ton qui se voulait autoritaire.

— Nom de Dieu ! Et pourquoi moi ? demanda la vieille Galichon, visiblement peu encline à effectuer une telle démarche.

— C'est vrai ça ! La mère est assez fatiguée avec tous les soins que demande le père, intervint Fernand.

René se leva et alla chercher un autre litre dans le cellier. Il était déjà entre deux vins et ses mains aussi.

Quand il revint, son visage de petite brute arborait un vilain sourire qui ressemblait à une grimace de satisfaction.

— Qui a pondu ce p'tit con ? C'est bien toi ! Alors, à toi de te démerder avec lui ! grommela-t-il en s'adressant à sa mère.

Le magasin Mauve était en folie. Depuis peu, on s'affairait afin de présenter les dernières collections. Les fêtes de fin d'année approchant, Hélène s'était approvisionnée en robes de soirée, en fourrures et en magnifiques ensembles aux griffes prestigieuses.

La qualité était partout : que ce soit dans la lingerie ou le prêt-à-porter, jamais les Galeries Modernes n'avaient offert autant de rêve. La vitrine avait été pensée et réalisée par Louis. Cela ne s'était pas fait sans problème. En effet, Hélène Mauve restait attachée à une certaine tradition qui tournait toujours autour du même thème. Alors, quand le fils Galichon lui avait proposé d'abandonner la crèche et les guirlandes, elle avait eu un haut-le-cœur, comme si soudain on voulait détruire l'âme du magasin.

Mais Louis n'était pas un jeune homme à capituler quand une idée lui trottait dans la tête. Durant plusieurs jours, il avait harcelé sa patronne, essayant de lui démontrer combien il était temps qu'elle rompît avec des décorations qu'il trouvait totalement désuètes.

Au bout du compte, elle s'était laissé convaincre. Des soirées entières, Louis s'était enfermé dans son bureau. Au fil du projet qu'il avait l'intention de présenter à Mme Mauve, il avait la sensation étrange de se découvrir. Il fourmillait d'idées. Il y avait en lui une sorte de frénésie de la création. Il avait tous les talents, comme si une grâce artistique l'avait soudain touché.

Le résultat était d'une poésie et d'une nouveauté qui laissaient les passants bouche bée. La grande vitrine représentait en perspective une avenue de Paris sous la neige. Tout avait été reconstitué dans les moindres détails. Des immeubles étaient éclairés pendant que d'autres se dissimulaient dans une semi-obscurité. De petites lumières multicolores étaient accrochées aux réverbères, avec çà et là des silhouettes de badauds et de voitures qui descendaient ou remontaient l'avenue.

Au premier plan, des mannequins des deux sexes étaient vêtus de robes de soirée, de smokings, tandis que des enfants, beaux comme des anges, avaient les bras chargés de cadeaux.

L'ensemble était féerique. Sur chaque côté de la vitrine, Louis avait accroché de petits gilets, des pulls en mohair parsemés de touches de neige artificielle.

Devant une telle créativité, Hélène n'avait rien dit. On la sentait terriblement émue. Ses journées se passaient à répondre aux éloges des clientes qui ne trouvaient pas assez de qualificatifs pour dire leur émotion. C'étaient des « Oh ! Ma chère ! Vous nous faites rêver ! Rêver ! » ou bien encore : « Hélène, vous avez chez vous un garçon que vous aurez bien du mal à conserver. »

Elle répondait toujours avec quelques mots, un sourire, comme si elle avait voulu minimiser la chose. Elle semblait un brin effrayée par tout ce qu'elle entendait au sujet de Louis. Elle n'était pas habituée à un tel remue-ménage. Le petit ronronnement des Galeries paraissait dorénavant rangé au rayon des souvenirs.

Elle savait fort bien que désormais rien ne serait plus comme avant. Louis Galichon avait apporté une autre vision du commerce. Elle avait beau freiner des quatre fers, elle se sentait emportée dans un tourbillon qu'elle n'était plus en mesure de dominer.

L'avant-veille de Noël, Hélène organisa le petit pot de l'amitié, tradition qui datait de son beau-père et à laquelle elle tenait beaucoup.

Le magasin avait fermé ses portes et on avait installé une longue table à l'étage de Mlle Chamandon. C'était un moment de détente où chacun recevait un petit cadeau de la patronne, souvent un petit rien qui resserrait les liens de toute une communauté.

Ces derniers temps, ils n'avaient guère eu le loisir de se parler. Bien sûr, à cause du travail mais surtout du comportement d'Hélène qui semblait vouloir éviter tout entretien avec Louis.

Jalousie naissante ? On eût dit qu'elle redoutait quelque chose, la perte progressive de son autorité, peut-être. Alors, elle allait d'un employé à l'autre, trouvait un petit mot aimable pour chacun, comme pour les persuader qu'elle restait toujours la maîtresse des lieux.

Louis s'était isolé dans un coin. Il avait une petite mine. Ces derniers jours, il s'était dépensé sans compter afin de mener à bien son projet de vitrine.

Après avoir trinqué avec quelques employés, Hélène traversa la pièce et s'approcha de lui. Elle paraissait elle aussi exténuée.

— Tenez, cela vous fera du bien, dit-elle en lui tendant une coupe de champagne.

Ils se regardèrent en silence. Les longues discussions entre eux étaient inutiles. Ils étaient de la même trempe. Ils faisaient partie de ces dominants, le savaient et se complaisaient dans cet affrontement feutré qui les opposait.

— Je voudrais vous remercier. Pour tout, ajouta-t-elle.

— J'ai tant d'idées pour les Galeries Modernes, répondit Louis.

Elle ne put s'empêcher de sourire. Décidément, il était insatiable.

— Jusqu'à présent, ce que vous m'avez proposé a été une réussite. Mais ne bousculez pas trop mes habitudes. Vous savez, et vous avez dû vous en rendre compte, je suis un brin conservatrice, répondit-elle tout en levant son verre de champagne pour trinquer.

*
* *

Louis ne prisait guère les fêtes de fin d'année. Elles lui rappelaient une enfance où on faisait peu de cas d'un père Noël qui ne se manifestait jamais.

Chez les Galichon, il n'était pas question de sapin décoré, de guirlandes ou de sabots posés près de l'âtre, dans l'attente d'un cadeau qui serait descendu de quelque nuage qui passait par là. On n'avait ni les moyens, ni le goût de s'offrir des rêves.

Depuis deux jours, la neige avait fait son apparition. Elle tombait par intermittence, mais recouvrait déjà tout le pays de son manteau d'hermine. Tout semblait assoupi, comme si, tout à coup, une mort blanche avait vidé les rues des villages, les chemins de campagne et s'était installée lentement dans les coins les mieux protégés de la vallée.

Louis avait décidé de passer Noël en solitaire. Il avait opposé un refus à l'invitation de sa sœur Suzanne qui, en désespoir de cause, l'avait convié au réveillon du Nouvel An.

Ces derniers temps, il avait fait quelques emplettes qui donnaient un petit air nouveau à son appartement. Ainsi, une armoire-penderie, une table de salon et surtout une télévision complétaient l'ameublement déjà en place.

Il n'était pas sorti une seule fois depuis la soirée chez Glénissou. Laure n'ayant pas donné signe de vie, il en avait déduit que tout était fini entre eux. En partageant son temps entre le magasin et son appartement, il était devenu casanier.

Plusieurs fois, Hélène Mauve s'était aventurée à lui poser quelques questions indiscrètes. Sans citer le nom de la fille Piquenbois, il avait compris qu'elle était au courant de leur liaison. Il avait été surpris et un peu choqué qu'elle s'intéressât à sa vie privée.

Il avait acheté une douzaine d'huîtres, deux boudins blancs et une petite part de bûche au chocolat. C'était sa façon à lui de fêter la naissance de l'enfant de Bethléem. S'il n'avait pas été élevé dans la religion, ses dernières lectures avaient ouvert sa curiosité quant à l'existence d'un Dieu, d'un au-delà.

Mais tout cela était trop nouveau pour parler encore de conversion. Il n'était qu'aux prémices d'une longue réflexion. Ses recherches l'amenaient vers des ouvrages ésotériques, des essais philosophiques qui lui demandaient un grand effort de lecture.

Rien ne le rebutait. Il était autant obstiné dans son désir de savoir que dans celui de s'élever socialement. Avec lucidité et opiniâtreté, il acceptait une solitude qu'il considérait comme indispensable. Cette soif intarissable de culture, cette boulimie de tout apprendre, de tout vouloir comprendre, ressemblait à une drogue qu'il savait ne pouvoir partager.

Il n'avait pas dérogé à ses habitudes : il dînait sur un coin de table tout en regardant la télévision. Le programme ne l'enchantait guère. C'était une suite interminable d'émissions consacrées à l'incontournable Tino Rossi qui roucoulait pour la énième fois son *Petit papa Noël.*

Tout en se régalant de fines de claire, il feuilletait *l'Argus de l'automobile*. Cela faisait un bon mois que l'acquisition d'une petite voiture lui trottait dans la tête. Déjà, il avait fait transformer son permis militaire à la préfecture de la Creuse.

Depuis son embauche, il économisait sou par sou. Ces derniers temps, compte tenu de ses nouvelles fonctions, Hélène l'avait fortement augmenté. Il avait vu son salaire faire un bon conséquent. De 610 francs, il était passé à 925 francs nets, sans compter une petite prime qui lui avait été promise pour la fin du mois.

Il ne se lassait pas de consulter le marché de l'occasion. Il se voyait déjà au volant d'une 4 L ou d'une 204, sillonnant les petites routes de la région. Enfin, il allait pouvoir découvrir son Limousin et tous ces coins de France auxquels il rêvait.

Lentement, il tournait les pages du journal, s'attardant sur une marque, un modèle, tout en jetant un œil sur les images affligeantes que lui offrait l'ORTF.

Soudain, un bruit sec le fit sursauter. Il se leva précipitamment et se dirigea vers la fenêtre qui donnait sur la rue Mauve.

Il ouvrit les volets et, malgré la neige qui voltigeait à gros flocons, reconnut immédiatement son frère Fernand qui faisait de grands gestes avec les bras.

— Que fais-tu là ? Que se passe-t-il ? demanda Louis.

Fernand paraissait tout essoufflé. Il s'avança de quelques pas, leva la tête et porta une main à hauteur de son front, afin de se protéger des flocons.

— Le père va mal, très mal ! Je viens te chercher. Il te demande ! s'exclama-t-il.

Les deux frères ne s'étaient pas revus depuis près de six mois. Par rapport à René, Fernand n'était pas le plus agressif, le plus méchant. C'était une sorte de grand bêta qui avait toujours obéi aux ordres du vieux Côme.

Il était dans l'appartement de Louis et n'avait même pas pris le soin d'essuyer ses chaussures sur le paillasson de l'entrée. Il balayait du regard le salon, le coin salle à manger et semblait visiblement étonné d'un tel confort.

— C'est à toi, tout ça ? demanda-t-il.

— Non. À part la télé et quelques meubles, le reste appartient à Mme Mauve, répondit Louis.

Il fit signe à son frère de s'asseoir et prit place à côté de lui.

— Le vieux a quoi ? fit-il.

— On ne sait pas trop. Le docteur est venu et ne comprend rien. Il ne mange plus, ne boit plus et a le regard toujours dans le vague, répondit Fernand.

— Pourquoi n'es-tu pas venu m'avertir plus tôt ?

Fernand fit un signe d'impuissance, comme si la décision n'émanait pas de lui.

— La mère n'a pas voulu venir. Elle te tient pour responsable de l'état du vieux. Tu sais comment elle est !

Ils avançaient à l'aveuglette. La vieille 4 CV de Fernand avait bien des difficultés sur cette petite route de campagne. Un vent violent descendait du nord et soulevait la neige qui formait peu à peu de petites congères.

Cela faisait bien des années que le froid ne s'était installé si tôt dans la saison. Tout le monde avait été surpris. Du jour au lendemain, on était passé d'un automne pluvieux, mais doux, à un hiver glacial.

Dans la petite voiture qui le conduisait vers le Puy-Barraud, Louis éprouvait des sentiments mêlés. Ces derniers mois, il avait presque oublié l'existence de sa famille. Sa nouvelle vie l'avait, croyait-il, totalement coupé de ses racines.

Il était passé de la médiocrité d'une existence à l'espoir de se sortir enfin de sa condition. Son talent, son courage et ce savoir nouveau dont il se délectait avec gourmandise avaient coupé le cordon ombilical qui le reliait à ses origines.

En cette nuit de Noël, il se trouvait rattrapé par un passé qu'il croyait à jamais enfoui. À chaque mètre qui le rapprochait de la ferme, l'image de son père se faisait plus précise. Des tas de souvenirs remontaient lentement. Bizarrement, l'homme violent, coléreux, alcoolique, s'effaçait au profit d'un autre vieux Côme qui apparaissait sous un jour plus favorable.

En ces circonstances, Louis se rendit compte combien il était difficile de juger un homme. Ses idées radicales quant à sa famille se trouvaient remises en cause. Lui pourtant peu indulgent se mettait tout à coup à redouter le pire. Paradoxalement, le film qui se déroulait n'était fait que d'images sereines. Il était surpris d'avoir oublié tous ces instants qu'il avait aussi partagés avec le vieil homme.

Il s'en voulait un peu de n'être pas revenu prendre de ses nouvelles. Il avait le pressentiment qu'il allait mourir. Il releva la tête et passa une main sur ses yeux embués de larmes.

La vieille 4 CV fit une petite embardée que Fernand rattrapa avec maestria. Le hameau était recroquevillé sous la neige. De petites lumières bien pâles se devinaient derrière les volets clos.

Louis eut l'impression d'être arrivé au bout du monde. Les lieux étaient déserts. Même la rivière paraissait s'être endormie. On entendait à peine le murmure de ses eaux qui commençaient à être prises par la glace.

Ils s'étaient tous regroupés dans la salle commune. L'état du père Côme devait être sérieux. En effet, il y avait là, outre la vieille Germaine, les enfants, mais aussi des tantes, des oncles et des cousins qui étaient venus de différents hameaux de la Haute-Vienne et de la Creuse.

L'atmosphère était lugubre. La pièce n'était éclairée que par les flammes de la cheminée. Tout autour, les visages avaient des allures de spectres. Tous les regards se tournèrent vers Louis. Ce dernier hésita un instant, puis se dirigea vers sa mère.

La vieille Galichon était recroquevillée dans un coin. Elle était petite, sèche, le visage fripé. Ses deux grands yeux noirs lançaient des éclairs.

— Comment va le père ? demanda Louis.

Elle ne répondit pas immédiatement. Elle était pelotonnée sur elle-même, pareille à un fœtus. Soudain, elle se redressa et martela le sol avec sa canne :

— Le père est en train de crever ! Nom de Dieu ! Tout ça est de ta faute ! gueula-t-elle.

Louis ne savait que répondre. Ils s'étaient toujours détestés. Il avait beau chercher, rien ne lui rappelait un geste de tendresse, un mot doux, un sourire complice. Cette femme avait un cœur de pierre. Elle ne compatissait que pour son mari.

Elle avait toujours été une sorte de légume qui allait et venait dans l'ombre du patriarche. Mais elle n'était pas sans influence sur le vieux. Bien des fois, alors qu'il était sur le point de se montrer clément, elle avait été là pour attiser le feu sous la cendre.

Louis avait toujours été sa tête de Turc. Il faut dire qu'il était le seul à lui résister. Cette Folcoche paysanne était capable du pire pour arriver à ses fins. Sournoise, mesquine, elle prenait un malin plaisir à voir les enfants corrigés par leur père.

Elle fixait Louis comme si elle avait voulu mettre son âme à nu. Celui-ci ne paraissait pas particulièrement surpris par les réactions de la vieille. Il la regardait avec un petit sourire provocateur pour bien lui montrer qu'il ne pouvait ignorer le mépris qu'elle lui portait.

— Mon père est où ? demanda-t-il.

— Dans la grande chambre de premier étage. Il t'attend, répondit la mère Galichon.

C'était une masure des temps anciens. On accédait à l'étage supérieur par une sorte d'échelle de meunier. Louis avait une sensation bizarre. Ces lieux sales, gris, sans le moindre confort, respiraient sa jeunesse, son adolescence, et il en était ému.

Il en aurait presque oublié le froid terrible qui régnait dans les chambres, le travail harassant et les colères du père Côme qui cuvait son vin sur l'échine de ses enfants.

Mais tout ça était bien loin et n'avait plus guère d'importance. Aujourd'hui, le vieux s'était vidé de toute sa violence et l'appelait à l'aide pour mourir.

Arrivé sur le palier, il se trouva face à face avec le docteur Gabette. Le maire de Pontignac était un petit homme rondouillard, chauve, avec une bonne tête qui aurait redonné espoir au pire des agonisants.

Il détailla le fils Galichon de la tête aux pieds. À sa manière de faire, il essayait de mettre un nom, assurément, sur ce grand et beau jeune homme qui se trouvait devant lui.

— Comment va mon père ? demanda Louis.

— Je ne vous reconnaissais pas. Mais j'ai beaucoup entendu parler de vous par mon épouse, et surtout par Hélène Mauve, répondit Gabette.

Il posa sa lourde sacoche et sortit une cigarette qu'il tapota sur le dos de sa main.

— Il est bien tard pour sauver votre père. Il est usé jusqu'à la corde et son cœur peut le lâcher d'un moment à l'autre.

Il alluma sa cigarette et posa amicalement une main sur l'épaule de Louis.

— Il n'ira pas au-delà de vingt-quatre heures, ajouta-t-il.

La chambre sentait la mort. Le vieux Côme avait un visage cireux et ses yeux étaient déjà ternis par un léger voile. Il respirait bruyamment. De temps à autre, il ouvrait grand la bouche, suffoquant.

Louis s'assit auprès du lit et lui tint la main. À plusieurs reprises, le vieil homme tenta de lui murmurer quelques mots. Le temps s'arrêtait. Dans le silence glacial de la chambre, l'image des deux hommes avait quelque chose de pathétique.

Quand la lumière du jour filtra à travers les volets, Louis sentit que le père Galichon vivait ses derniers instants. Il semblait apaisé. Son regard était empreint d'une grande sérénité, comme s'il avait enfin accepté son inéluctable destin.

Mû par une volonté que rien ne paraissait pouvoir briser, il réussit à s'agripper aux épaules de son fils. Ce dernier percevait à peine la respiration saccadée du mourant. Il avait une folle envie de pleurer. Soudain, dans un dernier souffle de vie, le vieil homme s'approcha de Louis, et murmura :

— N'oublie pas…

Il ne put terminer sa phrase. Dans un spasme violent, il se releva un peu plus et s'abandonna aussitôt dans le grand sommeil si mystérieux de la mort.

L'enterrement du père Galichon fut carrément surréaliste. Vu l'état des routes, il n'était pas question que le corbillard descendît jusqu'au Puy-Barraud. Alors, on ne trouva rien de mieux que d'emprunter le tracteur poussif des Gonsard, auquel on attela une remorque.

C'était bien le seul moyen de se sortir du chemin qui montait jusqu'à la route de Saint-Priest. Le spectacle était hallucinant. Dans le paysage blanc, immaculé, le cortège funéraire trouait la campagne, pareil à une longue chenille noire. De temps à autre, il s'arrêtait et des hommes venaient prêter main-forte afin de sortir le tracteur qui s'était immobilisé dans des ornières de glace et de neige.

Louis était terriblement marqué par la disparition de son père. Il l'avait accompagné jusqu'au dernier instant, et conservait en lui des images fortes qui l'obsédaient.

L'église Saint-Pierre était noire de monde. Toute la famille était là, même la plus éloignée qui était descendue du plateau de Millevaches. Devant la disparition du vieux, beaucoup avaient fait table rase des querelles d'autrefois. On s'inclinait devant la dépouille du père Galichon par tradition, mais aussi pour souligner qu'on restait uni devant cette grande faucheuse qu'était la mort.

Même les femmes et les hommes du Parti étaient venus et s'étaient mélangés aux notables, aux commerçants et — pire — à ceux qui sentaient l'eau bénite. Laure avait dû faire un effort considérable avant de se décider. Sa mère avait dû la houspiller, lui promettre le feu de tous les enfers si elle n'allait pas se recueillir à l'office religieux.

Elle avait cédé mais avait fait dans la discrétion. Vêtue d'un grand manteau gris, elle s'était noyée dans la foule, bien loin de la famille Galichon, comme si elle voulait à tout prix éviter le regard de Louis.

De son côté, Suzanne était venue à l'église, mais avait refusé de descendre à la ferme. Elle avait peur de rencontrer René qui la détestait et qui était capable de violence à son endroit.

Par contre, quand elle avait appris le décès du père Côme, Hélène Mauve avait pris de suite le chemin du Puy-Barraud. Quelle n'avait pas été la surprise des Galichon quand ils avaient vu arriver cette femme qui représentait tout ce qu'ils méprisaient, qu'ils abhorraient !

Comme ils étaient aussi lâches que bêtes, ils n'avaient pipé mot et s'étaient même montrés courtois.

Louis fut touché par cette intervention inattendue. En cette occasion, il découvrait un personnage pour le moins surprenant. En effet, jusqu'alors, il ne voyait en Hélène Mauve qu'une femme d'affaires avisée, essentiellement préoccupée par la bonne marche des Galeries Modernes. À ses yeux, elle était juste, extrêmement compétente, mais il lui manquait une petite touche d'humanité.

Aujourd'hui, il s'apercevait combien il s'était trompé. En la circonstance, elle s'était mise en quatre afin d'aider la famille Galichon dans les différentes démarches. Durant deux jours, elle n'avait pas hésité à prêter sa voiture à Louis. Malgré la période peu favorable pour délaisser le magasin, elle lui avait aussi octroyé quatre jours pour qu'il se consacre entièrement au deuil qui le frappait.

Et puis, elle avait su trouver les mots qui réconfortaient. On la sentait émue, un peu comme si elle venait de perdre quelqu'un de son entourage proche. Il y avait chez elle, une double personnalité, dont les divers aspects ne s'extériorisaient qu'en certaines circonstances.

L'avant-veille du Nouvel An, Louis descendit au Puy-Barraud. La vieille Germaine ne desserra pas les dents, prostrée qu'elle était devant la photo de son cher défunt. Louis n'en eut cure. Il s'entretint longuement avec sa sœur Claire. Chaque jour un peu plus, cette dernière avait des absences et semblait perdue dans des pensées qui la mettaient en transe.

Il tenta de la raisonner, de lui faire comprendre où étaient le bien et le mal. Mais cette pauvre nymphomane l'écoutait en le dévorant des yeux, incapable de saisir le bien-fondé de ses explications.

Après lui avoir donné quelque argent, il quitta la ferme, ne sachant encore s'il y reviendrait un jour. Entre une vieille femme pour laquelle il n'avait jamais éprouvé le moindre sentiment, et une sœur dont le comportement laissait craindre le pire, il jugeait qu'il pouvait lui être préjudiciable de rendre périodiquement visite à sa famille du Puy-Barraud.

Dorénavant, il était bien décidé à couper tout lien avec sa mère. René et Fernand allaient l'aider pour les grands travaux d'été. Pour le reste, il était entendu qu'ils feraient appel au petit Gastounet, un journalier qui ne comptait pas sa peine.

Malgré tout, et afin d'être à jour avec sa conscience, il se promit d'adresser, chaque mois, un chèque au nom de Claire. Il en avait parlé à Suzanne qui l'avait approuvé du bout des lèvres. Cette grande femme, bien dans sa tête, n'avait jamais pardonné. Le vieux était mort. « Paix à son âme », avait-elle dit. Elle était en train de construire autre chose et ne voulait plus entendre parler de ces gens qu'elle qualifiait de grands malades du cerveau.

Pour le réveillon, rien n'avait été changé de ce qui avait été prévu. Louis était invité chez sa sœur, ce qui lui mettait un peu de baume au cœur. Avec tout ce qui s'était passé, il était follement heureux de se retrouver en compagnie de Suzanne et de Pierre.

Il avait grand besoin d'être entouré, de pouvoir parler, de partager quelques heures loin de la solitude de son petit appartement. Alors, il se faisait une joie de cette soirée, d'autant que son beau-frère avait invité deux couples d'amis qui, disait-il, n'étaient pas les derniers pour faire régner la bonne humeur.

De son côté, Hélène Mauve n'avait pas dérogé à la tradition. Comme chaque année, la nuit du réveillon se passait chez les Gabette. Il eût fallu un cataclysme pour que le repas de la Saint-Sylvestre fût annulé.

Elle était exténuée, mais s'était fait violence afin de répondre à l'invitation de ses amis. Elle aussi avait besoin d'une pause, d'une respiration qui lui ferait oublier la vie trépidante et harassante qui était la sienne.

Elle s'était vêtue avec sobriété. Il faut dire que sa garde-robe était surtout composée d'effets sans prétention. Elle qui vendait des vêtements chics, pour ne pas dire luxueux, choisissait souvent de s'habiller en fonction d'un coup de cœur qu'elle pouvait ressentir pour une robe ou un petit ensemble.

Cette femme à la taille de jeune fille avait su conserver un corps qui faisait bien des envieuses. Elle possédait un goût exquis et dénichait toujours un petit pull par-ci, une veste par-là qui lui allaient à ravir.

Pour la circonstance, elle avait choisi un chemisier en satin blanc et une robe à bretelles. Son maquillage était fort discret. Le temps ne l'avait point marquée. Par une sorte de mystère, elle avait conservé un visage à peine griffé par les ans. Elle s'en étonnait elle-même, d'autant qu'elle ne faisait rien de particulier pour éviter les petites rides de la quarantaine, ou pour garder la ligne. Pourtant, elle ne s'était jamais privée des plaisirs de la table. Gourmande, elle raffolait des charcuteries, des viandes en sauce, sans oublier les pâtisseries qui concluaient toujours ses repas.

Ses amies l'enviaient et ne comprenaient pas. C'était un sujet qui revenait périodiquement. Elles qui faisaient des régimes insensés, qui prenaient mille précautions afin d'éviter les kilos superflus, étaient agacées de voir Hélène faire honneur à tous les plats.

C'était sa nature. Elle mettait ça sur le compte d'une vie équilibrée. Il faut dire que, contrairement à ces dames, elle ne passait pas ses journées enfermée entre les quatre murs de son appartement.

Levée aux aurores, sans cesse en mouvement, elle se partageait entre le magasin, la gestion, la comptabilité et les innombrables déplacements qu'elle effectuait chez les fournisseurs.

Quand elle rentrait le soir, elle aimait se retrouver devant quelques bons petits plats que lui avait mijotés la petite Maria. Ces instants étaient une sorte de soupape qui lui permettait de se réconcilier avec les plaisirs essentiels de la vie.

Son veuvage l'avait transformée. Depuis le décès de son mari, elle était passée de la petite épouse discrète à une femme de caractère qui avait en charge l'avenir d'une entreprise. En cela, elle se démarquait de ses amies, simples bourgeoises provinciales qui se laissaient bercer par le doux confort de leur univers immuable.

Depuis deux jours, la neige s'était calmée et avait laissé place à un froid vif qui s'était abattu sur toute la région limousine. Les journées étaient ensoleillées et les nuits offraient un beau ciel étoilé avec, çà et là, de minuscules nuages de traîne.

La demeure des Gabette, imposante, ne risquait pas de passer inaperçue. Située tout en haut de la colline qui surplombait Pontignac, elle avait été construite par le grand-père de Lucien, dans un style indéterminé et pour le moins tape-à-l'œil.

Déjà maire de la petite ville, Maurice Gabette avait fait édifier une sorte de château baroque, à l'instar des grands seigneurs de jadis. Le temps passant, on s'était habitué à cet édifice bizarre qui contrastait avec les demeures modestes de Pontignac.

Hélène avait décidé de monter à pied. Il faut dire que l'état des rues ne l'incitait guère à prendre sa voiture. Dix minutes de marche la séparaient de la demeure des Gabette, avec une longue montée qui se terminait en cul-de-sac.

Ils étaient tous là. Les Cruchot, les Dumazurier et bien entendu les Defaye qui étaient venus avec leur belle Mercedes achetée au dernier salon de Paris.

Les salutations et les embrassades n'en finirent plus. C'étaient des « Ma chère » et des « Mon cher ami ». On faisait des manières, des ronds de jambes, tout en s'exclamant pour un oui ou pour un non.

Cette assemblée de notables était charmante. De petits groupes s'étaient formés au sein desquels on papotait à voix basse, léger murmure troublé seulement par le tintement des verres en cristal.

Ici, tout le monde se connaissait, s'estimait dans une sorte de fraternité de classe, un brin hypocrite. On se faisait des sourires et on se jetait des politesses avec de jolis mots triés sur le volet. Mais tous étaient aux aguets, attendant la moindre faute de langage, le plus petit écart de l'un d'entre eux.

Leurs secrets n'appartenaient qu'à eux. Dans ce milieu bourgeois, on lavait son linge sale en famille. Rien ne leur échappait. Ils savaient tout sur tous et se le chuchotaient à mots couverts. Durant des années, le grand sujet de conversation avait été le passé de Lucienne Defaye. C'est Françoise Gabette qui avait découvert le pot aux roses. Tout était parti de son mari quand il avait uni, pour le meilleur et pour le pire, Lucienne et le bel Armand.

Oh ! elle y avait mis du sien. Elle avait fouillé, enquêté, téléphoné à droite et à gauche. Cela avait demandé de longs mois d'un travail qui lui mangeait son quotidien.

Mais quand elle avait annoncé aux Cruchot, aux Dumazurier ce qu'elle venait de découvrir, ceux-ci avaient vu briller dans son regard comme une belle lueur de jouissance.

Tous les renseignements récoltés par la mère Gabette ne laissaient aucun doute : Lucienne Defaye avait été naguère une fille de joie. Bref, une putain.

Ils n'en croyaient pas leurs oreilles quand la femme de M. le maire leur contait tout ce qui s'était passé. Elle n'était pas avare de détails, d'autant plus qu'elle tenait tout ce cloaque de bonne source.

En effet, sa curiosité insidieuse l'avait poussée à contacter Marcel Buchelot, un ami d'enfance. Ce dernier avait bien mené sa barque et occupait une fonction importante à la préfecture de la Gironde.

En quelques semaines, ses soupçons se trouvaient fondés. Les résultats dépassaient tout ce que son esprit tordu avait pu produire. Si bien des indices lui avaient toujours fait penser que Lucienne n'était pas de leur milieu, jamais elle n'aurait imaginé une chose pareille.

Ce pauvre Armand s'était fait piéger. Vieux garçon, toujours cloîtré entre les quatre murs de son étude, on ne lui connaissait nulle aventure et encore moins de liaison.

Certains disaient bien l'avoir vu traîner dans quelques quartiers chauds de Limoges. Mais tout ça ressemblait davantage à des rumeurs. Toujours est-il qu'en descendant dans la capitale girondine, l'héritier de la dynastie Defaye s'apprêtait à faire une rencontre qui allait bouleverser sa vie.

Il avait fait la connaissance de Lucienne au Châlet, une petite boîte à la mode qui se trouvait à deux pas de la gare Saint-Jean. Il l'avait trouvée belle et avait surtout remarqué qu'elle n'avait pas le profil d'une prostituée.

Au Châlet, il n'y avait que des indépendantes. Bien sûr, les filles versaient une partie de leur recette à la patronne qui, soit dit en passant, était un travesti.

Armand fut immédiatement séduit par Lucienne. Il faut bien reconnaître qu'elle se différenciait des autres. Elle avait fait tout de même de bonnes études et était capable de tenir une conversation. Et puis, elle faisait surtout l'amour comme personne.

Dans l'intimité, Lucien Gabette résumait parfaitement la situation : « Au lit, cette femelle doit être un véritable démon », disait-il. M. le maire n'avait pas tort. Il suffisait d'observer Armand pour deviner tout ce que cette femme au charme ravageur lui avait offert.

Lui, l'introverti, était devenu autre. Contre toute attente, Lucienne s'était parfaitement coulée dans le milieu fermé des notables de Pontignac. Élégante, discrète, elle possédait un humour caustique qui faisait souvent ricaner ces dames.

Au début, elle avait bien dû faire face à quelques questions embarrassantes. Mais elle avait eu réponse à tout. Ainsi, elle se disait de la région de Libourne où sa famille travaillait un petit vignoble. Quand on lui demandait ce qu'elle faisait à Bordeaux, elle répliquait, avec aplomb, qu'elle travaillait comme secrétaire de direction à la Transat.

Bien entendu, la vérité était fort différente. Lucienne était bien née Malinroux, mais elle avait vu le jour dans la région de Thiers. En fait, son père n'était qu'un pauvre cantonnier et sa mère faisait quelques ménages afin de faire bouillir la marmite.

Sa famille n'avait rien à envier à celle des Galichon. C'étaient de pauvres gens qui vivaient dans une masure insalubre, à la sortie du village d'Aiguebonne, à quelques kilomètres seulement des monts du Forez.

Dans ce pays de moyenne montagne où les hivers n'en finissent jamais, les Malinroux symbolisaient le petit peuple oublié de la France profonde. Avec leurs quatre enfants, les fins de mois étaient souvent difficiles. Malgré tout, il y avait toujours le boire et le manger.

Afin d'oublier leur misère, le père se pochardait de temps à autre avec sa femme. Mais tout ça se passait sans violence. Les jours de cuite, leur progéniture courait aux quatre coins du pays, histoire de récolter quelques pommes de terre, une poule, voire un garenne qu'on avait pris au collet.

Tout ce passé, Lucienne ne l'avait jamais dissimulé à son mari. Mais ce dernier n'avait que faire des origines de sa femme. C'était un homme follement amoureux. À les voir, on eût dit deux adolescents passionnés qui venaient tout juste de se rencontrer.

Aujourd'hui, on ne parlait plus guère de Lucienne Defaye. Depuis bien longtemps, on avait épuisé le sujet. Et puis, elle était si gentille, si bien comme il faut, qu'aucune de ces dames n'aurait voulu lui faire de la peine.

Et puis, qu'ils le veuillent ou non, elle était des leurs. Ainsi, elle se trouvait protégée de toute indiscrétion. En quelques années, elle était devenue une des grandes dames de Pontignac que les gens saluaient, admiraient en se demandant tout de même comment ce benêt d'Armand avait fait pour séduire une aussi belle créature.

Chez les Gabette, la Saint-Sylvestre donnait toujours lieu à un repas pantagruélique. Ils ne faisaient pas dans la demi-mesure. Tout était préparé par Françoise qui excellait dans l'art de la cuisine bourgeoise.

L'apéritif fut original et inattendu. En effet, Lucien Gabette s'était procuré une excellente vodka et, chose rare, une boîte de caviar iranien.

L'alcool aidant, les discussions allèrent bon train. On parla de choses et d'autres avec l'intervention fréquente de Lucien. Ce dernier était une vraie pipelette. En sa qualité de maire, il connaissait les toutes dernières histoires d'alcôve, les manies des uns, la faiblesse des autres. Il n'avait pas son pareil pour raconter ces mille et une anecdotes de clocher qui faisaient s'esclaffer l'assemblée.

Entre les huîtres aux crépinettes et le chapon fermier, farci aux truffes, on jacassait, on riait et on poussait de petits cris d'admiration devant la qualité des mets proposés. Tout le monde y allait de son couplet. Françoise Gabette roucoulait de plaisir et ses joues rougissaient quand elle écoutait tous les éloges qui lui étaient adressés. De son côté, Hélène, toujours aussi discrète, dégustait chaque plat avec un plaisir non dissimulé.

Au fil du repas, ils en arrivèrent à aborder quelques sujets sérieux. Les visages étaient épanouis et on se préparait à une courte pause avant d'apporter les derniers plats.

Depuis un moment, c'est Camille Cruchot qui attirait l'attention des convives. La chose était assez inattendue. En effet, le restaurateur n'était pas un habitué des grands discours. C'était une sorte de gros ours qui écoutait davantage qu'il ne s'exprimait. Mais pour une fois, il paraissait bien informé et martelait ses propos en tapant sur la table, comme pour signaler l'importance de son fait.

— Je vous le dis, ce qui se passe chez Mongivray n'est pas bon, pas bon du tout ! Les salariés débrayent tous les quatre matins. Et puis, il est des signes dans le département qui me font craindre le pire !

Il parlait depuis un bon quart d'heure. Il paraissait tout essoufflé et essuyait son visage rubicond avec un beau mouchoir de Cholet, frappé à ses initiales. Visiblement, il semblait satisfait de l'effet produit. Tout le monde se regardait avec de petits sourires qui n'arrivaient pas à masquer leur inquiétude.

— Voyons, Camille ! Je ne vois pas en quoi cela est grave ! Le père Mongivray a déjà fait quelques concessions et en fera d'autres. Alors, tu verras, tout rentrera dans l'ordre, intervint Lucien Gabette.

— C'est vrai ça ! Tu nous gâches un peu la soirée avec tes histoires d'ouvriers jamais contents de leur sort ! s'exclama Dumazurier.

Cruchot les regarda avec un petit air hautain. Il jubilait devant leur ignorance. Il était si peu fréquent qu'il soit l'animateur d'une conversation !

— Vous semblez ignorer ce qui se passe à Guéret. Ces derniers temps, des conflits ont éclaté au Monoprix. Et puis, j'ai entendu parler de grève dans une entreprise de Bourganeuf, ajouta-t-il.

— Camille a raison ! Dans mon étude, j'ai reçu des chefs d'entreprise qui ne m'ont pas caché combien ils étaient inquiets. D'autre part, j'ai appris qu'une grande manifestation avait eu lieu à Boussac. Et, tenez-vous bien ! la CGT était venue de Montluçon afin d'apporter son soutien, intervint Defaye.

— Allons ! Allons ! Pas de panique ! On n'est pas en 36 ! s'écria Lucien Gabette.

Il avala d'un trait son côtes-de-bourg et se tourna vers Hélène.

— Tu ne sembles pas concernée. Il est vrai que chez toi les employés n'ont jamais fait la moindre grève.

— J'essaie de leur donner un salaire décent. Mais on ne sait jamais. Je ne suis pas à l'abri d'une surprise, répondit-elle.

Peu à peu, histoire probablement d'oublier les propos désagréables de Cruchot, la conversation changea de nature. On ne parlait plus que des Galeries Modernes.

Les dames avaient pris la relève. Elles ne trouvaient pas assez de superlatifs pour dire tout le bien qu'elles pensaient des dernières collections. La plus agitée était Lucienne Defaye. Il est vrai qu'en cliente fidèle, ces derniers mois, elle avait largement renouvelé ses effets personnels.

Elle se leva, virevolta, afin de leur montrer combien son tailleur-jupe flattait sa silhouette. Tout le monde s'extasiait en poussant des « Oh ! Mon Dieu ! Magnifique ! Magnifique ! » ou bien des « Quelle coupe ! Oh ! Ma chérie, c'est fait pour toi ! ».

Certains ne pipaient mot mais ne perdaient rien du spectacle. Dumazurier avait les yeux qui lui sortaient des orbites. Provocante, la femme du notaire s'amusait follement, probablement grisée par les différents vins dont elle avait abusé.

Les femmes parlèrent chiffons pendant que les hommes se délectaient d'un calvados de dix ans d'âge. De fil en aiguille, les dames en arrivèrent à parler de Louis Galichon. Quand elles prononçaient son prénom, elles en avaient plein la bouche.

Chacune voulait savoir en posant mille questions à Hélène. Quel était son caractère ? Sortait-il beaucoup ? Était-il estimé des autres employés ? Et patati et patata. La patronne des Galeries en fut étonnée et presque inquiète. Elle n'avait jamais imaginé que Louis ait pu charmer ainsi ces dames de la bonne société.

Toute à ses réflexions, elle voyait défiler le film de ces derniers mois. Soudain, elle se rendait compte combien Louis avait bouleversé la routine du vieux magasin de Pontignac.

Un long frisson lui parcourut le corps. Rapidement, elle se ressaisit et passa une main sur son front.

— Je te trouve un brin bizarre ! As-tu seulement entendu ce que te proposait Lucienne ? lui demanda Françoise Gabette.

Elle fit un petit signe négatif de la tête. Elle se sentait terriblement fatiguée. Elle regarda sa montre et se rendit compte qu'il restait encore une bonne heure avant que ne sonnent les douze coups de minuit.

L'épouse du maire s'approcha. Elle paraissait tout excitée. À son petit air guilleret, on devinait qu'elle était légèrement éméchée.

— Le prochain repas doit avoir lieu chez les Defaye. Lucienne souhaiterait que Louis Galichon t'accompagne. Cela nous ferait tellement plaisir, lui murmura-t-elle à l'oreille.

*
* *

Après quelques jours d'accalmie, le froid avait fait à nouveau son apparition. Un vent d'est, glacial, empêchait la neige de tomber. Les routes étaient recouvertes de verglas et souvent le givre résistait aux pâles rayons d'un triste soleil d'hiver.

Tout le pays vivait dans une sorte de torpeur. Les gens ne sortaient qu'en cas de nécessité absolue. Certaines entreprises tournaient au ralenti. Alors, on se lamentait tout en gardant l'espoir d'un changement de temps à la prochaine lune.

Aux Galeries Modernes, le travail avait repris dans une sorte de morosité bien compréhensible. C'était souvent le cas, après les fêtes de fin d'année ; une rupture brutale faisait suite à l'euphorie qui avait envahi le magasin, tout au long du mois de décembre.

Tout à coup était né un grand vide que l'on ressentait à travers tous les étages. Sans grand entrain, on refaisait la devanture, on enlevait les décorations et tout ce qui aurait pu rappeler Noël et le Nouvel An.

Cet état d'esprit touchait toute la hiérarchie. De Mme Mauve au plus modeste des employés, on devinait dans les regards comme une profonde tristesse.

Pour se motiver, on prépara la quinzaine du blanc, et tout un étage réservé aux soldes. Ce travail occupait une bonne demi-douzaine de personnes. Mme Mauve avait chargé Louis et Maurice Lavalette d'aménager tout le second niveau.

Maurice était étonné par les méthodes de travail du fils Galichon. Jusqu'à présent, il n'avait connu que le petit train-train quotidien. Il faisait toujours ce qu'on lui disait, mais n'aurait jamais pris la plus petite initiative.

Avec Louis, il avait l'impression de se mouvoir dans un autre univers. Tout était différent, surprenant. Terminés les cinq serviettes par-ci, les six paires de draps par-là. C'étaient des quantités impressionnantes de cartons que l'on montait du matin au soir, comme si on avait voulu vider tout le stock de l'entresol.

Jamais il n'avait vu une telle débauche de linge et de vêtements soldés. Louis se démenait comme un beau diable, ne prenant même pas la peine d'observer les mines étonnées des autres employés.

Il paraissait habité par une sorte de volupté. Les tables, les comptoirs, les différentes étagères croulaient littéralement sous des montagnes de draps, de serviettes, de taies, d'oreillers de toutes les couleurs et de toutes les dimensions. Un coin entier de l'étage avait été réservé aux coupons nécessaires à la confection des rideaux et des doubles rideaux. Près des fenêtres qui donnaient sur la rue, des masses énormes de pulls, de jupes, de robes s'étalaient dans un désordre bon enfant.

Sans même demander l'avis de sa patronne, il avait visité les stocks et déniché des articles qui dataient de la nuit des temps. Il avait extirpé de la réserve des tas de vieux lainages, des robes et des jupes qui dormaient dans ce lieu poussiéreux depuis une bonne dizaine d'années.

Maurice Lavalette le regardait aller et venir entre l'entresol et le deuxième étage, et ne savait trop quoi en penser. Il n'osait intervenir tellement Louis semblait certain du bien-fondé de son initiative. En quelques jours, l'étage réservé au blanc et aux soldes était devenu méconnaissable. On eût dit qu'un ouragan était passé par là.

Jamais encore on n'avait vu autant de linge de maison. Il y en avait partout. C'étaient des centaines et des centaines d'articles qui, faute de place sur les comptoirs, s'empilaient sur de petites tables que Louis avait trouvées dans une pièce désaffectée.

Ce gigantesque fourre-tout avait une respiration, des mouvements imperceptibles, de petites vibrations qui auraient pu faire croire qu'il était un monde vivant. Les Galeries Modernes n'avaient jamais offert un tel choix. Dans un désordre savamment calculé, Louis avait mêlé les nouveautés à quelques vieilleries qui ne manquaient pas de charme.

Hélène observait tout ça, sceptique. Elle était partagée entre une certaine inquiétude et la confiance qu'elle avait en Louis. Elle sentait chez le jeune homme une intuition particulière qui paraissait le guider, le protéger de toute erreur de jugement.

Parfois, elle était irritée par tant de certitude. Depuis des mois, tout ce qu'il entreprenait réussissait au-delà des espérances.

Tout ça aurait pu lui tourner la tête, le déstabiliser. Oh ! il y avait bien quelques employés qui ne se privaient pas pour rappeler ses origines. Mais ils étaient peu nombreux et faisaient preuve d'une grande discrétion.

Pour l'immense majorité, il était celui qui avait donné un second souffle au magasin. Du jour au lendemain, ils s'étaient sentis davantage concernés. Et puis, qui aurait pu échapper à son charme dévastateur ?

Par contre, ce que personne ne savait, c'est l'immense travail personnel du fils Galichon. S'il était bien un créatif, il n'en demeurait pas moins qu'il avait besoin de bases sérieuses sur lesquelles il pouvait s'appuyer.

Il en était parfaitement conscient. Mais Louis n'était pas un jeune homme qui se laissait démoraliser facilement. Il se savait capable d'assimiler en quelques mois ce qui aurait demandé des années pour le commun des mortels.

Alors, depuis peu, il n'avait pas hésité à se procurer quantité de livres qui traitaient du droit, de la comptabilité, de la gestion commerciale. Il s'était démené comme un beau diable, et en fin de compte avait trouvé tout ce qu'il cherchait dans une grande librairie du centre de Limoges.

La lecture était ardue et la compréhension difficile. Jamais encore il n'avait autant douté de ses capacités à assimiler ces kilos de documentation. Mais cet organisateur hors pair avait vite trouvé une méthode qui lui permettait de retenir l'essentiel, en un temps record.

Son petit deux-pièces ressemblait à un appartement de potache. Les tables, le buffet, les guéridons étaient encombrés de livres, de revues, de catalogues. Aux murs étaient épinglés une multitude de petits papiers qui servaient de pense-bêtes. C'était un fouillis inextricable au milieu duquel il éprouvait un bonheur incommensurable.

À quelques jours de l'ouverture du blanc et des soldes, Louis invita Hélène à visiter le second étage. Elle sembla totalement décontenancée. Sans mot dire, elle parcourut les rayons en s'attardant longuement sur ces monticules impressionnants de linge et de vêtements.

Des sentiments contradictoires se bousculaient dans sa tête. De temps à autre, elle se tournait vers Louis et demandait quelques explications.

Ce dernier eut réponse à tout. À l'écouter, on eût dit un grand spécialiste du prêt-à-porter et du linge de maison. Souvent, il devançait les questions de sa patronne et se lançait dans un long exposé qu'il étayait d'exemples puisés dans ses lectures.

Hélène bouillonnait et avait une folle envie de le mettre en difficulté. Arrivés à hauteur des larges fenêtres, là où Louis avait empilé toutes les vieilles robes et les vieux pulls à deux doigts d'être mités :

— Ne croyez-vous pas que toutes ces horreurs auraient dû rester où elles étaient ? demanda Mme Mauve.

Elle avait dit ça d'une voix cassante. Bien entendu, elle avait dû forcer sa nature, elle qui s'adressait toujours à ses employés sur un ton plutôt convivial.

— Mais madame, les jeunes vont raffoler de ces vieilleries. Regardez, les filles adorent s'habiller avec les robes de leurs grands-mères, répondit Louis.

— Mais je n'ai jamais proposé de telles guenilles ! Que faites-vous de la réputation de mon magasin ? rétorqua-t-elle.

Il la fixait intensément. Les paroles d'Hélène ne semblaient pas l'avoir blessé. Mais il était clair qu'il essayait de deviner la raison de son hostilité subite.

— Cela fait des mois que je travaille pour les Galeries Modernes. Je crois bien connaître le magasin et être pour quelque chose dans l'augmentation de votre chiffre d'affaires. Si j'ai monté ces fripes, c'est dans le seul souci d'accueillir une clientèle plus jeune. Demain, ces filles et ces garçons seront devenus des clients fidèles. Aujourd'hui, je les amorce, répondit-il d'un trait.

Soudain, elle s'en voulut de lui avoir parlé de la sorte. C'était la première fois qu'un différend les opposait. Elle se sentait en faute, mais ne savait trop comment rattraper son erreur.

— Décidément, vous êtes incorrigible ! Je me demande ce que les gens vont penser de tout ce bric-à-brac, répondit-elle en souriant.

Ce n'était pas la grande bousculade du mois de décembre, mais presque. Sur les conseils de Louis, Hélène avait à nouveau fait appel à la publicité. Cependant, le fils Galichon avait dû insister à plusieurs reprises, tant elle était réticente à ce procédé qu'elle qualifiait de racoleur.

Louis avait vu juste. Pour la première fois, le magasin s'ouvrait à une population qui, jusqu'à ce jour, l'avait boudé. On n'avait jamais vu autant de jeunes filles venir fouiller dans les soldes. Pour presque rien, elles pouvaient s'offrir un pull, une jupe ou un vieux châle qui leur donnait un petit air de jadis.

L'ambiance était un peu folle. Le temps s'étant radouci, une certaine clientèle n'avait pas hésité à prendre la route afin de rejoindre Pontignac. Chaque jour, les voitures débarquaient toute une faune bruyante qui venait de Guéret, de La Souterraine, de Bourganeuf et même de la région d'Aubusson.

Le phénomène était étrange et on s'interrogeait. En effet, pourquoi venait-on de ces villes où fleurissaient nombre de magasins de confection ? Et comment pouvait s'expliquer l'attraction des Galeries sur toute cette jeunesse qui n'hésitait pas à se déplacer afin de dénicher la bonne affaire ?

Un jour qu'on lui posait la question, le bon docteur Gabette, qui connaissait l'histoire des Galeries comme personne, avait trouvé une formule qui résumait parfaitement les raisons d'une telle fidélité : « Les gens viennent chez Mauve comme ils vont à la messe, par habitude et je dirais même par tradition. » La comparaison était peut-être osée. Mais à y regarder de plus près, il y avait du vrai dans cet amalgame facile dans lequel perçait l'anticléricalisme du maire de Pontignac.

Louis fit l'acquisition d'une Simca grand large, d'occasion. Il l'avait trouvée chez un particulier de Paulhac. Sans être de la dernière couvée, elle était en bon état, confortable, et en sus possédait un autoradio.

Malgré le mauvais état des routes et le redoux qui tardait à venir, il s'était aventuré jusqu'à Bénévent, et avait fait un long circuit en revenant par Laurière.

Cette voiture était en quelque sorte le premier symbole de sa formidable ascension sociale. En sept petits mois, il était devenu le personnage incontournable de la maison Mauve. Lorsqu'il faisait le bilan de tout ce qu'il avait entrepris, il s'étonnait un peu d'avoir tant osé, et surtout si bien réussi.

Sa sœur Suzanne était probablement celle qui le connaissait le mieux. Elle n'ignorait rien de ses qualités, ni de ses défauts et pouvait disserter des heures sur ses forces et ses faiblesses. Eh bien, malgré tout, elle restait sans réaction, ne trouvait pas d'explication rationnelle à cette ambition qui l'effrayait un peu.

À force de l'analyser, de l'écouter, de le regarder vivre, elle avait acquis la certitude qu'il y avait en lui deux facettes qui s'opposaient.

En effet, le jeune homme des Galeries Modernes était fort différent de celui que recevait sa sœur. Le bourreau de travail qui courait après le temps, qui paraissait vouloir tout bousculer sur son passage, pouvait se transformer en un personnage calme, à l'écoute des autres, un brin introverti.

C'est en cela qu'il était redoutable. Par une sorte de mimétisme, il pouvait se fondre dans chaque moule qui lui était proposé. Si Suzanne en était persuadée, Hélène Mauve en avait fait maintes fois l'expérience. En fine mouche, elle s'était rapidement rendu compte qu'il était difficile à cerner.

En fait, Louis avait une personnalité caméléon. Aidé par une mémoire et une intelligence qui le mettaient à l'abri de bien des déconvenues, il adaptait son comportement à la personne qui se trouvait en face de lui.

Bien des fois, Hélène s'était amusée à l'observer allant et venant d'un étage à l'autre. Elle avait été étonnée et souvent séduite. Avec Mlle Chamandon, il était tout miel et ne savait que faire pour la charmer. En revanche, avec Christiane Bonelle, la pète-sec du rez-de-chaussée, il ne faisait aucune concession, prenait même une attitude hautaine, voire désagréable.

Que ce soit avec le père Lebrene, Maurice Lavalette, les vendeuses, le chef comptable ou tout simplement ceux qui travaillaient dans l'entresol, il se composait une image, choisissait ses mots, prenait un ton qui n'avait d'autre but que de mettre chacun de ses interlocuteurs en confiance.

Il en était de même avec les clientes. En un coup d'œil, il pouvait deviner ce qu'elles désiraient, leurs habitudes, leur goût pour tel ou tel modèle et les coloris qui avaient leur préférence.

Rares étaient ses échecs. Malgré son jeune âge, il savait toujours se mettre en situation. Il était devenu le confident de ces dames. Ah ! il fallait le voir faire l'article à Françoise Gabette, à Marie-Louise Cruchot et surtout à Lucienne Defaye ! Elles ne juraient que par lui, et leur comportement irritait profondément Hélène. Elles minaudaient, se montaient capricieuses, prenaient des poses, bref, se conduisaient comme de petites minettes turbulentes.

Lucienne était de loin la plus provocante. Elle arrivait toujours avec une robe ou un petit ensemble qui épousait ses formes comme une deuxième peau. Cette grande et belle femme au regard langoureux ne passait pas inaperçue. Elle était capable de monopoliser Louis des heures entières. Elle l'aguichait, tournait autour de lui et sortait de la cabine d'essayage, moulée dans une petite jupe ou un tailleur qui la rendait terriblement désirable.

Les articles de blanc et les soldes s'arrachèrent en quelques jours. Devant un tel engouement, Mme Mauve dut repasser commande de draps, de parures de lit, de serviettes éponge et de serviettes nid-d'abeilles. De son côté, Louis, une journée durant, fit l'inventaire de toutes les nippes qui restaient dans la réserve. Il explora les moindres recoins et remonta quantité de foulards en soie, de châles et de belles jupes imprimées qui dataient des années cinquante.

C'est au dernier jour des soldes qu'elle vint. Elle n'était jamais entrée aux Galeries Modernes, et semblait véritablement mal à l'aise au milieu de cette foule, de ce brouhaha qui descendait des étages.

Elle naviguait entre les étalages du rez-de-chaussée, les yeux grands ouverts sur tous ces dessous féminins qui s'étalaient sur les différents comptoirs.

Avec sa longue robe aux couleurs criardes, son visage mat et sa belle chevelure bouclée, elle attira immédiatement l'attention des vendeuses. Ces dernières, toutes originaires de la région de Pontignac, ne pouvaient ignorer l'identité de cette jeune femme aux allures de Gitane.

Aussitôt, en ricanant, plusieurs s'étaient précipitées en direction de Mme Bonelle. Cette dernière, constamment de mauvaise humeur, faisait régner une discipline de fer. D'ailleurs, dans tout le magasin, on ne la connaissait que sous le surnom du « Colonel ».

Les jeunes filles qui travaillaient sous ses ordres la craignaient, mais connaissaient ses points faibles. Sa liaison avec Maurice Lavalette en était un. Un autre : l'antagonisme, mûri au fil des mois, qui l'opposait au fils Galichon.

Elle était bien la seule du magasin à ne pas apprécier sa compagnie. Elle ne pouvait se faire à l'idée de recevoir les ordres de ce cul-terreux. Oh ! bien entendu, elle n'étalait pas ses états d'âme, sachant trop bien que ses propos seraient, tôt au tard, rapportés à Mme Mauve !

À défaut de pouvoir vider son trop-plein d'amertume, elle ne lui facilitait pas la tâche. Quand Louis avait besoin de renseignements, elle faisait souvent la sourde oreille ou répondait en marmonnant entre ses dents.

Il y avait entre eux un mur d'incompréhension. Louis, souvent excédé, ne se privait pas pour l'humilier par quelques paroles ironiques. Bref, c'était une petite guerre entre une femme frustrée et un jeune homme avide de pouvoir. Alors, quand Marceline Chauveau lui avait murmuré : « Cette catin, c'est Laure Piquenbois, la copine de Louis Galichon », elle avait senti un long frisson lui parcourir le corps.

Elle la détailla de haut en bas, de bas en haut avec un petit sourire en coin qui ressemblait davantage à un vilain rictus.

— Quelle allure ! Quand on travaille aux Galeries, on devrait savoir choisir ses amies, murmura-t-elle.

Laure ne s'attarda pas longtemps dans les allées du rez-de-chaussée. De suite, elle emprunta l'escalier central et se dirigea vers le dernier étage. À son expression, on voyait bien qu'elle n'était pas venue pour faire quelques emplettes. D'ailleurs, elle détestait Hélène Mauve qu'elle traitait de petite bourgeoise mal baisée. En fait, elle n'avait jamais acheté le moindre chiffon aux Galeries.

Elle parvint à l'étage des soldes. Non sans mal, elle se fraya un passage au milieu de cette cohue qui s'arrachait les ultimes articles. Son regard balayait les moindres recoins de l'immense pièce dans laquelle régnait une chaleur suffocante. Soudain, elle s'arrêta, et sans la moindre hésitation se faufila entre les tables et l'imposant comptoir.

Il était là, à deux pas, qui échangeait quelques propos avec des clientes. Elle l'observa, immobile. Son visage se figea, comme si tout à coup l'image de l'homme qui se mouvait devant elle la tétanisait.

Louis ne s'était pas aperçu de sa présence. Il continuait à proposer soit une robe, soit un chemisier à deux grosses femmes hésitantes. Il ne restait que quelques effets qu'on sacrifiait pour une bouchée de pain. Peu à peu, la foule se faisait moins dense ; seulement, ici ou là, quelques traînardes qui ne se résignaient pas à partir.

Laure approcha et attendit, les deux mains posées sur le comptoir. Un instant, Louis s'éloigna, rangea quelques pièces sur une étagère et se retourna brusquement, comme s'il avait senti une présence insolite.

Il eut du mal à y croire ! Jamais il n'aurait pu imaginer qu'elle franchirait un jour le seuil des Galeries Modernes. Il ne sut que penser de cette initiative. Il ressentit une angoisse grandissante, redoutant le pire de cette caractérielle.

Elle le fixa, les lèvres pincées. Et pour bien montrer son impatience, tapota nerveusement le dessus du comptoir.

— Je peux te parler ? demanda-t-elle.

Louis la connaissait assez bien pour savoir ce dont elle était capable. Plusieurs fois, il avait eu l'occasion d'assister à une de ses colères qui frisaient la démence.

— Descends au rez-de-chaussée, et attends-moi vers la petite porte du fond, répondit-il.

Il la regarda s'éloigner en se demandant ce qu'elle avait derrière la tête. Ce qui l'inquiétait, c'était le regard qu'elle lui avait lancé et son attitude, impatiente, déterminée.

Il fit appel à Maurice Lavalette pour le remplacer. Ce dernier était une sorte de grand sage passif, sans une once de personnalité. Il obéissait à Louis comme il aurait obtempéré aux ordres du dernier imbécile venu.

En la circonstance, sa liaison avec Christiane Bonelle le mettait dans une situation pour le moins délicate. En effet, d'un côté, il devait subir les remontrances de sa maîtresse qui ne voyait dans le fils Galichon qu'un petit arriviste sans morale. Mais d'autre part, comme sa nature voulait qu'il ne fût qu'un exécutant, la compagnie de Louis le satisfaisait pleinement. Avec lui, il se sentait en sécurité. N'ayant plus d'initiative à prendre, il éprouvait une sorte de grand plaisir, d'immense plénitude, par le seul fait d'être dirigé.

Elle l'attendait plantée dans un recoin du magasin, un peu dépassée par l'agitation et le bruit de fond qui emplissait les salles. Quand elle le vit, elle s'avança vers lui, comme si elle éprouvait le besoin de se sentir protégée dans ce milieu étranger.

— Peux-tu sortir un instant ? demanda-t-elle.

— Non. Mais viens, mon bureau est libre, répondit Louis.

Elle le suivit dans un long couloir obscur. L'endroit lui parut sinistre avec ses murs à la peinture défraîchie. Tout au fond, il y avait le bureau de Mme Mauve et son secrétariat qui jouxtait le service comptabilité. Sur la droite, dans un autre couloir qui se terminait en cul-de-sac, se trouvaient ceux, plus exigus, des chefs de secteur, et enfin celui de Louis qui avait été aménagé dans l'ancienne réserve des fournitures de bureau.

Elle avait pris le risque de venir en terre ennemie, mais elle sentait combien sa présence était déplacée. Ici, tout respirait ce qu'elle détestait le plus : l'argent, le luxe, les bonnes manières des uns et la cupidité des autres.

Louis alluma une cigarette et s'assit sur le rebord de son bureau. Il avait l'air détendu. Laure le regarda et n'en revint pas : qu'il était loin, le petit paysan de naguère !

À ce moment, elle eut le sentiment de se trouver en face d'un inconnu. Bien sûr, il avait toujours sa belle gueule d'amour et son sourire fascinant. Mais il avait changé. En quelques mois, il était devenu un « monsieur » qu'on écoutait, qu'on respectait et qui ne voulait, sous aucun prétexte, qu'on lui rappelât ses origines.

— Que veux-tu ? demanda-t-il.

— Tu me demandes ce que je veux ? Cela fait des mois que tu n'as pas pris de mes nouvelles. Et je ne parle pas que de moi. Combien de fois es-tu descendu aux Barnèges, dire un petit bonjour à ma mère ?

Elle s'approcha de lui et le fixa, les deux mains posées sur ses hanches.

— Tu es un salaud ! Tu es devenu un pauvre type qui ne pense qu'à lui. Tu oublies qui tu es, Louis Galichon ! hurla-t-elle.

— Que veux-tu ? insista-t-il.

Elle était visiblement excédée et se retenait pour ne pas exploser davantage.

— Fumier ! Tu m'as laissée comme si j'étais la dernière des salopes ! Je suppose même que tu ignores ce qui se passe chez ce profiteur de Mongivray. Il est vrai que la situation de la classe ouvrière est le dernier de tes soucis, répondit-elle.

Louis prit place dans son fauteuil. Calme, il détaillait Laure, et jamais encore ne l'avait trouvée aussi belle, aussi désirable.

Mais il n'était plus homme à se laisser impressionner. Il avait une telle maîtrise de soi, qu'il semblait être devenu imperméable à toute attaque. Alors, la belle silhouette de Laure restait un plaisir des yeux. Mais sans plus.

— Parmi tout ce que tu viens de raconter, il est tout de même une chose de vraie, dit-il.

À son air, il vit bien qu'elle ne comprenait pas. Louis se dressa et arpenta la pièce. Allait-il oser ? Il sentait que le moment était propice. Il voulait à tout prix rompre avec cette fille un peu folle, qui lui rappelait tout ce qu'il voulait jeter aux oubliettes.

Or elle était l'ultime maillon qui le reliait encore avec son passé. Son ambition était si grande, si démesurée, qu'il était bien décidé à profiter de l'opportunité qui se présentait.

— Tout ce que j'ai dit est vrai. Tu es un sale type, un point c'est tout, répliqua Laure au bord des larmes.

Soudain, il se tourna vers elle. Il avait un visage d'une pâleur extrême.

— La seule vérité que tu viens d'exprimer, c'est que tu es effectivement une salope. Je ne veux plus te voir, dit-il d'une voix calculée.

Elle fut à deux doigts de défaillir. Elle se sentait tout près d'éclater en sanglots et avait le sentiment de vivre un affreux cauchemar. Ses lèvres tremblotèrent. Alors, elle ferma les yeux et respira profondément, un peu comme si elle cherchait en elle la force qui pourrait vaincre l'énorme chagrin qui était sur le point de l'anéantir.

Combien de souvenirs se bousculaient dans sa tête ? Ils étaient nombreux, merveilleux et jalonnaient les longues années passées auprès de Louis. Des images d'enfance se mêlaient à celles plus récentes dans lesquelles elle retrouvait leur premier baiser, leurs premières caresses et cette nuit blanche, ineffaçable, où elle s'était offerte.

Oh ! l'un et l'autre n'avaient jamais été d'une fidélité exemplaire. Mais ils savaient toujours se retrouver, se pardonner comme si rien ni personne n'avait été en mesure de les séparer.

Elle ne put retenir ses larmes. La poitrine lui faisait mal. Devant elle, Louis ne pipait mot, immobile, impassible. Lentement, elle se redressa et, les poings serrés, s'avança vers lui :

— Louis Galichon, je ne te pardonnerai jamais, jamais. La roue tourne et la vie est longue. Un jour viendra où tu seras à mes pieds. Alors, seulement, tu sauras de quoi je suis capable, murmura-t-elle d'une voix brisée par l'émotion.

Longuement, Louis la regarda s'éloigner. Elle ressemblait à une petite poupée chancelante. Il ne pouvait quitter des yeux cette silhouette fragile qui s'enfonçait dans la pénombre et qui s'apprêtait à disparaître.

Une terrible douleur lui martela les tempes, et son corps entier devint une immense souffrance. Tout à coup, il eut la certitude d'avoir été victime de lui-même. Rapidement, une angoisse atroce l'envahit au souvenir des paroles prononcées. Il ne pouvait se détacher de l'image de Laure et du désespoir qu'il avait cru lire dans son regard.

Comment avait-il pu ? Son ambition s'imposait à lui, force incontrôlable qui prenait le dessus, balayait tout sentimentalisme, le rendait capable d'accepter toute compromission, tout acte qui pourrait le conduire vers les plus hauts postes. Rien ne lui paraissait impossible, rien ne lui était interdit. Même si cette escalade devait coûter le prix d'une belle histoire d'amour, qu'il faudrait bien faire passer sur le compte des profits et pertes. Le combat du cœur et de la raison se déroulait à son insu.

Il s'installa derrière son bureau. La nuit tombait lentement. Dehors, la petite pluie fine qui cinglait les carreaux annonçait le redoux que les gens avaient longtemps espéré.

Louis mit sa tête entre ses mains. Il pleura.

*

* *

Pendant deux jours, il ne quitta plus guère son bureau. S'il faisait toujours quelques incursions dans le magasin, il ne s'attardait que peu de temps, préférant se réfugier dans ce lieu calme, propice à la réflexion et au travail solitaire.

Il noircit des pages et des pages, fit des calculs, téléphona, prit des contacts, étranger à tout ce qui pouvait se passer autour de lui.

Sa rupture avec Laure l'avait, dans un premier temps, terriblement affecté. Il avait dû faire un gros effort pour effacer certaines images qui hantaient ses jours et surtout ses nuits.

Et puis, il se remit au travail. Sans compter sa peine, il se jeta corps et âme dans une nouvelle présentation de la vitrine. Dans la foulée, il assista Hélène Mauve dans la préparation des commandes à venir.

Durant ces longues journées passées ensemble, Hélène l'observait, hésitant à lui demander ce qu'il préparait — en secret — dans son bureau.

Les deux semaines consacrées au blanc et aux soldes avaient drainé une clientèle inhabituelle. Pour la première fois, toute une jeunesse avait osé franchir le seuil du magasin et s'était littéralement jetée sur les vêtements qui leur étaient proposés.

Les articles de blanc n'avaient pas été en reste. Jamais on n'avait vu un tel engouement pour les dessus-de-lit, les serviettes de bain et les torchons qui s'étaient arrachés en quelques heures.

Une fois encore, Louis avait montré son savoir-faire. Hélène ne disait rien, mais ne restait pas insensible aux initiatives d'un jeune homme qui l'étonnait un peu plus chaque jour. Elle savait fort bien que, dorénavant, il serait utopique de prétendre vouloir canaliser ses ardeurs.

Elle en avait pris son parti. Cet électron libre foisonnait de propositions. Il était incontrôlable, imprévisible, toujours à la recherche d'idées nouvelles, originales. Avec lui, les Galeries Modernes étaient devenues « à la page ».

Nous étions dans des années-charnières. Lentement, le petit commerce périclitait et, déjà, les grandes surfaces voyaient le jour dans les principales villes du département. Cette révolution touchait surtout l'alimentaire, les magasins de confection paraissant encore à l'abri de ce type de concurrence. Mais, insensiblement, on voyait poindre le danger avec l'implantation, dans les petites bourgades, des groupements d'achat et des moyennes surfaces qui proposaient déjà quelques effets vestimentaires.

Par une sorte d'intuition, Louis avait compris qu'on était au seuil d'une période où les gros allaient dévorer les petits. Le sujet n'était pas nouveau pour lui. En effet, il avait eu maintes fois l'occasion d'écouter, et même de participer aux discussions interminables qu'animaient ses copains citadins, lorsqu'il était en Allemagne.

C'étaient des démonstrations sans fin où chacun y allait de son couplet. Il ne perdait rien de leurs propos et était ébloui par tant de révélations. Des soirées entières se passaient à parler affaires, gros sous et combines en tous genres.

En ce domaine, le plus averti était sans contexte Michel Libermann. Il était souvent en opposition avec des fils de petits commerçants dont les parents possédaient, l'un, un magasin d'articles ménagers à Lyon, et l'autre, une bijouterie au cœur du vieux Strasbourg.

Marcel Dalier et Christian Muller avançaient un raisonnement qui mettait Michel dans tous ses états. Pour eux, rien ne devait changer, rien ne devait venir perturber le petit commerce de proximité.

Combien de fois Louis Galichon avait-il assisté à de violentes empoignades verbales ? Michel Libermann le fascinait. Le petit juif de la rue du Sentier avait un bagou et une force de persuasion tout à fait étonnants. Il étayait, argumentait ses propos de mille exemples qui laissaient ses interlocuteurs sans voix.

Au fil des mois, Louis et Michel s'étaient liés d'amitié. Quand on voyait l'un, l'autre n'était jamais très loin. Le petit paysan creusois et le Parisien extraverti formaient un duo pour le moins surprenant. Ces deux êtres si dissemblables se nourrissaient de leurs différences. D'un côté, Louis narrait des histoires de terroir et faisait découvrir à Michel la beauté sauvage de son Limousin natal. De l'autre, le petit juif du 2e arrondissement n'avait de cesse que de raconter sa communauté conviviale avec ses mille commerces, ruche cosmopolite à nulle autre pareille.

Louis ne perdait rien des descriptions savoureuses de Michel. Il était curieux de tout et questionnait son ami sur les us et coutumes de ce quartier d'affaires pour le moins atypique. Ah ! il était bien loin de sa campagne creusoise, des moissons, de la fenaison et du calme bucolique de la région de Pontignac !

Tout ça le faisait rêver. D'autant que Michel Libermann n'était pas embarrassé pour décrire l'ambiance, l'atmosphère particulière de ce quartier de Paris. Il était intarissable. Mais son sujet de prédilection était le commerce de ses parents : il pouvait en parler des heures avec sa faconde de Méditerranéen.

Il faut bien reconnaître qu'il avait de quoi dire. En effet, Joseph Libermann, son père, qui avait à présent pignon sur rue, était passé, en vingt ans, d'une petite échoppe de tailleur à plusieurs ateliers et à deux grands dépôts dans lesquels il stockait des tonnes et des tonnes de marchandises.

C'était un des pachas de la rue du Sentier. Il était respecté pour sa probité mais aussi pour son passé de résistant. Né à Marseille, il avait appartenu au maquis du Vercors et, par la suite, s'était engagé dans l'armée de de Lattre de Tassigny.

Il n'en parlait jamais. La seule chose qui semblait l'intéresser, c'étaient tous les sous-vêtements, les costumes qui sortaient de ses ateliers, les montagnes de chaussettes qu'il achetait et qu'il revendait à des prix défiant toute concurrence.

Louis était terriblement perturbé par les récits que faisait Michel. Ses nuits étaient parfois peuplées d'une foule immense qui allait et venait dans une rue qu'il imaginait longue, interminable, bordée d'immeubles cossus, si haut, qu'ils semblaient se perdre dans les nuages.

C'était devenu une obsession. Tout cela ressemblait à une sorte de terre promise réservée aux gens fortunés. Avec son imagination fertile, il se représentait ce coin de la capitale comme l'endroit privilégié où tout était encore possible pour ceux qui osaient entreprendre. Alors, quand Michel lui avait proposé de l'accompagner à Paris, lors de leur permission suivante, il avait ressenti un grand bonheur, comme s'il avait eu la certitude que ce voyage pourrait un jour changer son existence.

Les quarante-huit heures passées dans la capitale avaient ressemblé à un tourbillon dans lequel il s'était senti ballotté, submergé. Il n'avait jamais vécu à un rythme aussi infernal. Une telle agitation, les cris, les rires, le va-et-vient incessant des gens lui tournaient la tête.

Il avait été reçu à bras ouverts. Joseph et Rachel Libermann étaient tout heureux d'accueillir cet ami dont leur fils leur avait souvent parlé. On lui avait tout montré, tout fait visiter. Michel l'avait conduit dans les endroits les plus secrets de l'entreprise. Pour la première fois de son existence, il s'était retrouvé dans des ateliers d'où sortaient des quantités impressionnantes d'articles les plus divers. Les tissus, les étoffes, les dentelles et la soie s'entassaient sur des kilomètres d'étagères.

Un moment, il crut que sa mémoire ne pourrait jamais enregistrer toutes les images, les chiffres, les marques, les tailles et toutes les filières dont on lui avait parlé. Tout se mélangeait dans sa tête. La seule chose qui l'avait déçu, c'étaient les immeubles sales, gris, aux murs lépreux, qui ne correspondaient en rien à ceux qu'il avait imaginés.

Les deux jours passés à Paris l'avaient profondément marqué. Au milieu de cette communauté, il avait ressenti une véritable euphorie, un débordement d'initiatives. Un déclic s'était produit en lui, comme si, tout à coup, il découvrait la vraie vie qui se déclinait ici en fourmillement d'idées, brassage d'individus, de personnalités, et le jeu fascinant de l'offre et de la demande. Depuis, il n'avait rien oublié.

Le magasin avait retrouvé son calme. La nuit était tombée sur la petite ville et les grilles s'étaient refermées sur les derniers clients. Comme il en avait pris l'habitude, Louis faisait quelques heures supplémentaires, histoire de mettre un peu d'ordre dans les innombrables paperasses qui encombraient son bureau.

Il aimait cette heure qui apporte le silence. Il paraissait satisfait de ces dernières journées où il avait travaillé sans relâche, sans s'occuper du regard interrogateur que lui lançait, de temps à autre, Hélène Mauve.

Chaque fois que jaillissait une idée nouvelle, il ressentait un profond soulèvement intérieur. Plaisir étrange, jouissance qui prenait possession de tout son être, irradiait même son beau visage. Aussi, ce soir-là, ne pouvait-il contenir l'immense satisfaction qui se devinait à son sourire, et une nervosité évidente.

Quand il eut terminé, il se leva, éteignit la lumière et, sans plus attendre, remonta le long couloir qui donnait accès au bureau d'Hélène Mauve. Il était tout excité et répétait en lui-même les mots qu'il allait devoir prononcer. Il avançait lentement, puis s'arrêtait quelques secondes, le cœur battant à la seule pensée qu'il allait devoir faire face aux multiples questions de sa patronne.

Elle émergeait à peine d'un monticule de catalogues. Elle leva la tête et instinctivement arrangea le col de sa chemisette. Le bureau ressemblait à un capharnaüm. Les tables, les étagères croulaient sous les échantillons de tissus, de modèles, les cartons entrouverts qui, visiblement, étaient tels quels de longue date.

Elle ne sembla nullement surprise, le regarda même avec un petit air qui semblait dire : « Je vous attendais. » Devant elle, Louis était toujours un peu gauche. Il y avait entre eux un grand respect mutuel et en même temps une attitude distante qui était probablement due à leurs personnalités souvent en opposition.

L'un comme l'autre étaient des dominants. Hélène l'était naturellement et son éducation n'avait fait qu'accroître le besoin d'imposer ses vues. Par la force des choses, le décès de son mari l'avait mise en situation de diriger, de prendre des initiatives, ce qui ne pouvait que fortifier un peu plus son tempérament.

Louis l'était viscéralement. Mais ses origines l'avaient longtemps tenu éloigné de responsabilités majeures. Bien sûr, il avait toujours été d'un caractère frondeur, affichant des idées qui allaient à contre-courant de ce qui était admis généralement.

Ils s'estimaient tout en restant sur la défensive, s'affrontaient par idées interposées. Dans ce duel, Hélène avait le beau rôle. En effet, si elle était toujours prête à écouter Louis, il n'en demeurait pas moins que la décision finale lui appartenait toujours.

D'un petit geste de la main, elle l'invita à s'asseoir tout en griffonnant quelques mots sur un petit agenda dont elle ne se séparait que très rarement.

— Quelque problème ? demanda-t-elle tout en continuant d'écrire.

— Je souhaiterais vous entretenir d'un projet, répondit Louis.

Elle posa son stylo, releva le buste et le regarda avec ce petit sourire qui lui donnait une grâce particulière :

— Quand allez-vous vous arrêter ? Ne croyez-vous pas qu'il serait temps de respirer un peu ?

— Ce que je vais vous proposer ne peut pas attendre, répliqua Louis.

Elle prit une cigarette, l'alluma, et tout en s'excusant tendit son paquet à Louis.

— Je crois que nous fumons trop. Peut-être aussi travaillons-nous trop ? Parfois, j'aurais envie de partir dix jours, un mois, afin d'oublier pour un temps Pontignac.

Elle avait dit ça d'une petite voix lasse. Soudain, elle passa une main sur son front et, nerveusement, écrasa sa cigarette.

— J'ai une migraine qui me tient depuis hier. Mais comme avec vous il convient d'être en bonne santé ! Allons, n'en parlons plus ! Je vous écoute ! s'exclama-t-elle.

— Il faut ouvrir une boutique au deuxième étage. Une boutique pour les jeunes, répondit Louis.

À sa façon de le regarder, il était évident qu'elle ne voyait pas trop où il voulait en venir.

— Quelle est cette histoire ? Une boutique pour les jeunes ? Mais les articles pour la jeunesse sont dans tous les rayons du magasin ! fit-elle remarquer.

— Ce que vous avez et rien, c'est pareil ! Et puis, ils sont trop chers, inaccessibles pour la plupart, rétorqua Louis.

Elle fut surprise du ton qu'il avait pris, et bouillait de le remettre à sa place.

— Louis, je vous ferai remarquer que notre maison peut présenter un rapport qualité-prix tout à fait exceptionnel.

Elle se leva et fit quelques pas dans le bureau.

— Après tout, peut-être avez-vous mieux ? demanda-t-elle.

— J'ai aussi bien et moins cher. Dans peu de temps, les grandes surfaces vont vendre à moitié prix. Bien sûr, il vous restera le classique pour les bourgeoises. Mais je ne donne pas cher des Galeries Modernes, répondit-il.

Il alla la rejoindre près de la fenêtre.

— Connaissez-vous la rue du Sentier, à Paris ? demanda-t-il.

Elle fit signe que non. Alors, Louis commença à lui parler de Michel Libermann, de sa famille et du séjour qu'il avait effectué auprès d'eux, il y a un peu plus d'un an.

Sa mémoire était sans faille. Il se souvenait des moindres détails et n'oubliait pas de lui narrer les repas kasher, et les juifs du quartier qui ne manquaient jamais d'humour.

Elle n'osait l'interrompre, tellement il paraissait heureux de lui énumérer toutes les marchandises que le père Joseph vendait aux quatre coins de France. Elle était impressionnée quand il développait tous les secteurs commerciaux, clients des Libermann.

Les chiffres qu'il avançait lui paraissaient insensés. C'étaient des tonnes d'effets vestimentaires qui défilaient devant ses yeux. Louis avait tout retenu de ce que lui avait fait découvrir Michel. Ce qui était le plus impressionnant, c'est qu'il parlait posément, calmement, réfléchissant afin de ne rien laisser au hasard.

Lorsqu'il eut terminé son récit, il s'accorda une cigarette et reprit place dans le fauteuil réservé aux visiteurs. Hélène était restée debout, le regard perdu dans le beau voyage imaginaire que venait de lui offrir Louis.

Au bout d'un instant, elle s'installa derrière son bureau et resta sans mot dire, comme si elle avait désiré mettre de l'ordre dans ses idées.

— Votre histoire est fort jolie. Mais ces gens-là ne traitent pas avec un petit commerce comme le mien, murmura-t-elle.

— Je me suis permis de téléphoner à Michel Libermann. Il nous attend. On peut aller le voir quand vous le jugerez bon, répondit Louis.

Elle le regardait, une main posée sur sa bouche. En fait, elle avait une folle envie de rire. La réponse de Louis Galichon n'était pas faite pour l'étonner. Maintenant, elle le connaissait assez pour deviner ce qu'il allait lui annoncer.

En la circonstance, elle aurait parié qu'il avait déjà pris contact avec les Libermann. Elle savait qu'il allait toujours jusqu'au bout de ses idées.

— Alors, que faisons-nous ? insista-t-il.

Elle se leva, arrangea sa coiffure et se dirigea vers le portemanteau sur lequel était accrochée sa veste.

— Il se fait tard, et la nuit porte conseil. Je prendrai ma décision demain, répondit-elle.

Janvier se terminait sous un ciel chargé de pluie. Depuis plusieurs jours, le vent avait tourné à l'ouest, amenant avec lui une douceur humide. Peu à peu, la neige avait disparu, et seules quelques petites plaques restaient encore accrochées aux pentes des massifs.

Ils étaient confortablement installés dans un compartiment de 1re classe. Ils regardaient la campagne défiler devant leurs yeux. Cela faisait déjà un moment qu'ils avaient quitté les paysages cabossés du Limousin. Maintenant, le train traversait la plaine berrichonne dont les étendues infinies se perdaient dans le lointain.

Elle s'était décidée dès le lendemain de son entrevue avec Louis. Elle n'avait pas fermé l'œil de la nuit, pesant le pour et le contre, essayant d'imaginer ce que serait cette « boutique jeunesse ».

Tout ça restait encore flou. Et puis, elle était partagée entre son conservatisme et la nécessité impérieuse d'aller de l'avant. Elle reconnaissait bien volontiers que Louis n'avait pas tort quand il annonçait la concurrence prochaine des grandes surfaces.

En fait, elle était terriblement curieuse de découvrir le monde dont le fils Galichon lui avait parlé. Après tout, même si elle ne concluait pas une affaire, deux jours passés à Paris ne pouvaient que lui faire du bien !

Au magasin, certains avaient été surpris à l'annonce de son départ pour la capitale, en compagnie de Louis. Il y avait eu des rumeurs, des sourires en coin, Christiane Bonelle n'hésitant pas à dire que tout ça n'était pas clair et cachait probablement des choses pas très propres.

C'était la première fois qu'ils se retrouvaient ensemble, en dehors des Galeries. Ils semblaient un brin gênés, comme si soudain ils n'avaient plus été protégés par l'univers familier de la grande maison de la rue Mauve.

Pour la circonstance, Hélène avait choisi un joli petit ensemble bleu à rayures, ainsi qu'un délicat chemisier blanc en soie naturelle. Elle était allée chez le coiffeur et, chose inhabituelle, avait demandé qu'on lui laissât les cheveux longs. Ainsi, elle faisait encore plus jeune, malgré deux petites rides minuscules qui se devinaient — oh ! à peine — sur chacune de ses joues.

De son côté, Louis avait fait dans la simplicité et la commodité. Il n'aimait guère les costumes et s'était vêtu d'un pantalon gris et d'une veste trois quarts en cuir. Ainsi, il avait un petit air décontracté qui contrastait avec le classicisme de sa patronne.

Alors que le train abordait la grande plaine de Beauce, Hélène sentait monter en elle une anxiété qui n'était pas, mais pas du tout partagée par Louis. Ce dernier montrait un visage paisible. Il était clair que le plaisir qu'il éprouvait à la seule pensée de retrouver Michel Libermann le comblait d'aise.

Quand il l'avait appelé au téléphone, afin de lui annoncer leur venue, il avait ressenti combien Michel était heureux de les accueillir. Il avait retrouvé dans ses propos toute la sincérité qui l'avait fortement ému lors de son premier séjour à Paris.

Pour Hélène, il en était tout autrement. Même si les paroles de Louis se voulaient élogieuses au sujet des Libermann, il n'en demeurait pas moins qu'elle éprouvait une certaine crainte à la seule idée de se retrouver dans un milieu qu'elle méconnaissait totalement.

Soudain, elle se sentit prisonnière de son éducation. Élevée dans la religion, elle était restée fidèle aux préceptes que lui avaient enseignés les pères et les petites sœurs des écoles libres de Pontignac et de Limoges. Sans être antisémite, loin de là, elle avait toujours porté sur la communauté juive un regard chargé d'interrogations.

En fait, elle nourrissait des sentiments brouillés. D'une part, elle avait été révoltée par le génocide, le massacre de ces millions d'hommes, de femmes et d'enfants innocents. Aussi avait-elle applaudi des deux mains lors de la reconnaissance de l'État d'Israël. Et puis, le peuple juif n'était-il pas le peuple élu par Dieu ?

Mais en contrepoint, il subsistait cette instruction religieuse, cette position des manuels catholiques quant aux responsabilités de la crucifixion du Christ. À cette époque, Rome n'avait pas encore fait son mea-culpa. Pour Hélène, il était donc clair que le peuple juif était le grand responsable de la condamnation du Messie. Oh ! bien entendu, les sermons qu'elle écoutait étaient devenus plus ambigus, comme si on hésitait encore à faire éclater la vérité.

Elle était croyante mais pas bigote pour un sou. En fait, elle n'était pas la dernière pour critiquer l'épiscopat et en particulier la lâcheté dont il avait fait preuve durant la dernière guerre. Sur le sujet, elle était souvent en conflit avec ses amies de Pontignac.

Malgré tout, par ignorance et à cause d'une multitude de clichés dont on l'avait copieusement abreuvée, elle ressentait une appréhension, une frilosité à la seule idée de rencontrer la famille Libermann. Pour la première fois, la petite bourgeoise comptait beaucoup sur la présence de Louis. Elle l'observait et était admirative devant la décontraction et l'assurance qu'il manifestait.

La gare d'Austerlitz était noire de monde. Ils avançaient, ballottés par la foule qui ressemblait à un véritable torrent. Aidé par sa haute taille, Louis essayait d'apercevoir Michel. Derrière lui, Hélène se laissait guider au milieu de ce tumulte que perçait, de temps à autre, une belle voix suave qui annonçait l'arrivée et le départ des trains.

Ils s'étaient postés près d'un pilier, à quelques pas de la sortie. Louis s'arrêta, tourna la tête sur la droite et éclata d'un bon rire sonore.

Michel était égal à lui-même, tel qu'il l'avait laissé. Petit, mal fichu, il ne faisait rien pour améliorer sa silhouette. À le voir, il eût été difficile d'imaginer qu'il travaillait dans la confection. Il était toujours habillé d'un vieux pantalon lissé jusqu'à la corde, et d'une veste pied-de-poule toute froissée, visiblement trop grande pour sa taille.

Malgré tout, il plaisait. Avec ses cheveux noirs bouclés, et son visage taillé à coups de serpe, il ressemblait à un pauvre petit oiseau tombé du nid.

Ils se jetèrent dans les bras l'un de l'autre, comme s'ils ne s'étaient pas vus depuis vingt ans. Hélène les regardait, amusée et impressionnée par cette amitié qui les unissait.

Michel s'approcha d'elle, tout sourire.

— Je te présente Mme Mauve, la propriétaire des Galeries Modernes ! Ce monsieur est Michel Libermann avec qui j'ai partagé de longs mois d'ennui, et parfois de franche rigolade ! hurla Louis afin de couvrir le bruit infernal qui régnait dans la salle des pas perdus.

Chacun y allait d'un bon mot, d'une amabilité. Hélène ne perdait rien de l'attitude de Michel. Elle le trouvait adorable, loin de l'image qu'elle avait imaginée.

Il les invita à le suivre en direction du boulevard de l'Hôpital, où il avait garé sa voiture. C'était une belle DS Citröen d'un âge déjà avancé, cabossée, éraflée de toutes parts. Entre son père et lui, c'était à celui qui conduisait le plus vite. Ils étaient un peu fous et s'amusaient souvent à griller les feux rouges.

Ils passèrent la Seine et remontaient vers la Bastille. Le temps était pluvieux et la ville noyée dans une légère brume. Louis et Michel parlaient de tout et de rien. Parfois, ils éclataient de rire quand l'un d'eux rappelait un souvenir de bidasse.

Soudain, Hélène se pencha vers le fils Libermann.

— Quand vous serez arrivé dans le quartier de la République, vous serez gentil de m'arrêter rue de Malte, demanda-t-elle.

Devant l'air interrogateur des deux hommes, elle ajouta :

— J'ai réservé deux chambres à l'hôtel de Nevers.

Louis était à deux doigts de pouffer de rire. Il jeta un regard vers Michel et se rendit compte que ce dernier n'était pas en reste. Il était évident que l'initiative d'Hélène les surprenait.

— Mes parents pensaient que vous coucheriez à la maison. Chez nous, les chambres disponibles ne manquent pas, fit remarquer le fils Libermann.

— Louis ne m'a rien dit concernant l'hébergement. J'espère que vos parents ne seront pas vexés, répondit-elle.

— Non, aucunement. Mais nous vous gardons pour le repas de ce soir, répliqua Michel.

Hélène et Louis déposèrent leurs bagages à l'hôtel. Ce dernier était des plus modestes. À son aisance, le fils Galichon avait de suite compris que sa patronne était en pays de connaissance. En effet, c'étaient des « Chère Hélène, comment allez-vous ? », ou bien des « Oh ! Mon Dieu ! Cela fait si longtemps que je ne suis pas descendue à Pontignac ». De toute évidence, il était certain que la propriétaire de l'hôtel était une amie de longue date qui connaissait parfaitement le Limousin.

Louis n'osa poser la moindre question. Néanmoins, il était un peu surpris. Décidément, Hélène Mauve aimait cultiver le secret. Elle ne se livrait jamais totalement même si elle laissait croire qu'on avait gagné sa confiance.

La rue du Sentier était toujours aussi colorée. C'était la même ruche avec ce chassé-croisé des gens qui paraissaient sortir de toutes parts. Des hommes passaient, poussant des chariots ou les bras chargés de tissus, de costumes accrochés sur des cintres. On s'apostrophait, on gueulait, on riait et on plaisantait sans se soucier des badauds qui regardaient ce spectacle de la rue, parfois avec de grands yeux étonnés.

Les Libermann embrassèrent Louis comme s'il se fût agi de leur propre fils. D'emblée, Hélène se sentit déboussolée devant une telle effervescence familiale, sollicitée par Rachel et Joseph qui parlaient en même temps.

Cela allait bien au-delà de ce qu'elle avait pu imaginer. Jamais encore elle n'avait rencontré un couple aussi atypique. Ils n'écoutaient pas. En fait, ils faisaient les demandes et les réponses, passaient du coq à l'âne, puis abandonnaient un instant leurs invités afin de répondre à un appel qui venait de l'autre côté de la rue.

C'était une ambiance à l'opposé de celle que connaissait Hélène. Ici, pas de pause. Ces gens possédaient une énergie qui la laissait perplexe, lui donnant le sentiment de vivre en accéléré.

Mais très vite, elle eut la certitude qu'elle n'était pas venue pour rien. Le père Joseph avait toujours été un homme d'affaires expert en son domaine. Personne mieux que lui ne connaissait le milieu de la confection et de la lingerie.

Sur le sujet, c'était une véritable encyclopédie vivante. Ce diable d'homme avait un baratin de camelot. Tant bien que mal, Hélène et Louis le suivirent dans un dédale de couloirs, de salles, d'ateliers, foisonnant de tissus, d'étoffes fines et de dentelles.

Elle était éblouie par tant de nouveautés, de couleurs que déclinait cette profusion de jupes, de chaussettes, de collants qui paraissaient attendre sereinement le bon vouloir des acheteurs. Ils découvraient le cœur d'un univers gigantesque. Hélène n'hésitait pas à questionner le père Libermann, ce dernier n'étant jamais avare pour lui donner le petit renseignement qu'elle désirait.

Au fond d'elle-même, elle était conquise. En effet, Joseph se faisait fort de lui fournir tout ce qu'elle souhaitait dans un temps record. Les prix qu'il proposait étaient sans concurrence. Bien entendu, il jouait sur la quantité et sur des produits qui n'étaient pas d'une qualité irréprochable. Mais il expliquait à Hélène et à Louis les besoins d'une nouvelle clientèle, fort différente de celle qui avait l'habitude de fréquenter les Galeries Modernes.

Des heures durant, ils échafaudèrent un véritable plan de bataille. Réfugiés dans le bureau de Libermann, Michel dirigeait les débats.

Vendre était pour lui une seconde nature. Il était de la même trempe que Louis, avec en sus un professionnalisme qu'il avait acquis au contact de son père. Ensemble, ils montraient à Hélène tout ce qu'il convenait de faire au niveau du second étage des Galeries Modernes.

Le fils Galichon avait longuement travaillé sur le sujet. En fait, il proposait que cet étage fût tout simplement un autre magasin, un lieu spécifique où les jeunes sauraient trouver les vêtements de leur âge. D'après lui, il fallait tout repenser : l'accueil, la couleur des murs, des plafonds, sans omettre les comptoirs, les corbeilles à linge et les étagères qu'il voyait dans des coloris multiples, bien éloignés des meubles austères qui servaient aux autres secteurs du magasin.

Michel était étonné. Il avait du mal à reconnaître le copain réservé de naguère et adhérait parfaitement à son projet. De temps à autre, il apportait une petite rectification ici ou là, s'arrêtait sur un détail ou n'hésitait pas à proposer certaine méthode de vente qu'il avait expérimentée.

D'ores et déjà, Hélène savait qu'elle ne pouvait reculer. Les quelques craintes qu'elle avait eues ne pesaient pas bien lourd devant les arguments que présentaient Louis et Michel. Elle avait beau les harceler de questions, ils trouvaient toujours la bonne réplique nette et pertinente, et lui montraient ainsi qu'ils maîtrisaient parfaitement le sujet.

La journée fut chargée, et ils étaient épuisés. Malgré tout, ils acceptèrent de dîner avec les Libermann. Rachel ne laissait à personne le soin de préparer les repas. C'était une maîtresse cuisinière qui passait des heures entières devant ses fourneaux.

Elle était la mère juive par excellence. Aussi imposante que son mari était maigrichon, rien ne se passait, ne se décidait sans qu'elle ait son mot à dire. Elle respirait la bonté et faisait peu de cas d'une réussite sociale qui suscitait pourtant bien des jalousies dans le quartier du Sentier.

Elle avait préparé un couscous gigantesque. Chez elle, tout était disproportionné : sa faconde, le volume de sa voix et cette gentillesse qui éclaboussait son visage sanguin, d'une bonne chair trop souvent consommée.

Tout en faisant honneur au mouton, aux merguez, à la semoule agrémentée de pois chiches et de raisins de Corinthe, Hélène et Joseph joignaient l'utile à l'agréable. Sur un coin de table, ils se mettaient d'accord sur les articles, les prix et les quantités à livrer. Jamais encore Hélène Mauve n'avait pris une décision aussi rapidement. Elle avait le sentiment de vivre les instants les plus importants de son existence.

Entre le père Libermann qui parlait chiffres, Louis et Michel qui discutaient de l'organisation du magasin, elle avait la sensation que sa pauvre tête était sur le point d'exploser. Au milieu de ce brouhaha, la mère Rachel paraissait parfaitement à son aise. Elle mangeait, buvait de fortes rasades de vin rosé de Provence et, sans demander l'avis à quiconque, resservait de grandes louches de semoule et de viande aux convives.

Il était tard, et tout le monde était repu. D'un commun accord, on se donna rendez-vous pour le lendemain matin, histoire de voir si on n'avait rien oublié au sujet des commandes. La discussion était plus paisible, comme si le couscous avait subitement calmé les ardeurs verbales. En bout de table, le père Joseph, recroquevillé sur sa chaise, les yeux dans le vague, paraissait réfléchir à quelque bonne affaire en cours. Soudain, il se releva et posa une main sur le bras de Louis Galichon.

— J'espère que Michel t'a bien expliqué le type de boutique que tu dois installer ? demanda-t-il.

— Nous allons tout faire en bois de pin. Enfin ! C'est à Mme Mauve de décider, répondit Louis.

Le père Libermann en avait assez entendu. Ce n'était pas un homme qui s'embarrassait de formules.

— Ta patronne est là et elle me paraît bien fatiguée. Elle m'a commandé de quoi habiller tout le département de la Creuse. Alors, il faut mettre en place cette sacrée boutique dont t'a parlé Michel.

Il s'approcha un peu plus de ses hôtes et enchaîna :

— Dès que tout sera près pour l'installation, je vous demande de me téléphoner. Immédiatement, Michel descendra la marchandise avec le fourgon et vous aidera à aménager le magasin.

Hélène Mauve ne savait que penser. Décidément, ces braves gens étaient capables de surprendre n'importe qui, dès lors qu'ils estimaient qu'on faisait partie de leurs amis.

— Tu en penses quoi ? demanda Joseph en se tournant vers son fils.

— Je pense que c'est une riche idée. Depuis le temps que je veux aller en Limousin ! répondit Michel.

Michel les reconduisit jusqu'à la rue de Malte, et se proposa même de les accompagner jusqu'à la porte de l'hôtel. Il faut dire que le quartier n'était pas des plus rassurants. Les prostituées y étaient nombreuses et quelques quidams, à la mine patibulaire, allaient et venaient entre la rue de Malte et le boulevard Voltaire.

Cela ne les empêcha nullement de sombrer rapidement dans les bras de Morphée. L'un comme l'autre avait la tête peuplée de chiffres, de couleurs, de Joseph et de Rachel Libermann, omniprésents. Ils dormirent comme des loirs.

La matinée du lendemain fut réservée à quelques emplettes et à un lèche-vitrine dans le quartier des Champs-Élysées. Hélène achetait et Louis suivait, les bras chargés d'une multitude de petits sacs emplis de cadeaux.

De temps à autre, elle se retournait et souriait de le voir aussi disponible. Il s'intéressait de loin à ses achats : c'étaient des parfums, des bibelots et des articles de luxe. La longue balade parisienne se termina chez Fauchon. Là, Hélène choisit une bouteille de cognac, une boîte de truffes du Périgord et un foie gras entier en provenance du Gers.

Ils ne consacrèrent qu'une petite heure à la famille Libermann. Le temps pressant, ils se décidèrent à ne prendre qu'un casse-croûte en gare d'Austerlitz. Rapidement, on peaufina les commandes, discuta des prix et du mode de règlement.

Quand ils se quittèrent, Hélène eut droit à une série d'embrassades interminables. Rachel était au bord des larmes, et Joseph ne cessait de donner à Louis les ultimes conseils quant à l'installation de la boutique.

Arrivés à Paris sous un ciel gris, ils repartaient avec un petit soleil timide qui annonçait l'embellie. Le train les ramenait vers la terre limousine, mais ils semblaient absents.

Ils s'étaient assis l'un à côté de l'autre. À leur silence, on sentait combien les décisions prises occupaient leur esprit. De temps en temps, Hélène s'offrait une cigarette ou parcourait les pages d'un magazine.

La campagne défilait avec une terre qui regorgeait d'eau de toutes parts. La Beauce était derrière eux et avait laissé place à un océan d'arbres dont les branches nues, squelettiques, se dressaient vers le ciel. Parfois, un étang venait briser la monotonie du paysage.

Peu de voyageurs occupaient le train. Au fil des heures, ils n'avaient échangé que quelques mots, des banalités sans grande importance. Alors, Louis s'était assoupi, bercé qu'il était par le bruit répétitif des roues qui semblaient marteler les rails.

Quand il se réveilla, le train franchissait la Creuse, à Argenton. Il n'osait bouger. Hélène s'était endormie et sa tête reposait sur son épaule. Avec mille précautions, il se redressa très légèrement et s'aperçut qu'elle avait posé une main sur son genou.

Ses cheveux venaient caresser son visage. Il était terriblement gêné et en même temps flatté. Tout à coup, il éprouvait un sentiment très fort, insolite. Il se tourna et posa son regard sur son front, ses lèvres d'où sortait un léger souffle, et son corps de femme abandonné.

Ils restèrent ainsi, longtemps. Louis en arrivait à souhaiter que le train ralentisse sa marche. Il avait un peu honte du désir qui l'habitait. Il aurait donné tout l'or du monde pour qu'elle se réveillât et vînt se blottir entre ses bras.

Elle sortit de son sommeil alors que le train approchait de sa destination finale. Elle se redressa, arrangea sa coiffure et posa sa veste sur ses épaules.

Elle resta un long moment, sans oser tourner la tête. Et puis, afin de se donner une contenance, elle tendit son paquet de cigarettes à Louis.

— Vous m'excuserez, le sommeil m'a vaincue sans que je m'en aperçoive, murmura-t-elle.

Leurs visages étaient à quelques centimètres l'un de l'autre. Ils se regardaient et ressemblaient à deux enfants timides. Ce qui se passait était indéfinissable. Ils étaient dans l'incapacité d'analyser cet instant fragile, ces secondes durant lesquelles toutes leurs valeurs, leurs repères étaient en train de se diluer dans un espace et un temps qu'ils n'étaient plus en mesure de maîtriser.

Soudain, tout ce qui les séparait s'évanouissait. Ils sentaient que tout pouvait basculer, et que, d'un moment à l'autre, il suffirait d'un mot, d'un geste ou peut-être seulement d'un sourire pour qu'ils se retrouvent enlacés, prêts à toutes les folies d'un désir naissant.

Déjà, le train entrait en gare de Limoges. À chaque changement d'aiguillage, ils étaient ballottés, secoués. Tout à coup, Hélène tourna la tête, prit son sac à main et en sortit un petit paquet enveloppé d'un joli papier doré.

Après quelques secondes d'hésitation, elle se retourna, se pencha en direction de Louis, et tendrement lui déposa un doux baiser à la commissure des lèvres.

— Tenez, cadeau, murmura-t-elle.

*
* *

De mémoire de Creusois, jamais les Galeries Modernes n'avaient connu une telle effervescence. Depuis plusieurs jours, Louis s'était attelé à la tâche. Avec l'accord d'Hélène, il avait réquisitionné un vendeur par-ci, une caissière par-là, afin de transférer la totalité des marchandises qui se trouvaient au second étage.

Plus d'un s'interrogeaient sur cette initiative. Bien entendu, Hélène Mauve avait réuni le personnel afin de le mettre au courant de ce qui allait se réaliser. Comme toujours, il y avait les pessimistes, les optimistes et ceux qui n'avaient pas d'opinion.

En fait, la majorité trouvait l'idée géniale. Déjà, plusieurs jeunes vendeuses avaient fait acte de candidature pour venir travailler dans ce nouvel espace réservé à la jeunesse. Christiane Bonelle était la seule qui était entrée en guerre contre le projet. Elle ne trouvait pas de mots assez durs pour qualifier d'absurde ce qu'elle appelait « les bizarreries de Galichon ».

Il ne se passait pas une journée sans qu'elle fasse quelques réflexions. Son antagonisme envers Louis la mettait dans des états épouvantables. Au fil des mois, sa jalousie avait atteint un point de non-retour.

Louis n'avait que faire de tout cela. Depuis son retour de Paris, il était au four et au moulin. Un jour il était en visite chez le père Chateauvieux, qui dirigeait une petite entreprise de peinture à Pontignac. Un autre jour, il montait à Laurière afin de vérifier où en était la réalisation des trois kiosques hexagonaux qu'il avait décidé d'installer.

Les travaux avançaient sous le regard vigilant d'Hélène. Chaque soir, le fils Galichon lui faisait un compte rendu détaillé des quelques petits problèmes qui restaient en suspens. Une fois, c'était un revêtement qui ne correspondait pas tout à fait à ce qui avait été commandé. Une autre fois, c'était le léger retard pris par le menuisier ou le tapissier. Bref, tout cela n'avait qu'une importance relative, d'autant que l'aménagement du second étage était en avance sur toutes les prévisions.

Depuis le voyage dans la capitale, et les instants étranges qu'ils avaient partagés dans le train, Hélène et Louis n'avaient rien laissé percer de leur gêne secrète. À première vue, ils se conduisaient comme auparavant, et bien malin aurait été celui qui aurait pu déceler un changement quelconque dans leur comportement.

Devant le monde, ils étaient toujours à parler travail. On eût dit qu'ils ne vivaient que pour ça. Ils se rencontraient deux ou trois fois dans la journée, ou se croisaient, échangeant quelques paroles assez brèves. À les voir agir ainsi, on aurait même pu penser qu'ils cherchaient à s'éviter.

Pourtant de petits signes auraient pu alerter un observateur averti. D'abord, depuis quelques jours, Hélène s'habillait plus jeune. Ainsi, on la voyait souvent avec un ensemble bleu ciel dont la jupe coupée court laissait deviner le galbe de ses jambes. Mais cela n'avait étonné personne, sa silhouette de jeune fille lui permettant beaucoup de fantaisie.

Et puis, elle avait légèrement forcé son maquillage et soignait davantage ses longs cheveux châtains. Bien entendu, c'étaient de petits riens, des choses insignifiantes qui ne pouvaient attirer l'attention du personnel.

De son côté, Louis était égal à lui-même. Toujours tiré à quatre épingles, il arpentait le magasin, sanglé dans un élégant costume gris clair. Mais là aussi, il aurait fallu avoir l'œil perspicace pour découvrir le petit indice susceptible de taquiner les pipelettes des Galeries Modernes.

Depuis son retour de Paris, elle ne le quittait plus : l'épingle en or que Hélène lui avait offerte était là, accrochée à sa cravate. Quand il allait et venait dans le magasin, il avait souvent la veste entrouverte. Ainsi, le bijou ne pouvait passer inaperçu. Mais, paradoxalement, personne ne lui avait demandé quoi que ce soit sur cette broche qui, pourtant, brillait au beau milieu de sa poitrine.

En fait entre eux deux, tout se passait dans des non-dits, un regard échangé ou un sourire furtif de l'un ou de l'autre : jeu prudent et pudique qui ne les engageait nullement à aller au-delà.

Tout ça était presque irréel. En effet, d'une part il y avait Hélène avec son éducation, son âge, sa situation et l'image irréprochable qu'elle avait toujours donnée d'elle. Et puis, il y avait ce jeune ambitieux plein de talent, cet enfant de la terre qui n'avait à ce jour possédé que des filles, de petites paysannes, et qui soudain se mettait à rêver à une conquête qui dépassait les prétentions classiques.

Le plus délicat mais aussi le plus délicieux moment de la journée était le soir, quand, les grilles enfin fermées, elle le recevait dans son bureau. Aucune allusion à ce qui s'était passé dans le train. Pourtant, leur tête-à-tête se prolongeait bien au-delà de ce qu'auraient nécessité les problèmes à régler. La seule fois où ils avaient mentionné leur voyage retour, c'est quand Louis avait remercié Hélène pour son cadeau.

Au cours de leurs conversations, ils évitaient de croiser leurs regards. Ils parlaient, parlaient comme s'ils redoutaient les silences prolongés. Il n'était point besoin d'être devin pour imaginer le terrible combat qui se déroulait en eux.

Encore prisonniers de leurs contradictions, ils ne savaient qui de la raison ou du désir allait l'emporter. Ils ressemblaient à deux êtres fragiles qui auraient décidé de s'abandonner au destin.

En six semaines, tous les travaux furent réalisés. Le résultat était surprenant. Hélène qui avait laissé carte blanche à Louis restait interdite, émerveillée. Les peintures sur les murs étaient splendides avec de larges arabesques. Les couleurs choisies, douces, légères, créaient une atmosphère pleine de gaieté qui contrastait avec les autres parties du magasin.

Les trois kiosques en bois de pin donnaient aux lieux chaleur, convivialité accentuées par de petits éclairages discrets. Çà et là, on avait accroché des reproductions de quelques peintres contemporains. L'ensemble était assez avant-gardiste. Malgré tout, en ayant choisi un matériau noble comme le bois, on avait réalisé un mariage heureux entre tradition et modernité.

Tout était prêt pour accueillir les différents articles vestimentaires. Louis s'attardait encore sur les derniers détails. Ce perfectionniste ne pouvait jamais s'arrêter. Combien de fois avait-il inspecté les kiosques, la moquette et les décors muraux ? Il trouvait toujours un petit défaut à reprendre. Il avait l'œil à tout.

Un soir, Hélène le surprit après la fermeture. Il arpentait les allées, caressait les murs, le bois, regardait longuement les décors comme s'il s'était agi de sa chose.

Elle balança, ne sachant si elle devait le rejoindre ou plutôt le laisser seul dans cet espace qui était un peu son œuvre. À le voir, elle était à deux doigts de pouffer de rire. Il ressemblait à un enfant admirant le jouet merveilleux qu'on venait de lui offrir.

Quand il entendit ses pas, il se retourna brusquement. Il fut visiblement mal à l'aise, comme souvent quand il se retrouvait seul avec elle. Hélène devait probablement le sentir, avec l'intuition qui la caractérisait.

Souvent, elle adoptait un comportement qui le déstabilisait inévitablement. En quelques secondes, elle pouvait passer d'un sourire complice à un visage hermétique, d'une grande sévérité. Et puis, elle lui offrait parfois un regard tendre plein de sous-entendus, avant de se camper dans une froideur presque hostile, comme si tout à coup elle se révoltait contre elle-même, d'une faiblesse toute passagère.

Il s'assit sur un petit comptoir et la regarda. Elle était habillée d'une petite jupe claire, toute simple, et d'un chemisier noir orné de quelques motifs, qu'elle avait rapporté de Paris. Comme il lui arrivait souvent, une fois la journée terminée, elle avait abandonné ses chaussures pour de petits escarpins. Ainsi, elle paraissait encore plus fluette, plus légère.

Ces derniers temps, l'idée lui était venue de se faire friser les cheveux. Cette coquetterie avait étonné ses amies qui n'avaient pas trouvé grand-chose à redire, tant sa nouvelle coiffure mettait en relief les traits exquis de son visage.

Elle parcourut l'étage, lentement, faisant fi de la présence de Louis. Parfois, elle revenait sur ses pas, comme si elle avait voulu s'assurer que tout était parfaitement en ordre. Au milieu des lumières tamisées, on sentait bien qu'elle jouait un mime plein de finesse dans lequel elle prenait grand plaisir.

Arrivée à quelques pas de Louis, elle releva enfin la tête et, les bras croisés sur sa poitrine, resta un long moment sans mot dire.

Elle tentait le Diable. Depuis son voyage à Paris, elle n'était plus la même. Jamais encore elle n'avait ressenti un tel trouble. Elle avait beau essayer de se raisonner, une force étrange l'attirait vers ce jeune homme, à un point tel qu'elle avait parfois le sentiment de perdre la raison.

Cette femme prude, dévote, avait traversé la vie dans l'ignorance des plaisirs charnels. Que ce soit jeune fille ou lorsqu'elle partageait son existence avec Gaston Mauve, elle n'avait qu'effleuré le plaisir des sens.

Longtemps, elle avait pensé que son corps s'était vidé à tout jamais du moindre désir. L'absence quasi totale de relations sexuelles avait peu à peu annihilé en elle toute pensée érotique. Ses quelques fantasmes ne pesaient pas bien lourd devant sa morale catholique qui l'avait protégée, jusqu'à ce jour, de toute tentation.

C'était la première fois qu'ils restaient ainsi dans le silence entrecoupé seulement par les bruits diffus de la rue. Louis se leva. Le dos appuyé à l'une des petites colonnes qui soutenaient le plafond, il prit une attitude assez décontractée. La veste entrouverte, le col de la chemise déboutonné et les mains enfoncées dans les poches, il semblait serein et parfaitement prêt à écouter les critiques de sa patronne, quant aux travaux effectués ces derniers jours.

— Ce que vous avez fait est remarquable. Je suis stupéfaite de ce coup de jeune. L'ensemble est splendide, murmura Hélène d'une petite voix légèrement cassée.

— Oh ! je n'y suis pour rien ! J'ai seulement expliqué ce que nous désirions. Pour le reste, le mérite revient aux ouvriers, répondit Louis.

— Mais non ! Sans vous rien ne serait. D'ailleurs, depuis que vous êtes aux Galeries, bien des choses ont vu le jour, répliqua Hélène.

Ils échangèrent des points de vue. C'était une suite de propos sans grand intérêt. Une fois encore, ils parcouraient le second étage avec de multiples arrêts durant lesquels Louis expliquait pourquoi on avait baissé les comptoirs, les étagères et choisi le rose et le bleu clair, plutôt que le rouge et le vert.

Ils savaient pertinemment que tout ça n'était qu'un prétexte pour rester ensemble. Ils savouraient ces instants. Parfois, ils se frôlaient, croisaient leurs regards ou allumaient une cigarette, histoire de prolonger le plaisir.

Quand ils arrivèrent près du grand escalier central, Hélène précédait Louis. Soudain, elle se retourna comme si brusquement une question lui était venue à l'esprit :

— En ce qui concerne les Libermann, si on…

Elle n'eut pas la force de terminer sa phrase. Louis s'était approché d'elle et lui tenait la main. Elle se trouvait dans l'incapacité de faire le moindre geste. Elle se sentait paralysée, tétanisée, comme si soudain toute volonté l'avait abandonnée.

Ils se regardaient, hésitant encore à aller plus loin. Ils étaient parvenus à l'instant précis où tout bascule, où plus rien n'a d'importance au regard d'un désir qui vous dévore le corps et l'âme.

Il l'entraîna dans un recoin de la pièce, et elle le suivit. Une fois enlacés, ils se couvrirent de baisers. Ils se caressèrent dans une étreinte qu'ils auraient souhaitée éternelle. Ils se découvraient et Hélène, la tête rejetée en arrière, offrait son cou, ses seins à ce jeune amant plein de fougue.

Ils vivaient là un moment qui se situait hors des règles établies. Ils ne formaient plus qu'un. Leur présence n'était révélée que par des murmures, des froissements d'étoffe qui créaient une atmosphère étrange, comme si le magasin avait été habité par quelque fantôme.

Ces premiers baisers, ces premières caresses avaient un piment particulier. Cela ne ressemblait en rien à une quelconque histoire d'amour. C'était la rencontre de deux êtres habités par un désir fou qui leur faisait perdre tout contrôle, au point de réfuter tout ce qui aurait dû les séparer.

Ils approchaient de l'interdit. Dans la pénombre complice des Galeries, la veuve de Gaston Mauve, la petite bourgeoise un brin puritaine de Pontignac s'offrait, au seuil de la quarantaine, un amant qui n'appartenait pas à sa caste.

De son côté, Louis découvrait la femme. Ce jeune fauve tenait entre ses bras un corps qui, trop souvent sevré de plaisir, était sur le point de s'abandonner. Comme pour maîtriser le sang bouillant qui était en lui, il se voulait délicat dans ses caresses, ses baisers, avançant avec une prudence extrême sur les chemins de la découverte.

Lentement, leurs corps glissèrent sur la moquette. Ils étaient en partie dénudés. Leurs vêtements gisaient, çà et là, mêlés, chiffonnés, arrachés dans l'impatience qu'ils avaient d'aller vers un grand bonheur partagé.

Hélène aimait, aimait à en mourir. Elle éprouvait un plaisir immense auquel elle n'avait seulement jamais rêvé. Elle entrouvrit les yeux et vit le regard de Louis qui plongeait dans le sien. Avec douceur, il lui enleva sa jupe qui glissa le long de ses jambes. Elle était presque nue. Soudain, dans un geste d'ultime pudeur, elle posa ses mains sur ses seins et se releva brusquement.

— Non. Louis, je vous en supplie, pas là, pas comme ça, murmura-t-elle en éclatant en sanglots.

Ils vaquaient à leurs occupations et se conduisaient comme si rien ne s'était passé. Quand ils se retrouvaient ensemble, ils parlaient des commandes, des collections futures, de l'arrivée prochaine de Michel Libermann, mais en aucun cas de cette soirée qu'ils savaient pourtant ne pouvoir oublier.

Un instant, Louis avait espéré. Il avait longtemps attendu un signe ou quelques mots qui auraient pu signifier qu'elle était prête à se donner à lui. De par son éducation, il maîtrisait mal les réactions de cette femme si différente de celles qu'il avait connues.

Il était amoureux. C'était une nouveauté qu'il avait bien du mal à analyser. En effet, dans le passé, il avait désiré des jeunes filles, des femmes, mais n'avait jamais éprouvé les sentiments étranges qu'il ressentait aujourd'hui.

Cette situation le perturbait. D'autant qu'en face de lui, Hélène semblait avoir retrouvé une certaine sérénité, un calme qui se manifestait à chacune de leurs rencontres.

Comme si elle avait désiré se préserver de tout faux pas, elle était devenue plus distante, plus sèche, presque austère. Depuis peu, elle avait abandonné ses petits chemisiers décolletés au profit de chemises vieillottes, ou de pulls dont les cols emprisonnaient son cou.

Au début, Louis avait trouvé ce changement vestimentaire un brin ridicule. Et puis, réflexion faite, il s'était presque réjoui de voir Hélène prendre une attitude défensive. Selon lui, elle montrait ainsi combien elle était vulnérable. D'ailleurs, elle évitait de croiser son regard et dorénavant quittait son bureau dès que le magasin avait fermé ses portes.

Louis vivait une histoire sentimentale qui sortait des sentiers battus. Jamais il n'avait éprouvé un tel désir de posséder. Hélène restait pour lui un mystère, une femme qui était en train de bouleverser son existence. Avec les certitudes qu'il tenait, il ne pouvait douter qu'elle serait un jour à lui.

Michel Libermann était attendu et tout le magasin se trouvait sens dessus dessous. Le second étage avait été nettoyé de fond en comble. Vingt fois les aspirateurs avaient avalé les plus petites poussières de la moquette. Les boiseries avaient fait l'objet de soins particuliers. On avait frotté, encaustiqué les kiosques et pendant une matinée entière deux jeunes vendeuses s'étaient acharnées à faire briller les trois grandes fenêtres qui donnaient sur la rue Mauve.

Comme à son habitude, Hélène avait tout prévu. Michel devant rester à Pontignac deux journées pleines, elle avait réservé une table et une chambre chez Cruchot, pour toute la durée du séjour.

Il se présenta les bras chargés de cadeaux. Les Libermann avaient acheté de très belles pièces chez un antiquaire du 2e arrondissement : il y avait là un chandelier en argent, des assiettes en porcelaine de Saxe, un coupe-papier avec le manche en ivoire et de multiples petits bibelots destinés à Hélène et à Louis.

La camion était empli jusqu'à la gueule. Pour l'occasion, on avait fermé le magasin et tout le monde avait été invité à mettre la main à la pâte.

Les cartons défilaient sous l'œil avisé de Mme Mauve. Au second étage, Louis les stockait en fonction des articles qu'ils contenaient. Le va-et-vient du personnel faisait penser à une véritable fourmilière. Tout le monde était heureux de cet intermède qui changeait un peu de la routine quotidienne.

Tout le monde, sauf une personne. En effet, Christiane Bonelle avait été à deux doigts de provoquer un scandale. En qualité de chef du secteur « lingerie féminine », elle avait tout bonnement refusé d'aider Louis à trier les cartons. Il avait fallu l'intervention d'Hélène, qui l'avait sèchement remise à sa place, pour qu'elle obtempère sans broncher.

Un après-midi entier on ouvrit les cartons, on contrôla la qualité et les quantités des différents articles. Louis était dans son élément. Avec sa mémoire d'éléphant, il triait, comptait, comptabilisait comme si tout ça avait été un jeu.

Michel le regardait et était stupéfait de la facilité avec laquelle il travaillait. Déjà, lors de leur séjour en Allemagne, il avait été surpris par ce petit paysan qui paraissait totalement inculte. Pourtant, dès qu'un sujet lui tenait à cœur, il le mémorisait et, à la stupéfaction générale, pouvait le resservir bien longtemps après, sans omettre les plus petits détails.

Hélène était à ses côtés et avait bien du mal à suivre le rythme. On eût dit qu'il prenait un malin plaisir à la voir peiner au milieu des slips, des chaussettes et des jupes de toutes les tailles et de toutes les couleurs.

Le soir venu, tout était terminé. Le père Libermann avait fait un travail remarquable et aucune réserve n'avait été émise par Hélène Mauve. Tous les articles étaient étalés sur les comptoirs. Ne restait qu'à les mettre sur les présentoirs suivant une méthode infaillible qui avait fait ses preuves.

Michel l'avait expérimentée une quantité de fois. À l'égal de Louis, il avait en lui une science innée de la vente. Déjà, enfant, il s'amusait à proposer soit un paquet de chaussettes, soit un lot de sous-vêtements quelque peu défraîchis par le temps. Avec une force de persuasion étonnante, il réussissait à attirer l'attention des badauds qui repartaient tout heureux, croyant avoir fait une affaire en pigeonnant ce petit juif à l'aspect chétif.

Aujourd'hui, il n'en était plus là. En quelques années, il avait donné la preuve de son talent en de multiples occasions. En furetant à droite, à gauche, en observant scrupuleusement ce que faisaient les grands professionnels qui opéraient au Printemps ou aux Galeries Lafayette, en essayant de comprendre ce qui provoquait le petit déclic qui déclenchait la vente, il avait acquis la certitude que le client avait tous les droits, ou tout du moins qu'il était important de le lui faire croire.

Ils dînèrent chez Cruchot. Camille les régala et, contrairement à son habitude, Marie-Louise se montra d'une amabilité surprenante.

La soirée se passa à parler chiffons. Michel avait réponse à toutes les questions que pouvait lui poser Hélène. De son côté, Louis se montrait peu prolixe, comme s'il avait souhaité laisser la parole à sa patronne.

Cette dernière était un peu agacée par un comportement qu'elle avait bien du mal à comprendre. Souvent, il répondait brièvement, donnant son point de vue de manière assez détachée. Disons qu'il était ailleurs, paraissant se désintéresser de la conversation.

Le repas était succulent et ils en arrivaient au feuilleté aux cèpes, une des grandes spécialités de Camille Cruchot. Toujours aussi futée, Hélène choisit un petit instant de silence pour s'adresser à Louis :

— Vous me paraissez absent. Que se passe-t-il ?

— Toute cette marchandise m'effraie. J'ai peur que nous ayons vu trop grand, répondit-il.

Il posa son couvert, et après un moment de réflexion se tourna vers Michel.

— Comment peut-on être certain que les jeunes vont oser franchir les portes des Galeries ? demanda-t-il avec un air inquiet.

C'était la première fois qu'Hélène Mauve le voyait douter. Elle en était presque heureuse. Soudain, elle découvrait en lui une faille qui le rendait plus humain.

— Tu n'as aucun souci à te faire. Dans trois semaines, j'affirme que vous allez nous téléphoner afin de repasser commande, répondit Michel.

Ils passèrent une partie de la soirée à parler de la boutique du second étage. Maintenant, chacun donnait son avis, faisait des propositions. Mais en réalité le dernier mot restait souvent à Michel qui faisait part de son expérience à Hélène et à Louis. Ces derniers ressemblaient alors à deux provinciaux un brin dépassés par les événements.

Cette longue discussion se termina à une heure avancée de la nuit. Éreintée, Hélène s'échappa, laissant les deux hommes bavarder encore et toujours, comme s'ils n'étaient pas rassasiés de parler commerce.

Elle avait réservé une chambre pour Michel, juste au-dessus du restaurant. Les deux compères s'installèrent au bar, histoire de terminer une bouteille de champagne qui avait été offerte par la maison Cruchot. Ils étaient bien. Malgré la fatigue, ils échangeaient des souvenirs et profitaient d'être seuls pour enfin parler des femmes.

Il est vrai que dans le passé ils avaient partagé quelques aventures. Michel était loin d'être un Apollon. Mais il avait toujours eu un certain succès auprès de la gent féminine. Il parlait facilement, était charmeur, et son humour déclenchait souvent l'hilarité des jeunes femmes, arme redoutable pour les conquérir.

Bien entendu, il était bien loin des succès féminins qu'avait pu connaître Louis. Au cours de leur service militaire, ce dernier l'avait étonné plus d'une fois. Que ce soit en Allemagne ou durant leurs séjours à Paris, il avait été le témoin du charme ravageur du petit paysan creusois.

Avec sa gueule d'amour, son aspect nonchalant et la timidité touchante qui se dégageait de sa personne, il s'était offert quelques créatures de rêve dont Michel gardait encore un souvenir précis.

Ils auraient pu en parler une nuit entière. Michel s'était calé dans un fauteuil et narrait ses sorties nocturnes dans la capitale. C'était un amoureux fou de la vie qui éprouvait pour le mariage une profonde aversion. Tout ce qui comptait à ses yeux, c'était jouir pleinement du temps présent, comme si l'angoisse de la vieillesse l'avait déjà effleuré.

Après avoir longuement commenté ses dernières aventures, il avala d'un trait sa coupe de champagne et se pencha vers Louis :

— Et toi, tu en es où avec cette fille ? Elle s'appelait bien Laure, je crois ? demanda-t-il.

— Je l'ai laissée. Il n'était pas possible que je continue à la fréquenter. Elle était trop compromettante, trop encombrante, répondit Galichon.

— Alors, tu ne sors pas ? C'est pour ça que je te trouve une petite mine, répliqua Michel.

— Tu sais, j'ai mon travail et il me prend un temps fou, répondit Louis.

Libermann s'approcha de lui et jeta un regard discret afin de s'assurer qu'ils étaient bien seuls.

— Quand on a une aussi belle patronne, je comprends qu'on fasse des heures supplémentaires, murmura-t-il avec un petit air qui en disait long sur son sens de l'observation.

*
* *

Mars avait déjà des senteurs de printemps. Imperceptiblement, les jours avaient rallongé et aux gelées avaient succédé de petites pluies entrecoupées de jolies éclaircies.

Peu à peu, la vie reprenait ses droits. La campagne se réveillait lentement d'un hiver qui s'était prolongé jusqu'aux premiers jours de février. Depuis, le climat était plus doux avec tout de même quelques frimas qui subsistaient encore sur les hauteurs des grands monts.

Aux Galeries Modernes, on vivait dans une sorte d'euphorie permanente et collective. En quelques jours, le magasin avait accueilli un nombre considérable de jeunes qui étaient venus découvrir cette fameuse boutique.

Rien n'était vraiment rangé. Tout était en vrac. Cela faisait un peu bazar. Mais en même temps, cette volonté de faire simple, bon enfant, incitait toute une jeunesse à franchir les portes du magasin.

Cet engouement avait profondément modifié l'organisation des Galeries. Un instant prise de court, Hélène avait rapidement réagi. Dorénavant, cinq vendeuses aidaient Louis dans cet étage qui ressemblait à une ruche au bourdonnement incessant.

Michel Libermann avait fait un travail parfait quant à la manière de présenter les différents articles. En fait, tout était organisé en fonction de critères indiscutables. Les kiosques de vente avaient été approvisionnés suivant leur emplacement, leur volume, leur forme. En tenant compte des goûts et des couleurs des gens, il avait judicieusement réparti les habits féminins, la bonneterie et autres gadgets à la mode.

C'était un éblouissement de coloris, de coupes, de nouveautés qui s'amoncelaient dans d'énormes bacs rouges, bleus, roses, aux allures de grandes baignoires multicolores. Jamais encore ce type d'articles n'avait été offert au regard de la marée humaine qui envahissait les Galeries Modernes. Il y avait de tout : des tissus secs, des draps décorés, des lainages fins, des toiles de coton. Et puis, étaient proposés des vêtements de la nouvelle ligne Courrèges : des minijupes blanches, roses, beiges. On trouvait aussi de jolies petites robes et des vestes arrivant à la ceinture, des robes près du corps, légèrement trapèze, sans oublier celles dites « princesse ».

Déjà, les pantalons commençaient à s'évaser vers le bas. Comme un clin d'œil qu'elle aurait voulu faire en direction des dames de la bonne société, Hélène avait accepté de présenter quelques robes en voile de soie imprimée, et d'autres en métal grosses paillettes style Paco Rabanne. En sus, étaient proposés de petits articles que l'on s'arrachait pour une poignée de francs : des culottes, des chaussettes, des boléros et des chemises qui débordaient des bacs.

C'était la fin d'une époque. La mode des bustiers à la Brigitte Bardot était dépassée, faisant place à des coupes gommantes réservées aux jeunes filles qui désiraient à tout prix ressembler à Françoise Hardy, la nouvelle idole.

Hélène était aux anges. Elle avait rejoint Louis afin de faire le point sur le stock disponible. En quinze jours, une grande partie des articles avait été vendue. Déjà, elle avait téléphoné à Joseph Libermann qui lui avait promis un envoi sous huitaine.

Louis se trouvait dans un état second. Pris dans une spirale qui semblait ne pas avoir de fin, il en aurait oublié le boire et le manger. Il donnait ses ordres, surveillait les vendeuses, répondait aux questions des clientes sans se départir d'une bonne humeur et d'un sourire qui le caractérisaient en public.

Ensemble, ils se complétaient. L'un comme l'autre trouvait une immense satisfaction à se sentir maîtres d'œuvre dans ce qu'ils percevaient comme une véritable révolution commerciale. Ils avaient besoin de cette excitation permanente comme d'une drogue, dont ils s'abreuvaient avec délectation.

La journée se terminant, l'affluence était moins importante. Profitant de cette accalmie, ils se réfugièrent dans un recoin du magasin. Hélène montra à Louis une longue liste d'articles qui étaient sur le point de manquer. Il faut dire que le rapport qualité-prix avait été le facteur déterminant qui avait déclenché cette ruée qui dépassait l'imagination.

Ce qui était proposé correspondait à une demande que Louis avait rapidement devinée. Il avait fait jouer son instinct, et de suite avait senti qu'un bouleversement des habitudes, des mentalités, était sur le point de modifier la donne.

Les jeunes filles ne voulaient plus être sanglées dans de petits ensembles bon chic, bon genre. Finis les petits cols Claudine, les porte-jarretelles, les robes strictes, pudiques, qui les faisaient ressembler à des grands-mères avant l'âge. Déjà, le début des années soixante avait ouvert la voie aux vêtements excentriques, colorés. Mais les babas cool n'avaient pas encore touché la France profonde.

Aujourd'hui, les jeunes femmes montraient leurs jambes bien au-dessus des genoux. Les minijupes faisaient fureur au grand désespoir des bigotes et autres personnages bien-pensants. Peu importe ! Les filles obligeaient leur mère à se plier à leurs exigences, comme si soudain leurs jolies gambettes avaient eu le besoin vital de participer aux agapes du printemps naissant.

Elles arrivèrent et, de suite, Hélène vint à leur rencontre. Il y avait là Françoise Gabette, Reine Dumazurier et Lucienne Defaye. Elles étaient tout excitées et gloussaient de plaisir.

Elles n'avaient pas assez de mots pour dire combien elles trouvaient les lieux charmants. De temps à autre, elles s'extasiaient devant un petit débardeur, un slip ou des chaussettes de toutes les couleurs, qui faisaient le ravissement des filles.

— Ma chère Hélène, je me demande où tu vas t'arrêter ! s'exclama la femme du maire.

— N'as-tu pas peur d'affoler ta clientèle habituelle ? demanda Reine.

— Venez voir ! Venez voir ! Oh ! ces pulls, quel goût ! quel goût ! s'écria la belle Mme Defaye, toujours aussi exubérante.

Elles jacassaient comme des pies. Elles n'arrêtaient pas de lancer des compliments à Hélène, même si elles étaient bien loin d'être sincères. Avec cette nouvelle population de clientes, elles ne se sentaient plus tout à fait chez elles. À leurs yeux, les Galeries Modernes avaient soldé une partie de leur âme.

Louis les observait. Il les connaissait depuis peu mais pouvait s'enorgueillir d'avoir avec elles de bons rapports. Il trouvait toujours un mot gentil, savait les faire rire et dénichait souvent la robe ou la veste dont elles ne sauraient se passer.

Son mérite n'était pas mince. Il devait faire preuve d'une grande imagination et de patience pour vêtir ces bourgeoises qui croyaient encore posséder un corps de Diane.

Il ne prenait un réel plaisir qu'avec Lucienne Defaye. Ce bel animal portait admirablement ses quarante ans. Grande, élancée, un rien l'habillait et elle se satisfaisait de pas grand-chose.

Elle était la seule qui adorait faire les soldes. Elle avait des coups de cœur pour des habits simples, souvent pas chers. Sur elle, par une sorte de miracle, ils devenaient d'un chic fou, ce qui rendait furieuses ces dames à l'aspect un brin rébarbatif.

Ces pipelettes s'étaient éloignées. Hélène les avait accompagnées tout en adressant un petit compliment vestimentaire à l'une, à l'autre. Peu à peu, la foule s'était éclaircie et les vendeuses en profitaient pour remettre un peu d'ordre sur les comptoirs. Louis avait quitté son secteur et jetait un œil en parcourant les allées et en s'arrêtant longuement devant les kiosques.

— Louis, s'il vous plaît !

Il se retourna. Hélène était à quelques pas derrière lui. Avec tout le travail fourni, elle semblait à bout de nerfs. Il s'approcha et comprit qu'elle avait quelque chose d'important à lui dire.

— Avec tout ce chambardement, nous n'avons plus guère l'occasion de discuter ensemble, murmura-t-elle.

— L'endroit me paraît peu propice, répondit Louis.

Elle ne put s'empêcher de sourire. Elle le regardait et il devina que certaines images intimes défilaient dans sa tête.

— Seriez-vous libre demain soir ? demanda-t-elle.

Elle avait dit ça d'un seul trait, comme si elle avait eu peur d'une réponse négative. De son côté, Louis se demandait ce qu'elle allait lui annoncer. Décidément, elle était imprévisible et pouvait souffler le chaud et le froid.

— Demain soir… Non. Je n'ai rien de prévu.

— Eh bien, tant mieux ! Nous sommes invités chez Mme Defaye. Vous ne pouvez refuser, ces dames vous adorent, dit-elle sur un ton qui montrait combien tout ça l'agaçait.

Louis se mit sur son trente-et-un. Cette invitation était pour lui une reconnaissance. Pour la première fois, il allait enfin pénétrer le milieu fermé de la petite bourgeoisie locale.

Il en avait rêvé tant de fois. Il franchissait là un cap important qui le plaçait tout à coup au niveau de ces notables. Ces dernières heures, il avait échafaudé mille hypothèses quant aux retombées éventuelles de cette soirée, qu'il redoutait un peu.

En fait, il ne les connaissait guère. Quand ces dames venaient aux Galeries Modernes, leur sujet de conversation tournait toujours autour d'un vêtement, ou d'une lingerie fine. Avec Louis, elles étaient charmantes et adoraient sa manière de faire. Il faut dire qu'il aimait les flatter et n'avait pas son pareil pour mettre, autant que faire se peut, leur corps en valeur.

De tous les maris de ce quarteron féminin, seul le docteur Gabette lui était assez familier. D'abord, il était le médecin des Galichon. Et puis, ses fonctions de maire faisaient qu'il était impossible de ne pas l'avoir rencontré. Pour sa part, Louis avait toujours apprécié sa courtoisie et sa disponibilité.

Les autres, il ne les connaissait que de renom. D'ailleurs, il avait beau puiser dans ses plus lointains souvenirs, jamais il n'avait adressé la moindre parole à Camille Cruchot ni à Armand Defaye. Quant à Henry Dumazurier, leurs seules rencontres avaient eu comme cadre la grande pharmacie de la rue Mauve.

La maison des Defaye était située sur la petite route qui menait à Marsac, juste avant le grand pont qui enjambait la Gartempe. Elle était divisée en deux logements distincts. D'une part, il y avait l'étude du notaire qui se composait de trois pièces relativement exiguës. D'autre part, une entrée privée, au fond d'un petit jardin qui surplombait la rivière, donnait accès à l'appartement cossu que se partageaient Lucienne, Armand Defaye et la petite Marie.

L'intérieur n'avait pas changé depuis des lustres. Armand avait bien accepté un coup de pinceau par-ci, un nouveau papier par-là. Mais pour l'essentiel, tout était resté en l'état.

C'était le seul sujet sur lequel le couple était en désaccord. Avec acharnement, Lucienne avait bien arraché quelques concessions à son mari. Patiemment, elle avait mis un peu de modernité dans ce bric-à-brac de vieux meubles, de livres anciens et de ces innombrables bibelots qui garnissaient les moindres recoins de la demeure.

Louis sentait son cœur devenir un peu fou. Il était ému, emprunté et véritablement mal à l'aise au milieu de cette assemblée de personnages aux ventres bedonnants.

Ils étaient tous là à l'exception de Camille Cruchot qui faisait en cette occasion office de traiteur. Louis était arrivé en compagnie d'Hélène. Vu le peu de distance qui séparait la rue Mauve de l'habitation des Defaye, ils étaient venus à pied.

En chemin, elle avait tout fait pour le décontracter, lui avait glissé un mot sur chacune des personnes qu'il allait rencontrer, car elle connaissait tout sur eux : leurs qualités, leurs défauts, sans oublier leurs faiblesses. Elle savait aussi que ces bourgeois étaient de bonne compagnie, même si parfois ils avaient la dent dure pour quelques-uns de leurs concitoyens.

Le fait qu'ils aient accepté Louis était le signe qu'ils le tenaient en estime, même si la curiosité de découvrir ce jeune parvenu n'était pas absente. Mais Hélène ne se faisait guère de soucis. Elle le savait capable de s'adapter à toutes les situations, à tous les milieux, même les plus hostiles.

Ils étaient donc dans le salon et attendaient Cruchot. Histoire de tuer le temps, on dégustait quelques toasts et des apéritifs que servait Mathilde, la vieille servante des Defaye. Hélène s'était chargée de présenter Louis. Ce dernier avait la désagréable sensation d'être le centre d'intérêt de la petite assemblée.

Comme à son habitude, Cruchot n'avait pas fait les choses à moitié. Il avait préparé un menu somptueux — des huîtres, du foie gras, un cochon de lait — et son pâtissier avait confectionné un monumental paris-brest.

Lucienne Defaye faisait toujours appel à lui. Ainsi, elle évitait à la vieille Mathilde de passer la soirée entière devant ses fourneaux. Comme le restaurant n'était qu'à quelques mètres de leur maison, le transport des mets ne posait pas de difficultés particulières. D'autant qu'un serveur était toujours détaché afin de prêter main-forte à la maîtresse de maison.

L'atmosphère était détendue. Louis avait été placé entre Mme Defaye et Françoise Gabette. En face de lui, il y avait Hélène et, à ses côtés, Armand Defaye, toujours aussi amorphe, et Camille Cruchot qui respirait le cholestérol.

La discussion partait dans tous les sens. Louis ne disait rien, dépité par la médiocrité des propos échangés. On aurait dit une réunion de commères. Ils bavaient sur les uns, sur les autres, et riaient pour un oui ou pour un non.

Il observait Hélène et sentait combien elle était gênée. De temps à autre, elle intervenait, tentant d'orienter la conversation vers des sujets plus nobles. Peine perdue. Cruchot et Dumazurier étaient intarissables. Ils étaient au courant de tous les potins de la cité.

Peu à peu, Louis se trouva davantage en confiance. Il faut dire que ses deux voisines l'assaillaient de questions. Bien entendu, on parlait mode, des collections à venir et surtout de cette boutique dont on disait qu'elle était son œuvre.

Comme tout le monde jacassait à la fois, cela faisait un sacré vacarme, entrecoupé, de temps à autre, par les voix de Mathilde et du jeune serveur qui présentaient les plats.

Plus le repas avançait et plus le ton montait, comme si le riesling et le Château-Latour avaient décuplé les cordes vocales des convives.

On était arrivé au plat de résistance. Le cochon de lait trônait au milieu de la table, et tous les regards étaient tournés vers Cruchot. Chaque fois, c'était l'heure de gloire pour le restaurateur de Pontignac. Ce gros bonhomme ressemblait à sa cuisine. Avec sa figure joviale et grasse, on eût dit un maquignon qui s'était égaré au milieu des bourgeois.

En même temps qu'il découpait la bête, il enchaînait les histoires grivoises. Il excellait surtout quand il contait quelque anecdote piquante qui avait pour cadre l'intimité des chambres de son hôtel.

Le moins que l'on puisse dire, c'est qu'il n'était pas tenu par le secret professionnel. Bavard et peu scrupuleux, il prenait toujours un grand plaisir dans les histoires d'adultère, surtout quand ces dernières impliquaient des gens connus.

Une fois la besogne terminée, il se rassit et observa l'assistance avec un petit sourire qui soulignait son immense satisfaction. Quand il était ainsi, c'est qu'il en avait gardé une petite dernière qui ne devait pas être réservée aux enfants de chœur.

— Alors, raconte ! On voit bien que ça te brûle les lèvres ! s'exclama Lucienne Defaye, visiblement tout excitée.

— C'est vrai ça ! On sent bien que tu as quelque chose sur la langue, ajouta la petite mère Gabette.

Il semblait hésiter, ce qui ne lui était pas coutumier, surtout quand il avait bu plus que de raison.

Lentement, il se redressa et se tourna vers Louis :

— Monsieur Galichon, vous comprendrez que nous souhaitions que tout cela reste entre nous. Je vous demanderai donc d'être d'une discrétion extrême.

— Mais s'il est ici, c'est qu'il a toute notre confiance, intervint Lucienne Defaye.

Louis aurait souhaité être à cent lieues. Ces gens-là le décevaient au point qu'il se demandait s'il ne vivait pas un cauchemar. Ils étaient terriblement insignifiants et leur vulgarité n'avait d'égale que la médiocrité de leurs propos.

Hélène ne le quittait pas des yeux. Elle semblait véritablement désolée du comportement de ses amis, et en particulier de Camille Cruchot.

— Quand on me demande d'être discret, je suis une tombe, répondit Louis.

Visiblement satisfait de cette réponse, le restaurateur essuya ses lèvres graisseuses et déboutonna sa veste afin de libérer sa bedaine.

— Il y a deux jours, en plein après-midi, alors que je me reposais avec Marie-louise, cette imbécile de Pauline, qui a la charge de la réception, n'a rien trouvé de mieux que de louer une chambre. À qui ? Je vous l'demande !

Avec la tête que faisait l'assemblée, il jubilait. C'était un jeu qu'il affectionnait tout particulièrement. Il savait combien ils étaient curieux de savoir. Alors, il les faisait languir sans rien cacher du plaisir qu'il éprouvait à maintenir le suspens.

— Je ne pense pas que ce soit une personne de Pontignac. Qui oserait prendre une chambre dans la journée ? intervint Mme Mauve.

— Ma pauvre Hélène, que tu es naïve ! Tu crois que tout le monde est comme toi ! s'exclama Marie-Louise Cruchot.

Elle se tourna vers son mari.

— Camille, dis-leur ! Je suis certaine qu'ils vont être surpris, ajouta-t-elle.

Cela devait être énorme. À la manière dont Marie-Louise avait incité son mari à prononcer le nom, il ne pouvait s'agir que d'une personnalité de Pontignac.

— C'est Léon Mongivray, répondit Cruchot en gloussant de plaisir.

— Mais ce vieux cochon est un habitué de ton hôtel. À ce que je sache, c'est bien chez toi qu'il amène sa maîtresse de Guéret qu'il traîne depuis vingt ans ? fit remarquer Dumazurier.

— C'est vrai ! Il nous réserve une chambre environ deux fois par mois. Mais cette fois-ci, il ne s'agissait pas de sa maîtresse, affirma Cruchot.

— À son âge, il lui en faut donc plusieurs ? demanda Lucien Gabette.

— Il est venu avec la petite Thérèse Gaucher, répondit Camille.

Ils se regardèrent, l'air assommé par la révélation que venait de faire le restaurateur. Vraiment, ils s'attendaient à autre chose ! Même Louis ne masquait pas sa surprise quant à cette liaison pour le moins surprenante.

C'était le mariage de l'eau et du feu. La stupéfaction passée, ils commentaient la nouvelle. Vous pensez ! Le patron de l'entreprise Mongivray avec la fille de Paul Gaucher, le chef de la cellule communiste de Pontignac !

Cela dépassait l'imagination. Il fallait que le vieux soit devenu complètement cinglé pour se compromettre avec l'une de ses employées dont le père, en prime, ne rigolait pas avec les principes.

Ils étaient sous le choc. On était passé d'une histoire de sexe à une histoire au parfum politique. Tout à coup, le débat s'en trouvait rehaussé. Comme par enchantement, ils étaient redevenus sérieux, voire graves.

En sa qualité de maire de Pontignac, Lucien Gabette était sur des charbons ardents. Il ne tenait plus en place, gesticulait, effrayé par les conséquences que pouvait avoir cette histoire, si par malheur elle arrivait aux oreilles de ceux qu'il appelait « les staliniens ».

— Le vieux Mongivray a complètement perdu la raison. D'ailleurs, depuis six mois, son entreprise bat sérieusement de l'aile, fit remarquer Defaye.

— Il y a chez lui des meneurs capables de tout. Et le plus dangereux est Roussy, le délégué CGT, surenchérit Reine Dumazurier.

— Très juste ! Et Roussy est bien entendu le grand camarade de Gaucher, précisa son mari.

La soirée qui avait débuté joyeusement se terminait en eau de boudin. Tout le monde donnait son avis, à l'exception d'Hélène et de Louis qui semblaient presque étrangers à tout ce brouhaha.

De l'avis unanime, la situation sociale montrait des signes inquiétants. Là-dessus, Lucien Gabette était le mieux informé. Il avait des renseignements en provenance de la préfecture. Ceux-ci faisaient état de rapports tendus entre la plupart des patrons et les syndicats.

De sa petite voix fluette, il parlait de débrayages dans des établissements de Boussac, de Bourganeuf, de Guéret, sans parler d'une multitude de petits conflits qui annonçaient un printemps difficile.

Bien entendu, tout le monde donnait son point de vue sur la situation catastrophique qu'avait décrite Gabette. Ils avaient des mines décomposées. Avec de tels propos, monsieur le maire avait définitivement gâché la soirée.

C'est qu'ils avaient la trouille au ventre, ces petits bourgeois de la France profonde ! Tout ça les avait mis dans un état de surexcitation qui confinait à la paranoïa.

À les écouter, les rouges étaient partout et n'attendaient qu'un signe, une opportunité pour s'emparer du pouvoir par la force. Heureusement, il y avait de Gaulle. Ah ! Avec lui, ils allaient avoir fort à faire. L'État était puissant et les syndicats bien trop divisés. Alors, une petite grève par-ci, un petit débrayage par-là, c'était un peu comme une soupape de sécurité qui évitait de faire péter la marmite.

Au fil des minutes, ils essayaient de se sécuriser. Ils parlaient de leurs affaires, de leurs projets tout en dégustant le paris-brest, tandis que Louis et Hélène se regardaient et se retenaient pour ne pas pouffer de rire.

Ils étaient ridicules et ne voyaient pas plus loin que leur petit cercle feutré. Maintenant, ils parlaient de leur progéniture. Les Cruchot avaient leur fils aux fourneaux et étaient ainsi rassurés quant à l'avenir de leur établissement. De leur côté, les Gabette s'extasiaient sur leur fille Michèle qui poursuivait brillamment des études de médecine à Limoges.

Les cocos et les syndicats avaient beau faire, beau dire, les chiens ne faisaient jamais des chats. Ils appartenaient à un milieu qui était passé au travers de bien des épreuves. Et ils étaient toujours là avec leur magasin, leur cabinet médical, leur étude, leur pharmacie et leur compte en banque bien garni et à l'abri des lendemains incertains.

Ils en auraient presque oublié la présence de Louis Galichon. À certaines de leurs questions, ce dernier répondait par un oui, un non, ou seulement par un hochement de tête. Peu à peu, ils s'étaient calmés, grisés qu'ils étaient par l'alcool ingurgité et les discussions sans fin qu'ils entretenaient depuis le début de la soirée.

Ils se quittèrent épuisés. Certains, légèrement pompettes, s'éclipsèrent plus tôt. Lentement, après des kilos de merci, de poignées de main et d'embrassades qui n'en finissaient plus, toute la petite bande se sépara en se promettant de se revoir bientôt. Quand Hélène et Louis se retrouvèrent dans la petite rue qui serpentait en montant vers le quartier des Chabrauds, ils restèrent un instant immobiles, sans mot dire, comme s'ils désiraient évacuer tout ce trop-plein de bêtises, de médisances qu'ils avaient dû subir durant de longues heures.

L'air frais leur fit du bien. Dans le silence de la nuit, ils pouvaient entendre le grondement de la rivière dont les eaux déchaînées venaient se fracasser sur les piles du pont. La petite ville n'était éclairée que par quelques lumières blafardes. Ils marchaient l'un à côté de l'autre, toujours aussi silencieux, comme s'ils hésitaient à commenter cette soirée chez les Defaye.

Une fois arrivés en bas de la rue Mauve, Hélène s'arrêta brusquement et posa une main sur le bras de Louis.

— Je suis vraiment désolée. C'est la première fois que je passe une soirée aussi moche. D'ordinaire, nous parlons de tout et de pas grand-chose, mais jamais avec une telle vulgarité dans le langage.

— Le vin y est peut-être pour quelque chose, répondit Louis.

Elle éclata de rire et simultanément posa une main sur sa bouche, comme si elle avait eu peur de perturber le sommeil des gens.

— Je ne sais pas si vous l'avez remarqué, mais Camille Cruchot était fin saoul, dit-elle à voix basse.

Ils reprirent leur marche. Ils remontaient lentement la rue Mauve. Un vent d'ouest soufflait en force et Hélène avait relevé le large col de son manteau, afin de se protéger du froid humide. Ils avaient le sentiment d'être seuls au monde. La rue était sinistre avec cette chaussée humide, ces maisons aux volets clos et les arbres encore dénudés qui fouettaient l'air dans un sifflement qui se répercutait tout le long des rives de la Gartempe.

Ils s'arrêtèrent à hauteur de la ruelle qui donnait accès à l'appartement d'Hélène. Elle rabattit le col de son manteau.

Sous l'effet du vent, ses cheveux se gonflaient et quelques mèches cachaient en partie son front.

— Je suis certaine que vous avez fait bonne impression sur mes amis. Vous savez, la petite bourgeoisie n'est pas ce que l'on pense. On la juge trop souvent sur des apparences, alors qu'en fait elle est composée aussi de gens simples, dit-elle, tout en cherchant ses clefs dans une poche de sa veste.

Il ne l'écoutait pas. Il était bien loin de ces considérations dont il n'avait que faire. Elle était là, à deux pas de lui, et il devinait les traits de son visage sous un halo de lune.

Il voulait savoir. Depuis des semaines, il ne vivait que dans l'attente de cet instant où il se retrouverait seul avec elle. Il ne pouvait oublier les baisers échangés, les caresses et les mots qu'elle avait murmurés, dans la pénombre du magasin.

Elle était si changeante et parfois si lointaine qu'il arrivait à se demander s'il n'avait pas rêvé. Il avait la certitude que c'était maintenant ou jamais qu'il pouvait espérer conquérir le cœur de cette jeune veuve dont l'image mangeait ses nuits et ses jours.

Il s'approcha d'elle. Soudain, il se sentait incapable de résister à cette folle attirance, comme si son cerveau s'était trouvé dans l'impossibilité de maîtriser cette pulsion qui venait du plus profond de son être.

Il ne savait plus qui il était, où il était. Il la serra entre ses bras et la couvrit de baisers. Dans l'obscurité de la ruelle, les deux amants enlacés s'abandonnaient, vidés de toute volonté, se souciant peu des lieux, du vent et de ce ciel d'encre qui annonçait une pluie prochaine.

Lentement, elle s'écarta et, machinalement, passa une main dans ses cheveux.

— Vous êtes fou. Je ne veux pas, je ne peux pas, dit-elle.

Elle luttait sans trop se faire d'illusions sur l'issue finale. Elle avait prononcé ces mots dans une sorte de prière à un Dieu qui l'avait toujours préservée du péché de chair. Ces derniers jours, elle en avait fait de ces prières, de ces neuvaines ! Elle avait imploré le ciel et avait été même à deux doigts de se confier au père Rougier, le curé de Pontignac.

Soudain, elle se blottit tout contre lui, déjà vaincue, lasse de ce combat inutile.

— Je vous aime, murmura-t-elle.

*
* *

Elle découvrait un plaisir qu'elle n'avait jamais soupçonné. Elle s'abandonnait à son jeune amant sans la moindre pudeur. Son corps se révélait sous les caresses les plus osées, les plus folles.

Elle vivait dans un éblouissement où chaque seconde lui offrait un bonheur incommensurable. Elle aurait voulu crier afin d'accompagner cette jouissance qui coulait dans son ventre, et se répandait comme une source sans cesse renouvelée.

Elle ne se donnait pas, elle se livrait corps et âme, comme si ses sens s'étaient soudain réveillés après de longues années de sommeil. Dans l'intimité de la chambre, l'image de ces deux corps mêlés avait quelque chose d'animal. L'un et l'autre étaient dans l'incapacité de fixer une limite à cet acte d'amour qui se voulait violent, mais en même temps d'une tendresse infinie.

Ils touchaient à cet accord parfait qui donne naissance au partage d'un plaisir immense, indescriptible, pareil à un mystère qui permettrait d'accéder à un bonheur suprême.

Elle renaissait. La femme réservée, imprégnée de religion, qui s'était longtemps raccrochée à ses valeurs, avait soudainement chaviré dans l'amour consommé, sans grande résistance. Son Dieu avait pris la forme de ce corps posé sur elle qui la pénétrait, la caressait, la libérait de ses chaînes.

Ils étaient hors du temps. Malgré tout, inexorablement, la nuit égrenait ses heures et les eaux de la rivière poursuivaient leur course vers la mer, ignorant superbement ces deux êtres possédés par le démon du désir.

Il fallut un rai de lumière pour qu'ils prennent enfin conscience que l'aube s'apprêtait à les séparer. Soudain, tout autour d'eux reprenait forme : les meubles, les doubles rideaux et mille objets de cet espace cossu qui les avait accueillis et protégés.

Ils ne savaient trop que dire. Hélène se leva et prépara un café. On les sentait empruntés devant une situation à laquelle, visiblement, ils n'étaient pas préparés. Tout ça les dépassait un peu, comme s'ils sortaient d'un rêve qui, brusquement, venait de s'évanouir aux aurores.

Ils se quittèrent à la toute dernière seconde. Déjà, ils entendaient le va-et-vient des gens qui allaient et venaient dans la rue Mauve. Hélène accompagna Louis jusqu'à une petite porte dérobée qui débouchait à l'arrière de la ruelle.

Au moment de rejoindre son appartement, il lui offrit un dernier baiser, longuement, passionnément, comme s'il partait pour quelque voyage au bout du monde.

Rien n'avait changé, et pourtant tout était différent. La journée se passa sans qu'aucun indice ne vienne trahir le secret de cette nuit de folie. Ils vaquaient à leurs occupations et ne montraient rien de leur bonheur tout nouveau.

Une journée ordinaire. Louis s'affairait toujours à la boutique jeunesse. Celle-ci ne désemplissait pas. De son côté, Hélène avait passé toute la matinée à téléphoner à différents fournisseurs. Par peur d'un regard échangé, d'un geste ambigu, ils évitaient de se croiser.

Ils étaient sous le choc. Hélène avait beau faire, elle se sentait impuissante à maîtriser l'attirance qu'elle ressentait pour Louis. Elle qui n'avait vraiment jamais aimé se trouvait tout à coup sans repères, avec toujours ce sentiment embarrassant de culpabilité.

Au cours de la matinée, par deux fois, elle avait dû quitter le bureau et rejoindre son appartement. Elle était au bord des larmes. Alors, dans la solitude et le silence de sa chambre, elle s'était réfugiée dans la prière et avait rabâché cent fois l'acte de contrition.

Son esprit la disait pécheresse et son cœur la voulait amante. En réalité, elle ne savait plus trop qui étaient le Diable et le bon Dieu. Elle avait beau s'adresser à saint Pierre, à saint Étienne, les deux patrons de Pontignac, elle ne recevait nulle réponse et était bien obligée de se donner bonne conscience.

Le soir venu, dès que le magasin eut fermé ses portes, ils se retrouvèrent et avec mille précautions prirent le chemin de l'appartement d'Hélène.

On eût dit qu'ils étaient envoûtés. Ils ne vivaient que dans l'attente de ces soirées et de ces nuits qui, pour un temps trop court, les faisaient se retrouver seuls au monde. Ils vivaient leur amour au présent, sans trop se soucier des conséquences d'une liaison qui, pour le moins, bousculait les convenances.

Au fil des jours, ils entraient dans une spirale passionnelle qui était bien loin d'être une petite amourette de passage. Ils s'aimaient et s'amusaient follement de braver l'interdit qu'ils contournaient, comme s'il se fût agi d'un jeu. Soir et matin, ils devaient faire preuve d'une extrême prudence. C'était le petit plus qui venait pimenter leurs rendez-vous secrets.

Rapidement, ils décidèrent de s'échapper de Pontignac. Toutes les occasions étaient bonnes pour qu'ils se retrouvent à Limoges ou à Brive. Souvent, ils rejoignaient la capitale limousine en semaine et descendaient dans la cité gaillarde durant le week-end.

Enfin, ils pouvaient se montrer au grand jour. Ils allaient au restaurant, au cinéma et aimaient flâner des heures entières le long des rives de la Vienne ou de la Corrèze.

Ils vivaient pleinement, sans souci du lendemain. Cet amour fou avait transformé Hélène. Elle, qui déjà paraissait si jeune, se trouvait tout à coup métamorphosée, irradiée par l'immense bonheur qui transpirait à travers sa silhouette, ses toilettes et de multiples détails qui ajoutaient encore à son charme naturel.

Au-delà de leur passion charnelle, il y avait le plaisir immense de ces instants passés à se découvrir, à échanger tout ce qui faisait leur différence. Leurs origines, leurs racines alimentaient d'interminables discussions. Ils étaient à l'écoute l'un de l'autre et se nourrissaient de tout ce qui aurait pu apparaître comme autant d'obstacles insurmontables.

Louis était fasciné par cette petite bourgeoise. Intelligente, cultivée, Hélène était aussi diverse que possible. Amante, femme d'affaires, elle s'employait afin que les journées passées ensemble soient le prolongement harmonieux de leurs nuits.

Elle, si sévère, était devenue soudain un boute-en-train qui se payait des fous rires interminables. Leur amour était devenu joyeux, plein d'imprévus. Louis était souvent surpris de ses initiatives.

Elle était bien loin, la femme autoritaire et un brin guindée qui dirigeait les Galeries Modernes ! Dorénavant, elle se conduisait comme une jeune femme follement amoureuse. Parfois, elle avait des idées totalement loufoques, à un point tel qu'elle se demandait si elle n'était pas encore immature.

Leur sujet favori était ces dames de Pontignac. C'était une galerie de portraits qui déclenchait chez eux une hilarité qui les conduisait jusqu'aux larmes.

Personne n'était épargné. Ils se payaient la tête de la petite Gabette qui savait tout, qui répétait tout, à telle enseigne qu'on disait qu'elle était le perroquet de son mari. Et puis, il y avait la grande Cruchot et son gros imbécile de restaurateur. Ah ! ceux-là ! Hélène en avait entendu de ces histoires de fesses au point qu'elle en avait parfois eu la nausée !

Sur les Dumazurier, il n'y avait pas grand-chose à dire. Chez eux, rien ne pouvait prêter à sourire. Oh ! il y avait bien les toilettes de Reine. Mais avec le temps, tout le monde s'était habitué à son mauvais goût.

Restait le couple Defaye. Il était clair qu'Hélène n'aimait guère le notaire et sa chère épouse. Non point qu'ils aient été de mauvaise compagnie. Mais lui était si benêt, si falot, et elle si vulgaire !

Un soir, après avoir longtemps hésité, Hélène avait raconté le passé secret de Lucienne. Contrairement aux autres, elle ne la blâmait pas et lui trouvait même un certain courage de partager son existence avec Armand.

Tout au long du récit, Louis avait paru fort intéressé de connaître enfin les origines de cette femme. Une fois qu'Hélène en eut terminé, il éclata d'un bon rire sonore qu'il n'arrivait plus à maîtriser.

— Que se passe-t-il ? demanda Hélène, pour le moins étonnée.

— Je comprends mieux ses escapades, répondit Louis.

— Quelles escapades ? Que veux-tu dire par là ? insista-t-elle.

— Je suis surpris que tu ne sois pas au courant ! Elle a été vue plusieurs fois en galante compagnie, ici même, à Limoges. J'ai appris tout ça de la bouche même de Mlle Chamandon.

Cette révélation laissait Hélène sans voix. Soudain, elle ressentait une certaine compassion pour ce pauvre Defaye. La conduite de Lucienne lui faisait, tout à coup, redouter le pire.

— Je n'ai pas à la juger. Après tout, ne suis-je pas moi aussi en galante compagnie ? murmura-t-elle.

Elle culpabilisait. Une telle réaction venait du plus profond de son être. Cette histoire faisait resurgir la grande et belle morale dont elle s'était nourrie jusqu'alors.

Louis l'observa et la sentit terriblement malheureuse. Il devinait l'amalgame qu'elle était en train de faire entre sa situation et celle de Lucienne Defaye.

— Que dis-tu là ? À ce que je sache, tu ne collectionnes pas les conquêtes ! s'exclama-t-il.

— Tu veux dire qu'on l'a vue au bras de plusieurs hommes ? demanda Hélène, comme abasourdie par une réponse qu'elle redoutait à l'avance.

— Au moins trois, aux dires de Mlle Chamandon, répondit Louis.

Cette conversation laisserait des traces. Du jour au lendemain, Hélène prit la décision de ne plus aller à Limoges en compagnie de son amant. Ce que ce dernier lui avait narré l'avait mise dans un état pas possible.

Elle était sur ses gardes. À la seule pensée qu'on puisse les surprendre, elle en avait la chair de poule en imaginant le scandale qui en découlerait. Tout ça lui gâchait un peu le plaisir qu'elle avait de retrouver Louis chaque soir.

Ce dernier restait serein. Il regrettait un peu d'avoir dévoilé les escapades de Lucienne Defaye. Il sentait combien Hélène avait été marquée par cette affaire. Elle était devenue nerveuse et s'affolait au moindre bruit, ou à la plus petite chose qu'elle trouvait insolite.

Elle s'était mis dans la tête que les gens savaient. Au magasin, elle épiait les regards des uns et des autres. Elle trouvait toujours une bonne raison de s'inquiéter, voire de s'alarmer pour une parole qu'elle voulait à tout prix suspecte.

Sa réputation était en jeu. Elle avait des réactions de petite bourgeoise. Elle était toujours aussi amoureuse mais ne voulait à aucun prix que l'on découvrît sa liaison avec Louis Galichon.

Alors, elle réfléchit longuement et en fin de compte prit la décision qui s'imposait. En aucun cas, elle ne voulait courir le risque d'aller à Limoges, à Guéret, même à Brive où elle avait dorénavant une peur atroce de croiser une connaissance.

Bien entendu, elle en parla à Louis. Elle était trop apeurée, trop fébrile pour qu'il s'oppose à quoi que ce soit. Et puis, ils s'aimaient trop pour ne plus se rencontrer. Malgré tout, il fallait bien admettre que la prudence s'imposait avec toutes ces commères qui étaient à l'affût des moindres faits et gestes des gens.

Quand elle lui proposa le manoir du Bourneix, il tomba des nues. En effet, il ignorait totalement qu'elle possédât un tel bien, à seulement quelques kilomètres de Pontignac.

Elle n'y allait pratiquement jamais, si ce n'est pour rendre visite aux Bouchard à qui elle avait loué la propriété. Cette dernière ne lui rapportait plus grand-chose. Par contre, les ennuis s'y succédaient. Une fois, c'était la réfection d'une toiture, une autre fois les travaux dans l'étable ou la porcherie. Bref, elle conservait ce patrimoine moins pour en tirer quelque profit que par une sorte de nostalgie pour ce coin de terre qui lui rappelait sa jeunesse.

Le refuge de Bourneix les satisfaisait pleinement. À défaut de confort douillet, la demeure ne manquait pas de charme. Assez éloigné de la ferme, le manoir était imposant et un brin sinistre. Il se composait d'une quantité impressionnante de pièces, plus vastes les unes que les autres.

Sur les trois étages, seul le rez-de-chaussée restait encore assez confortable pour les accueillir. Rapidement, Louis avait remis le chauffage en route et aménagé le salon, une chambre et la cuisine, ce qui suffisait largement à leur bonheur.

Ainsi, ils retrouvèrent la sérénité. Terminées les courses folles sur les routes de la région. Et au diable les hôtels, les restaurants et cette angoisse qui était devenue presque insupportable !

Dorénavant, ils se partageaient entre l'appartement de la rue Mauve et le manoir, en fonction de leur état d'âme. Comme par enchantement, Hélène redevenait l'amante passionnée enfin libérée de cette peur affreuse qui, pour un temps, avait tempéré le désir fou qui la portait.

À première vue, tout allait pour le mieux dans le meilleur des mondes. Les Galeries Modernes ne désemplissaient pas, l'argent affluait, et ils s'aimaient et s'offraient encore et toujours des nuits de rêve.

Pourtant, en ce mois de mars, il y avait dans l'air quelque chose d'étrange, d'impalpable, que Louis et Hélène ne pouvaient saisir, emportés qu'ils étaient dans la tourmente des sentiments.

En effet, les tensions sociales étaient nombreuses, même si rien ne laissait prévoir une grève générale ou le mouvement étudiant et ouvrier qui allait bientôt paralyser le pays. En fait, une multitude de petits conflits avaient éclaté et duraient depuis de longs mois.

La région limousine n'était pas épargnée. Çà et là se déclenchaient des débrayages dans les usines, dans de petits ateliers plus modestes. C'étaient les métallos d'Ussel, ceux de la Saviem et autres entreprises de Limoges. En outre, une grève allait secouer l'Éducation nationale, début mars. À cela, s'ajoutaient les cahiers de revendications des cheminots dont le mécontentement se faisait sentir depuis leur congrès tenu en janvier 1968.

Le printemps s'annonçait chaud. Mais sans plus. À Pontignac, on était bien loin de l'effervescence des grandes manifestations ouvrières. Le seul secteur qui inquiétait était l'entreprise Mongivray.

Il faut dire que la situation était pour le moins particulière. En effet, aux revendications des employés s'ajoutait le fait que la liaison du vieux Léon avec la fille Gaucher avait été découverte.

Cela avait fait grand bruit dans la région. Paul Gaucher avait cru devenir fou. Il avait fallu l'intervention de ses camarades du parti pour l'empêcher d'aller casser la figure à Mongivray.

Cette histoire avait fait l'objet de palabres à n'en plus finir. Ce qui dérangeait, c'était moins l'inconduite de Thérèse que le fait qu'elle ait choisi ce vieux cochon comme amant.

Devant la mine décomposée de Gaucher, beaucoup riaient sous cape. Vous pensez ! La Thérèse n'en était pas à son coup d'essai. Ah ! elle en avait collectionné des hommes et en avait fait des galipettes ! Comme disait Maurice Roussy qui la connaissait bien : « La fille au Paul, y a qu'le train qui n'est pas passé dessus ! »

Avec tout ça, les rapports entre les syndicats et le vieux étaient devenus détestables. Pour un oui ou pour un non, les employés arrêtaient le travail, réclamant toujours une augmentation notoire de leurs salaires et l'embauche d'au moins dix personnes.

Le Léon ne voulait rien savoir. Totalement dépassé par les événements qui mettaient en cause son autorité, il s'était lancé dans un bras de fer dont on ne pouvait prévoir l'issue.

Dans tout Pontignac, l'ambiance était tendue à l'extrême. Il ne se passait pas un jour sans qu'on parlât de ce qui se passait à l'entreprise de salaisons. Des pétitions circulaient et peu à peu les clans s'organisaient en fonction des sensibilités politiques.

On sentait qu'un tout petit rien pouvait faire sauter le couvercle de la marmite. Malgré le peu d'estime qu'ils avaient pour sa personne, la plupart des commerçants s'étaient rangés au côté de Mongivray. C'est que les augmentations réclamées par ses employés les inquiétaient fortement. Si le vieux se mettait à céder, ils avaient une peur bleue que tout ça fasse tache d'huile.

Une grande majorité des salariés de Pontignac avait pris fait et cause pour les grévistes. Tout le quartier populaire des Chabrauds était en ébullition. Chaque soir, on organisait une réunion par-ci, une réunion par-là. Paul Gaucher et Momo Roussy faisaient monter la pression, soutenus qu'ils étaient par des syndicalistes venus de Limoges et de Guéret.

Ce n'était pas encore la chienlit, mais ça y ressemblait beaucoup. En quelques jours, la ville s'était littéralement scindée en deux. Chez les artisans, les commerçants, dans les petites entreprises régnait une atmosphère empoisonnée qui pouvait, à tout moment, donner lieu à des prises de gueule entre patrons et salariés.

Un seul lieu paraissait épargné. Au milieu de ce tohu-bohu, les Galeries Modernes ressemblaient à un havre de paix dans lequel rien ne semblait être en mesure de venir briser la belle harmonie légendaire. Bien entendu, tout ce qui se tramait en ville arrivait aux oreilles des uns et des autres. Mais peu se disaient concernés. Ici, imaginer une pauvre petite grève ou le moindre arrêt de travail relevait du domaine de l'absurde. Depuis qu'elle existait, aucun problème n'avait vu le jour dans la vieille maison de la rue Mauve.

Pas un seul syndicat n'avait réussi à la pénétrer. Même en 36, les progrès sociaux s'étaient mis en place en douceur, dans une sorte de consensus qui avait été cité en exemple.

Aujourd'hui, la tradition semblait respectée. Oh ! on ne manquait pas d'évoquer à voix basse l'histoire du père Mongivray. On parlait bien aussi de ces réunions d'ouvriers qui se déroulaient, le soir venu. Mais tout ça était histoire de bavarder, de cancaner. Sans plus.

Du côté des syndicats, il n'en était pas de même. Momo Roussy détestait Hélène depuis toujours. Cela datait de la nuit des temps. Il avait hérité ça de son père qui, lui-même, l'avait reçu en héritage du sien. Quand on parlait des Mauve et des Roussy, c'est un peu comme si on avait parlé des chiens et des chats.

On ne savait trop d'où ça venait, et quelle en était la cause. Toujours est-il qu'il ne désarmait pas, espérant mettre au pas cette bourgeoise qui lui empoisonnait l'existence.

La situation actuelle était inespérée. Il en avait touché deux mots à Paul Gaucher et à plusieurs camarades qui n'étaient pas restés insensibles à ses arguments.

Pour lui, il était clair que ceux et celles qui travaillaient chez la veuve étaient chloroformés, qu'ils n'osaient lever le plus petit doigt devant leur patronne. La situation ne pouvait rester en l'état. D'autant que les salaires versés n'étaient pas mirobolants et se situaient, en gros, dans la triste moyenne générale.

L'idée lui était venue comme ça. C'est pas qu'il était très futé, le Momo. Mais il avait parfois des illuminations, comme si, soudain, il avait été touché par une sorte de grâce. En un mot comme en mille, il proposait qu'on utilisât la présence de Louis Galichon pour semer la zizanie dans la maison Mauve.

D'après lui, le fils du Côme ne pouvait être que de leur côté. Il était impensable qu'il se rangeât dans le clan des possédants. Il en avait déjà parlé à ses frères, René et Fernand, afin de mieux cerner le personnage qu'il connaissait assez peu.

Les fils Galichon n'avaient pas revu leur frère depuis le décès du père. Ils savaient seulement qu'il avait décidé de couper tout lien avec la famille. Ils en avaient pris leur parti, sachant combien il ne leur ressemblait en rien pour tout ce qui touchait à la fibre familiale.

Si Louis ne voulait plus entendre parler d'eux, il n'en demeurait pas moins qu'il descendait de temps à autre au Puy-Barraud. Il y restait peu de temps. En vérité, il venait surtout prendre des nouvelles de sa petite sœur Claire, et donner quelques sous à la vieille Germaine. En fait, le seul lien qui l'unissait aux Galichon était Suzanne. Il la voyait de temps en temps, même si sa liaison avec Hélène l'avait contraint à espacer ses visites.

Aux yeux de Momo Roussy, ce diable de Louis était insaisissable. Les deux hommes ne s'étaient jamais beaucoup estimés. Pour ce syndicaliste pur et dur, le fils cadet des Galichon était trop indépendant, imprévisible dans ses réactions. S'ils ne s'étaient jamais querellés, il y avait tout de même entre eux une sorte de méfiance qui datait de leur prime jeunesse.

La partie n'était pas gagnée d'avance. Ce qui le préoccupait le plus, c'est la place qu'occupait Louis au sein des Galeries Modernes. Il s'était renseigné ici et là, avait fureté, pris mille avis sur l'état d'esprit de ce petit arriviste dont on disait qu'il était devenu le bras droit de Mme Mauve.

Plus les jours passaient et plus il était obnubilé par ce bastion conservateur que beaucoup disaient imprenable. Il en faisait une question de principe. Il ne pouvait supporter ce lieu où tout respirait le fric, le luxe, et dans lequel aucun syndicat n'avait réussi à s'imposer.

Tout cela avait fait l'objet de multiples réunions et de discours interminables. Somme toute, la question était simple : comment gagner la confiance de Louis Galichon ? Le pari n'était pas mince. D'autant que ce dernier ne sortait pratiquement jamais à Pontignac. Certains disaient l'avoir aperçu quittant la ville au volant de sa voiture. D'autres affirmaient qu'il restait souvent travailler très tard, bien après la fermeture du magasin.

Bref, on tournait en rond. On avait beau se creuser la cervelle, on ne trouvait pas de solution évidente. Il n'y avait pas un syndicaliste ou un camarade du parti susceptible de mener à bien une telle mission. Tous connaissaient Louis et redoutaient de se faire insulter. Et puis, le personnage qu'il était devenu les impressionnait.

Cette réussite restait pour eux totalement énigmatique. En quelques mois, le petit paysan du Puy-Barraud était reçu par les notables de Pontignac ! Ils avaient beau faire et beau dire, ils le jalousaient, l'enviaient, mais n'osaient l'avouer au nom de la sacro-sainte unité syndicale.

Alors qu'ils désespéraient, c'est le Bébert Chantaume qui trouva la solution magique. C'était un plâtrier qui travaillait dans une petite entreprise de Bénévent. Petit, sec avec un profil en lame de rasoir, il était reconnu comme un maître ouvrier et une force de la nature.

Ce petit bonhomme à l'aspect chétif soulevait des sacs de plâtre et de ciment comme de simples fétus de paille. C'était un nerveux, un explosif à qui il fallait ses trois litres de vin blanc par jour.

Dès qu'il avait sa dose, il était déchaîné. Il déraisonnait, perdait les pédales et était incapable de contrôler ses moindres faits et gestes. Malgré tout, par une sorte de miracle, il conservait toujours assez de lucidité pour abattre un travail considérable et de très grande qualité.

Au syndicat, il était un peu la dernière roue de la charrette. Il parlait peu, et chaque fois qu'il intervenait, on ne prêtait guère attention à ses propos. Il était là pour meubler, pour faire le nombre. Alors, quand il avait prononcé le nom de Laure Piquenbois, on s'était d'abord étonné de ne pas y avoir pensé avant cet imbécile. Et puis, on l'avait envié d'avoir trouvé soudain la clé à une situation qui pourrissait la belle ambiance du microcosme syndical de Pontignac.

Cela faisait de longs mois que Laure s'était effacée de la vie de Louis Galichon. Après la rupture avec ce dernier, elle s'était réfugiée dans le silence et une vie vertueuse qui avaient étonné ses proches.

Elle était blessée. Louis l'avait chassée comme une vulgaire fille de ferme. Des nuits entières, elle avait ruminé sa vengeance. Pourtant, elle passait par des sentiments contrastés. Un jour, elle le haïssait, le méprisait. Et puis, le lendemain, elle était envahie par un terrible vague à l'âme, avec des tas d'images fascinantes dont elle n'arrivait pas à se défaire.

Ces souvenirs avaient souvent des couleurs de printemps. En fait, elle l'avait toujours aimé. Aussi loin qu'elle pouvait remonter le temps, il était là, auprès d'elle, partageant ses petits bonheurs et ses gros chagrins qui la mettaient en larmes.

Elle n'avait jamais envisagé la vie sans lui. Il avait été son premier amant et son seul amour. Les autres, ils ne représentaient rien, sinon un court instant de plaisir afin de calmer le sang bouillant qui coulait en elle.

Elle avait cru qu'elle allait perdre la raison. Plus rien n'avait d'intérêt pour elle. Ses journées chez Mongivray lui semblaient interminables. Elle avait perdu cette joie de vivre qu'elle savait si bien communiquer à son entourage.

À la voir, on pouvait la croire en deuil. Elle s'habillait de vêtements sombres, et de ses longs cheveux noirs elle avait fait un énorme chignon. Mais elle avait beau faire, rien ne pouvait l'enlaidir. Son beau visage et son petit air sauvage faisaient toujours tourner la tête aux garçons de Pontignac.

La réussite de Louis Galichon lui transperçait le cœur. Elle ne pouvait réaliser qu'il soit devenu ce jeune homme prêt à tout, dans le seul but de nourrir une ambition qu'elle était dans l'incapacité de comprendre.

Le syndicat l'avait sauvée de la dépression. Avec toutes ces histoires d'augmentation, de temps de travail, sans compter les galipettes du vieux Léon avec la Thérèse, il y avait du grain à moudre.

Elle était devenue l'égérie de la CGT locale. Elle était de toutes les manifestations, de toutes les réunions, et, ces derniers temps toujours sur le terrain, organisait les piquets de grève.

C'était une véritable furie qui n'avait pas son égale pour haranguer et remonter le moral des ouvriers. Le père Mongivray la redoutait comme la peste. Elle ne faisait aucune concession. C'était une sorte de jusqu'au-boutiste dont les propos effrayaient Paul Gaucher qui, pourtant, était un révolutionnaire de longue date.

Ils se retrouvèrent tous au Puy-Barraud, dans la vieille ferme des Galichon. C'était une initiative du Momo Roussy qui avait reçu le feu vert de la mère Germaine, et de ce grand soiffard de René Galichon.

Ce grand feignant ne voyait là que l'occasion de vider quelques chopines de plus. Pour boire, il aurait aussi bien reçu tous les patrons de la région que la totalité des curés du diocèse.

Ils étaient bien une bonne dizaine à s'entasser dans la salle commune. L'affaire était assez sérieuse pour qu'on ait réuni là toutes les principales têtes pensantes du syndicat et du parti.

Au Momo Roussy s'étaient joints Gaucher, le grand Pucheux, Taillandier, Rigolet le trésorier et Bébert Chantaume, fier comme un paon d'être à l'origine de tout ça. Bien entendu, il y avait aussi Laure Piquenbois qui était venue en voisine, et que la vieille Galichon regardait d'un œil qui lançait des éclairs. Et puis, on trouvait encore quelques camarades qui avaient fait le déplacement des communes voisines.

On aurait dit qu'ils s'apprêtaient à l'assaut d'un château fort, d'une citadelle. Chacun y allait de son petit mot. À les entendre, Hélène Mauve n'était qu'une garce qui dirigeait les Galeries Modernes avec une poigne de fer.

Ils n'avaient pas de mots assez durs pour condamner ses méthodes de travail et ses manières de grande dame. À leurs yeux, elle était le symbole de tout ce qu'ils détestaient. Elle représentait la classe dirigeante, la petite bourgeoisie provinciale conservatrice, frileuse, qui avait toujours su traverser les époques et perdurer, contre vents et marées.

S'ils en avaient eu la possibilité, ils auraient bien échangé la grève chez Mongivray contre une belle et grande grève chez la veuve. Rien qu'à y penser, ils éprouvaient des frissons. Ah ! ils imaginaient la tête de la belle Hélène devant les grilles fermées du grand magasin.

Tout le monde parlait à la fois. Dans son coin, la vieille Galichon prenait un réel plaisir à entendre la Mauve traitée de grande salope. C'est qu'elle lui en voulait, la Germaine ! D'ailleurs, elle ne se privait pour le dire que la veuve, elle avait ensorcelé le Louis. La preuve : il avait abandonné la terre et toute sa famille pour servir cette ordure !

Ils tenaient des propos d'une incroyable vulgarité. L'alcool aidant, c'était un déballage d'insanités, de grossièretés, comme s'ils étaient venus ici évacuer tout le mépris qu'ils ressentaient pour cette véritable institution que représentaient les Galeries Modernes.

Et puis, les heures s'écoulant, il convenait tout de même de passer aux choses sérieuses. En la circonstance, c'était le rôle dévolu à ceux et celles qui n'avaient pas encore l'esprit trop embrumé.

Momo Roussy trônait en bout de table. Le délégué syndical était la bête noire de Léon Mongivray. Peu enclin à céder au cours des conflits qui l'opposaient à son patron, il avait en outre la totale confiance des salariés de l'entreprise de salaisons.

Il avait fait souvent plier le vieux. Oh ! il était bon qu'il s'arme de patience ! Souvent, c'était un bras de fer qui pouvait durer de longs mois et qui donnait lieu à de multiples débrayages de la part du personnel.

Aujourd'hui, toute son énergie était concentrée sur le magasin d'Hélène Mauve. Il avait écouté les uns, les autres, et cela l'avait fortifié dans la décision qu'il s'apprêtait à prendre.

Tout le monde ayant donné son avis sur le sujet, subitement, le silence s'était fait dans la salle commune. Tous les regards s'accrochèrent aux lèvres du Momo Roussy. Il était clair qu'on attendait de lui une décision, d'autant que certains se demandaient toujours quelles raisons l'avaient amené à organiser cette réunion chez la Germaine Galichon.

— Connaissez-vous un seul homme, une seule femme travaillant aux Galeries, dont l'un d'entre vous pourrait gagner la confiance ? demanda-t-il.

Toute l'assemblée se regardait avec des airs étonnés. Il y en avait qui gueulaient tellement la question leur semblait absurde. D'autres riaient aux éclats pendant que certains se contentaient de hocher la tête négativement, vu qu'ils étaient complètement pompettes.

Dans un coin, Laure Piquenbois ne disait rien. Au regard que lui avait jeté Momo, elle avait de suite compris qu'elle se trouvait au cœur du plan que ce dernier avait concocté.

— J'espère que tu ne vas pas me demander l'impossible ? demanda-t-elle sur la défensive.

Roussy savait qu'il pouvait compter sur elle. C'était une militante toujours disponible quand il s'agissait de défendre les valeurs syndicales.

— Tu es la seule à pouvoir contacter Louis Galichon, répondit-il.

— Mais je ne l'ai pas revu depuis des mois. Il m'a larguée comme la dernière des putains ! Et tu voudrais que je le rencontre ! Mais tu es fou ! s'exclama-t-elle.

Soudain, tout le monde donnait son point de vue. C'était une cacophonie épouvantable dans laquelle on sentait combien la majorité de l'assemblée adhérait à la proposition de Roussy.

Une fois le silence revenu, ce dernier se leva et vint s'asseoir auprès de Laure.

— Tout le monde pense que tu dois absolument tout faire pour le rencontrer. Y compris sa famille. Je suis persuadé qu'il t'écoutera et qu'il comprendra où est son intérêt. Après tout, ce n'est qu'un employé de la veuve Mauve. Tôt ou tard, il va bien falloir qu'il choisisse son camp.

Elle releva la tête et se tourna vers le Momo.

— Je le hais ! Depuis des mois, je ne pense qu'à me venger, répondit-elle, terriblement émue.

— Range ta haine ! Dans l'immédiat, tu dois tout faire pour renouer des liens cordiaux. Par la suite, il t'appartiendra de le convaincre de nous aider en jouant de son autorité auprès des salariés des Galeries, répondit Roussy sur un ton persuasif.

À son tour, la Germaine Galichon s'était levée et avait pris place à côté de Laure Piquenbois.

— Je le connais, le Louis, c'est un couillard. Si tu sais y faire, je suis certaine qu'il ne pourra résister à ta petite gueule et à ton p'tit cul, lui murmura-t-elle à l'oreille.

*
* *

Hélène et Louis vivaient dans un autre univers. Côté magasin, on avait reçu des ensembles très chics, des marinières, des corsages et des pantalons pour hommes, légèrement évasés. La boutique jeunesse faisait le plein chaque jour. Les Libermann avaient adressé quantité de nouveautés qui s'arrachaient à une vitesse folle, sans qu'il soit nécessaire de faire la moindre publicité.

Avril s'était joint au bonheur des deux amants. En quelques jours, les derniers soubresauts de l'hiver avaient été chassés par un fort vent du sud-ouest. Le ciel s'était vidé de ses gros nuages et un temps doux, légèrement humide, s'était installé sur toute la vallée de la Gartempe.

Il y avait dans l'air un parfum de renouveau, comme une résurrection de la nature qui se manifestait au travers d'une harmonie de couleurs, de senteurs, jusqu'à venir troubler le comportement des gens.

Leur liaison se poursuivait, prenait une consistance, une force, un peu à l'image de ce printemps naissant. Jusqu'à ce jour, rien ni personne n'était venu perturber leurs rendez-vous et les longues nuits qu'ils partageaient au manoir.

Ils avaient organisé leur quotidien avec une rigueur qui ne laissait aucune place à l'improvisation. Tout était prévu, minuté avec un souci du détail pour éviter toute ambiguïté, donc toute suspicion.

Aux Galeries Modernes, leur attitude ne pouvait laisser deviner quoi que ce soit. Elle était toujours la patronne et lui l'homme de confiance qui, en quelques mois, avait bouleversé la vieille mécanique, un brin désuète, du grand magasin.

Devant tant de talent, tant de réussite, les plus méfiants avaient rendu les armes. Les résultats étaient là, éloquents. Et même Christiane Bonelle reconnaissait le bien-fondé de ses initiatives.

Avec les beaux jours qui revenaient, plusieurs fois par semaine ils se retrouvaient au manoir. D'un commun accord, ils se réservaient quelques soirées : Hélène, pour rendre visite à ses amies, Louis, pour aller dîner chez sa sœur Suzanne.

Tout était réglé pareil à une belle horloge dont la mécanique aurait été vérifiée cent fois. Hélène ne supportait pas le plus petit retard, la moindre erreur qui aurait pu conduire à ce qu'on découvrît leur liaison.

Au manoir, ils se sentaient davantage protégés. Certains soirs, ils se permettaient même quelque promenade dans les innombrables sentiers du parc. C'était la seule sortie qu'ils s'autorisaient, le risque de croiser les gens de la ferme étant pratiquement inexistant.

Depuis la soirée mémorable chez les Defaye, Louis avait été invité à prendre le thé chez les Gabette. Cela avait été un moment agréable. L'atmosphère y était fort différente de celle qu'il avait ressentie chez le notaire. Il faut dire que Cruchot s'était décommandé et que l'alcool était absent de la table qui ne présentait que théières, tasses et petits biscuits de la maison Lu.

Ces dames avaient papoté de longues heures, pendant que les hommes avaient eu tout le loisir de visiter le jardin, la collection d'armes et l'immense bibliothèque qui était la grande fierté de Lucien Gabette.

Bref, Louis s'était un peu ennuyé à écouter les commentaires des uns et les futilités des autres. Depuis, il n'avait vu que Lucienne Defaye qui était venue essayer un joli tailleur en lainage fin. À vrai dire, leur présence ne lui manquait pas vraiment ; il ne s'en portait pas plus mal ainsi, tant il trouvait leurs discussions insipides.

Malgré tout, il se considérait dorénavant comme des leurs. Il devait donc faire taire ses états d'âme. C'était le prix à payer.

Aussi, quand Hélène lui avait annoncé qu'ils étaient invités chez les Dumazurier, il s'était dit qu'après tout il allait enfin découvrir la grande maison à l'aspect sinistre qui le faisait frissonner quand il était enfant.

La demeure du pharmacien était située dans le haut de la rue Mauve, à l'angle de la rue des Sagnes qui rejoignait la route de Saint-Priest. C'était un patrimoine familial qui datait de près d'un siècle. Avec ses pierres délavées par le temps et ses volets souvent mi-clos, elle était comme un mystère, peu de gens de Pontignac ayant eu l'occasion d'en franchir le seuil.

Contrairement au merveilleux jardin qui descendait jusqu'à la rivière, l'intérieur de la maison était morne, sans aucun charme particulier. La plupart des pièces étaient habillées de papiers sombres et délavés. Les meubles étaient anciens, poussiéreux, envahis de bibelots dont certains devaient dater des origines de la demeure.

Tout ici respirait la vieille bourgeoisie provinciale. Et par une sorte de mimétisme, les Dumazurier ressemblaient à ces lieux tristes, d'une autre époque. Ils formaient un couple sans âge, neutre, presque asexué, qui traînait sur lui des odeurs d'huile de foie de morue, de sirop et de suppositoires.

Quand Hélène et Louis arrivèrent dans le salon, de suite, ils devinèrent que quelque chose ne tournait pas rond. Ils étaient tous là, vautrés dans les fauteuils et l'immense canapé en cuir.

Le moins que l'on puisse dire, c'est que l'ambiance n'était pas à la rigolade. On voyait bien qu'ils étaient terriblement anxieux, préoccupés, comme s'ils venaient de perdre un de leurs proches.

— Que se passe-t-il ? On dirait une veillée funèbre ! s'exclama Hélène.

Reine Dumazurier s'approcha avec son petit air de chien battu. Elle était déjà toute voûtée et cachait sa décrépitude précoce dans une interminable robe noire qui lui descendait jusqu'aux chevilles.

— Ah ! On voit bien que tu n'es pas au courant des choses, répondit la maîtresse de maison.

Hélène ne comprenait pas. Reine avait dit ça sur un petit ton chargé de reproches.

— Comment ça ? Crois-tu que je ne sois pas à l'écoute de tout ce qui se passe à Pontignac ? fit Hélène, visiblement agacée.

— Venez ! Oh ! Mon Dieu ! Mon Dieu ! répondit Reine, une main posée sur son front.

On serra des mains ou on se fit des bises. Mais on sentait bien que le cœur n'y était pas. Henry Dumazurier servit un whisky à Louis et un porto à Hélène tout en s'inquiétant des désirs de ses autres invités.

Louis Galichon était impressionné. Il avait le sentiment d'avoir été propulsé dans un lieu de jadis. Son regard se posait sur tous ces meubles, ces tapisseries, ce bric-à-brac qu'il devinait sous la lumière tamisée d'un immense abat-jour.

Il ne pouvait s'empêcher de se rappeler les romans de Balzac. Soudain il retrouvait la même atmosphère, les mêmes décors et ces personnages qui ressemblaient à s'y méprendre à quelques bourgeois du siècle dernier.

Il était visible qu'ils étaient attendus. L'assemblée semblait nerveuse. Les femmes discutaient à voix basse et les hommes restaient muets comme des carpes, attendant sans doute que l'un d'entre eux se décide à parler.

Hélène regardait tout ce beau monde et, de temps à autre, jetait un œil discret en direction de Louis. Soudain, n'y tenant plus, elle posa son verre et se tourna vers Gabette.

— Lucien, en qualité de maire tu vas peut-être pouvoir nous dire ce qui se passe ? demanda-t-elle.

— Tu me demandes ce qui se passe ? Je suis vraiment stupéfait que tu poses cette question. Il faut croire qu'aucun bruit, aucune rumeur ne franchit les portes de ton magasin, répondit Gabette.

D'un trait, il avala son verre et poursuivit :

— Il y a un bordel monstre chez Mongivray ! En outre, plusieurs entreprises sont en grève à Guéret, à Brive, et les syndicats défilent dans les rues de Limoges. Et toi, tu es là, décontractée, heureuse, comme si tout ce charivari ne te concernait pas.

Il se tourna vers Louis.

— Et vous, monsieur Galichon, je serais tout de même étonné que vous ignoriez tout ce qui se trame. Après tout, ce sont vos amis qui manifestent !

Il déraillait. Lui, si calme d'habitude, semblait affolé par une situation qu'il jugeait catastrophique.

— Mais monsieur Gabette, je m'étonne que quelques revendications vous laissent croire que le pays est à feu et à sang, répondit Louis avec un calme étonnant.

— C'est vrai ! Vous êtes là comme si le ciel vous était tombé sur la tête. Mais des grèves, il y en a eu et il y en aura toujours. D'ailleurs, le vieux Mongivray n'a rien fait pour arranger les choses, surenchérit Hélène.

— Mais, ma pauvre amie, tu n'y es pas du tout ! Cette fois-ci, nous sommes devant un flot de grèves qui a débuté en janvier. Crois-moi, je reçois dans mon étude beaucoup de personnes qui m'ont fait part de leur inquiétude, répliqua Armand Defaye.

C'était la première fois qu'il s'exprimait ainsi. D'habitude, il était plutôt réservé et pouvait même passer une soirée entière sans desserrer les dents.

— Chez toi, as-tu eu des demandes d'augmentations de salaire ou quelques réclamations concernant les horaires…, que sais-je encore ? demanda Camille Cruchot.

— Chez moi, tout est calme. Ces derniers temps, nous avons fait quelques heures supplémentaires, et mes employés ont été récompensés. Ils m'ont paru satisfaits, répondit Hélène.

— Eh bien, tu as de la chance ! Chez moi, mon chef de cuisine, mon barman et mes serveuses me tarabustent pour des augmentations. Tiens ! Demande un peu à Marie-Louise ! s'exclama Cruchot tout en s'épongeant le visage.

L'épouse du restaurateur était toute recroquevillée dans son fauteuil. Elle qui d'ordinaire était si prolixe en avait perdu la parole. Elle avait une petite mine marquée par la fatigue. On la sentait au bord des larmes.

— Mes deux femmes de ménage m'ont demandé 5 % d'augmentation. Vous vous rendez compte ! Encore un effort, et les employés gagneront plus que nous, balbutia-t-elle.

— Mais qui a pu leur mettre de telles idées dans la tête ? demanda Dumazurier.

— Il ne faut pas chercher bien loin. C'est toute l'équipe de la CGT locale qui pollue le cerveau des salariés de Pontignac. Ce Maurice Roussy est un type extrêmement dangereux ! s'exclama Lucien Gabette.

Ils n'en perdirent pas l'appétit pour autant. À l'invitation de Reine, ils s'installèrent autour de la table et s'extasièrent devant les plats préparés par la vieille Pauline, la servante des Dumazurier. Elle était dans la maison depuis près de quarante ans. Elle faisait pour ainsi dire partie des meubles.

Elle ne s'occupait plus guère du ménage, mais aimait préparer les repas quand ses patrons recevaient. C'était une cuisine à l'ancienne avec quantité de sauces, de viandes de porc et surtout des volailles commandées dans les fermes voisines.

Elle avait préparé un coq au vin flambé à l'armagnac. La viande était délicieuse, et la sauce onctueuse à souhait. Pour la circonstance, Dumazurier avait sorti quelques vieilles bouteilles de médoc. Paradoxalement, ce personnage triste, sans humour, replié sur lui-même, possédait une cave qui renfermait des grands crus de Bordeaux, de Bourgogne et même des champagnes qui dataient de l'entre-deux-guerres.

Un tel menu les réconforta. Trop occupés qu'ils étaient à déguster le coq dont le vin et les aromates avaient sublimé la chair, ils parlaient peu, comme s'ils avaient voulu s'offrir une pause et oublier tout ce qui les préoccupait.

Au fil du repas, la conversation reprit peu à peu ses droits. Mais le ton avait changé. Les femmes parlaient tissus et commentaient les derniers ragots qui couraient à Pontignac. Quant aux hommes, ils étaient loin d'avoir élevé le débat.

On se serait cru au café du Commerce. Chacun donnait son avis sur la politique du gouvernement, critiquant ceci, approuvant cela. Ils commentaient l'action de de Gaulle et de Pompidou. De temps à autre, ils se tournaient vers Louis afin de connaître son opinion.

Ce dernier répondait avec une extrême prudence. Cela faisait bien longtemps qu'il avait décidé de ne pas s'occuper de politique. C'était un des conseils que lui avait donné Michel Libermann. Malgré tout, il ne perdait rien des propos échangés, et était extrêmement déçu.

En deux coups de cuillère à pot, ils refaisaient le monde. Tout ce qu'ils disaient était d'une platitude absolue. Même Lucien Gabette se perdait lamentablement dans des considérations politico-philosophiques que, visiblement, il était loin de maîtriser.

La soirée s'écoulait dans le confort douillet d'une salle à manger qui avait dû en entendre bien d'autres. Louis se sentait parfaitement bien, tout à fait à son aise. Cela lui permettait d'oublier les petits tracas du magasin. Et puis, en son for intérieur, il ressentait une certaine fierté d'être accepté chez ces gens-là.

De temps à autre, Hélène lui jetait un petit regard discret, plein de promesses. Il l'observait conversant avec ses amies et la trouvait splendide, merveilleusement désirable. Les jours passant, il ne s'était pas encore fait à l'idée que cette femme pouvait être sa maîtresse. Il vivait cette liaison de manière tout à fait irrationnelle, se demandant parfois s'il n'allait pas un jour perdre son rêve et retomber dans la médiocrité d'une vie sans relief.

Cette idée l'angoissait. Tout ça était trop beau, inespéré. Tout semblait lui sourire : sa promotion sociale, l'amour et la reconnaissance de ces notables qui l'accueillaient comme s'il avait appartenu à leur confrérie.

Soudain, il sursauta, extirpé de ses pensées. N'osant regarder ni à droite, ni à gauche, tétanisé, il fit mine de suivre malgré tout la conversation mais avait bien des difficultés à se concentrer sur ce qui se disait. Il ne pouvait y croire : Lucienne Defaye avait posé sa jambe contre la sienne et la frottait lentement, pareille à une chatte en chaleur. Tant bien que mal, il s'efforça de conserver une attitude naturelle. Malgré tout, il sentait un malaise insupportable monter en lui. Alors, il prit son verre de vin et l'avala d'un trait.

Elle, elle paraissait parfaitement à l'aise. Au fil des minutes, elle avait imperceptiblement accentué le mouvement, mais avait aussi, à plusieurs reprises, posé une main sur la cuisse de Louis, si bien qu'il n'osait tourner la tête de crainte de croiser son regard. Une peur atroce l'envahit à la seule pensée que ce petit jeu pouvait être découvert.

Jamais encore il ne s'était trouvé dans une situation aussi inconfortable. Il ne pouvait s'empêcher de faire l'amalgame entre les rumeurs qui couraient sur le passé de Lucienne et son attitude provocante. Tout ça lui paraissait insensé, même s'il éprouvait un certain trouble au contact de cette femme pour le moins aguicheuse.

La soirée lui semblait interminable. Autour de lui, l'alcool avait fait des dégâts. À nouveau, les hommes s'étaient lancés dans des discours toujours aussi soporifiques. Sans cesse, ils revenaient sur les conflits sociaux, sur ces revendications qu'ils trouvaient tout à fait inconsidérées, sans fondement.

Louis avait un sentiment étrange. D'un côté, il y avait Lucienne qui évacuait sa libido tout en minaudant avec ces dames. Et puis, il y avait ce quarteron de notables qui l'ignorait superbement.

Pour la première fois, il prenait conscience d'une situation qui, jusqu'à ce jour, lui avait échappé. En fait, il n'était à leurs yeux que le commis de Mme Mauve. Ici, il n'était que toléré et, en aucun cas, ne pouvait se prévaloir d'appartenir à cette classe sociale dont il n'était que l'invité.

Il avait l'impression d'être un gigolo. Qu'il le veuille ou non, il n'était que l'amant caché d'une femme qui redoutait que leur liaison soit un jour découverte. Et puis, il y avait l'appétissante Mme Defaye qui n'hésitait pas à lui faire des offres. Tout à coup, il voyait combien le chemin allait être long et difficile avant qu'il soit un jour considéré comme l'égal de ces bourgeois.

Ils se séparèrent comme ils s'étaient retrouvés, poignées de main ou embrassades en complimentant encore la vieille Pauline pour son repas succulent. Chacun y allait de son petit mot gentil, d'une amabilité avec des « À bientôt, ma chérie ! Merveilleux ! Merveilleux ! » ou bien : « Quelle délicieuse soirée ! C'était charmant ! Charmant ! » On riait pour un oui ou pour un non, les cerveaux étant passablement affaiblis par tous les mélanges d'alcool.

Profitant de ce brouhaha, Lucienne Defaye, belle, rayonnante dans un magnifique ensemble bleu nuit qui épousait délicieusement ses formes, s'était judicieusement glissée auprès de Louis.

— Belle soirée ! N'est-ce pas ? Je viendrai vous voir d'ici peu. Il paraît que vous avez reçu de magnifiques petites jupes imprimées, lui murmura-t-elle à l'oreille.

Hélène ne s'était aperçue de rien. Il faut bien reconnaître que Lucienne Defaye ne monopolisait pas l'attention de ces dames. Elle participait peu aux conversations, donnant seulement son avis, de temps à autre, comme si elle n'avait pas encore réussi à dépasser ses origines.

Bien sûr, elle était l'épouse du notaire de Pontignac. Mais par de tout petits riens, des silences ou des conciliabules à voix basse, on lui faisait sentir qu'on n'oubliait pas d'où elle venait, et qu'après tout elle resterait toujours une rapportée.

Les Galeries ronronnaient toujours, comme si rien n'était capable de venir perturber la bonne marche de la vieille maison. Le magasin ne désemplissait pas. Au second étage, Louis renouvelait les stocks et se projetait déjà dans les collections automne-hiver.

Une bonne partie de ses soirées se passait au manoir en compagnie d'Hélène. Ils avaient trouvé là le lieu idéal pour échapper au regard des curieux. De temps à autre, afin de donner le change, Hélène acceptait une invitation chez les Gabette ou les Cruchot pendant que son jeune amant se retrouvait chez sa sœur.

Suzanne était fière de son frère, parlant de lui comme du directeur des Galeries ! Louis aimait se retrouver dans le petit appartement dont les fenêtres donnaient sur les berges de la rivière. Il arrivait toujours les bras chargés de cadeaux. C'était un petit chemisier pour sa sœur, un pull pour son beau-frère ou un jouet pour son petit neveu. Il restait attaché à ce cercle de gens simples avec qui il riait de bon cœur. Il recevait en échange une belle bouffée d'air pur qui lui faisait oublier les soirées passées chez les notables de Pontignac.

Et puis, Suzanne était au courant de tout. Alors, elle ne se privait pas d'informer son frère des dernières rumeurs qui circulaient dans la petite ville. Ce dernier adorait l'écouter narrer les petites histoires qui agitaient la région. Ainsi, il pouvait comparer ce qui se disait, d'une part chez les bourgeois, et d'autre part chez les petites gens de Pontignac.

En cette fin avril, on avait bien sûr évoqué ce qui se passait chez Mongivray et dans les principales villes du Limousin. Mais Suzanne était davantage préoccupée par l'avenir de Claire. En effet, on était venu lui rapporter que sa jeune sœur ne voulait plus rester auprès de sa mère. Il faut bien avouer que vivre avec la vieille Germaine n'était pas une sinécure. Méchante, agressive, cette soûlarde détestait ses filles et ne jurait que par le Fernand ou le René.

Les nouvelles qui étaient parvenues du Puy-Barraud confirmaient une situation alarmante. En effet, Claire avait fait quelques fugues qui avaient mis la vieille Galichon dans des colères épouvantables. On murmurait même qu'elles s'étaient crêpé le chignon.

Devant une situation aussi critique, Louis n'hésita pas une seconde : il ne pouvait laisser Claire vagabonder à sa guise et ainsi subir le courroux de la vieille. Bien entendu, il en fit part à Hélène qui, de suite, approuva sa décision. Même s'il appréhendait de descendre au Puy-Barraud, il savait trop bien qu'abandonner sa jeune sœur équivalait à la condamner à une existence de misère, entre une mère indigne et des frères qui ne connaissaient que la brutalité et les beuveries.

Cela faisait un bon mois qu'il n'était pas descendu à la ferme familiale. Le temps était splendide et la nature entière avait pris un petit air de fête. La voiture avançait péniblement dans le chemin cahoteux qui menait au hameau. Ce retour aux sources lui faisait du bien. Le printemps lui rappelait toute cette jeunesse passée à courir le long des talus, à traverser les innombrables pacages, à sauter les rigoles qui se déversaient dans la rivière Gartempe.

Quand il arriva à la ferme, de suite il se rendit compte que tout allait de travers. La cour ressemblait à une porcherie. Le fumier s'étalait un peu partout, les granges avaient leurs portes grandes ouvertes pendant que la volaille allait et venait à sa guise dans le grenier à grains.

Au bruit de la voiture, Claire sortit sur le pas de la porte. Folle de joie, elle se précipita en direction de son frère et se jeta à son cou.

— Je t'attendais. Je suis à bout. La vieille est devenue complètement folle, murmura-t-elle en éclatant en sanglots.

Louis la détaillait et avait le cœur brisé. Elle était dans un état épouvantable. Ses vêtements étaient souillés de partout et sa chevelure, d'ordinaire si belle, formait une affreuse tignasse hirsute.

— Que se passe-t-il ? demanda Louis.

Elle était dans l'incapacité de répondre. Les larmes inondaient son beau visage de rousse.

— Claire, réponds-moi, insista-t-il.

— La mère boit comme il n'est pas possible. Elle ne travaille plus vu qu'elle se saoule à longueur de journée. Alors, je dois m'occuper de tout, mais je n'ai plus la force de continuer. Je veux partir, répondit-elle.

— Où est la vieille ?

— Elle ne bouge pratiquement plus de la salle commune. Elle passe son temps à attendre le Fernand ou le René. Ah ! ceux-là ! Ils viennent ici pour boire et pour voler un salé ou un poulet. Quand je pense qu'ils ont le culot de me traiter de grande feignante !

Elle s'écarta de son frère et le regardait avec de pauvres yeux tristes.

— Et puis je voulais te voir pour autre chose, murmura-t-elle.

Elle respira profondément et regarda autour d'elle afin de s'assurer de l'absence de la vieille Galichon.

— L'autre soir, y a toute une équipe qui est descendue à la ferme. Il y avait Roussy, Gaucher et toute leur clique. Comme je devais gêner, le René m'a ordonné de rester dans ma chambre. Mais tu me connais, je suis curieuse comme une chouette. Alors, je suis sortie sur le palier et j'en ai entendu des belles.

— Tu dis bien que la CGT était là avec les cocos ? demanda Louis.

Elle fit signe à son frère de la suivre. Elle redoutait que la vieille se lève et prête l'oreille comme elle en avait souvent l'habitude. Ils se mirent à l'angle de la grange, à l'abri de tout regard et de toute oreille indiscrète.

— Laure Piquenbois était aussi de la partie. Ils ont jacassé jusqu'à une heure avancée de la nuit. D'après ce que j'ai cru comprendre, ils veulent t'utiliser pour semer la pagaille aux Galeries, ajouta-t-elle.

— Ils ne doutent de rien. Et cette pauvre Laure qui accepte de servir d'appât ! Faut-il qu'elle me déteste ! s'exclama Louis.

Il passa une main dans les cheveux de sa sœur et lui déposa un baiser sur le front.

— Viens, on va dire deux mots à notre chère maman, proposa-t-il.

La pièce était plongée dans une semi-obscurité. La mère Galichon était dans un coin, les yeux hagards. Lentement, elle releva la tête et un vilain sourire se dessina sur ses lèvres.

— Ah ! te v'là ! Ta putain t'a donc donné un jour de congé ! gueula-t-elle.

— Je viens chercher Claire. Je ne veux plus qu'elle vive auprès d'une ivrogne, répondit sèchement Louis.

Il se tourna vers sa sœur.

— Prépare tes affaires, ordonna-t-il.

La Germaine s'était levée, et péniblement avait réussi à faire les quelques pas qui la séparaient de la table. Incapable d'aller plus loin, elle s'écroula dans un vieux fauteuil en osier et resta un long moment à ricaner entre ses dents.

— Ah ! tu veux avoir ma peau ! Tu vas voir si tes frères vont être heureux quand ils vont apprendre que tu me laisses seule, grogna-t-elle.

— Ce sont deux incapables. Ils sont à ton image et à celle du père, répondit Louis.

— J'vas leur dire ! J'vas leur dire ! hurla-t-elle.

Claire avait rejoint son frère et se tenait tout contre lui. Elle fixait sa mère. On pouvait lire dans son regard comme une haine profonde envers celle qui l'avait toujours méprisée.

— Jamais je ne remettrai les pieds ici. Quoi qu'il advienne ! murmura-t-elle.

Ils ne la virent pas tout de suite. Elle était tout au bout de la cour et faisait les cent pas, visiblement impatiente.

— Regarde qui est là, chuchota Claire à l'adresse de son frère.

Il tourna la tête et ne put cacher sa surprise. Laure était là, appuyée contre le mur de la remise. Il ne l'avait pas revue depuis leur altercation dans son bureau des Galeries Modernes. Elle n'avait pas changé. Elle avait toujours ses longs cheveux noirs qu'elle laissait à nouveau courir sur ses épaules. Toujours aussi provocante, lascive, elle était vêtue d'une minijupe qui découvrait ses longues jambes déjà bronzées par le soleil.

Louis ouvrit une porte arrière de la voiture et rangea les deux sacs qui contenaient les effets de sa sœur. Puis, après un moment d'hésitation, il se tourna vers elle.

— Monte, dit-il, je vais lui demander ce qu'elle veut.

Il était tout de même ému. Laure lui rappelait tant de souvenirs. N'avait-elle pas été son amie d'enfance, son premier amour ? Avec elle, il avait découvert le plaisir des sens. Ils avaient partagé leurs premiers émois d'adolescents. Ensemble, ils avaient fait l'amour dans l'inconfort d'une nature qui les protégeait dans ses mille et une alcôves improvisées.

Elle était tout sourire. D'un pas alerte, elle vint à sa rencontre, et avec sa faconde de fille toute simple qui ne savait rien cacher de ses sentiments, elle lui déposa un doux baiser sur les lèvres.

Elle riait aux éclats. Cette spontanéité était dans sa nature. Avec Laure Piquenbois, il fallait toujours s'attendre à quelque facétie dont elle avait le secret.

— J'espère que tu n'es pas choqué ? demanda-t-elle.

— Qui t'a dit que j'étais là ?

— On ne dirait pas que tu es d'ici ! J'étais chez ma mère. À peine tu entrais au Puy-Barraud qu'on s'est précipité pour m'avertir, répondit-elle.

— Je suis venu chercher Claire. Je ne veux plus qu'elle habite ici avec cette vieille folle, murmura Louis, un peu comme s'il se parlait à lui-même.

Ils s'assirent sur le petit muret qui séparait la cour du potager. Louis expliqua tout ce qui se passait à la ferme, et les raisons qui le conduisaient à sortir Claire de ce milieu qu'elle ne supportait plus. Au fil des minutes, ils se racontaient un peu comme deux amis heureux de se revoir.

Louis narrait ses journées aux Galeries Modernes tout en évitant de trop parler d'Hélène. Curieuse, Laure lui posait quantité de questions sur les nouveautés, sur la mode, sur ceci, sur cela. Ils papotaient comme deux commères sans trop se soucier de Claire qui attendait dans la voiture.

Soudain, elle s'approcha de lui et posa une main sur son bras.

— J'espère que tu te rends compte de ce qui se passe ? demanda-t-elle.

Il parut surpris par la question. Comme s'il désirait prendre son temps avant de répondre, il alluma une cigarette et adressa un nuage de fumée en direction des arbres du jardin.

— Tu veux peut-être parler des grèves chez Mongivray ! Aux Galeries, on est bien loin de toutes ces histoires, affirma-t-il.

— Tu es vraiment ignorant ! Il n'y a pas que nous qui sommes en grève ! Tu sais, ça bouge un peu partout à Pontignac. Regarde chez Cruchot et à la minoterie Deschamps, les employés se mobilisent, fit remarquer Laure.

— Chacun voit midi à sa porte. Chez Mme Mauve, personne ne se plaint de son salaire.

Brusquement, Laure se leva comme mue par un ressort.

— Que dis-tu ? Tout le monde sait que la veuve rechigne à payer les heures supplémentaires ! Louis, on a besoin de toi ! Tu es peut-être un employé privilégié, mais tu ne dois pas oublier les camarades qui tirent le diable par la queue pour boucler leur fin de mois.

Il l'observait et s'apercevait combien son discours avait changé. C'était une vraie petite syndicaliste qui maîtrisait parfaitement le verbe pour défendre les intérêts de la classe ouvrière.

— Chez Mme Mauve, il n'y a pas de syndicat. Mais son bureau est toujours ouvert pour ceux qui désirent lui parler, fit-il observer.

— C'est une garce ! Avec son petit air de ne pas y toucher, elle presse les travailleurs comme des éponges. Louis, si ça pète, on ne lui fera pas de cadeau, répondit Laure sur un ton qui ne laissait aucun doute sur sa détermination.

Elle s'approcha et vint se blottir tout contre lui. Elle aurait fait bander un saint. Il sentait la chaleur de son corps et le parfum de sa peau si particulier, terriblement sensuel. Il savait qu'il n'avait qu'un geste à faire, un mot à murmurer pour qu'elle se donne à lui, ici même, derrière le petit muret, comme elle l'avait fait tant et tant de fois.

Elle jouait la carte du tendre. Avec des gestes calculés, elle avait passé ses bras autour de son cou et lui caressait lentement la nuque.

— Et nous deux ? Cela fait si longtemps qu'on a pas fait l'amour. Viens, j'ai envie de toi, murmura-t-elle.

Soudain, il se leva et la repoussa brusquement. Elle avait les yeux brillants de désir et ne sut que dire tellement elle fut choquée. Puis :

— Que fais-tu ? demanda-t-elle d'une petite voix tremblante.

— Laure, tu n'arriveras pas à m'acheter. Aujourd'hui, j'ai une autre vie. Notre histoire est terminée. Tout ce qui compte à mes yeux, c'est de sortir de cette classe des travailleurs, comme tu dis si bien. Le reste, ce sont des histoires de midinettes, des romans à l'eau de rose, répondit Louis.

Elle se rua sur lui. Elle avait les yeux qui lui sortaient des orbites. Comme une folle, elle lui frappait la poitrine. Son visage était déformé par la rage qu'elle évacuait en crachant des insanités.

— Fumier ! Fumier ! Un jour je te crèverai ! hurla-t-elle.

*
* *

Claire vivait comme dans un rêve. Jamais elle n'avait été choyée de la sorte. Dans un premier temps, Hélène avait mis à sa disposition une petite chambre mansardée, à proximité de l'appartement de son frère. Et puis, ce dernier l'avait habillée de la tête aux pieds.

Ce n'était pas un luxe. La pauvre fille ne traînait que quelques tristes guenilles raccommodées de partout. Petite, fluette, son beau visage de rousse n'avait jamais connu le moindre maquillage. Au hameau du Puy-Barraud, elle vivait comme une sauvageonne, travaillant, suant, s'éreintant du matin au soir sans pouvoir s'offrir le moindre divertissement propre aux filles de son âge.

En quelques jours, Louis et Hélène l'avaient métamorphosée, lui composant une silhouette fort séduisante qui s'accordait bien avec son intelligence et son esprit vif. Restait à lui trouver un travail. En aucun cas Louis ne désirait qu'elle cherche un emploi chez Mongivray. Il redoutait une vengeance de la part de Laure ou quelque histoire avec le vieux Léon, grand amateur de chair fraîche.

Après avoir un instant hésité, il s'était décidé à parler à Hélène de son entrevue avec la fille Piquenbois. Oh ! bien entendu, il n'avait dévoilé qu'une partie de la vérité. Il va de soi qu'il avait passé sous silence l'attitude provocante de Laure, et le trouble qui l'avait un instant envahi.

Par contre, il ne lui avait pas caché ses préoccupations quant aux conflits qui perduraient dans la région. De fil en aiguille, il s'était même proposé de réunir les employés afin de connaître l'état d'esprit qui les animait. Pour lui, il fallait tuer les possibles revendications dans l'œuf, quitte à lâcher une petite promesse par-ci, une petite promesse par-là.

Hélène l'avait longuement écouté mais ne semblait pas prête à entrer dans le schéma proposé. Toutes ces histoires la dépassaient un peu. Elle n'était pas habituée à ce type de conflit. Elle s'arc-boutait sur une tradition qu'elle avait héritée de son beau-père et de son mari.

Si Louis commençait à percevoir les signes avant-coureurs d'une certaine tension sociale, Hélène ne discernait là-dedans que le défoulement passager de quelques trublions. De par son éducation, elle était dans l'incapacité de saisir le mouvement de mécontentement qui agitait la société.

Le fils Galichon n'avait pas insisté outre mesure. À diverses reprises, il avait senti qu'il l'agaçait, que ses remarques lui déplaisaient. C'était la première fois qu'elle repoussait ses conseils. Alors, avec le pragmatisme qui le caractérisait, il avait préféré battre en retraite.

Avec la présence de Claire, ils se voyaient moins souvent que d'habitude. Certains soirs, Louis réussissait tout de même à s'échapper, prétextant quelque rendez-vous avec des copains de Laurière. Il faut dire que sa jeune sœur n'était pas une fille compliquée. Elle se sentait follement heureuse entre un frère qui était à ses petits soins, et Hélène qui était à l'écoute de ses moindres besoins, comme si elle avait été de sa propre famille.

Et puis, il y avait Suzanne. Quand cette dernière avait appris ce qui s'était passé au Puy-Barraud, elle avait explosé de joie. Pourtant, les deux sœurs ne se ressemblaient en rien. La différence d'âge, de tempérament, faisait qu'elles ne s'étaient jamais beaucoup entendues.

Aujourd'hui, il était visible qu'elles désiraient rattraper tout le temps perdu. Claire allait rendre visite à sa sœur presque chaque jour. Ensemble, elles parlaient de longues heures, se rappelant le temps où elles vivaient auprès du vieux Côme et de leur terrible mère.

Peu à peu, elles se découvraient. Bien entendu, elles n'osaient trop sortir de peur de rencontrer le René ou le Fernand. Certains soirs, Claire restait dîner chez sa sœur, tout heureuse d'écouter Pierre Lavaugelade lui narrer les derniers ragots de Pontignac et de ses environs.

De son côté, Louis s'interrogeait quant à l'emploi que pourrait trouver sa sœur. Souvent, il en parlait avec Hélène. À plusieurs reprises, cette dernière avait proposé de la prendre aux Galeries. Mais Louis n'y tenait pas. Il craignait que cette embauche soit mal perçue par le personnel.

En fin de compte, la solution arriva du côté où on l'attendait le moins. En effet, quand Louis avait vu arriver Lucienne Defaye, il n'avait pu s'empêcher de penser à son comportement chez les Dumazurier.

Il était assez rare de la voir à la boutique jeunesse. Il faut bien reconnaître que les dames venaient davantage par simple curiosité que pour acheter une minijupe ou un petit débardeur aux couleurs vives. Elle, au contraire, semblait tout à fait intéressée par les articles proposés. Il faut dire qu'elle n'était jamais à court d'imagination, et ce pour le seul plaisir de provoquer. Elle avait une liberté qui se manifestait par un profond dédain pour ceux et celles qui critiquaient ses goûts vestimentaires.

À l'affût de toutes les nouveautés, cette belle créature marquait sa différence par des excentricités qui faisaient jaser pas mal de gens. Elle le savait et cela n'était pas fait pour lui déplaire. D'autant que son mari, toujours aussi épris d'elle, acceptait ses extravagances.

Quand le fils Galichon la vit s'avancer vers lui, tout sourire, il s'attendit au pire. Avec ce qui s'était passé, il prévoyait quelque dérapage dont elle était souvent coutumière.

— Bonjour, Louis ! Vous nous boudez ? J'ai vraiment regretté votre absence avant-hier. Vous avez beaucoup perdu ! Tout le monde a reconnu que le repas était excellent !

— Mais Mme Mauve a dû vous dire que je devais m'occuper de ma jeune sœur, répliqua Louis.

Elle tournait autour de lui tout en regardant les marinières et un assortiment de foulards qui emplissait un bac, au bout du comptoir.

— Je suis au courant ! Mais j'ai grondé Hélène ! Elle aurait dû m'avertir et j'aurais été très heureuse de faire connaissance avec…

Elle avait le prénom au bout de la langue. Soudain, elle se retourna.

— Claire ! Elle s'appelle Claire ! Il paraît qu'elle est charmante et qu'elle cherche du travail, ajouta-t-elle.

— Oui. Mais je ne veux pas qu'elle aille n'importe où. Je tiens à ce qu'elle soit protégée. C'est une jeune fille encore un brin immature, répondit Louis.

Elle le fixait intensément. Dans l'éclat de ses yeux, on pouvait percevoir tout le désir mais aussi l'incroyable sensualité qui étaient en elle.

— J'ai besoin de quelqu'un pour me seconder à la maison. Cette dernière est immense et c'est un vrai nid à poussière. Alors, j'ai pensé à Claire. J'aimerais connaître votre avis, fit-elle.

— Mais vous avez déjà votre vieille bonne. Serait-elle malade ? demanda Louis.

— La pauvre ! Elle est usée jusqu'à la corde. Nous la gardons avec nous car elle sert la famille depuis plus de quarante ans. Que voulez-vous, elle fait partie de la maison !

Elle passa une main dans ses longs cheveux blonds, puis s'approcha de lui et, sans aucune gêne, se permit de lui enlever un petit fil blanc qui traînait sur le col de sa veste.

— En prenant votre sœur à mon service, j'aurai peut-être le plaisir de vous voir un peu plus souvent, ajouta-t-elle à mi-voix.

À l'annonce des propositions faites par Lucienne, Hélène avait immédiatement émis des réserves. Avec Louis, ils en avaient discuté une soirée entière. Ils étaient partagés. Bien entendu, Claire trouverait chez les Defaye une ambiance fort agréable et un confort qui n'était pas à négliger. En outre, Lucienne n'était pas chiche pour les salaires et les petits cadeaux de toutes sortes. Cette femme du peuple avait gardé en elle une humanité, un sens des relations qui en faisait une bonne âme reconnue par tous.

À Pontignac, elle n'était jamais la dernière pour venir en aide aux plus humbles. Membre de plusieurs associations caritatives, elle se dépensait sans compter. Politiquement, elle était inclassable. Elle aidait aussi bien le Secours populaire que le Secours catholique. Son mari avait beau la mettre en garde contre cette dispersion d'énergie, elle n'en faisait qu'à sa tête malgré la réprobation qu'elle devinait dans les propos feutrés de ses amies.

Et puis, restait l'autre versant de la médaille. Lucienne était une femme légère avec une double vie. Son passé, sur certains points, demeurait encore obscur. En outre, la petite bourgeoisie locale se gargarisait de ses aventures et de tous les amants qu'elle collectionnait, sans toutefois mettre en péril son union avec ce grand cocu de Defaye.

Toutes les contradictions du personnage perturbaient Hélène. Elle avait peur que la petite Claire soit un jour manipulée par Lucienne. À l'écouter, cette dernière était capable de tout. D'après elle, rien n'interdisait de penser qu'elle pourrait en faire un jour sa confidente, sa femme de confiance et ainsi l'entraîner dans une vie de débauche.

Elle était excessive. Louis l'observait et ne pouvait s'empêcher de sourire. Il savait combien elle méprisait la vie tapageuse de Mme Defaye. Alors, il la laissait s'épuiser dans de longues critiques qui ressemblaient à un jugement sans appel pour celle qu'il lui arrivait d'appeler « la catin ».

Claire avait été embauchée dans les quarante-huit heures. Il faut dire que Louis avait trouvé des arguments qui n'avaient pas laissé Hélène insensible. En effet, Claire était un obstacle non négligeable à leurs rencontres. Depuis que son frère l'avait prise sous sa coupe, ils devaient louvoyer, trouver des tas de prétextes afin de se retrouver et de partager une nuit d'amour au manoir.

Hélène avait un peu honte d'avoir abandonné cette gamine qu'elle savait sans défense. Elle s'inventait un film incroyable, elle voyait le mal partout. Avec son imagination, elle prédisait pour la pauvre fille un avenir aussi sombre qu'un ciel d'orage. Alors, pour se donner bonne conscience, elle avait juré de surveiller de près tout ce qui allait se passer dans la maison du notaire.

Rapidement, elle fut rassurée. Claire était enchantée par le travail qui lui était proposé. En quelques jours, elle avait fait la conquête des Defaye. Ils ne tarissaient pas d'éloges à son sujet. Il est vrai qu'elle ne comptait pas sa peine. Elle frottait, nettoyait les boiseries et le parquet, et touillait des sauces à la mode du pays.

En ce début du mois de mai, on aurait bien voulu oublier les grèves à répétition qui empoisonnaient le climat social. Le soleil brillait et déjà les rives de la Gartempe accueillaient nombre de pêcheurs qui venaient taquiner le goujon.

Le printemps était là, radieux avec les arbres en fleurs, l'herbe verte des pacages et les mille et un bruissements qui fourmillaient à travers la campagne. Tout le pays de Pontignac retrouvait ses couleurs, ses odeurs et le doux murmure d'un vent du sud qui venait griffer les eaux de la rivière.

Malgré tout, les gens étaient inquiets. Le 1er mai avait vu défiler près de cent mille manifestants à Paris. Dans la région, la fête du Travail avait rassemblé des milliers de gens qui avaient répondu à l'appel des syndicats. Et puis, soudain, la nouvelle s'était répandue le 3 mai : la police était intervenue à la Sorbonne après de violents incidents au Quartier latin.

Les radios n'étaient pas chiches de détails : près de six cents arrestations avaient été opérées par la police et une centaine de blessés avait été dénombrée parmi les étudiants.

Il n'en fallait pas davantage pour mettre Paul Gaucher et le Momo Roussy dans un état de surexcitation révolutionnaire. De suite, on avait réuni les camarades et les membres du syndicat afin de faire le point sur la situation. Les nouvelles qui provenaient de la capitale montraient combien le mouvement étudiant était fort, et totalement incontrôlable.

Sans trop se l'avouer, ils se sentaient un brin dépassés par cette contestation étudiante, fortement médiatisée. Ce qui se passait sur le pavé parisien était bien loin de leurs préoccupations quotidiennes. Tout en se réjouissant de ce vent de révolte, les ouvriers de chez Mongivray avaient bien d'autres chats à fouetter.

C'est que la situation avait évolué. L'entreprise était au bord de l'asphyxie. Avec tous ces arrêts de travail, les pertes étaient considérables pour le vieux Léon. Il rongeait son frein, d'autant que ses plus anciens et fidèles employés l'avaient depuis longtemps abandonné.

Il se terrait dans sa maison située à quelques pas de l'entreprise. Au début, il avait bien accepté de recevoir le Momo Roussy, histoire de montrer qu'il ne refusait pas le dialogue. Mais ce dernier avait coupé court. Ils s'étaient apostrophés et avaient été à deux doigts d'en venir aux mains.

Contrairement à ce qu'il pensait, les grévistes n'avaient pas cédé. Alors, après avoir longtemps ruminé, il avait enfin compris qu'il devait ouvrir les négociations et se pencher sur le cahier des revendications que lui avait fait parvenir le délégué de la CGT.

La réunion avait eu lieu chez lui, dans l'immense salon dont il était si fier. Durant de longues heures, les deux partis s'étaient affrontés. D'un côté, le père Mongivray gueulait à tue-tête que les augmentations demandées allaient l'amener à fermer l'entreprise. En face de lui, le Momo Roussy ne se laissait pas impressionner et maintenait, chiffres à l'appui, les 12 % d'augmentation qu'il exigeait depuis de longs mois.

Tout s'était terminé à une heure avancée de la nuit. Le vieux Léon avait accepté une augmentation de 10 %, mais avait renvoyé à plus tard les problèmes liés aux heures supplémentaires. C'était une demi-victoire et une demi-défaite pour les deux camps. Malgré tout, on s'était mis d'accord pour se revoir rapidement. Enfin, histoire de bien montrer qu'il n'était pas rancunier, Léon avait fait monter quelques bouteilles de mousseux au goût bizarre, qu'il avait gagnées dans une fête foraine.

Ils se retrouvèrent tous dans une arrière-salle de l'hôtel Glénissou. La bataille n'était pas terminée, mais ils fêtaient tout de même la reculade de Mongivray. On parlait, on buvait et on commentait les dernières nouvelles en provenance de Paris.

C'est le Paulo Laverdon qui rapporta les toutes dernières informations diffusées sur Europe 1. Quand il était entré dans la salle, il s'était écrié : « Camarades ! Le boulevard Saint-Germain est devenu Verdun ! » Il exagérait un peu, le Paulo. C'était dans son caractère. Mais il faut tout de même mettre à son crédit les chiffres confirmés par la police : quarante-deux arrestations et plus de huit cents blessés.

Au demeurant, ils avaient tout pour être satisfaits. Déjà, une journée de grève était annoncée dans neuf départements de l'Ouest, à l'appel de la CFDT et de la CGT. Alors, ils recommençaient à rêver. Ils imaginaient les portes fermées dans toutes les entreprises de la région, dans les restaurants, dans les plus petits commerces. Toute circulation interrompue sur le réseau SNCF. Et puis, bonheur suprême : portes closes chez la veuve Mauve.

Le petit Laridon l'avait répété cent fois : « La garce ! Elle a tous les lèche-bottes derrière son cul. » Subitement, ils avaient abandonné le rêve du grand soir et n'avaient de cesse que de parler de la propriétaire des Galeries Modernes.

Tout le monde était attentif aux propos de Roussy. C'est qu'il en savait des choses ! Et pour la première fois, il déballait devant tous les camarades ce qui alimentait le contentieux entre les propriétaires des Galeries et sa famille, depuis des décennies.

Vous pensez ! Sa grand-mère avait travaillé chez les Mauve durant près de trente ans. Pendant toutes ces années, elle avait entretenu la maison, passé la serpillière et torché les gosses. Elle trimait quinze heures par jour et devait se contenter d'un salaire misérable. À cinquante ans, elle ressemblait à une vieille femme broyée par le labeur. Elle était morte poitrinaire, laissant à son pauvre mari trois orphelins, dont le père au Momo. Alors, chez les Roussy, on avait toujours mis la maladie de la grand-mère sur le compte de tout ce travail qu'elle avait abattu chez ces bourgeois de malheur.

Encore un peu, et tout le monde aurait fondu en larmes. Quelques rares privilégiés avaient entendu l'histoire une bonne dizaine de fois. Mais le Momo aimait la raconter chaque fois qu'il touchait un peu trop à la chopine. Malgré tout, ils aimaient l'entendre, histoire de se lamenter et de crier vengeance au nom du prolétariat et de la lutte des classes.

Soudain, Paul Gaucher se leva et vint prendre place auprès de Laure Piquenbois.

— Ces vieilles histoires n'ont plus grand intérêt. Aujourd'hui, le monde a changé. Et celle qui est la patronne des Galeries est d'une autre trempe que son beau-père et son mari, dit-il d'un ton sec.

Il prit un verre qui traînait par là et l'avala d'un seul trait.

— Momo m'a dit que tu n'avais rien pu tirer de Louis Galichon. Qu'en est-il exactement ? demanda-t-il en se tournant vers Laure.

— Je ne veux plus entendre parler de lui. Il m'a humiliée et m'a fait comprendre qu'il ne fallait pas compter sur sa collaboration, répondit-elle.

Gaucher sourit. C'était un petit sourire forcé, presque ironique. Quand il était ainsi, on pouvait s'attendre à quelque révélation.

— L'autre jour, j'ai rencontré Fernand et René Galichon. Ils étaient fous de colère et voulaient descendre aux Galeries afin de casser la gueule au Louis. J'ai réussi à les calmer. Ils savent que je suis de bon conseil.

Il alluma sa vieille bouffarde et aspira longuement, comme s'il voulait faire durer le plaisir.

— Louis a embarqué la petite Claire. Depuis peu, cette dernière travaille chez les Defaye. On pourrait penser que tout ça part d'un bon sentiment, si ce n'est que la vieille Galichon se retrouve maintenant toute seule, ajouta-t-il.

— La Germaine est une vieille alcoolique. La petite sera plus heureuse chez le notaire, grogna Laridon.

— C'est vrai ça ! Et puis, la veuve n'a rien à voir là-dedans, fit remarquer René Pujol.

Gaucher le toisa du regard. Avec sa tignasse abondante et son visage dévoré par la petite vérole, il avait fière allure et en imposait.

— Je l'ai cru moi aussi. C'est comme un puzzle devant lequel je me suis creusé la cervelle. Des semaines durant, j'ai réfléchi sur le sujet. Devant moi, il y avait la belle Hélène et Louis Galichon au magasin, la grande Suzanne qui travaille indirectement pour les Galeries, et maintenant la petite Claire qui se retrouve chez cette grande sauteuse de Lucienne Defaye.

Il interrompit son récit et se tourna vers Laure.

— Louis a été longtemps ton petit ami. Je suppose donc que tu as dû jouer de tes charmes quand tu l'as rencontré au Puy-Barraud ? Je me trompe ? demanda-t-il en souriant.

Elle baissa la tête, paraissant émue. Le silence se fit dans la pièce, comme si tout le monde avait deviné l'importance de ce qui allait suivre.

— J'ai toujours rêvé de vivre avec lui. Mais il a beaucoup changé. Depuis son retour, il n'est plus le même. Il m'a dit que tout était fini entre nous. Tout ce qui compte, c'est son travail et sa promotion sociale, répondit-elle, les yeux inondés de larmes.

Gaucher fut dans une sorte d'extase. Ce petit chef adorait qu'on s'intéressât à lui. Travailleur, obstiné, cet autodidacte avait gravi avec succès bien des échelons du parti. Chez Mongivray, il occupait un poste de cadre qui faisait quelques jaloux. Rustre, souvent vulgaire, il possédait une forme d'intelligence qui le rendait redoutable.

À maintes reprises, certains avaient bien essayé de le pousser vers la sortie. Peine perdue. Gaucher avait des réseaux, des amitiés et surtout un passé de résistant qui en faisait un chef naturel. Et puis, il n'avait pas son pareil pour dénouer une crise ou pour clouer quelque nanti au pilori.

Tous les regards convergèrent en sa direction. Ils le connaissaient trop bien pour savoir combien il aimait se faire prier, quand il avait une belle révélation sur la langue.

— Alors, tu causes ou tu causes pas ? s'exclama Roussy.

Il respira profondément et jeta un regard vers Laure.

— Ce que je vais raconter ne va pas faire plaisir à tout le monde. Mais ma conscience me dit qu'il me faut parler. Et puis, chagrin de cœur n'est pas mortel.

Il fit signe à Laridon de lui servir un verre de vin et se cala tout droit sur sa chaise, comme s'il avait voulu impressionner son auditoire.

— Cela fait dix bons mois que Louis Galichon est aux Galeries Modernes. Ah ! on peut dire qu'il a fait du chemin. Mais il a du talent, le bougre ! Il faut bien reconnaître qu'il a donné un sacré coup de balai au vieux magasin de la rue Mauve. Dernièrement, j'ai questionné des hommes et des femmes qui travaillent chez la veuve. Eh bien, tout le monde est unanime pour dire qu'il est devenu indispensable à la belle Hélène.

Il avala une petite gorgée de vin et poursuivit :

— Ce qui cloche dans tout ça, c'est l'absence de femelle. Je ne voudrais pas offenser Laure, mais c'était un sacré coureur de jupons, le Louis. Ah ! on peut dire qu'il en a basculé quelques-unes sur la paille ! Et puis, subitement, le voilà devenu une sorte d'ermite. Cela faisait des semaines que toute cette histoire me travaillait les méninges.

Il marqua une pause et tapota sa pipe sur un cendrier.

— Avant-hier, je revenais de Bénévent. J'avais été rendre visite à Bouttefigue afin de savoir ce qui se passait dans l'entreprise de maçonnerie où il travaille. Au retour, je me suis arrêté à Chamborand, histoire de goûter au bourgogne du père Tronquette. Bordel de merde ! Il m'en a sorti un de derrière les fagots dont je me souviendrai longtemps. Lorsque j'ai repris le volant, j'avais la bouche pâteuse. Alors, j'ai roulé lentement avec les vitres ouvertes. Ah ! l'air frais m'a fait du bien ! J'avais l'impression que tout l'alcool sortait de mon cerveau afin de s'évaporer dans la nature.

Il s'approcha de Laure et passa un bras autour de son cou.

— Avec tout le retard que j'avais pris, la nuit commençait à tomber sur la vallée. J'ai donc ralenti, vu que les phares de ma vieille dedeuche marchent une fois sur deux. J'étais arrivé à hauteur du manoir de la veuve Mauve. Instinctivement, j'ai tourné la tête et j'ai aperçu sa voiture et des lumières qui brillaient au rez-de-chaussée. Par curiosité, je me suis arrêté à hauteur de la grande allée qui traverse le parc.

— Et alors ! Il n'y a rien d'extraordinaire là-dedans. Elle couche chez elle comme je couche chez moi, fit remarquer Pujol.

Gaucher le toisa avec un air hautain. Toute l'assemblée se doutait bien qu'il n'avait pas raconté cette histoire dans le seul but d'annoncer qu'Hélène Mauve passait certaines nuits au Bourneix.

— Un moment, une fenêtre s'est ouverte et j'ai deviné la silhouette d'un homme qui fermait les volets, ajouta-t-il.

— Elle devait recevoir des amis, murmura Roussy.

— Non. Un ami seulement. J'ai reconnu sa voiture qui était garée au pied de la tour, précisa Gaucher.

Ils se regardaient et n'osaient y croire. Tous avaient le même nom au bout de la langue. Il leur était insupportable d'imaginer ce qu'ils pressentaient.

— C'était qui ? demanda Laure d'une petite voix brisée par l'émotion.

— C'était la voiture de Louis Galichon, conclut Gaucher sur un ton solennel.

Ils furent abasourdis, écrasés par ce qu'ils venaient d'entendre. La chose était si inattendue qu'ils restaient bouche bée, comme s'ils doutaient encore des propos tenus par Paul.

La veuve Mauve avec Louis Galichon ! Ils avaient beau se creuser la cervelle, ils ne trouvaient pas de situation analogue aussi loin qu'ils pouvaient se souvenir. Tout ça leur semblait absurde, presque inconvenant. Ces prolétaires avaient des sentiments bizarres et jugeaient cette liaison avec des réflexes chargés de puritanisme.

Laure était effondrée. Les yeux dans le vague, les lèvres pincées, son beau visage devint pâle.

Au bout d'un long moment de silence, elle releva la tête et regarda fixement, comme si, tout à coup, l'homme qu'elle aimait et haïssait à la fois s'était trouvé devant elle.

— Louis Galichon, cette histoire va causer ta perte, murmura-t-elle.

Elle se leva et, toute tremblante, se tourna vers l'assemblée.

— Tout ça doit rester entre nous. La faute de Galichon va lui coûter sa place. J'en fais mon affaire, ajouta-t-elle.

Elle passa une nuit blanche. Elle pleura, hurla, injuria le Ciel, le bon Dieu et même saint Étienne auquel elle était pourtant très attachée.

Elle passait par des moments épouvantables durant lesquels elle souhaitait la mort des deux monstres qui la faisaient tant souffrir. Et puis, il y avait de petites périodes d'accalmie où elle doutait des affirmations de Gaucher.

Il y avait là-dedans quelque chose d'irrationnel. Elle avait beau faire un effort considérable, elle ne pouvait admettre que Mme Mauve soit devenue la maîtresse de Louis. En effet, cette femme avait toujours eu une conduite irréprochable. Même ceux qui étaient hostiles à tout ce qu'elle représentait reconnaissaient volontiers la morale qui l'animait.

Tout au long de sa vie, elle avait été un exemple de rigueur. Son passé ne souffrait d'aucune zone d'ombre. À la mort de Gaston Mauve, beaucoup avaient pensé qu'elle referait probablement sa vie avec un homme de son milieu. Elle était encore jeune, belle, et personne au demeurant n'aurait trouvé à redire si elle avait, à nouveau, convolé en justes noces.

Mais elle ne vivait que pour les Galeries Modernes. Elle avait transformé le magasin, et l'arrivée de Louis avait fait de ce lieu de luxe un endroit plus populaire, convivial, qui bousculait un peu une tradition pourtant bien établie.

Aux yeux de Laure Piquenbois, elle possédait tout ce qui manquait à Louis Galichon : elle était imprégnée d'éducation bourgeoise et religieuse, et puisait ses valeurs au plus profond de ses origines. En outre, la différence d'âge n'était tout de même pas à négliger.

Au matin, elle n'était pas plus avancée. Malgré son pauvre visage fatigué, elle avait décidé de se rendre à Pontignac. En effet, le travail avait repris chez Mongivray, même si la tension restait palpable entre le vieux patriarche et la majorité de ses employés.

La journée lui parut interminable. Plusieurs fois, elle croisa le regard de Roussy et de Gaucher. Mais aucun propos ne fut échangé. Il faut dire qu'elle n'était pas d'humeur à discuter. Pour un temps, elle faisait fi de son engagement syndical. Avant tout, elle sentait son honneur bafoué par celui qui l'avait fait si souvent rêver.

Elle n'était plus elle-même. Le soir venu, elle ne redescendit pas chez sa mère, erra longtemps dans Pontignac. Elle flâna sur les rives de la Gartempe, là où Louis l'avait si souvent emmenée.

C'est au café Leroy qu'elle passa une bonne partie de la soirée. C'était le lieu de rendez-vous de toute la jeunesse ouvrière du bourg. Elle dîna d'un potage et d'une petite assiette de charcuterie. Puis, elle s'attarda un instant, histoire de discuter avec quelques copines qui travaillaient avec elle dans l'entreprise de salaisons.

Elle quitta le café dès la nuit tombée. Elle était habitée par une idée fixe : elle voulait savoir. Déjà, la petite ville plongeait dans une obscurité qui devenait sa complice. Rares étaient les gens qui se promenaient, et seuls quelques groupes remontaient la rue ou sortaient du restaurant Cruchot.

Elle s'arrêta à hauteur de la mairie. De l'autre côté de la rue Mauve, elle pouvait deviner les Galeries Modernes et la ruelle qui séparait la maison d'Hélène de l'appartement de Louis Galichon.

Elle hésita. Son cœur battait la chamade, et de petites gouttes de sueur perlaient le long de ses tempes. Elle leva la tête et distingua la lumière qui filtrait à travers les volets de la veuve.

Elle traversa la rue sans se presser et s'arrêta au niveau de la ruelle. La voiture d'Hélène était là et celle de Louis était garée dans la rue, tout près de l'église Saint-Étienne.

Sans perdre une seconde, elle se dirigea vers le fond de l'impasse, ouvrit une petite barrière qui donnait accès à un verger et vint se cacher dans un recoin formé par deux petites cabanes de jardinier.

Elle connaissait les lieux depuis toujours. Elle y était venue maintes et maintes fois avec Louis. C'était un raccourci qui permettait de rejoindre la Gartempe. L'endroit était discret, peu fréquenté, le verger ayant été laissé à l'abandon depuis de nombreuses années.

Elle s'accroupit et releva le col de son long pull noir que sa mère lui avait tricoté. L'air était doux mais on sentait déjà une petite fraîcheur humide monter de la rivière. Elle était persuadée qu'ils allaient sortir. Le fait que la voiture de la veuve soit encore dans la ruelle, et non dans son garage, prouvait qu'elle avait décidé de l'utiliser.

Peu à peu, elle avait retrouvé son calme. Maintenant, elle se sentait habitée par une haine froide. Tout s'était articulé dans sa tête au cours de cette journée durant laquelle elle avait patiemment programmé sa vengeance.

Les minutes défilaient, interminables. Elle était terriblement fatiguée et de longs frissons lui parcouraient le corps. De temps à autre, elle entendait des voix lointaines qui semblaient provenir du quartier des Chabrauds. Et puis, il y avait les clapotis et le roulement continu de l'eau qui faisaient comme un long murmure qui venait crever le silence de cette nuit de mai.

Soudain, un bruit de pas la fit sursauter. Elle tourna la tête et reconnut la silhouette de Mme Mauve. Cette dernière faisait le tour de la voiture. Puis, lentement, elle descendit la ruelle et jeta un regard à droite, à gauche, comme si elle voulait s'assurer que la voie était libre.

Laure retint son souffle. Elle était dans un état second et ouvrait bien grands ses yeux afin de ne rien perdre de ce qui allait se passer. Devant elle, Hélène remontait en direction de la voiture pendant que la silhouette de Louis Galichon se dessinait à son tour.

Tout se précipitait. Ils étaient l'un en face de l'autre et discutaient à voix basse. Cela ne dura que quelques secondes. Tout à coup, malgré l'obscurité, Laure devina deux êtres enlacés qui s'embrassaient longuement, passionnément, faisant fi de toute prudence dans ce lieu retiré et désert qu'ils savaient être leur meilleur complice.

Elle eut une folle envie de crier, de hurler sa terrible souffrance. Des sanglots s'étranglaient dans sa gorge et ses tempes lui faisaient affreusement mal. Déjà, la voiture démarrait, emmenant Hélène et Louis. La petite Piquenbois se releva. Elle tremblait de tous ses membres et ses yeux étaient brouillés de larmes.

Elle respira profondément afin de retrouver un minimum de sérénité. Ils osaient ! Ils ne prenaient même plus la peine d'utiliser les deux voitures ! Ils devaient se sentir à l'abri de tous les regards indiscrets ! À moins que leur amour fût si fort qu'ils en oublient la plus élémentaire des précautions.

Laure sortit du verger, arrangea sa jupe et s'arrêta devant l'appartement de Louis.

— Galichon, je vais organiser la curée ! murmura-t-elle.

*

* *

La situation se dégradait. À Pontignac, l'air devenait, chaque jour, un peu plus irrespirable. À nouveau, les établissements Mongivray étaient en grève et avaient entraîné nombre d'entreprises dans leur sillage.

L'engrenage paraissait inévitable. Les conflits se généralisaient dans tout le pays. Des manifestations rassemblaient des foules considérables dans les principales villes de France.

Le mouvement faisait tache d'huile : l'usine Sud-Aviation à Bouguenais et l'usine Renault-Cléon étaient occupées. Comme si cela ne suffisait pas, le théâtre de l'Odéon — symbole culturel — avait été lui aussi investi.

Tout pouvait changer, se dégrader en quelques heures. En cette circonstance, les radios étaient reines et montraient leur souplesse et la disponibilité de leurs intervenants. Le transistor était devenu l'objet indispensable pour suivre, heure par heure, l'évolution des événements.

À Pontignac, on observait ce remue-ménage avec une certaine philosophie, un recul plein de sagesse. Bien sûr, beaucoup d'entreprises avaient fermé leur porte. Mais les petits artisans, les commerçants ne semblaient pas encore touchés par quelque conflit avec leurs employés. Oh ! il y avait bien, çà et là, quelques problèmes qui commençaient à naître. Mais tout cela n'était jamais bien grave et se réglait rapidement entre « gens raisonnables et de bonne compagnie ».

Ici, les rapports sociaux étaient bien différents de ceux qui existaient dans les villes. Les gens se connaissaient, patrons et salariés avaient souvent usé leur fond de culotte sur les mêmes bancs d'école. Tout ça créait des liens qui se retrouvaient dans la manière de mener les négociations salariales, de discuter du temps de travail et d'arriver, en fin de compte, à un compromis qui satisfaisait tout le monde.

Ils savaient qu'ils étaient condamnés à vivre ensemble. Le bon sens qui les animait était pour beaucoup dans les relations qui guidaient employeurs et employés. Tout ce qui se passait à Paris faisait souvent l'objet de critiques des deux partis. À leur avis, tout n'était pas transférable. Ce qui se réalisait dans les grandes entreprises de la capitale et des principales villes de France avait peu de chance d'être accepté dans ce milieu rural et peu industrialisé.

Malgré tout, on découvrait soudain une prise de conscience. Çà et là, on notait une multitude de revendications qui touchaient même le petit commerce et le monde agricole.

Les Galeries Modernes ne firent pas exception. En fait, tout était parti du service réception. Il faut bien reconnaître que ce secteur du magasin était loin d'être privilégié. Les hommes qui travaillaient dans le sous-sol étaient souvent sans qualification et se retrouvaient avec des salaires bien inférieurs à ceux des autres employés.

C'est Marcelin Mazeirat qui avait franchi le pas. C'était un grand gaillard, fort comme un bœuf, qui abattait un travail considérable. Il était au service des Mauve depuis plus de vingt ans. Bien sûr, il n'avait pas inventé l'eau chaude. C'était un besogneux, un routinier qui ne prenait jamais la moindre initiative. Par contre, il était toujours disponible et obéissait au doigt et à l'œil à sa patronne. Pour lui, tout ce qu'elle disait était parole d'évangile.

En fait, ce grand nigaud était un géant aux pieds d'argile. Avec son esprit étroit, il était facilement influençable. Il changeait d'opinion en fonction des personnes qu'il rencontrait, ou après avoir lu un article de presse.

Célibataire endurci, il vivait dans une vieille masure, au beau milieu du quartier des Chabrauds. C'était son seul bien. Mais il y tenait et avait, à plusieurs reprises, refusé de la vendre à des promoteurs.

Sa seule faiblesse résidait dans le culte immodéré qu'il portait aux femmes. C'était un obsédé du sexe faible. Des heures durant, il pouvait parler de ses conquêtes, de ses fantasmes et de ses projets qui laissaient rêveurs ses collègues de travail.

Celle qui lui tournait les sangs, c'était sa patronne. Depuis toujours, il faisait une fixation sur Hélène. C'était un sujet que personne ne pouvait ignorer. Devant elle, il était tout penaud, tout timide, et rougissait pour un rien.

Alors, quelle n'avait pas été la surprise de Mme Mauve quand il lui avait parlé d'augmentation, des horaires de travail, de ceci, de cela. Elle n'en revenait pas. Il s'exprimait avec aplomb, étayant ses propos d'exemples qu'il avait puisés dans les différentes entreprises de la région.

Il avait bien appris sa leçon. Il faut dire que Momo Roussy avait payé de sa personne. En effet, à défaut de pouvoir utiliser Louis Galichon, il avait trouvé là un personnage malléable, sensible à ses arguments qu'il avait minutieusement étudiés.

Des soirées entières, ils s'étaient retrouvés au restaurant Glénissou. Comme Roussy était aussi un chaud lapin, les deux hommes s'étaient vite compris. Ils avaient causé gaudriole et droit des travailleurs. Ce mélange des genres avait de suite conquis Marcelin. Il n'avait pas hésité une seconde, se sentant investi d'une mission noble dont il pensait qu'elle allait inévitablement séduire quelques « femelles ».

Hélène était catastrophée. Jamais encore elle ne s'était trouvée confrontée à un tel problème. Ce qui la préoccupait le plus, c'est que de multiples petits signes lui avaient fait comprendre que Mazeirat était loin d'être isolé. En quelques jours, elle avait senti que l'atmosphère se détériorait. Quand elle passait dans le magasin, elle surprenait des murmures et des regards qui ne trompaient pas.

Elle avait le sentiment de vivre un cauchemar. Succédant à Mazeirat, plusieurs employés étaient venus lui demander d'ouvrir des négociations salariales. Elle ne les reconnaissait plus. En peu de temps, ils s'étaient organisés et avaient délégué le vieux Lebrene pour les représenter.

Ce qui choquait Hélène, c'étaient moins les revendications de ses salariés que leur manière de faire. Elle ne possédait pas la culture du dialogue social. Jusqu'à présent, elle donnait de petits coups de pouce aux quinzaines ou une prime de fin d'année sans qu'il soit nécessaire de lui forcer la main.

Le père Lebrene ne savait trop comment agir. Il était pris entre l'enclume et le marteau. D'un côté, il y avait ses collègues qui le poussaient à la surenchère, et qui le mettaient en demeure d'obtenir les augmentations réclamées. Quand il arrivait dans le bureau de sa patronne, il avait toujours de longues listes de revendications qui parfois se contredisaient.

Ils réclamaient tout et son contraire. Ils ressemblaient à des enfants à qui on aurait demandé de faire leur liste de Noël. Chacun défendait sa situation, son ancienneté, et certains remontaient même aux calendes grecques pour rappeler tout ce qu'ils avaient fait pour le magasin.

Cette bouillie de revendications laissait Hélène perplexe. Écœurée, elle se vengeait sur ce pauvre Lebrene qui devait subir ses colères sans trop oser protester. Au fil des jours, le beau magasin avait perdu de sa superbe. La clientèle se raréfiait, les articles manquaient. L'établissement n'était plus approvisionné.

Hélène, dans un état épouvantable, se terrait dans son bureau. Louis descendait la réconforter et essayait, tant bien que mal, de trouver une solution à cet affrontement qu'il avait bien des difficultés à analyser.

On aurait dit qu'une soupape venait de sauter. Tout à coup, des années et des années de silence faisaient place à un besoin de revendiquer, de crier, de hurler que les salariés des Galeries ne voulaient pas être des laissés pour compte.

Devant une telle violence, Hélène n'écoutait plus personne. Y compris Louis. Elle s'était réfugiée dans un mutisme absolu. Il avait beau lui démontrer que son intérêt résidait dans le dialogue, qu'elle devait absolument ouvrir les négociations, d'un geste de la main elle l'invitait à se taire.

L'ambiance était devenue détestable. Louis se trouvait ballotté entre la position d'Hélène et celle des employés du magasin. Rapidement, ces derniers s'étaient aperçus que Lebrene et Mazeirat ne pesaient pas bien lourd devant les positions radicales de Mme Mauve. On avait bien demandé à Christiane Bonelle et à Antoinette Chamandon de prendre la relève. Mais elles avaient refusé, trouvant mille prétextes pour ne pas affronter une femme à qui elles devaient beaucoup.

Sans le vouloir, Louis se retrouvait en première ligne. Au début, il avait pris ça comme une aubaine. La confiance que lui témoignait le personnel l'avait touché. Toujours aussi méthodique, d'emblée il avait voulu mesurer la température des différents conflits qui se généralisaient dans la région.

Le bilan était catastrophique. Les grèves, les arrêts de travail fleurissaient un peu partout. Dans certains cas, les entreprises étaient obligées de mettre leur personnel en chômage technique. Rapidement, en furetant ici ou là, il avait découvert combien le rôle joué par Momo Roussy était important.

Le délégué syndical vivait ses jours de gloire. Il était partout à la fois. Ce qui se passait chez la veuve Mauve lui avait procuré une jouissance à nulle autre pareille. Il ne se passait pas une journée sans qu'il prenne contact avec Mazeirat, Lebrene et même Maurice Lavalette qui trouvait là l'occasion de régler quelques comptes avec Hélène. Il n'avait jamais accepté la promotion fulgurante de Louis Galichon. Poussé par Christiane Bonelle, il se sentait humilié et condamnait cette préférence qu'il trouvait tout à fait injuste au regard de son ancienneté et de ses capacités professionnelles.

Depuis plusieurs jours, les deux amants ne montaient plus au Bourneix. Ce conflit mangeait leur passion. Malgré tout, chaque soir, Louis rejoignait Hélène dans son appartement de Pontignac. Elle avait grand besoin de sa présence. C'était une femme aux abois qui voyait partir en lambeaux la belle convivialité des Galeries Modernes.

L'esprit maison semblait dorénavant sérieusement menacé. Louis avait beau minimiser le conflit, Hélène était dans l'incapacité de renouer le dialogue avec des gens qui avaient trahi sa confiance. Pour elle, le grand magasin était autre chose qu'une entreprise. C'était une famille qui fonctionnait aux sentiments.

Rapidement, Louis avait abdiqué. Chaque fois, il se heurtait à un mur de silence ou à quelques mots qui signifiaient que toute médiation était inutile. Alors, il la consolait avec les seules armes qui pouvaient encore lui faire oublier le cauchemar qu'elle était en train de vivre.

Leur amour fou avait laissé place à une immense tendresse. Il était à ses petits soins. Il ne savait que faire pour lui donner espoir en des jours meilleurs. Alors, elle s'abandonnait à ses caresses, pareille à une petite fille en proie à un gros chagrin.

La grève éclata le 16 mai. Le grand rêve de Momo Roussy se réalisait ! Pour la première fois, les Galeries Modernes voyaient leurs portes fermées et d'énormes pancartes revendicatives accrochées aux grilles.

La nouvelle s'était répandue comme une traînée de poudre. En quelques heures, tout Pontignac avait défilé devant le grand immeuble de la rue Mauve. La chose semblait incroyable. Beaucoup restaient sans voix, comme abasourdis par le spectacle presque irréel qu'ils découvraient.

Ils ne pouvaient se résoudre à y croire. Ils avaient osé. Toute une population défilait en silence. L'atmosphère était étrange. Nul cri, nul slogan ne venait perturber cette longue procession d'hommes, de femmes, qui paraissaient se recueillir devant le vieux magasin sinistré.

Hélène était au bord de la dépression. Elle s'était réfugiée dans son bureau pendant que Louis mettait un peu d'ordre dans les rayons du second étage. Celui-ci avait tout fait pour éviter la fermeture du magasin. Mais, rapidement, il s'était aperçu que son discours ne passait pas.

La veille, il avait même fait l'effort de rencontrer le Momo Roussy. Cette entrevue s'était passée dans la discrétion la plus absolue. Ils s'étaient retrouvés chez le père Lebrene qui avait accepté de jouer le médiateur. Le face à face avait rapidement tourné court. Le Momo était devenu le maître du jeu. De suite, il avait fait savoir à Louis qu'il ne désirait nullement traiter avec un laquais de la veuve.

Ils avaient été à deux doigts de s'empoigner. Avant de se séparer, ils s'étaient lancé quelques noms d'oiseaux. Mais bizarrement Momo Roussy n'avait fait nulle allusion à Louis quant à ses rendez-vous nocturnes avec Mme Mauve.

Cette dernière recevait dans son bureau nombre de notables de Pontignac. Beaucoup d'entre eux étaient touchés par les grèves. Cruchot tournait au ralenti et se lamentait de voir ses chambres froides aux trois quarts vides. Les Deschamps étaient venus aux renseignements, vu que leur minoterie était arrêtée depuis deux jours. Enfin, il y avait les fidèles avec les Gabette, les Dumazurier et les Defaye qui parlaient gros sous et qui commençaient à s'inquiéter pour leur compte en banque. Ils envisageaient le pire. Pour eux, tout ça pouvait se terminer en drame avec une prise du pouvoir par les rouges.

Ils avaient un peu perdu la tête. Ils commentaient ce qui se passait à Paris et chacun y allait de son couplet sur le climat d'émeute qui régnait dans tout le Quartier latin. Sur le sujet, Dumazurier s'était découvert un vrai talent de chroniqueur. Il passait ses journées à écouter la radio et à dévorer *Le Figaro*, *Le Monde* et *Le Populaire* de Limoges.

Avec son pessimisme naturel, il faisait monter la tension. Souvent, il se mélangeait les crayons et ne savait plus trop si Cohn-Bendit était né à Montauban, à Francfort ou à Jérusalem. C'était sa tête de Turc. Il n'avait pas assez de mots durs à l'encontre du petit rouquin agitateur. C'est que cet ancien militant de l'Algérie française n'était pas homme à cacher ses opinions. Durant la dernière guerre, il avait été longtemps un inconditionnel de Pétain. Intelligent, opportuniste, il avait évité le pire en se retranchant dans une certaine neutralité, au début de l'année 1944.

Mais « chassez le naturel, il revient au galop ». Depuis le retour de de Gaulle, il s'était à nouveau réfugié dans des mouvances d'extrême droite, même s'il se montrait assez discret sur le sujet. Toutefois, avec ses proches amis, il n'hésitait pas à vilipender un État qu'il jugeait trop mou, sans volonté, et qui laissait des jeunes merdeux d'étudiants mettre Paris à feu et à sang.

Il faisait frémir son auditoire. À l'écouter, le drapeau rouge allait bientôt flotter sur la mairie de Pontignac. Tout ça énervait profondément Lucien Gabette. Les accrochages entre les deux hommes étaient fréquents. En sa qualité de maire, Lucien le remettait souvent à sa place, n'hésitant pas à lui rappeler qu'il s'était déjà lourdement égaré dans le passé.

Hélène écoutait tout ça d'une oreille distraite. Elle n'avait que faire de toutes ces balivernes. Les soucis qui occupaient son esprit, c'était ce grand magasin vide, abandonné. Elle n'osait se promener dans les allées, visiter les étalages. Le cœur déchiré, elle en laissait le soin à Louis.

Ces dames étaient auprès d'elle et essayaient de la réconforter. Pendant que les hommes discutaient politique, elles se montraient solidaires de leur amie. Chacune tentait de trouver les mots afin de dédramatiser les événements.

La mère Gabette était foncièrement optimiste. Par son mari, elle savait des tas de choses qu'elle ne pouvait divulguer. Malgré tout, elle avait assez de bon sens pour démontrer, à mots couverts, que toute cette histoire ne pouvait que diminuer d'intensité, avant de s'éteindre lentement.

— Sais-tu pourquoi les grévistes vont vite reprendre le chemin des Galeries ? demanda-t-elle en se tournant vers Hélène.

— On voit que tu ne les connais pas ! Ils sont endoctrinés et n'ont pas l'intention de lâcher quoi que ce soit, répondit cette dernière.

Françoise Gabette leva les bras au ciel et éclata d'un bon rire sonore.

— Mais, ma pauvre, dans dix jours ils seront à bout de ressources. Ils ont beau s'être organisés, l'argent reste le nerf de la grève.

Elles jacassaient à voix basse. Elles parlaient des meneurs et en particulier de ce bandit de Momo Roussy. Hélène rapportait tous les coups de téléphone qu'elle avait passés à ses différents fournisseurs. Ces derniers l'avaient informée qu'ils étaient dans l'impossibilité de renouveler ses stocks. Même le père Libermann était pris à la gorge. Ses ateliers s'étaient arrêtés et, comme si cela ne suffisait pas, la SNCF et les PTT avaient annoncé une grève générale.

Il est vrai qu'on commençait à manquer de tout. Les épiceries avaient du mal à être réapprovisionnées. Les bouchers, les boulangers se posaient des questions. Déjà, beaucoup allaient chercher des œufs ou de la volaille dans les fermes. Certains, plus prévoyants que d'autres, avaient stocké quantité de sucre, d'huile, de beurre. Les caves du père Boichu avaient été en partie dévalisées : on s'était presque battu pour un malheureux petit tonneau de vin rouge !

Le pinard était bien ce qui chagrinait le plus. Ces derniers jours, toute une bande de soiffards avaient écumé la région et ramené un plein camion de barriques, de bonbonnes de vin rouge et de vin blanc.

C'était une question de survie. Au restaurant Glénissou, ils étaient quelques-uns qui n'auraient pas cédé une chopine pour la plus belle des entrecôtes. Ils étaient prêts à se goinfrer de pommes de terre durant des mois, mais ne pouvaient envisager de faire un seul repas sans ce bon picrate qui leur donnait du bonheur aux boyaux.

Histoire de se remonter le moral, Hélène avait invité ses amis à un petit repas improvisé. Tout le monde avait accepté l'invitation, à l'exception des Cruchot qui avaient la hantise de voir leur restaurant mis à feu et à sac.

Louis avait été convié à se joindre à la petite bande. Mais Hélène avait dû insister. En effet, compte tenu de ce qui se passait, il se sentait mal à l'aise. Sans vouloir tout à fait se l'avouer, il se rendait soudain compte combien il était éloigné des préoccupations de ces nantis.

Il sentait sourdre en lui la résurgence de ses origines. À l'écoute des informations, il se réjouissait de voir enfin le petit peuple réclamer son dû. Sa nature de révolté le conduisait à poser un regard bienveillant sur ces milliers d'hommes, de femmes qui malmenaient le pouvoir en place.

Il était déchiré entre l'amour qu'il portait à Hélène et cette formidable débauche d'espérance qui foulait les pavés des grandes villes. Il aurait tant souhaité être le lien entre la femme qu'il aimait et les salariés des Galeries Modernes ! Ces derniers temps, il avait bien essayé quelque approche par l'intermédiaire de Lebrene. Mais sans résultat. Un mur d'incompréhension s'était dorénavant dressé entre deux classes sociales qui, chacune certaine de son bon droit, campaient sur ses positions.

Depuis que les événements avaient pris une véritable ampleur nationale, Laure Piquenbois avait décidé de quitter les avant-postes de la contestation locale. Elle en avait parlé à Roussy et à Gaucher. Ces derniers l'avaient écoutée et avaient donné leur accord afin qu'elle solde rapidement un contentieux qui lui était personnel, et lui tenait terriblement à cœur.

Elle ne perdit pas son temps. Des nuits entières, elle pista Louis et Hélène. Comme ils ne montaient plus au Bourneix, elle restait de longues heures à attendre le moment où Louis Galichon traversait la ruelle afin de rejoindre l'appartement de sa maîtresse.

Elle se conduisait comme si elle avait voulu exorciser la souffrance qui était en elle. La haine avait laissé place à un profond mépris. Peu à peu, elle réussit à dominer sa violence.

Calmement, avec une grande lucidité, elle organisa sa vengeance sans omettre le plus petit détail.

Elle eut le temps de tout prévoir. Des nuits entières, elle imagina plusieurs scénarios. Certains étaient irréalisables et d'autres ne présentaient que peu d'intérêt. Avant tout, elle désirait éviter tout contact avec Hélène Mauve et Louis Galichon. Elle ne voulait pas que cette histoire de coucherie se termine comme un quelconque vaudeville.

Ce matin-là, d'un pas déterminé, elle se dirigea vers le centre de Pontignac. Le temps était splendide, le soleil radieux et déjà les gens colportaient les toutes dernières nouvelles en provenance de Paris.

Certains se réjouissaient du retour de de Gaulle qui était rentré d'un voyage en Roumanie. D'autres faisaient grise mine et s'attendaient à des mesures répressives de la part du grand Charles.

Vêtue d'une petite jupe de printemps et d'un joli chemisier imprimé qui la mettaient en valeur, elle était ravissante, d'autant qu'elle avait de nouveau laissé pousser ses cheveux qui descendaient maintenant bien au-delà de ses épaules.

Elle était passée par l'entreprise Mongivray et avait longuement discuté avec Momo Roussy. La grève était générale et les salariés s'étaient installés devant les grilles de façon à surveiller toutes les allées et venues, histoire d'éviter quelque coup fourré du vieux Léon.

Quand elle arriva à hauteur de la pharmacie Dumazurier, elle sentit les battements de son cœur s'accélérer dans sa poitrine. Les gens passaient, s'arrêtaient, bavardaient de longues minutes afin d'échanger quelques mots.

Elle avait la certitude que la liaison entre Hélène et Louis était ignorée des amis de la veuve. Elle ne pouvait croire qu'ils aient pu donner leur bénédiction à une idylle aussi peu conforme à l'idée qu'ils se faisaient des bonnes mœurs. Leur esprit était trop étroit et leurs valeurs bourgeoises trop fortes pour que Mme Mauve se soit hasardée à les mettre dans la confidence.

Elle jouait gros. Les conséquences de ce qu'elle allait faire étaient tout à fait imprévisibles. Elle connaissait trop peu le milieu clos des notables de Pontignac pour savoir anticiper leur réaction.

Quand elle pénétra dans la pharmacie, elle avait la gorge serrée. Les Dumazurier étaient là ainsi que M. Bulachon, le préparateur, qui s'affairait auprès d'une cliente. Reine la fixa avec un air sévère et jeta un regard vers son mari, pour l'avertir de la présence de Laure.

— Vous désirez ? demanda Henry Dumazurier.

Il avait une petite voix au timbre métallique qui contrastait avec une morphologie plutôt imposante.

— Je voudrais vous parler ainsi qu'à votre femme, répondit Laure Piquenbois.

— Je vous écoute ! répondit Henry sur un ton autoritaire.

Elle les détestait. Ils avaient toujours été odieux avec sa famille. Alors que son pauvre père se mourait, elle était venue plusieurs fois afin de se faire délivrer quelques médicaments susceptibles de soulager le pauvre homme.

Elle avait toujours été mal accueillie. Et puis, ils faisaient des tas d'histoires pour quelque argent qui lui manquait. Elle n'avait pas oublié. Chaque fois qu'elle venait ici, elle y était mal à l'aise.

Laure s'approcha du comptoir. Elle jeta un regard circulaire et se pencha vers le pharmacien :

— C'est personnel. Je souhaiterais que cette discussion se passe dans la discrétion, murmura-t-elle.

Les Dumazurier se regardèrent, interloqués. Cette fille les chiffonnait. Elle semblait si sûre d'elle qu'ils redoutaient quelque esclandre s'ils refusaient de l'écouter.

— Venez ! Ma femme va vous recevoir, déclara Dumazurier.

C'était la première fois que Laure avait l'occasion d'être reçue dans le grand salon du pharmacien. Elle en avait plein les yeux. Tout à coup, elle se sentait écrasée par les hauts plafonds, les fenêtres immenses et tous ces beaux meubles sur lesquels trônaient des tas de bibelots de valeur.

Reine se planta devant elle et la dévisagea, les bras croisés sur sa poitrine.

— Mademoiselle Piquenbois, qu'avez-vous à nous dire ? demanda-t-elle.

Soudainement, Laure ressentit une merveilleuse ébullition intérieure. Elle était arrivée à l'instant où sa vengeance allait enfin prendre forme. Elle hésitait encore à répondre, comme si elle désirait faire durer le doux plaisir qui précède souvent la jouissance pure. Puis :

— Je suis venue vous parler de Mme Mauve et de Louis Galichon, répondit-elle.

Reine Dumazurier prit un air étonné. Droite comme un I, il était visible qu'elle faisait un gros effort pour ne pas congédier cette impertinente.

— Mademoiselle, Hélène Mauve est une amie pour qui j'ai grande estime. Quant à M. Galichon, c'est un garçon talentueux et travailleur.

Elle fit quelques pas, prit un petit foulard qui traînait sur le dos d'un fauteuil et se tourna brusquement vers Laure.

— Les problèmes qui existent entre les employés des Galeries et Mme Mauve ne me regardent pas. Si vous avez quelque chose à dire à cette dernière, je suppose que vous devez connaître son adresse, ajouta-t-elle.

— Je ne suis pas là pour parler de la grève. J'ai tenu à vous rencontrer afin de vous annoncer que votre chère Hélène est la maîtresse de Louis Galichon, répliqua Laure.

On aurait entendu une mouche voler. Reine regarda la fille Piquenbois, la bouche entrouverte, sidérée par ce qu'elle venait d'entendre.

— Ils roucoulent depuis des mois. Ils se retrouvent au manoir du Bourneix ou dans l'appartement de cette salope. Et ce ne sont pas des histoires qu'on m'a racontées. Je les ai vus, de mes yeux vus, ajouta Laure avec un sourire narquois.

Reine était sans voix, livide. Elle avait posé une main sur une petite commode, comme si tout à coup elle sentait ses jambes se dérober sous elle.

— Oh ! la Mauve n'a pas fait une mauvaise affaire ! Je vous en parle en connaissance de cause. Le beau Louis m'a baisée durant de longues années ! Aujourd'hui, il suffirait que je le taquine un peu pour qu'il fasse encore sauter ma petite culotte. Avec lui, je suis certaine qu'elle doit prendre son pied ! C'est un sacré couillard, le Galichon ! s'exclama Laure sur un petit ton gouailleur.

Reine Dumazurier s'était éloignée, le visage enfoui dans le petit foulard qu'elle tenait à la main. Elle ne pouvait y croire. Des images atroces défilaient devant ses yeux. Malgré tout, elle essayait tant bien que mal de mettre de l'ordre dans ses idées. Les paroles prononcées par la fille Piquenbois étaient si terribles qu'elle s'interdisait de croire en une idylle entre Hélène et Louis.

Soudain, elle se dirigea vers le fond de la pièce et ouvrit la porte qui donnait accès à la pharmacie.

— Henry, viens, s'il te plaît ! glissa-t-elle d'une petite voix brisée par l'émotion.

Laure les observait et avait une belle envie de pouffer de rire. Ce couple symbolisait tout ce qu'elle exécrait. Ils étaient vieillots, laids et incarnaient une certaine France poussiéreuse, conservatrice à l'extrême.

— Mlle Piquenbois vient de me dire des choses qui dépassent l'entendement. S'il vous plaît, pouvez-vous répéter devant mon mari ? demanda Reine Dumazurier en se tournant vers Laure.

— Facile ! Mme Mauve et Louis Galichon sont amants. Tenez, j'ai à votre disposition les jours où ils sont partis ensemble au Bourneix, et ces derniers temps l'heure à laquelle Galichon a traversé la ruelle afin de la sauter dans son appartement, répondit Laure.

— Mais vous êtes folle ! Hélène est une personne à l'abri de tout reproche. Cette histoire est insensée ! s'exclama Henry Dumazurier.

— Je comprends vos doutes ! Pourtant, c'est bien devant moi qu'ils se sont enlacés et embrassés dans la ruelle ! Et puis, renseignez-vous auprès de Paul Gaucher. Ce dernier vous racontera ce qu'il a vu au manoir, répliqua Laure.

— Mais pourquoi venez-vous nous raconter toutes ces saletés ? demanda Reine.

— Pour un troc. Rapidement, vous faites pression auprès de la Mauve afin qu'elle se sépare de Louis Galichon. Je précise : dans sa vie privée et dans sa vie professionnelle ! Alors je saurai tenir ma langue et l'honneur de la belle Hélène et de votre petite communauté de nantis sera sauf. Dans le cas contraire, j'ouvre ma petite gueule et tout Pontignac sera au courant, répondit la fille Piquenbois.

Comme si elle en avait assez dit, elle rajusta sa jupe et se dirigea vers la sortie en tortillant du postérieur. Tout à coup, elle se retourna et, les deux mains sur ses hanches :

— Dorénavant, vous saurez que votre amie Hélène est comme la grande Lucienne Defaye : une putain. Et puis, vous saurez aussi que le fils Galichon n'est qu'un vulgaire gigolo ! ajouta-t-elle en éclatant de rire.

Ils passèrent la soirée à se morfondre. Reine ne faisait que sangloter tandis que Dumazurier restait muet comme une carpe. Laure Piquenbois avait été assez persuasive pour qu'ils ne puissent douter de ses propos.

Cependant, ils étaient incapables d'assimiler la chose, d'imaginer cette liaison, de trouver la moindre excuse qui aurait pu justifier une faiblesse d'Hélène.

Ils avaient le sentiment que tout s'écroulait autour d'eux. Leurs certitudes, leurs valeurs se trouvaient tout à coup balayées par ce péché de chair qui touchait celle qu'ils avaient toujours portée aux nues. Ils étaient désespérés et en même temps tremblaient à la seule pensée que tout Pontignac pourrait un jour être au courant de cette histoire.

Ils se sentaient humiliés, comme s'il s'était agi de quelqu'un de leur propre famille. Ils savaient bien qu'au-delà d'Hélène, c'était leur milieu qui risquait d'être atteint. Alors, après une longue réflexion, ils se décidèrent à téléphoner aux Gabette et aux Cruchot afin de les mettre dans la confidence.

Une veillée funèbre ! Ils étaient accourus, inquiétés par cet appel téléphonique qui ne laissait rien présager de bon.

Afin de les faire patienter, Dumazurier leur servait quelques douceurs. Ils ne savaient trop quoi penser de cette mise en scène : Reine s'était éclipsée dans sa chambre afin de se refaire une beauté ; de son côté, Henry ne voulait rien dire, prétextant que la présence de sa femme était indispensable.

Tout cela créait une ambiance trouble, quelque peu tendue. Ils n'osaient parler, craignant que les propos qu'ils pourraient échanger soient en complet décalage avec les révélations qu'ils attendaient avec impatience.

Quand Reine Dumazurier revint dans le salon, elle avait revêtu un petit ensemble gris, sans forme, qui la vieillissait encore un peu plus. Elle tenait un mouchoir serré dans une main, comme si, d'un moment à l'autre, elle risquait d'éclater en sanglots.

Elle prit place dans un immense fauteuil crapaud. De temps à autre, elle reniflait ou se tamponnait le dessous des yeux afin de sécher quelques petites larmes.

Ils s'interrogèrent. Jamais encore ils n'avaient vu Reine dans un tel état. Soudain, n'y tenant plus, la mère Gabette posa sa tasse de thé et se tourna vers Henry Dumazurier :

— Mais que se passe-t-il ? Serait-il arrivé quelque chose à Hélène ou aux Defaye ? Je vois qu'ils ne sont pas là ! demanda-t-elle.

Henry prit la main de sa femme et se pencha vers elle.

— Parle. Dis-leur. Moi je n'ai pas la force, murmura-t-il.

Elle ne demandait que ça. Elle n'avait pas son pareil pour annoncer les mauvaises nouvelles. Elle avait l'esprit tellement malsain qu'on ressentait chez elle comme un grand plaisir à raconter le malheur des autres.

— Hélène est la maîtresse de Louis Galichon, balbutia-t-elle tout en pleurnichant.

Comme ils ne réagissaient pas, elle enchaîna aussitôt. Et elle parlait, parlait, répétait cent fois la même chose en poussant, de temps à autre, quelques petits cris stridents. Devant les regards médusés de ses invités, elle laissait libre cours à son imagination, n'hésitant pas à décrire ces deux corps enlacés qui devaient être possédés par le Diable.

Elle se défoulait. Cette bigote profitait de l'occasion pour déverser des mots orduriers qu'elle mettait sur le compte de Laure Piquenbois. Dans sa bouche, ceux-ci devenaient plus ignobles encore. Tous la regardaient et se demandaient s'ils n'étaient pas plongés dans un abominable cauchemar.

Excédée par tout ce tas de boue, Françoise Gabette l'interrompit brusquement.

— Mais comment pouvez-vous croire aux élucubrations de cette petite garce de Piquenbois ! s'exclama-t-elle.

— Elle n'a pas pu inventer tout ça. Elle a donné trop de détails. Elle avait même noté les jours et les heures de leurs rendez-vous nocturnes ! intervint Henry Dumazurier.

— Les Defaye sont-ils au courant ? demanda Camille Cruchot.

— Certainement pas ! Tu nous vois en train de disserter sur les galipettes d'Hélène et de nous lamenter devant Lucienne ? répliqua Reine.

Ils étaient tous d'accord sur ce point. Parler de l'inconduite d'Hélène devant le couple Defaye eût été une véritable provocation.

— Mais qu'allons-nous faire ? Mon Dieu ! Je ne peux y croire ! s'écria la mère Gabette entre deux petites larmes.

— Cette histoire a été montée de toutes pièces. Je sens un coup préparé par les cocos, intervint son mari.

— Je suis persuadée que la petite Piquenbois n'a pas menti, murmura Marie-Louise Cruchot.

Soudain, tous les regards se tournèrent vers elle. Depuis le début de la soirée, elle ne disait mot et paraissait absorbée par ses pensées.

— Tu me sembles bien catégorique ! s'exclama Henry Dumazurier.

— Il y a plus d'un mois, alors que nous avions décidé de partir, dès le lever du jour, aux halles de Limoges, j'étais sortie sur la terrasse alors que Camille était parti chercher la camionnette. Il faisait encore sombre, mais j'ai reconnu la voiture d'Hélène qui se rangeait dans la ruelle qui jouxte son appartement, précisa-t-elle.

— Et alors ! Elle avait dû passer la nuit au Bourneix, fit remarquer Gabette.

— Probablement. Mais pas seule. Car quelques secondes plus tard, c'est le fils Galichon qui est arrivé avec sa voiture, ajouta-t-elle.

— Mais tu ne m'en as jamais parlé ! intervint Camille Cruchot.

— J'ai pensé que tout ça n'était qu'une coïncidence. Je n'aurais jamais imaginé…

Elle fut dans l'incapacité de terminer sa phrase. Elle pleurait, sanglotait, ce qui diluait son Rimmel et la faisait ressembler à un clown.

Ils cherchèrent à comprendre. Pour eux, tout ne pouvait venir que d'une abominable machination organisée par les rouges. À force de se le répéter, ils avaient maintenant la certitude que Louis Galichon était de connivence avec ces salauds de révolutionnaires.

Au fil de la conversation, ils élaboraient un scénario dans lequel Louis devenait le personnage central. Plus de doute, il était entré aux Galeries Modernes pour torpiller l'entreprise. Oh ! bien sûr, il avait donné des gages, avait été brillant. Mais à y regarder de plus près, qu'avait-il fait pour empêcher la grève générale ? Rien.

Maintenant, ils passaient en détail tous ces longs mois durant lesquels il avait été reçu dans la bonne société. Et ils en trouvaient des indices ! C'est vrai qu'il avait toujours été un peu bizarre, replié sur lui-même, prêtant l'oreille à tout ce qui se disait.

Soudain, ils en avaient le frisson. Cette crapule avait dû tout répéter aux gars du syndicat et aux camarades du parti. Ah ! ils devaient en savoir des choses sur les petites manies des uns et le chiffre d'affaires des autres.

Ils tiraient la laine de l'écheveau et celle-ci ne semblait pas avoir de fin. En fouillant bien, en puisant dans leur mémoire profonde, ils faisaient surgir autant d'images qui venaient étayer leur certitude d'un complot organisé.

Ils se persuadaient que tout ça partait de ce Satan de Galichon. Avec leur esprit compliqué, ils remontaient même à Michel Libermann. Ne doutant de rien, ils faisaient l'amalgame entre le petit juif de la rue du Sentier et ce Dany le rouge qui menait la guérilla contre le pouvoir en place.

Ils entraient dans une spirale auto-protectrice qui les conduisait à dédouaner la pauvre Hélène. Pour eux, elle n'était qu'une victime qu'il fallait sauver même contre son gré. Il en allait de son image, de l'avenir des Galeries, mais aussi du devenir d'un milieu social qui avait toujours su se protéger du regard des autres.

Ils étaient grisés. Ils parlaient depuis des heures. Lucien Gabette était le plus bavard et n'avait de cesse que de démontrer combien cette lamentable histoire pouvait avoir de conséquences désastreuses. En sa qualité de maire de Pontignac, il se drapait dans une sorte de légitimité.

Pour lui, il était clair qu'il fallait chasser celui qui avait trahi leur confiance. Il fallait croire la Piquenbois. Vu le climat général, on ne pouvait se permettre un tel scandale. Si jamais la nouvelle se répandait dans la ville, ils allaient être la risée de toute la population. En homme pragmatique, il préconisait d'aller vite, très vite. Il savait mieux que personne combien la situation était critique. Ce gaulliste de gauche faisait soudain fi de son engagement social, affolé qu'il était à la seule pensée qu'un jour un Gaucher pourrait s'emparer de sa mairie.

— Alors, que décidons-nous ? demanda Marie-Louise Cruchot avant d'avaler sa cinquième tasse de café.

— Il faut rapidement rencontrer Hélène, lui ouvrir les yeux afin qu'elle se rende compte dans quel guêpier elle s'est mise, affirma Dumazurier.

— D'accord ! Mais je crois qu'il serait bon que ce soient Marie-Louise, Françoise et moi-même qui la rencontrions. Vu le sujet pour le moins délicat, elle se sentira davantage à son aise avec nous, proposa son épouse.

— Cela va de soi ! Mais il faudra bien lui faire comprendre qu'elle n'a pas le choix. Elle doit rompre et chasser cette petite crapule de Galichon. Dans le cas contraire, nous sommes perdus ! conclut Lucien Gabette sur un ton théâtral.

*
* *

On était arrivé à la croisée des chemins. À de multiples indices, on sentait bien que la situation ne pouvait perdurer. Malgré tout, on restait dans l'expectative quant au déroulement d'un conflit qui paralysait le pays depuis déjà de longues semaines.

Dans l'immédiat, chacun campait sur ses positions. D'un côté, de Gaulle annonçait un prochain référendum sur la participation, et des négociations s'ouvraient sous la houlette du Premier ministre, boulevard de Grenelle. Mais en même temps, des centaines de milliers de femmes et d'hommes manifestaient à Paris, à l'appel de la CGT. Sans oublier les étudiants qui n'en finissaient pas de dresser des barricades au Quartier latin. Ce qui se traduisait par près de cinq cents blessés et huit cents arrestations.

Cela ressemblait à la politique de la carotte et du bâton. On cherchait une issue acceptable. Mais que ce soit le pouvoir ou les syndicats, personne ne voulait perdre la face. Et puis, il y avait cette masse silencieuse qui observait tout ça avec des sentiments de bienveillance mêlés de crainte.

À Pontignac, les jours s'écoulaient dans une sorte de torpeur générale. Depuis quelque temps, les services publics ne fonctionnaient plus et beaucoup de commerces voyaient leurs stocks de marchandises s'épuiser dangereusement. L'entreprise de salaisons était toujours occupée par les employés, et le père Mongivray ne voulait rien savoir quant aux augmentations supplémentaires réclamées par Roussy.

La ville avait pris un petit air triste, comme si toute vie s'était arrêtée. Il faut bien reconnaître que la rue Mauve avait bien changé. Chez Cruchot et chez Glénissou, les chambres étaient pratiquement vides. Seuls les deux restaurants accueillaient encore quelques clients de passage.

L'endroit le plus sinistre de la cité : les grilles closes des Galeries Modernes. Souvent, les gens s'arrêtaient et lisaient les revendications peintes sur d'immenses banderoles qui barraient toute la façade de l'immeuble.

Les réactions étaient contrastées. Certains approuvaient la grève et ne comprenaient pas l'obstination de Mme Mauve à ne pas vouloir recevoir les représentants des salariés. D'autres criaient au scandale devant un tel gâchis qui mettait en péril une si vieille et si respectable maison.

En fait, le dialogue s'était à nouveau instauré. Mais dans le plus grand secret. Hélène avait reçu Lebrene, Mlle Chamandon et Marcelin Mazeirat. Cette rencontre était presque surréaliste. D'un côté, une femme profondément choquée et nullement habituée à parler salaires, horaires et congés payés. Et puis, face à elle, des employés totalement ignares quant à leurs droits et visiblement mal à l'aise dans un rôle auquel ils n'étaient pas du tout préparés.

Louis Galichon avait pris la décision de laisser Hélène mener les discussions à sa guise. Les différentes interventions qu'il avait effectuées s'étaient toutes soldées par un échec. Que ce soit de la part du syndicat ou de celle de sa patronne, il avait senti qu'il gênait.

Une évidence lui avait rapidement sauté aux yeux : il était de trop. Sa situation ambiguë, fragile, le marginalisait. D'un côté, il y avait Hélène Mauve qui tenait absolument à régler elle-même un contentieux qui lui tenait à cœur. Et puis, de l'autre, il y avait Roussy qui donnait ses directives et qui avait juré de l'éjecter de son piédestal.

Le délégué syndical s'était mis d'accord avec Gaucher et Laure Piquenbois. Ensemble, ils voulaient sa peau. Il représentait pour eux tout ce qu'il y avait de plus ragoûtant. Ce fils de paysan avait cru pouvoir tirer un trait sur son passé, sur ses origines. Il avait pensé que sa réussite le mettait à l'abri de ce vent de révolte. Il avait surtout commis l'erreur de se croire accepté par la petite bourgeoisie provinciale de Pontignac.

Roussy l'avait répété cent fois à Laure : « Ils ne lui pardonneront jamais d'être devenu l'amant de la veuve. » Il ne se trompait pas, le Momo. Il connaissait les Mauve, les Dumazurier, les Gabette et toute leur clique mieux que quiconque. De suite, il avait compris tout le parti qu'il pouvait tirer de cette faute majeure du fils Galichon.

Sans s'en rendre compte, il avait franchi la ligne jaune. À travers sa liaison avec Hélène, il mettait en danger toute une communauté de privilégiés qui ne pouvait et ne voulait reconnaître ce parvenu comme un des leurs.

Louis n'était pas dupe de sa mise à l'écart. Il retrouvait toujours Hélène avec grand plaisir mais sentait chez elle le désir de ne pas aborder les problèmes liés aux Galeries. Elle était toujours aussi amoureuse, presque maternelle tellement elle le sentait malheureux. Elle le protégeait, le couvait, lui faisant comprendre à demi-mot combien il était indispensable qu'il se montre discret.

Or, Louis était trop intelligent pour ne pas se rendre compte où étaient ses intérêts. Il faisait le gros dos. Malgré tout, il ruminait, se demandant comment il pourrait rebondir une fois les événements terminés.

Histoire de tuer l'ennui, il descendait souvent chez les Defaye, afin de rencontrer sa jeune sœur. Cette dernière était aux anges. Elle n'avait jamais été aussi heureuse. Au contact de Lucienne, elle avait radicalement changé. Ah ! elle était bien loin, la petite paysanne du Puy-Barraud ! Maintenant, elle était devenue coquette et surveillait son langage. Parfois, Mme Defaye l'emmenait avec elle lorsqu'elle allait faire quelques emplettes à Limoges ou à Guéret.

Quand Louis apparaissait, Lucienne était sur des charbons ardents. Elle minaudait, lui lançait des œillades, tournait autour de lui. Souvent, elle le questionnait au sujet des Galeries et sur ces grèves qui n'en finissaient plus. Mais on sentait bien que tout ça n'était qu'un prétexte pour qu'il restât quelque temps de plus auprès d'elle.

À ses côtés, Louis Galichon retrouvait un brin de sérénité qui lui faisait oublier cette longue période d'inactivité. Elle lui parlait de certains de ses amis qui habitaient à Limoges et à Paris. Et puis, subitement, elle devenait légère et racontait à voix basse un film érotique qu'elle avait vu peu avant, dans un cinéma d'Arcachon.

Elle respirait l'insouciance, tout le contraire d'Hélène. Elle se laissait vivre et profitait pleinement des plaisirs que lui offrait l'existence. Elle n'avait que faire des manifestations, des conflits sociaux ! Un jour, elle avait même fait légèrement allusion à son passé. À l'oreille de Louis, elle avait murmuré : « Je devine mieux que personne l'ambition qui vous anime. » Comme il paraissait ne pas comprendre, elle avait alors ajouté : « Moi aussi, j'ai dû me battre. Un jour, je vous raconterai. »

Elles avaient tout organisé dans les moindres détails. Une journée entière, elles s'étaient retrouvées chez Reine. Elles n'avaient pas hésité une seconde sur le lieu de la rencontre. En effet, la demeure du pharmacien correspondait parfaitement à la gravité du problème à régler.

Ici, rien ne prêtait à la plaisanterie. L'endroit était sévère, voire sinistre, et par une sorte de mimétisme déteignait sur le comportement des gens.

Mme Dumazurier avait dû longuement insister avant qu'Hélène ne se décide à accepter l'invitation. Cette dernière avait prétexté la fatigue causée par les longs entretiens avec les représentants du personnel. Malgré tout, elle s'était laissé convaincre. D'autant que Reine l'avait avertie que cette petite soirée se passerait entre femmes.

Elles étaient terriblement angoissées. Elles désiraient éviter tout conflit avec la veuve Mauve, sachant combien cette dernière pouvait s'emporter pour un oui ou pour un non.

Françoise Gabette avait été désignée pour mener à bien l'entretien. C'était la moins fragile des trois. Et puis, elle était la plus proche d'Hélène. De toute manière, elles étaient bien décidées à crever l'abcès, à faire comprendre à leur amie qu'il était grand temps qu'elle se ressaisisse.

On eût dit une réunion clandestine. Henry Dumazurier était parti passer la soirée chez Lucien Gabette. Ainsi, la place était libre pour Reine, Marie-Louise et Françoise qui se sentaient investies d'une mission majeure.

Quand Hélène arriva, un silence pesant s'installa aussitôt dans le grand salon. Celui-ci n'était éclairé que par de petites appliques murales, ce qui créait une ambiance particulièrement confidentielle. De suite, Françoise Gabette décida de détendre l'atmosphère. Avec sa langue de pipelette, elle parla de choses et d'autres, des rouges, des rumeurs et des soucis de son mari qui passait des journées entières dans sa bonne mairie de Pontignac.

Pour l'instant, rien que de très anodin. Cela ressemblait, ni plus ni moins, à une soirée partagée entre dames de la bonne société. Hélène revint sur le traumatisme qu'elle avait ressenti quand la grève avait été déclenchée. Mais elle semblait avoir repris du poil de la bête. Ces derniers jours, elle avait rétabli le contact avec ses employés et des avancées significatives avaient été amorcées.

On tournait en rond. Contrairement à ce qu'elles avaient imaginé, la patronne des Galeries Modernes avait retrouvé son dynamisme. En peu de temps, elle s'était refait une santé. Elle ironisait sur ce pauvre Mazeirat qui confondait les pourcentages et qui rabâchait sans cesse les données que Roussy avait dû lui faire répéter cent fois.

La discussion était tout à fait informelle. Encore un peu, et elles allaient passer à côté des raisons qui les avaient amenées à inviter Hélène. De temps à autre, Marie-Louise Cruchot jetait bien un petit œil furtif en direction de Françoise Gabette. Mais cette dernière l'ignorait, superbement lancée qu'elle était dans une longue démonstration sur les conflits en cours.

Probablement agacée par un tel comportement, Marie-Louise précipita les événements, ce qui eut pour effet de stopper net le babillage de ses amies.

— Hélène, as-tu entendu parler de la petite Piquenbois ? demanda-t-elle.

De suite, elle sentit qu'elle avait touché juste. La veuve accusa le coup et ne sut que répondre. Soudain, un ange passait dans le salon…

— Oui, j'ai entendu parler d'elle. Mais pourquoi me poser une telle question ?

Elles ne pouvaient plus reculer. Elles avaient mis le doigt là où ça faisait mal. En prononçant le nom de Laure Piquenbois, Marie-Louise avait entrouvert un espace dans lequel il était impératif de s'infiltrer.

— Sais-tu qu'elle a été longtemps la petite amie de Louis Galichon ? demanda Françoise Gabette.

— Tout le monde est au courant. Mais je crois que cette histoire est déjà ancienne, répondit Hélène sur un ton sec.

— Oh ! Ils se rencontrent bien encore de temps à autre ! C'est probablement ce qui explique son désir de vengeance, intervint Reine.

De la manière dont Hélène Mauve les regardait, elles sentaient bien qu'elle avait compris où elles voulaient en venir. Elle s'était redressée, raide, pareille à une statue.

— Je vous écoute, murmura-t-elle d'une petite voix tremblante.

— Laure Piquenbois est venue, ici-même. Elle a dit à Reine que tu étais la maîtresse du fils Galichon. Hélène, beaucoup de choses nous font penser qu'elle a dit la vérité. Dis-nous que tout ça n'est qu'un affreux cauchemar, que nous nous trompons, supplia Françoise Gabette, visiblement émue.

Subitement, Hélène perdit de sa prestance. Elle se recroquevilla sur sa chaise, dans l'incapacité de prononcer un seul mot. Mais son long silence répondait à sa place et était synonyme d'aveu.

Elle semblait brisée par ce qu'elle redoutait le plus. Ses lèvres tremblaient et des larmes coulaient sur ses joues. Devant tant de détresse, Marie-Louise Cruchot se leva, vint s'asseoir auprès d'elle et passa un bras sur ses épaules.

— Il faut que nous sachions, murmura-t-elle.

— Je tiens beaucoup à Louis. Il a changé ma vie, répondit Hélène.

Elle avait dit ça d'une petite voix douce, presque inaudible. Ses amies la regardaient et avaient bien du mal à reconnaître la patronne autoritaire des Galeries Modernes. Pour la première fois, elles découvraient la femme amoureuse, fragile, qui pleurait comme une jeune fille prise en faute.

— Mais tu as perdu la raison ! Te rends-tu compte que la Piquenbois est au courant de ta liaison ? Ce qui laisse à penser que nombre de gens doivent savoir ! Quel scandale ! Quel scandale ! s'exclama Françoise Gabette.

— Vous ne pouvez comprendre. Tout cela s'est fait si naturellement, sans tenir compte de notre différence d'âge, de nos origines familiales, répondit Hélène.

— Tu dois rompre ! Nous pensons toutes, et nos maris aussi, que ce garçon s'est servi de toi, intervint Reine Dumazurier.

— Vous dites n'importe quoi ! Louis m'a offert une jeunesse que je croyais à jamais perdue ! Avec lui, j'ai découvert mon corps de femme ! s'exclama Hélène.

— Il est impossible que tu poursuives cette liaison, et même qu'il reste à ton service ! répliqua Françoise.

L'instant était arrivé où il fallait lui démontrer combien Louis était un jeune homme intéressé. Et c'est à la petite mère Gabette qu'était dévolue la tâche. Ah ! elle avait la langue bien pendue et démontait avec minutie le mécanisme qui avait conduit le fils Galichon au poste qu'il occupait aux Galeries.

Elle avait un talent fou. Il faut dire qu'elle avait du grain à moudre. Elle reconstituait ce qu'elle appelait « le complot fomenté par les rouges ». Tout y passait : la famille de Louis, Laure, Roussy, Gaucher ! Quand elle était à bout d'arguments, elle trouvait toujours le moyen d'en rajouter une couche en faisant jouer son imagination intarissable.

Reine et Marie-Louise étaient stupéfaites. Elle était au courant de tout : elle savait que le syndicat s'était réuni un soir chez la mère Galichon, que Louis avait plusieurs fois rencontré Laure Piquenbois, et qu'à deux reprises on l'avait vu dans le quartier des Chabrauds en compagnie de Roussy.

Elle avait en elle une force de persuasion qui détruisait l'image sympathique du fils Galichon. Elle avait dû aller aux renseignements auprès des pipelettes de Pontignac tellement elle avançait de preuves sur la cupidité, l'immoralité du beau Louis.

Soudain, il apparaissait comme un jeune homme vénal, sans morale, prêt à tout pour arriver à ses fins. Elle avait la liste de toutes ses conquêtes et sous-entendait qu'il n'avait jamais vraiment rompu avec Laure.

Cela ressemblait à une véritable mise à mort. Personne n'était en mesure de l'interrompre. Elle illustrait ses propos d'une quantité d'anecdotes scabreuses où Louis était tour à tour voleur, pilleur, trousseur de pucelles et fils indigne qui laissait crever sa pauvre mère dans la solitude misérable du Puy-Barraud.

Encore un peu et elle allait éclater en sanglots. Elle jouait sur les sentiments et mettait l'accent sur tout ce qui se colportait quant aux relations entre Laure Piquenbois et le fils Galichon. Emportée par son délire verbal, elle mentait effrontément et jurait sur la tête des deux saints de Pontignac qu'ils s'offraient toujours quelques galipettes, à l'occasion.

Hélène l'écoutait, assommée, anéantie, comme si soudain tout se lézardait autour d'elle. Françoise était si persuasive qu'elle ne pouvait douter un seul instant des faits avancés. Cela était d'autant plus vrai que Reine et Marie-Louise n'avaient de cesse que d'opiner du chef afin de bien montrer qu'elles accordaient grand crédit à ses propos.

Il était clair qu'elles avaient décidé de frapper fort. Dans le contexte présent, cette liaison pouvait ternir à jamais la belle image de leur milieu bourgeois. Indirectement, elles étaient touchées par cet égarement dont l'opposition municipale ne manquerait pas de tirer profit.

Aujourd'hui, le danger venait moins de Roussy, de Gaucher, que de Galichon. Pour elles, il était le petit mouton noir qui avait réussi à infiltrer le troupeau. Une peur atroce leur tenaillait le ventre. Elles tremblaient à la seule pensée que toute cette histoire fût déballée un jour sur la place publique. Elles voulaient bien assumer les écarts de Lucienne Defaye, mais en ce qui concernait Hélène, c'était non.

Françoise en avait terminé et paraissait épuisée. Elle avait craché son venin au nom de la solidarité d'un clan. Ce petit bout de femme au physique ingrat, sans charisme, possédait en elle une puissance qui en faisait souvent un personnage de premier plan. Lucien Gabette en savait quelque chose. Son élection à la mairie de Pontignac, il la devait en grande partie à son épouse qui se dépensait sans compter durant les âpres campagnes électorales.

Tout avait été dit. Hélène ne regardait rien ni personne. Elle semblait figée. Affreusement blessée, son beau visage se creusait de petites rides comme autant de stigmates de chagrin.

Soudain, elle posa ses deux mains sur les accoudoirs du fauteuil, et se redressa lentement, semblable à une vieille femme. Son corps était secoué de spasmes et ses yeux ternis d'un léger voile qui la rendait effrayante.

— Mon Dieu ! Mon Dieu ! Comment ai-je pu ? Mes amies, aidez-moi à me libérer de ce péché ! Dites-moi ce qu'il convient de faire. Je vous en supplie ! s'exclama-t-elle avant d'éclater en sanglots.

— Ma chérie, il faut que tu songes à l'avenir des Galeries. Il est impensable que tu gardes Louis Galichon. Imagine un peu la réaction de tes employés, murmura Marie-Louise Cruchot.

— Tu dois rompre. Dans le cas contraire, nous courons à la catastrophe, ajouta Reine Dumazurier.

La honte était en elle. Les paroles prononcées par Françoise Gabette résonnaient toujours dans sa tête. Elle ne ferma pas l'œil de la nuit. Elle se sentait brisée, humiliée par tout ce déballage qui avait été exposé sans pudeur.

Elle essayait de mettre de l'ordre dans ses idées. De cette bouillie de mots prononcée par Françoise, elle tentait d'extraire l'essentiel. Elle avait beau faire, sa liaison avec Louis se présentait comme une marque indélébile à jamais incrustée dans son âme. Il devenait une image floue, l'amant d'une belle histoire qui se terminait lamentablement.

Tout la conduisait à douter de sa fidélité, de son honnêteté. Trop de choses concordaient qui lui laissaient penser qu'il l'avait utilisée pour son seul plaisir et le besoin d'assouvir son ambition. Au fil de la réflexion, l'impétueuse nécessité de préserver sa respectabilité prit le pas sur toute autre considération.

Face aux Galeries Modernes et à cette caste de notables, Louis ne pesait pas bien lourd. Hélène se retrouvait dos au mur. Soudain, ses valeurs, son éducation, supplantaient les instants de folie qu'elle avait partagés avec son jeune amant.

Dans le grand malheur qui la frappait, elle revint vers Dieu. Elle passa de longues heures à prier, comme si elle avait désiré se faire pardonner les instants de faiblesse qui lui avaient fait oublier ses résolutions de bonne chrétienne. Ah ! elle en déclina des Pater et des actes de pénitence ! On eût dit qu'elle portait en elle une souffrance voulue par le Créateur. L'aube la surprit dans une sorte de grâce divine. Dès lors, elle se sentit habitée par une force qui la rendait presque sereine.

Elle était dans son bureau et l'attendait depuis de longues heures. Elle savait qu'elle jouait là son destin. Ces derniers mois s'étaient passés comme dans un rêve. Ce qu'elle avait découvert alors dans les bras de son amant lui avait fait oublier combien il était utopique, voire dangereux, d'imaginer un quelconque avenir à ses côtés.

Le désir, le plaisir, l'amour tout simplement l'avaient coupée de son environnement. Elle avait vécu dans une bulle qui, pour un temps, avait occulté tout ce qui les différenciait. Son bonheur était si fort qu'elle en avait oublié les grands principes qui avaient toujours guidé son existence. On eût dit qu'elle voulait rattraper tout ce temps perdu, cette jeunesse gâchée, ces longues nuits de solitude qui l'avaient longtemps tenue éloignée des réalités de la chair.

Elle allait probablement payer comptant ses moments d'égarement. Elle se préparait à souffrir, à chercher des nuits entières le corps chaud de l'homme qui lui avait donné tant de plaisir. C'est à ce prix qu'elle pouvait espérer voir cesser toutes les rumeurs, et ainsi rester la grande dame irréprochable qui dirigeait le grand magasin de Pontignac.

Surprise, elle leva la tête mais évita son regard. Avec ses cheveux mal peignés et une barbe naissante, il avait un petit air bohème. Depuis la fermeture du magasin, il se laissait un peu aller. Il traînait aux Galeries, dans son appartement ou allait rendre visite à Suzanne et à Claire.

Maintenant qu'il était là, elle sentait le courage l'abandonner. Elle ne savait trop par où commencer. Il avait un air inquiet, un peu comme s'il s'était douté de quelque chose.

— Comment s'est passée ta soirée chez les Dumazurier ? demanda-t-il.

— Très bien ! Nous étions entre femmes, et nous avons longuement papoté, répondit Hélène.

Il feuilleta une revue, se leva et prit entre ses mains quelque échantillon qui traînait sur une chaise.

— Moi, j'ai consacré ma soirée à lire un vieux roman de Giono, dit-il en se tournant vers Hélène. *Solitude de la pitié*, tu connais ?

Hélène ne répondit pas. Soudain, tout se bousculait dans sa tête. Les accusations de Françoise Gabette revenaient sans cesse et contrebalançaient les sentiments qui remontaient en elle. Depuis que Louis était entré dans le bureau, le film de ces derniers mois défilait avec tous ces instants de bonheur, ces nuits de rêve où elle avait aimé à en mourir. Quoi qu'il arrive, elle ne pourrait effacer tout ce plaisir qui avait inondé son corps.

Rapidement, elle se ressaisit. Elle vivait un moment intense durant lequel tout allait bientôt basculer. La plus petite faiblesse pouvait briser ses résolutions. Pour sauver ce qui pouvait encore l'être, elle devait faire fi de tout sentimentalisme.

— J'ai quelque chose de très important à te dire, murmura-t-elle.

Il s'était assis dans un des fauteuils réservés aux visiteurs. Il avait sorti une cigarette qu'il tapotait sur le dos de sa main, extrêmement nerveux, tendu, comme si tout à coup il avait deviné quelque mauvaise nouvelle.

— Je t'écoute, dit-il tout en allumant sa cigarette.

— Notre liaison a été découverte. Reine, Marie-Louise et Françoise m'ont invitée à cette soirée afin de m'annoncer qu'elles savaient beaucoup de choses sur nos relations, répondit-elle.

— Que dis-tu ? Mais comment ont-elles su ? demanda Louis.

— Dans l'immédiat, l'important n'est pas de savoir qui les a mises au courant. Ce qui est certain, c'est qu'elles connaissent nombre de détails sur nous. Et elles ne sont pas les seules !

Il ne dit mot. Le regard perdu, on sentait qu'il cherchait à analyser les conséquences qui allaient inévitablement découler de tout ça. Il paraissait fébrile, mal à l'aise et évitait de croiser le regard d'Hélène.

— Tu envisages quoi ? balbutia-t-il.

Elle était terriblement crispée. Droite, figée, ses mains agrippaient le rebord du bureau comme une bouée de sauvetage.

— Tu ne peux rester aux Galeries. Je n'ose imaginer ce que seraient les réactions des employés, des clientes, si je te maintenais à la place que tu occupes. Pour moi, c'est une question de survie, répondit-elle d'une voix éraillée.

Tout à coup, une insupportable tension s'installa dans la pièce. Le silence était total. Louis se redressa. Les lèvres pincées, le teint blême, son visage se durcit ; on le sentait à deux doigts d'exploser de colère.

— C'est toi qui me parles ainsi ? Après ce que j'ai fait, tu me jettes comme un vulgaire valet ! Tu n'as pas le droit de faire ça ! Tu n'as pas le droit ! Tu entends ? hurla-t-il.

— En aucun cas je ne veux mettre en péril mon entreprise. Je suis acculée. Je n'ai pas d'autre choix. Je vais donc te trouver un autre emploi dans la région. J'ai des amis à Aubusson qui cherchent un vendeur. Ils sont dans la lingerie fine. Si je te recommande, ils te prendront à leur service. Financièrement, tu ne seras pas perdant, répondit Hélène.

Il était interdit, anéanti. Il ne regardait rien ni personne, pétrifié par les paroles d'Hélène.

Au bout d'un long moment, il releva la tête et respira profondément. À le voir ainsi, il était facile de deviner combien il devait se maîtriser afin d'évacuer la violence qui était en lui.

— Mais tu es folle ! Je t'ai donné mes jours et mes nuits ! J'ai fait de ton magasin le lieu où tout le monde accourt de cinquante kilomètres à la ronde. Je t'ai aimée au point de vivre en reclus, me partageant entre les Galeries et le manoir du Bourneix. Et tu me proposes un emploi à Aubusson ! Mais tu n'as rien compris ! Ce magasin est un peu le mien. Il est ma chose. Et aujourd'hui, tu me traites comme un quelconque employé ? répondit-il avec des larmes dans la voix.

Elle était bouleversée, mais ne voulait lâcher prise. En l'instant, elle avait le désir fou de se jeter dans ses bras. Elle se retenait, faisait un effort sur elle-même afin de ne pas faiblir. Elle devait reprendre l'initiative sous peine de voir ses bonnes résolutions rapidement s'effondrer.

— On m'a dit aussi que tu avais rencontré Roussy. Est-ce vrai ? demanda-t-elle.

— Je l'ai rencontré à deux reprises. Je pensais que je pouvais l'infléchir et stopper la grève. Mais il n'a rien voulu savoir, répondit Louis.

— Françoise Gabette affirme que tu es de connivence avec le syndicat. Tu m'as trahie Louis ! Tu m'as trahie !

Il était à bout. Il comprenait soudain le rôle joué par la mère Gabette. Elle avait dû le traîner dans la boue.

— Cette garce dit n'importe quoi ! C'est une bonne femme réactionnaire qui a une sainte frousse de voir son mari perdre la mairie de Pontignac, répondit-il.

— Et si on parlait de Laure Piquenbois ! Oserais-tu me dire que tu ne l'as pas rencontrée, ces derniers temps ? Tu es un salaud ! Un salaud ! hurla Hélène.

— Mais tu es devenue cinglée ! Je l'ai rencontrée deux ou trois fois, mais je l'ai toujours envoyée sur les roses ! Tu ne peux pas croire que j'aie eu avec elle quoi que ce soit, répondit Louis.

— Ce n'est pas ce qu'on m'a raconté. D'ailleurs, si tu ne m'as jamais parlé de ces rencontres, c'est bien qu'il y avait anguille sous roche, répliqua Hélène.

Il ne répondit pas. Il avait l'air fatigué de soutenir un combat qu'il sentait perdu d'avance. Il était évident qu'elle cherchait mille prétextes pour justifier son renvoi. Soudain, il fut écœuré et sentit monter en lui une haine terrible.

Il la regardait et ne retrouvait plus en elle le charme qui l'avait conquis. Elle était redevenue la femme sèche, un brin guindée, revêtue de sa carapace de veuve Mauve, la patronne des Galeries Modernes.

Elle s'était levée et allait et venait, prenait un dossier, des échantillons de tissus, comme si elle avait voulu lui faire comprendre que l'entretien était arrivé à son terme.

— Je ne peux y croire. Je vais devenir fou, murmura Louis.

Elle se retourna et le regarda fixement.

— Je n'oublierai jamais ce que nous avons vécu ensemble. Mais aujourd'hui, j'ai besoin de retrouver une vie calme. Je ressens la nécessité de redevenir ce que j'étais avant de te rencontrer. Et puis, les Galeries Modernes sont ma vie, toute ma vie. J'ai donc des responsabilités, des devoirs vis-à-vis de mes salariés et de toute une population. Je pense que tu peux comprendre ça ?

Il avait l'impression de vivre un affreux cauchemar. Lentement, il se leva et d'un pas lourd se dirigea vers la porte. Là, il hésita quelques secondes avant de se retourner brusquement.

— Qui a si bien renseigné tes chères amies ? demanda-t-il.

— C'est ta chère petite garce de Laure Piquenbois, répondit Hélène, sur un ton qui se voulait méprisant.

*
* *

Le rêve se brisait. Le printemps prenait un goût amer, comme l'énorme gâchis qui venait anéantir l'espoir fou de Louis Galichon.

Il était dans un état second. Tout avait été si vite, si brutal que son pauvre cerveau bouillonnait de mille contradictions. Enfermé dans son appartement, il passait par de longs moments de déprime. Il ne pouvait, ne voulait admettre l'évidence.

Les réactions d'Hélène, il était dans l'incapacité de les comprendre. Elles lui paraissaient totalement irrationnelles, dépourvues de bon sens. Il n'arrivait pas à admettre cette métamorphose soudaine qu'il avait amèrement constatée lors de leur entrevue.

Son esprit pragmatique montrait quelques faiblesses. Les relations qu'il avait entretenues avec cette femme étaient un handicap dont il n'avait pas conscience. Elles paralysaient ses pensées, le rendaient aveugle au dilemme de sa partenaire, partagé entre l'amour et le désir de préserver son image, son statut social.

Son passé le rattrapait. Ces notables l'avaient accueilli, ce qui le portait à croire qu'il appartenait dorénavant à leur communauté. Il avait été étonné, séduit par tant de sollicitude, de simplicité, au point d'en oublier tout ce qui le séparait de cette caste. Il avait cru que son talent suffisait pour gommer ses racines et leur faire oublier qui il était et d'où il venait.

Son raisonnement présentait des lacunes qui ne pouvaient que se retourner contre lui. En devenant l'amant de Mme Mauve, il s'était écarté de la route tracée. Rapidement, les sentiments avaient pris le pas sur son ambition, et dès lors l'avaient rendu vulnérable.

Il aimait Hélène. Pour la première fois de son existence, il vivait une liaison qui allait bien au-delà de quelque coucherie ou d'un désir éphémère. Cette femme lui avait fait découvrir un autre monde. Et puis, elle était toujours disponible, à l'écoute de ses moindres petits problèmes, de ses doutes. Auprès d'elle, il s'était stabilisé, avait trouvé une sorte d'épanouissement au point qu'il avait pensé que ce grand bonheur n'aurait jamais de fin.

Aujourd'hui, les bonnes dames de Pontignac le ramenaient à des réalités inviolables. Même s'il avait encore quelque difficulté à l'admettre, il représentait un danger majeur pour ces notables prêts à tout, pourvu que soient préservés leurs intérêts, voire leurs privilèges.

Lui qui croyait bien les connaître se rendait soudain compte qu'il n'avait approché que la partie visible de l'iceberg. Le pire, c'est qu'Hélène ne dérogeait pas à la règle. Elle était des leurs, avait été élevée dans le même moule et s'était nourrie des mêmes valeurs. Lentement, son esprit faisait le tri du vécu de ces derniers mois. Il n'était pas homme à se laisser aller en de longues rêveries solitaires. Sa soif de vivre, de réussir, n'était altérée que provisoirement par cette erreur sur laquelle il désirait rapidement rebondir.

Après deux jours de solitude et de larmes, il se décida à sortir de son cocon. Dans sa boîte aux lettres, il trouva une courte lettre d'Hélène qui renouvelait ses propositions au sujet d'un emploi à Aubusson. En outre, elle l'autorisait à conserver l'appartement jusqu'à la fin juin. À la missive était joint un chèque de 10 000 francs. Mais nulle allusion sur ce qu'ils avaient vécu ensemble. Elle avait seulement écrit quelques mots dans un style neutre, administratif. Sa prose ressemblait à ce qu'elle était redevenue : une femme totalement détachée de son émotion amoureuse.

Alors, il se mit à la haïr. Il était clair qu'elle lui jetait quelque argent au visage avec l'espoir qu'il quitte rapidement

Pontignac. Elle devait trembler à la seule pensée qu'il pourrait se venger par quelque indiscrétion qui aurait tôt fait de se propager à travers la petite ville. Il ne voulait plus la revoir, même l'apercevoir. Aussi prenait-il mille précautions quand il sortait de l'appartement, tellement il appréhendait de la croiser dans la petite ruelle.

De suite, il avait tout avoué à Suzanne. Cette dernière était catastrophée. Elle ne comprenait pas comment son frère avait pu se laisser entraîner dans une idylle avec Mme Mauve. Elle lui posait mille questions et restait décontenancée quand il lui racontait leurs escapades à Limoges, à Brive, et les nuits qu'ils avaient partagées au manoir du Bourneix.

Elle n'était nullement surprise de la réaction d'Hélène. Cela faisait des années qu'elle travaillait pour ces dames. En faisant un petit ensemble pour l'une, un tailleur pour l'autre, elle s'était fait une idée assez précise de leur mentalité. Si elle les trouvait toutes charmantes, elle avait de suite compris combien il était prudent de garder une certaine distance avec elles.

Sa lucidité n'avait d'égale que sa franchise. Elle l'avait répété cent fois à son frère : « Ces gens-là, c'est un véritable panier de crabes ! Quand l'un d'entre eux se trouve en difficulté, ils resserrent les liens, se regroupent afin de chasser l'intrus. »

Elle voyait bien que Louis était un brin perdu. Souvent, il restait de longues heures sans mot dire. Et puis, brusquement, il se lançait dans une longue démonstration qui servait d'exutoire à ce qu'il considérait comme la pire des injustices.

Après avoir flirté avec le firmament, il côtoyait à nouveau l'enfer. Tous ses espoirs, ici, étaient balayés, broyés par une femme qu'il avait follement aimée. Malgré les supplications de Suzanne, il ne voulait à aucun prix accepter le poste qu'Hélène lui proposait à Aubusson.

Le chèque substantiel qu'elle lui avait adressé lui permettait de voir venir. Elle avait voulu montrer par là une certaine reconnaissance pour tout ce qu'il avait apporté aux Galeries Modernes.

Aujourd'hui, il devait changer de cap et utiliser son talent, son charme, prêt à tout pourvu que le jeu en vaille la chandelle. Cette expérience l'avait endurci. Il en sortit bien décidé à saisir la première opportunité qui se présenterait. Il ressemblait à un jeune loup blessé, à un prédateur qui attendait la première occasion pour dévorer quelque jolie proie innocente.

À Pontignac, certains conflits commençaient peu à peu à s'essouffler. Les choses s'arrangeaient du côté des petits commerces, des artisans. Seuls les ouvriers de chez Mongivray maintenaient la pression devant l'intransigeance du père Léon.

Aux Galeries Modernes, certains avaient repris le travail dans une ambiance étrange, un climat chargé d'interrogations. La rumeur allait bon train au sujet du départ de Louis Galichon. Les mauvaises langues s'en donnaient à cœur joie. Les bruits les plus fous couraient sans qu'il soit possible de trier le vrai du faux.

Certains affirmaient bien qu'il y avait là-dessous quelque histoire de cœur entre Mme Mauve et Louis. Mais on avait du mal à y croire. La chose paraissait tellement absurde, incongrue, qu'elle portait à rire. D'autres disaient avoir la preuve qu'ils s'étaient violemment disputés au sujet de la grève. Mais le bruit qui se répandait le plus, c'est que Louis avait trouvé un emploi mieux rémunéré et plus valorisant chez les Libermann de la rue du Sentier.

Bref, on disait tout et son contraire. À la question posée par quelques employés, Hélène Mauve n'avait donné que de vagues explications. Tout le monde avait dû s'en satisfaire. Pour elle, le fils Galichon avait décidé de changer d'air, d'entreprendre autre chose. Un point c'est tout.

En fait, la patronne des Galeries Modernes vivait des moments désagréables. On la sentait crispée, nerveuse. Elle était satisfaite de constater que la plupart des employés reprenaient le travail ; il n'en demeurait pas moins que le grand magasin paraissait somnoler, comme engourdi par cette longue période d'inactivité.

L'ombre de Louis planait toujours dans les allées, entre les rayonnages. Les Galeries n'étaient plus la ruche bourdonnante d'autrefois. En fait, il manquait un rouage essentiel à la belle mécanique mise en place par le fils Galichon.

Entre ses entretiens avec Mazeirat et le nettoyage du magasin, Hélène se démenait comme un beau diable. Elle débordait d'activité, était partout à la fois, n'avait jamais une minute à elle. On eût dit une femme désireuse de cicatriser au plus vite une terrible blessure qui lui déchirait le cœur.

Pour l'encourager dans cette voie, ses amies ne comptaient pas leur peine. Il ne se passait pas une journée sans que l'une d'entre elles ne vienne lui rendre visite. Françoise Gabette était la plus souvent présente. Elle aiguillonnait Hélène, lui donnait mille conseils et la rassurait quant aux rumeurs qui auraient pu se répandre dans Pontignac.

Sur le sujet, il semblait bien que Laure Piquenbois avait tenu ses promesses. Le licenciement de Louis l'avait pleinement satisfaite. Pour elle, l'affaire était classée et elle pouvait dorénavant se consacrer au bras de fer qui opposait le syndicat au père Mongivray.

Bref, à priori, tout semblait rentrer dans l'ordre. On parlait de reprises du travail fragmentaires car des accords salariaux avaient été signés dans différentes entreprises de la région. Malgré tout, l'inquiétude générale persistait. Les informations en provenance de Paris laissaient penser que rien n'était réglé. En effet, une manifestation organisée à Charléty par l'UNEF, le PSU, la CFDT et différents mouvements d'extrême gauche avait vu Pierre Mendès France revenir sur le devant de la scène.

Tout était confus, désordonné. Le pouvoir paraissait tanguer dans tous les sens et les syndicats ne lâchaient pas prise. Au fil des jours, on ressentait tout de même une certaine lassitude. Les gens commençaient à manquer de tout et l'absence de transports créait quantité de désagréments.

Louis n'avait cure de tout cela. Ses préoccupations étaient ailleurs. Rapidement, il devait travailler sur lui-même et réaliser la synthèse des nombreuses interrogations qui l'assaillaient.

Le jeune fauve qu'il était devenu n'était pas disposé à se laisser noyer par les souvenirs nostalgiques. Avec rigueur, il échafauda quantité d'hypothèses. Une nuit entière, il passa en revue toutes les perspectives qui s'offraient à lui, retenant ce qu'il lui était possible de mettre en œuvre, dans un laps de temps relativement court.

En quelques jours, son cœur s'était cicatrisé. En cela il était aidé par un caractère qui lui avait toujours permis d'évacuer rapidement ses états d'âme. Il pouvait s'attacher, aimer profondément, mais aussi jeter en bloc aux oubliettes ce qu'il avait adoré la veille.

Déjà, Hélène Mauve n'avait pas plus d'importance que Laure Piquenbois : l'une comme l'autre appartenaient au passé. Elles étaient comme deux merveilleux souvenirs, mais avaient peu de chance de scléroser la puissante ambition qui l'animait.

Malgré tout, il se sentait isolé. Avant de prendre toute décision, il ressentit le besoin de se confier, de partager ses doutes, ses craintes, de connaître les sentiments d'un esprit avisé.

Soucieux d'éviter toute rencontre qui aurait pu le mettre dans l'embarras, il se décida à quitter Pontignac et prit la route de Guéret. Dans la capitale de la Marche, il se sentait davantage en sécurité, loin des regards interrogateurs et des oreilles indiscrètes.

Il avait dû batailler ferme avant d'obtenir la communication. Avec les grèves, tout devenait plus compliqué. La Poste était envahie de gens qui réclamaient un colis, une lettre, ou qui devaient patienter de longues heures dans la longue file d'attente qui s'étirait jusqu'à l'extérieur du bâtiment.

Depuis plusieurs minutes, il s'adressait à Michel comme s'il avait été à confesse. Celui-ci l'écoutait et n'osait l'interrompre. Louis se racontait, n'omettait aucun détail, même les plus personnels. Il avait des accents pathétiques, comme s'il avait voulu faire comprendre à son ami combien il attachait d'importance aux conseils que ce dernier ne manquerait pas de lui prodiguer.

Il n'était pas dans la nature du fils Libermann de s'épancher sur les histoires de cœur. Chez lui, les sentiments se résumaient au galbe des reins, à un fin minois et surtout à de gros seins bien fermes pour lesquels il nourrissait une telle adoration que celle-ci confinait à l'obsession. Alors, quand le fils Galichon lui fit part de son projet, il ne s'embarrassa pas de précautions oratoires.

— Fonce ! Mais reste sur une certaine réserve. Ne lui demande rien. Si elle doit t'aider, elle saura te le faire savoir. Tu verras, ces femelles aiment souvent prendre des initiatives. Je suis persuadé qu'elle va se conduire envers toi avec des élans quasi-maternels.

— Mais après ? avait demandé Louis.

— Après ? Eh bien ! laisse-toi porter par les événements ! Rappelle-toi ce qu'a écrit Aragon : « l'avenir de l'homme est la femme ! » répondit Michel sur un ton hilare.

Son pari était osé, voire dangereux. En effet, tout pouvait se transformer en Bérézina s'il s'était trompé sur la personne. Il avait pesé le pour et le contre, et finalement fit confiance à son instinct.

C'était devenu une idée fixe. Il sentait qu'en agissant ainsi il pouvait espérer voir ses problèmes résolus en peu de temps. Il ne doutait plus. Il était animé par une telle soif de revanche qu'il était disponible pour bien des propositions pourvu que celles-ci le propulsent là où il savait pouvoir s'épanouir pleinement.

Lucienne Defaye était devenue sa bouée de sauvetage. Après avoir été congédié par Hélène, il était resté plusieurs jours sans rendre visite à sa sœur Claire. Il avait peur d'être éconduit, de voir l'épouse du notaire lui signifier qu'elle ne désirait plus le recevoir. Après tout ce que lui avait dit Suzanne sur les dames de Pontignac, il redoutait une sorte de collusion de la part de ces dernières.

Contrairement à ce qu'il avait imaginé, Lucienne l'accueillit chaleureusement, comme si rien de particulier ne s'était passé. Oh ! il avait bien perçu quelque attitude bizarre dans le comportement de Claire qui semblait nerveuse et moins épanouie qu'à l'ordinaire. Afin d'éviter tout malentendu, il préféra aborder de suite sa nouvelle situation et en particulier son départ précipité des Galeries Modernes.

À peine les premiers mots prononcés, Lucienne, d'un geste de la main, demanda à la petite Claire de les laisser seuls. Elle avait bien fait la moue, mais avait obtempéré rapidement, sachant qu'il était vain d'insister quand Mme Defaye lui donnait un ordre.

Louis jouait gros. De l'attitude de Lucienne pouvait dépendre son avenir. Il savait combien elle connaissait de monde, de gens influents. Contrairement aux Gabette, aux Dumazurier ou aux Cruchot, le notaire et sa femme voyageaient beaucoup. Il ne se passait pas un mois sans qu'ils soient invités dans la région bordelaise, à Paris, ou plus simplement à Limoges où Armand Defaye avait quantité d'amis et de nombreuses attaches familiales du côté de son défunt père.

Elle était vêtue sobrement. La chose était assez rare pour que Louis reconnaisse de suite un petit ensemble qu'il lui avait vendu, il y a quelques mois. Dans cette tenue, elle faisait femme posée, davantage bourgeoise, d'autant que ses longs cheveux blonds avaient été relevés et réunis en chignon.

Tant physiquement que moralement, Lucienne était plurielle. Souvent extravagante, démonstrative, ébouriffante par son langage trivial, elle pouvait fort bien se muer en un autre personnage et devenir une femme bon chic, bon genre, à tromper les plus perspicaces.

Depuis de longues minutes qu'il parlait, Louis présentait une version des faits pour le moins édulcorée. Avec aplomb, il justifiait son départ de chez Mme Mauve en prétextant les divergences importantes qui existaient entre eux quant au devenir du magasin. Il avait préparé une longue litanie d'exemples qu'il illustrait, comme s'il avait voulu absolument convaincre Lucienne de ses mensonges.

En aucun cas, il ne désirait aborder les vraies raisons de son licenciement. Devant cette femme qui lui avait fait quelques avances discrètes, il se sentait terriblement gêné de parler de sa liaison avec Hélène.

Quand il en eut terminé, elle le regardait toujours, un imperceptible sourire accroché à ses lèvres. Elle ne disait mot, comme si elle avait voulu se donner un certain temps de réflexion. Après quelques secondes d'un silence total, elle se leva et alla fermer la large porte vitrée qui était restée entrebâillée.

Louis ne la quittait pas du regard. Cette femme énigmatique laissait rarement passer ses états d'âme. Elle reprit place dans l'immense canapé en cuir, lentement, elle sortit une cigarette de son paquet de Craven, l'alluma et envoya un petit nuage de fumée qui s'immobilisa un court instant au-dessus de la table du salon.

— Hélène était bien votre maîtresse ? demanda-t-elle subitement.

Il était assez satisfait qu'elle aborde sans ambages ce qui avait déclenché l'affaire. Mais ignorant dans le détail ce qui s'était véritablement passé au cours de la soirée organisée par les Dumazurier, il ne pouvait connaître la décision de ces dames quant à l'absence de Lucienne Defaye.

— Il m'est difficile de nier ce que vous avez appris de la bouche même de Mme Mauve, répondit-il.

Elle éclata de rire et rageusement écrasa sa cigarette.

— Mais je n'ai rien appris de la bouche d'Hélène ! J'ai seulement découvert, par quelques indiscrétions, qu'un grand déballage avait eu lieu chez Reine. Louis, je n'étais pas conviée à participer au grand jury de ces puritaines, répondit-elle.

— Mais alors, comment avez-vous su ? insista Louis.

— Mais j'ai toujours su que vous étiez amants. Le regard d'une femme amoureuse est un livre ouvert qui vous en raconte plus que vous voudriez en savoir ! répondit Lucienne.

Il en fut bouleversé. C'était la première fois que l'épouse du notaire montrait combien elle était fine mouche. Cette femme au demeurant légère lui apparaissait soudain sous un autre jour.

— Vous n'avez donc jamais eu envie d'en parler avec vos amies ? Notre liaison ne vous a pas choquée ? demanda le fils Galichon.

— Louis, jouons franc jeu. Vous savez très bien qu'elles m'acceptent par obligation. Je suis une femme libre qui n'a de compte à rendre à personne. Je suis faite ainsi. Cela n'altère en rien le bon fonctionnement du couple que nous formons, Armand et moi. Il m'aime, me désire et m'offre l'espace de liberté dont j'ai absolument besoin. Cela, elles ne peuvent le comprendre, le supporter. Ces dames de la société bien-pensante ont dû rêver cent fois de s'offrir quelque petite aventure sentimentale. Mais elles sont trop lâches. Elles resteront toujours prisonnières de leur hypocrisie, répondit Lucienne.

Elle paraissait parfaitement détendue. On sentait combien elle appréciait que Louis soit venu partager avec elle ces quelques moments d'intimité, de confiance réciproque.

— Hélène m'a beaucoup déçue. J'ai pensé un moment qu'elle résisterait à la pression. Je me suis trompée. Il est vrai qu'elle est des leurs et qu'elle a toujours représenté ce que la petite bourgeoisie locale pouvait offrir de mieux, ajouta-t-elle.

On sentait bien qu'il y avait entre ces deux êtres quelque chose qui les unissait. Lucienne avait conservé un langage direct. Avec sa faconde de femme libérée, elle avait beau faire, on devinait chez elle des origines modestes, une éducation primaire qui apparaissait parfois à travers ses propos.

En fait, ils étaient de la même trempe. L'un comme l'autre venait de la France profonde, de ce monde rural qui survivait encore pour quelque temps. Ils venaient de loin, de ces terres oubliées, de ces contrées qui se dépeuplaient, ne proposant à leurs enfants que sueur et misère.

Ils avaient connu une jeunesse sans amour, sans tendresse. Longtemps, ils avaient cru que leur seul horizon se limitait aux champs, aux bois, à une petite ferme sombre et sinistre où on ne savait trop qui étaient les plus malheureux des animaux ou des gens.

Lucienne avait dû lutter de longues années avant de devenir Mme Defaye. Elle savait combien il est difficile de sortir de sa condition quand on traîne en soi des racines qui n'en finissent jamais d'encombrer la mémoire. Quand elle regardait le fils Galichon, elle retrouvait en lui la même volonté qui l'avait animée naguère. Il n'était qu'au tout début d'une longue histoire qui allait se construire au gré des rencontres, des circonstances. Elle n'avait aucun doute quant à ses capacités de s'imposer tant étaient grands son talent et sa rage de parvenir au but qu'il s'était fixé.

Ils parlaient, échangeaient des propos dans une sorte de complicité qui était loin d'être factice. Pour la première fois, Lucienne soulevait un petit coin du voile sous lequel reposait son passé. Bien entendu, elle faisait le tri et passait sous silence la vie dissolue qui avait été la sienne, à une certaine époque de sa vie.

Ils éprouvaient le besoin de se découvrir pour mieux saisir leurs points communs et l'appétit qu'ils montraient à prendre leur revanche sur le destin. Au fil de la conversation, se nouaient entre eux des liens profonds, presque viscéraux. Ces enfants du prolétariat rural étaient visiblement heureux. Ils avaient des accents d'adolescents chapardeurs qui riaient de bon cœur quand ils parlaient des Cruchot, des Dumazurier, des Gabette et autres dames patronnesses gardiennes de l'orthodoxie puritaine de Pontignac.

Ils ne virent pas les heures passer. Lucienne appela Claire qui leur servit un vieux bourbon et quelques amuse-gueules. Louis était étonné de voir les liens étroits, conviviaux, qui unissaient Lucienne et sa jeune sœur. Cette dernière plaisantait avec Mme Defaye sans toutefois dépasser certaines limites.

Encore un peu, et le fils Galichon se serait cru en famille. Les deux femmes babillaient, parlaient de la pluie et du beau temps, de la petite Marie qui se morfondait dans une école catholique de Limoges. La scène était assez cocasse, d'autant que Louis paraissait parfaitement à l'aise et détendu dans ce grand salon qui avait accueilli tant de générations de notaires.

— Que vas-tu faire maintenant que tu as perdu ton travail aux Galeries ? demanda soudain Claire en se tournant vers son frère.

— Je ne sais trop. Mme Mauve m'a bien proposé une place à Aubusson. Mais cette proposition ne m'intéresse guère, répondit Louis.

— Il est hors de question que vous alliez vous perdre dans la capitale de la tapisserie. Le coin est charmant, mais votre avenir est dans une grande ville ! intervint Lucienne.

Elle avait dit ça comme si déjà le devenir de Louis devait obligatoirement passer par elle.

— Revenez dans deux jours, j'aurai peut-être une bonne nouvelle à vous annoncer, ajouta-t-elle.

Louis la regarda. Il ne l'avait jamais trouvée aussi désirable, aussi sensuelle. Une fois encore, sa bonne étoile l'avait guidé vers une femme qui était en mesure de le sortir de la mauvaise passe dans laquelle il se trouvait.

Il s'apprêtait à prendre congé. Il se sentait revigoré, persuadé que Lucienne Defaye allait rapidement le tirer d'affaire.

— Votre mari risque de ne pas apprécier votre initiative. Je ne voudrais pas provoquer quoi que ce soit dans votre couple, fit-il remarquer.

Elle s'était éloignée et arrangeait quelque peu sa coiffure devant le grand miroir du salon.

— Armand n'a rien à voir là-dedans. Il a ses amis, et moi les miens. C'est ainsi que nous fonctionnons. Croyez-moi, Louis, cela a ses avantages, répondit-elle avec un petit sourire plein de sous-entendus.

Claire se tenait auprès de son frère. Elle lui caressait la nuque, passait une main dans ses cheveux. Soudain, profitant que sa patronne feuilletait un carnet d'adresses, elle s'approcha tout près de lui.

— Elle le tient par les couilles, lui murmura-t-elle à l'oreille.

*
* *

Un peu partout, ça sentait le roussi. La population était visiblement fatiguée de voir le pays en grande partie paralysé. En quelques jours, tout avait basculé. D'abord, de Gaulle avait dissous l'Assemblée nationale, et le même jour une manifestation de soutien au chef de l'État réunissait un million de personnes de la Concorde à la place de l'Étoile.

À Pontignac, tout rentrait peu à peu dans la normalité. Les boutiques étaient réapprovisionnées et les hôtels-restaurants voyaient revenir vers eux les clients qui les avaient abandonnés depuis près d'un mois. Seule l'entreprise de salaisons donnait encore des inquiétudes. Tout dialogue avait été rompu entre les salariés et Mongivray. La situation était ubuesque. Le père Léon buvait comme il n'est pas possible. Ivre mort, il ne trouvait rien de mieux que de venir provoquer les grévistes derrière les grilles fermées de l'entreprise !

Roussy avait tout fait pour dénouer la crise. Mais le vieux était devenu complètement fada. Le corps imbibé d'alcool, il avait perdu une grande partie de ses facultés mentales. Il délirait, racontait n'importe quoi devant sa femme, la Léontine, qui ne savait plus à quel saint se vouer.

Un soir, il avait tout de même accepté de rencontrer Roussy. Les deux hommes s'étaient retrouvés dans le grand laboratoire où séchaient les cochonnailles. L'entrevue avait été brève et s'était terminée en véritable pugilat. Costaud, violent, Léon avait frappé le délégué syndical avec un jambon de pays, dur comme de la pierre. Écœuré, Roussy avait porté plainte et le vieux avait été transporté d'urgence dans un hôpital psychiatrique de Limoges.

Depuis, on prenait de ses nouvelles et on essayait de trouver une porte de sortie avec la Léontine Mongivray. Cette dernière pouvait passer des heures à discuter afin de rogner un franc par-ci, un franc par-là. À l'allure où les problèmes se réglaient, beaucoup pensaient que la grève allait probablement s'enliser au moins jusqu'à la Toussaint.

Aux Galeries Modernes, tout était rentré dans l'ordre. Face à la détermination étonnante de Marcelin Mazeirat, la veuve Mauve avait cédé sur bien des points. Le grand magasin ronronnait agréablement, même si on était bien loin de la foule d'autrefois. Cependant, Hélène avait perdu son beau sourire. Elle vaquait à ses occupations, mais on sentait bien qu'elle avait l'esprit ailleurs.

Souvent, elle restait des journées entières enfermée dans son bureau. Elle déléguait. Elle donnait l'impression d'être peu concernée par tout ce qui se passait autour d'elle. Et puis, elle était devenue terriblement soupe au lait. À croire qu'elle redoutait quelque chose, que son esprit n'était pas tranquille.

Elle ne sortait plus. Elle passait ses soirées à regarder la télévision ou à lire quelque livre ou revue qui lui tombait sous la main. Elle n'avait nul entrain et refusait toute invitation que ne manquaient pas de lui lancer Reine Dumazurier ou Françoise Gabette.

Cette dernière ne décolérait pas. À maintes reprises, elle lui avait conseillé d'accélérer le départ de Louis qui occupait toujours le petit appartement de la rue Mauve. Elle se disait certaine que sa présence à Pontignac ne pouvait lui être que préjudiciable. Il est vrai que ça jasait. Les pipelettes se démenaient du matin au soir, persuadées qu'il y avait dans cette histoire de quoi les faire saliver. À force d'obstination, elles étaient remontées jusqu'à la Piquenbois, convaincues qu'elles tenaient là un beau et grand scandale.

Françoise Gabette ne pouvait ignorer le travail en profondeur de ces commères qui n'hésitaient jamais à fouiller dans les poubelles. Il faut dire qu'elles prenaient grand plaisir à l'arrêter dans la rue afin de lui glisser une dernière indiscrétion, qui lui faisait dresser les cheveux sur la tête.

Le pire se produisit le jour où la mère Charissou l'accosta devant la mairie. Cette vieille peau était, et de loin, la plus redoutable de toutes les langues de vipère de la petite ville. Elle possédait un palmarès étonnant. Tout au long de son existence, elle avait provoqué plusieurs divorces, fâché des familles entières et organisé maintes disputes. Alors, quand elle avait vu arriver l'épouse du maire, elle avait immédiatement ressenti une merveilleuse béatitude intérieure, à la seule pensée de ce qu'elle allait lui annoncer.

Elle n'était pas femme à tourner autour du pot. De suite, elle entra dans le vif du sujet. Quand elle informa Françoise que Louis Galichon avait pris l'habitude de rendre visite à l'épouse du notaire, elle comprit aussitôt que tout ça allait provoquer un beau chambardement dans le milieu des richards.

La mère Gabette en fut au bord de l'apoplexie. Elle resta plantée en face de l'église Saint-Étienne, ses jambes étant incapables de la conduire où que ce soit. Elle avait l'impression que le sol se dérobait sous ses pieds. Les quelques mots chuchotés par la mère Charissou lui faisaient craindre le pire. Elle était persuadée que ce voyou de Galichon avait maintenant mis le grappin sur Lucienne. Il était clair qu'il préparait quelque vengeance. Tout tournait autour d'elle quand elle imaginait l'infamie, si jamais…

Elle se trouvait dans l'impossibilité de construire une histoire entre Louis et Lucienne. La chose était trop insupportable et ressemblait à une sorte de suicide collectif !

Contrairement à Reine ou à Marie-Louise, elle n'avait pas pour habitude de larmoyer, de pleurnicher très longtemps. C'était une femme d'action, adepte des solutions radicales.

Après avoir pesé le pour, le contre, les avantages et les inconvénients, tout de go elle se décida à rendre visite à Lucienne Defaye. Elle ne pouvait attendre plus longtemps. Elle devait intervenir, prendre l'initiative de rencontrer l'épouse du notaire, afin que tout cela cesse. Dans le cas contraire, ils ne manqueraient pas d'être tournés en ridicule par les rouges qui auraient probablement moins de scrupules qu'ils n'en avaient eu avec la veuve Mauve.

Elle n'avait qu'une idée en tête : sauver la mairie de Pontignac. Déjà, on avait frôlé la catastrophe avec Hélène. Bien entendu, il y avait des bruits, des rumeurs. Mais avec le temps, tout ça allait se dissiper. Déjà, les Galeries avaient rouvert leurs portes et les événements qui se passaient à Paris avaient largement de quoi occuper les esprits.

Restait un point noir : Galichon. Tout en se dirigeant vers la maison du notaire, elle cherchait une solution pour accélérer le départ de celui qu'elle surnommait « le Bellâtre ». Il représentait un danger. Ah ! elle en voulait à Hélène de ne pas avoir trouvé le moyen de le mettre à l'index ! Si cette dernière lui avait seulement demandé conseil ! C'est qu'elle en avait des idées, la petite mère Françoise ! Le Louis Galichon ! Elle aurait trouvé mille prétextes afin qu'il apparaisse comme un garçon malhonnête. On aurait pu faire courir le bruit qu'il se servait dans la caisse, qu'il avait perçu des dessous-de-table avec les Libermann, qu'il avait trompé la confiance de Mme Mauve, sur bien des points. Rien qu'à y penser, elle en avait le tournis.

Quand Lucienne ouvrit la porte, elle devina de suite que Françoise ne s'était pas déplacée pour lui faire une simple visite de courtoisie. D'abord, les deux femmes ne s'étaient pas rencontrées depuis une bonne huitaine, et n'avaient donc pas eu l'occasion de parler du départ de Louis Galichon. Et puis, les visites de la mère Gabette étaient rares. En fait, elles ne se voyaient qu'en des circonstances particulières comme des dîners, des réceptions où Armand Defaye était toujours présent.

Lucienne n'était pas dupe. Elle savait fort bien qu'elle n'était invitée qu'en qualité d'épouse du notaire. Ces dames ne pouvaient faire autrement. Mais elle n'avait jamais été totalement acceptée. On se méfiait d'elle et il était exclu qu'elle fût mise dans la confidence de quelques secrets sensibles.

L'histoire qui touchait Hélène Mauve en était la preuve. Elle avait été écartée de peur qu'elle prenne des initiatives qui auraient pu gêner le petit clan. Alors, aujourd'hui, elle ressentait un certain plaisir à accueillir Françoise Gabette dont le regard larmoyant trahissait l'émoi.

Elle respirait comme un soufflet de forge. Sa tête porcine avait pris une couleur violacée. Cette petite femme grassouillette avait un dynamisme qui n'avait de cesse d'étonner ses proches.

— Que se passe-t-il ? Viens t'asseoir, tu as l'air à bout de forces ! s'exclama Lucienne.

Lentement, elle reprenait sa respiration. Exténuée par sa marche forcée, elle prit place dans un fauteuil tout en s'essuyant le visage avec un grand mouchoir à carreaux.

— J'ai appris des choses qui m'ont bouleversée. Je viens te voir afin d'en avoir le cœur net, répondit-elle.

— Je t'écoute ! Tu piques ma curiosité ! lança Lucienne sur le ton de la plaisanterie.

— Il paraît que tu reçois le fils Galichon. Je n'ose y croire. Après tout ce qui s'est passé ! répondit la mère Gabette.

Lucienne Defaye s'amusait follement, décidée qu'elle était à profiter de l'occasion pour régler quelques comptes.

— Je reçois Louis, c'est vrai ! Il vient ici afin de rencontrer sa sœur Claire. Maintenant, ce qui s'est passé entre Hélène et lui n'a rien de scandaleux. Que veux-tu ! De par ses origines, il était normal qu'il prenne fait et cause pour les grévistes… à ce qu'on m'a dit ! fit Lucienne sur un ton naïf.

Françoise Gabette était dans une impasse. Elle ne savait trop comment se sortir de ce mauvais pas. N'allait-elle pas être obligée de tout raconter afin de faire comprendre à Lucienne combien Louis Galichon représentait un danger ?

— Mais enfin, les gens peuvent jaser, balbutia-t-elle.

Lucienne éclata de rire et vint s'asseoir auprès d'elle.

— Ma pauvre amie ! Je n'ai que faire des ragots ! Et puis, je savais depuis fort longtemps que Louis était l'amant d'Hélène. Mais contrairement à Mme Mauve, moi je n'ai pas une image à défendre, je ne m'accroche pas à vos valeurs d'un autre temps. Ainsi, je m'autorise quelques écarts qui vous seront toujours interdits, répliqua-t-elle sur un air ironique.

— Mais tu es folle ! Tu es tout de même l'épouse de Me Defaye ! Et puis, vous faites partie de nos amis. Tu parles comme si le fait de recevoir le fils Galichon ne nous concernait pas, répondit Françoise.

Elle la tenait. Cette grosse bonne femme dégoulinante de sueur l'écœurait. Il était clair qu'elle était venue dans le seul but de la voir rejoindre le troupeau.

— Armand sait que je reçois Louis. Et il m'approuve ! Que veux-tu, quand on aime on tolère ! Je vais tout de même te rassurer. Dans peu de temps, Louis aura quitté Pontignac. Mais certainement pas pour un emploi au rabais comme celui que lui avait proposé « sainte Hélène », affirma Lucienne, visiblement satisfaite de vider son sac.

En quarante-huit heures, tout fut réglé. Quand Lucienne annonça au fils Galichon qu'elle lui avait trouvé une place de chef de rayon chez Descoursière, le grand et magnifique magasin de confection situé en plein cœur de Limoges, il crut qu'elle plaisantait, qu'elle désirait voir sa réaction devant une telle énormité.

Il faut dire que le magasin de la rue Adrien-Dubouché avait ses lettres de noblesse. C'était une référence depuis plusieurs générations de Descoursière. Le chic et le bon goût étaient à tous les étages. On faisait de la confection mais aussi du sur mesure dans deux petits ateliers qui avaient été aménagés sous les combles.

Louis se demandait comment elle avait fait pour lui offrir une telle chance. En effet, tout le monde savait que rentrer chez Descoursière tenait du parcours du combattant. Les candidats étaient plus nombreux que les élus. La sélection était drastique et chaque candidature passée au peigne fin.

Il était sur un petit nuage. Afin d'éviter toute provocation, chacun prit sa voiture, étant entendu que Louis laisserait la sienne une fois arrivé au village de Laurière.

Depuis de longues minutes, ils roulaient en direction de la capitale limousine. Louis paraissait anxieux alors que Lucienne plaisantait, riait, comme si elle avait désiré le décontracter, lui faire comprendre que tout était joué d'avance.

Dans la belle Mercedes aux larges sièges recouverts de cuir, il se sentait protégé par cette grande et belle femme si entreprenante, audacieuse. Il avait bien essayé de savoir par quel stratagème elle avait réussi à le faire embaucher. Mais elle n'avait répondu que par quelques boutades laissant planer le mystère sur ce que Louis considérait comme un véritable miracle.

Afin de détendre l'atmosphère, elle lui parlait de la visite de Françoise Gabette et de l'état dans lequel elle l'avait trouvée. Le sujet avait déclenché entre eux une franche hilarité. Ils ne trouvaient pas assez de qualificatifs pour ridiculiser ce laideron, prêt à tout, pourvu que son mari conserve la mairie de Pontignac.

Sur la petite route qui les menait vers Ambazac, Lucienne passait en revue tous ceux et celles qui avaient, peu ou prou, joué un rôle dans la décision d'Hélène Mauve. Elle était au courant de tout. Louis ne pipa mot quand elle lui rappela sa liaison avec Laure Piquenbois, ses rencontres avec Roussy et cette union qui s'était faite afin de sauver la réputation de la veuve. Parfois, elle tournait la tête et souriait de le voir si crispé, fébrile, au fur et à mesure qu'ils se rapprochaient de Limoges.

Louis en avait plein les yeux. C'était la première fois qu'il pénétrait dans le magasin de la rue Adrien-Dubouché. Bien entendu, il le connaissait de renom. Mais jamais il n'avait imaginé un tel luxe, un tel décor. Ici, tout respirait la qualité, le goût poussé à l'extrême. Nulle fausse note ne venait déranger le regard. Tout était harmonie avec des couleurs tendres, pastels et des éclairages indirects qui créaient une atmosphère apaisante, propre à la convivialité.

L'ensemble était gigantesque. Le rez-de-chaussée était réservé aux dames avec quantité de présentoirs, d'étagères où s'alignaient des robes, des ensembles, de petites jupes ravissantes et un nombre incalculable de pulls de toutes sortes et de tous coloris.

Tout était griffé. Chez Descoursière, on retrouvait les grands noms du prêt-à-porter. Le second étage était le royaume des costumes pour homme, des cravates, des chemises avec tout de même quelques fantaisies qui annonçaient déjà une mode plus décontractée.

Lucienne semblait parfaitement à l'aise. Elle saluait quelques vendeuses, un chef de rayon. Louis la suivait, se demandant s'il n'était pas entré dans un rêve qui pouvait à tout moment se terminer en cauchemar.

Jacques Descoursière les attendait, debout derrière son bureau. L'homme était grand, légèrement bedonnant, mais portait fort bien la cinquantaine passée. Ses cheveux argentés, une fine moustache poivre et sel ajoutaient encore au charme qui se dégageait de sa personne.

— Ma chérie, voilà donc ton protégé ! Ah ! on peut dire que vous avez une chance rare ! s'exclama-t-il en serrant la main de Louis.

Il embrassa Lucienne, posa une main sur son épaule puis l'invita à s'asseoir avec force courbettes.

— Je suis débordé ! Avec tous ces événements, nous manquons de tout ! Et à Pontignac, quoi de nouveau ? demanda-t-il en prenant place derrière son bureau.

Il était clair qu'ils se connaissaient de longue date. Jacques demanda des nouvelles d'Armand et de la petite Marie. Lucienne ne fut pas en reste et posa des tas de questions sur la santé d'une telle, les études d'un fils ou les prochaines fiançailles d'un cousin.

Louis avait l'impression d'être de trop. Il écoutait d'une oreille distraite ce long babillage qui ne le concernait pas. De temps à autre, Descoursière l'observait du coin de l'œil, comme s'il avait voulu deviner ses pensées. Soudain, il se redressa et machinalement passa une main sur le revers de sa veste afin d'enlever quelques infimes poussières.

— Le travail que vous avez effectué aux Galeries Modernes est tout à fait remarquable. Vous savez, beaucoup de mes clientes m'ont parlé de vous ! C'est surprenant ! Surprenant ! s'écria-t-il.

Il entrouvrit sa veste, et, les deux mains posées sur sa petite bedaine, se cala au fond de son confortable fauteuil.

— Vous êtes un oiseau rare, monsieur Galichon ! En vous prenant à mon service, croyez-moi, je ne vous fais pas de faveur. Je connais vos qualités. Elles sont exceptionnelles. Vous êtes de la race des grands vendeurs. Ce qui s'est passé entre vous et Mme Mauve, je ne veux pas en entendre parler. J'ai la caution morale de Mme Defaye. Cela me suffit. Et puis, vous m'avez tout de même fait perdre quelques clientes, ces derniers temps ! Je compte donc sur vous pour qu'elles reviennent rapidement au bercail ! ajouta-t-il, tout sourire dehors.

C'était un grand professionnel. Louis l'écoutait, buvait ses paroles. Il devinait tout le profit qu'il allait pouvoir tirer en travaillant sous sa coupe. Jacques n'hésitait pas à le questionner sur tout ce qu'il avait réalisé aux Galeries Modernes. Il prenait un petit air de plus en plus étonné quand le fils Galichon lui énumérait tout ce qui avait découlé de ses initiatives.

— Mme Mauve a eu tort de vous laisser partir. Désormais, son magasin va somnoler. Son personnel est vieux et trop attaché à une certaine routine, fit-il remarquer.

Il alluma une cigarette, se leva et fit signe à ses hôtes de le suivre.

— Venez, nous allons préparer votre contrat. Je vous propose de commencer dès mardi. Ainsi, vous avez quatre jours pour vous retourner. Au début, je vous mettrai en double avec M. Machicaud. C'est un homme qui connaît parfaitement la maison, mais qui doit nous quitter dans quelques mois pour une retraite bien méritée.

Il ouvrit la porte et familièrement posa une main sur l'épaule de Louis.

— Je vous propose 2 000 francs par mois. C'est un début. Dans six mois nous ferons le point. J'ai choisi de vous confier le rayon dames. J'ai la certitude que vous y serez à l'aise, ajouta-t-il.

Il se tourna vers Lucienne Defaye.

— Pour le logement, tu m'as bien dit que tout était réglé ? Tu confirmes ? demanda-t-il.

Lucienne ne put s'empêcher d'esquisser un léger sourire. Elle observait Louis et s'amusait de son air étonné.

— Je confirme. Nous allons le visiter, il est à deux pas d'ici, tout près des halles, répondit-elle.

Tout allait si vite qu'il se sentait un brin dépassé par les événements. De suite après avoir quitté le magasin, ils remontèrent la rue Adrien-Dubouché et s'arrêtèrent devant le numéro 32 de la rue du Consulat.

C'était un petit deux-pièces meublé qui ressemblait à une bonbonnière. Louis écoutait Lucienne lui expliquer ceci, lui démontrer cela. Il avait la sensation d'être redevenu un enfant. Elle s'attardait sur les plus petits détails, lui recommandant même de ne pas ouvrir la porte à n'importe qui ! Bref, elle se conduisait en mère poule.

Louis se laissait guider, passif. Soudain, il trouvait très confortable cette prise en main de son devenir. Lucienne devait le ressentir tellement elle se montrait attentive à la disposition des meubles, au bon fonctionnement de l'éclairage et à mille petites choses indispensables à son bien-être.

— Mais comment avez-vous trouvé cet appartement ? Quel est le montant du loyer ? demanda soudain Louis avec un petit air anxieux.

Elle se tourna vers lui. Elle était rayonnante, resplendissante. Elle était habillée d'une petite jupe assez courte et d'un magnifique chemisier blanc, largement échancré.

— Cet appartement nous appartient. Nous en possédons trois dans l'immeuble. Louis, je ne veux plus entendre parler de loyer. Disons que c'est un cadeau, répondit-elle.

Ils avaient passé la journée à Limoges et rentraient maintenant vers Pontignac, alors que la nuit commençait doucement à tomber. Lucienne avait fait des tas d'emplettes, traînant Louis aux quatre coins de la cité. Et puis, ils avaient surtout fait honneur à la table en dînant dans un grand restaurant du centre ville.

Ils étaient gais, un brin grisés. Ils ressemblaient à deux adolescents fugueurs. Ils avaient ouvert les vitres de la voiture afin de respirer l'air frais de cette belle soirée printanière.

Louis était follement heureux, euphorique. Il avait le sentiment d'être entré dans la vraie vie. Il ressentait le désir fou de goûter aux délices de la ville, de sortir, de rencontrer des gens bien différents de ces culs-bénits que Mme Mauve lui avait imposés durant de longs mois.

Soudain, alors qu'ils traversaient le village de La Jonchère, Lucienne le tira subitement de ses longues réflexions intérieures.

— Je vais vous arrêter à Laurière, afin que vous récupériez votre voiture. Une fois que vous serez arrivé à Pontignac, soyez gentil de me rejoindre à la maison, dit-elle.

— Mais il est tard. Et puis…

Elle l'interrompit.

— Ne vous inquiétez pas pour mon mari. Il est à Angoulême, invité à un repas avec des collègues notaires. On voit bien que vous le connaissez mal ! Vous savez, c'est un bon vivant qui adore la bonne table. Tenez ! Cela m'étonnerait qu'il rentre avant demain !

Comme il ne répondait pas, elle ajouta :

— Et puis, j'ai une surprise pour vous. Je ne sais pas ce que vous en pensez, mais il est des jours où on éprouve une folle envie de croquer le bonheur à pleines dents.

Il faisait nuit noire. Un petit vent d'ouest s'était levé et le ciel s'était habillé de gros nuages qui obligeaient la lune à jouer à cache-cache. Le centre de Pontignac était désert, silencieux, même si quelques voix bruyantes se faisaient entendre, en provenance du quartier des Chabrauds.

Après avoir garé sa voiture, Louis traversa la rue Mauve, longea le restaurant Cruchot et s'engouffra dans la petite rue qui montait vers la rivière Gartempe. Il sentait qu'une nouvelle page de son existence venait de se tourner. Dorénavant, il ne tenait qu'à lui de voir son destin lui sourire et lui offrir enfin tout ce que son travail et son talent méritaient.

À nouveau, il était habité par cette même force qui lui avait fait conquérir le grand magasin de Pontignac. L'expérience qu'il avait vécue auprès d'Hélène avait été follement enrichissante, même si elle s'était terminée de manière lamentable. Il en avait tiré des leçons. Désormais, il était bien décidé à contrôler ses sentiments, à ne pas se laisser dévorer par de belles créatures, mais au contraire à les utiliser à son profit afin qu'elles l'aident à se réaliser pleinement.

Elle l'attendait sur le pas de la porte, côté jardin. Elle avait revêtu un long déshabillé qui faisait comme une étrange tache blanche qui arrivait, péniblement, à percer l'obscurité.

Tout près de là, on entendait la rivière qui courait dans un tumulte incessant, joyeux, pareil à une interminable musique sans cesse renouvelée.

Elle descendit les quelques marches et s'approcha de lui.

— Venez, murmura-t-elle en lui prenant la main.

À l'exception du vestibule, nulle lumière ne brillait dans la maison. Il en conclut de suite que Claire devait être couchée. Il suivait Lucienne, silencieux, le cœur battant, éprouvant soudain un trouble certain au contact de cette main qui enserrait la sienne.

Ils arrivèrent près du mur qui surplombait la Gartempe. Avec précaution, elle emprunta une petite allée et s'arrêta devant une serre dont elle ouvrit la porte.

L'endroit était parcouru de mille senteurs. C'était une débauche de parfums qui s'exhalaient et se mariaient au gré d'une brise légère qui s'infiltrait dans les interstices, entre les larges plaques de verre.

Lucienne lui faisait face. Elle était si proche qu'il sentait son souffle lui caresser le visage. Soudain, elle leva les bras à hauteur des épaules et laissa son déshabillé glisser le long de son corps.

— Cadeau. C'est le second de la journée ! murmura-t-elle.

Comme une fille, elle s'offrait à lui sur une couche improvisée par quelques ballots de paille. Elle était d'une sensualité bouleversante. Elle se donnait, le corps dévoré par un désir qui sublimait encore un peu plus la beauté étrange qui émanait de tout son être.

Louis était porté par une vague déferlante. Il se sentait envahi par un plaisir qui l'inondait dans une merveilleuse communion du partage. Ils faisaient l'amour pour l'amour. Dans ce corps à corps violent, ils avaient des pulsions folles, des caresses extravagantes, comme si renaissait en eux un instinct primaire lié à leurs origines.

Ces enfants du petit peuple n'avaient que faire des convenances ou d'une quelconque morale établie. Ils se mêlaient l'un à l'autre dans une sorte d'alliance qui allait bien au-delà d'une jouissance qui se voulait éphémère.

C'était beau ! En cette soirée pas tout à fait comme les autres, Louis était bien loin du confort douillet qu'il avait connu avec Hélène Mauve. Fini les gestes hésitants, les retenues pudiques ! À travers le comportement de sa partenaire, il retrouvait la même soif, la même folie qu'il avait partagée naguère avec Laure.

La rusticité de l'endroit ajoutait encore au feu qui les dévorait, les inondait. Ce bel animal, un brin nymphomane, le conduisait vers des jeux érotiques dans lesquels il s'abandonnait, un peu comme s'il était devenu sa chose.

C'était un accouplement de classe, une union secrète entre un homme et une femme qui, à leur manière, célébraient leur revanche. Nés dans le ruisseau, ils accomplissaient là une osmose charnelle, comme s'ils avaient voulu sceller à jamais leurs destins.

Leurs étreintes, leurs baisers, les longs gémissements qui montaient de la serre étaient comme un hymne à leur liberté. En ce mois de mai finissant, ils s'inventaient une petite révolution des mœurs en un lieu où, aux parfums des violettes et des roses, s'associaient la symphonie éternelle de la rivière et un murmure lointain qui semblait provenir du quartier des Chabrauds.

C'était un souffle, un cri qui grossissait de seconde en seconde. On eût dit un torrent humain qui se déversait et venait submerger le centre de Pontignac. Maintenant, les ébats des deux amants étaient accompagnés par les hurlements d'une foule qui scandait les slogans, comme si elle désirait s'octroyer un dernier baroud d'honneur.

Au loin, en direction de la rue Mauve, des voix montaient, sublimes, désespérées. Crevant la nuit, elles venaient troubler le sommeil des bourgeois en leur offrant le chant émouvant, utopique, de l'Internationale.

Imprimé à Barcelone par:

CPI
BLACK PRINT